바람으로 남은 사람들

에델바이스 시리즈 1

바람으로 남은 사람들

전 용 문

秀文出版社

기록을 위하여

나는 의사인가, 소설가인가, 산악인인가. 아니면 단지 이 시대의 우울한 방랑자일 뿐인가?

나는 남에게 무엇이 되었든 간에 나 자신에게는 아무것도 아니었다는 결론은 옛날이나 지금이나 변함이 없다.

지금 돌이켜보면 한갓 추억의 기억 저편에서 흐릿한 영상으로 남아 있을지는 몰라도, 그때 강릉시절은 참으로 막막하기 이를 데 없었다. 내 마음의 중심에 나는 매일 허무 한 조각씩을 심어가며 밤마다 자살을 꿈꾸었다.

일상적인 삶의 의미를 송두리째 잃어버리고 신산한 세상살이를 부둥켜안고 하루하루를 지옥처럼 견디어내고 있었던 나는 바닥없는 절망과 뉘우침의 소용돌이 속에서 다시는 돌아가지 못할 완벽한 유폐를 생각했다.

밤마다 남대천 둑위에 홀로 앉아 불 밝히고 떠나는 남행열차를 바라보며 외로움으로 온몸이 오그라 들어갔다. 따뜻하고 불 밝은 열차 속에 앉은 사람들이 저희들끼리 도란도란 나누는 행복한 이야기가 부러워 목이 컥컥 막혀오는 갈증을 감내해야만 했다.

사람들은 현실도피자의 진부한 푸념으로 치부해버릴지 모르나 이 소설은 그 시절의 기록이며 벗겨낼 수 없는 내 허무에 대한 통곡이다. 누가 있어 그 어두운 시절의 우울한 이야기를 귀담아 들어줄 것인가?

매일매일 나는 오지의 산(山)을 떠 올렸다. 혼동된 내 넋을 방목시켜도 좋을 더 없이 넓은 산. 그 시절 내가 찾아가야할 곳이 산이외에 또 어디가 있었던가?

병 속의 새를 꺼내는 것이 노승(老僧)이 갖는 유일한 화두였다면 나에게서의 과제는 땅의 끝 산의 꼭대기에 서서 하늘의 문을 여는 빗장을 벗겨내는 일이었다. 닫혀진 문을 열었을 때 움추린 내 영혼은 개화되며 나의 비상은 비로소 시작될 것이다.

땅의 끝에 서서 우주와 홀로 마주볼 때 나는 누구며 어디에서 왔다가 무엇을 해야 하는지의 의문에 대한 해답을 풀어낼 것이다. 그러나 다만 희고 광활한 공간에서 내 손바닥으로 잡을 수 있었던 게 무엇이었던가?

한 줌의 공기? 떠가는 구름 한 조각? 비말처럼 부서지는 망상의 껍데기? 알 수 없었다.

그러나 일찍이 그런 행위조차 없었다면 지금 나의 이야기를 하고 있지 않을 것이 분명하다. 결과는 영육(靈肉)이 분리된 이상한 삶을 한동안 살아가다가 끝내 비참하게 죽어갔을 것이므로.

0장

　그해 겨울, 바람은 왜 그렇게도 많이 불었던지.

　서울의 수많은 사람들 속에 묻혀 살면서 나는 새벽마다 허무의 종점에서 눈을 떴다. 아침마다 병원으로 출근하는 길은 골고다의 언덕처럼 땀이 났다. 이마위에서 죽음의 피가 흘러내렸다.

　진리에의 갈망을 아예 눈 감아버리고, 다만 소유의 집착에만 허겁지겁 매달려 있는 초라하게 전락해버린 삶도 삶인가? 축생의 길이었다.

　이 불모의 땅에서 내가 일구어야할 땅이 어디이며 그것으로 내가 무엇을 얻고 또한 구할 수 있었던가. 차라리 하늘을 향한 가지의 끝, 그 끝에 목을 걸고 싶었다.

　그럴 때마다 나는 매순간 나 자신을 제대로 점검해보았는지 자문했다. 관념에 대해 지나치게 미혹하고 현실에 대해 지나치게 냉소적이지는 않았는지. 그러나 누가 나를 비방할 것인가? 살아간다는 게 진땀이 나도록 힘들고 어렵다는 것은 당신이 아니라 나 자신이었기에.

　글을 쓰라고? 문학이 과연 구원이 되었던가? 문학은 단지 머리속에서만 구원을 꿈꿀 뿐, 실제로는 손끝에서 절망된다.

　결국 나는 아무것도 아니라는 깨달음의 종점에서 서울과 병원을 떠나야겠다는 결심을 했다.

　내가 서울에 있는 직장에 사표를 냈을 때 놀란 것은 외래간호사 이외에 아무도 없었다. 모두가 응당 그러려니 생각했던 모양이다. 나는 나에게도 실패했고 타인에게도 철저하게 외면당했다.

퇴근 무렵 같은 병원에 근무하고 있던 의과대학 후배인 박산조(朴山朝)가 찾아왔다. 나와는 유일하게 마음을 터놓고 지내는 사이다.

"형 소식 들었소. 퇴근할 때 같이 나갑시다."

"알고 있다면 할 이야기도 별로 없잖아?"

"바쁘지 않다면 술이나 한 잔 합시다. 형과 술마신 지도 오래간만이고."

나는 잠시 망설였다. 그와 이야기를 나누게되면 사설이 길어질 것이다. 그러나 떠나는 마당에 그의 청을 거절할 수는 없다.

"좋아. 같이 나가지."

우리는 신촌에서 차를 세웠다. 로터리에 있는 꼬지 전문의 좁은 술집으로 들어가 자리에 나란히 앉았다. 맥주 글라스에 담아온 덥힌 정종 한 잔을 단숨에 마셨다.

박산조(朴山朝). 내가 좋아하는 후배다. 마음이 통해 때로는 일주일 내내 함께 술을 마신 적도 있다. 그는 현상에 대한 비평을 자기 기분대로 곧잘 한다. 그것도 대부분 회화적으로, 그래서 내가 비평가라고 걸맞은 이름을 붙여줬다.

두 잔째의 술잔이 우리앞에 놓였을 때 내가 먼저 입을 열었다.

"산조 미안해. 네게 먼저 말 하지 못한 것은 순전히 부끄러움 때문이야. 나는 누구도 아닌 나 때문에 고통을 받고 있거든."

"부끄러움이라니? 형이 무슨 못된 짓이라도 했소? 그건 그렇고 떠나면 언제 갈 예정이오?"

"이번 주말까지다."

산조가 묵묵히 술잔을 비웠다. 깎아 놓은 고구마 한쪽을 반쯤 입에 물고 있던 그가 얼굴을 돌리며 내 무릎을 쳤다.

"형, 긴 설명은 빼고 결론만 이야기 합시다. 나도 형따라 가고 싶은데 가능해요?"

　나는 이 친구가 지금 무슨 이야기를 하고 있는지 도무지 이해할 수가 없었다.

　"무슨 소리냐? 내가 지금 어디로 가겠다는 것인지 목적지도 모르고 있잖아?"

　"상관 없어요. 나는 형이 가는 곳이라면 어디라도 괘념치 않을 테니 그냥 같이 가게만 해주시오."

　"나는 직장을 옮기겠다는 것은 아니다. 또 다른 무엇을 얻어 내기위해 지금 순례의 길에 오르려고 한다. 그 길에 네가 동행하겠다면 나야 상관없지만 마음의 준비도 안된 너한테는 공연한 일이 될지도 모르겠다."

　"마음의 준비는 무슨 놈의 준비요. 서울을 떠난다는 것만 해도 나로서는 불만이 없는데."

　그럴 것이다. 정의도 진실도 모호한 개념 속에 숨어버리는 황량한 사막지대. 서울은 그런 곳이다. 도회의 생활을 떠나지 않고 계속 머물러 있다면 산조 그도 끝내 목이 졸려 질식하게 되겠지. 언젠가는 죽어갈 어항 속의 금붕어처럼.

　"그렇게 쉽게 지금 단정하지말고 며칠 시간이 남았으니 생각해보고 결정을 내리는 게 어떻겠어?"

　"형이 좋다면 나는 결정 했어요. 제발 나 자신에 대한 이유나 결과 등에 대해서는 묻지않았으면 좋겠어요. 그래 가는 곳은 도대체 어디요?"

　"강릉이다. 신설병원으로 각 과의 임상과장을 구한다고 했어. 네가 간다면 자리는 있을 거야."

　"좋군요."

　그는 묵묵히 새 술잔을 잡아 당겼다.

　"평소의 비평가 답지않게 왜 그렇게 서둘러? 다시 한번 생각해보고 결정해도 늦지 않아."

　"이야기 했잖소. 나에 관해서는 묻지 말라고. 나는 세 살 먹은 어린애가 아니니까 내 결정에 대한 책임은 내가 질 테니 형은 관여할 바가 없소."

　박산조의 과거를 소상하게 알고 있는 나로서는 더이상 그를 몰아세울 수가 없었다. 짧은 순간에 내린 결론일지는 몰라도 그동안 오랜 시간을 두고 생각을 했겠지.

　살아가면서 나는 부단히 이웃으로부터 고마움을 받고 산다. 후배 박산조로부터도 그러하다. 비열하고 이기적이며 소심한 나에 비해 그는 넓고 편하며 기댈 만큼의 충분한 부피를 가졌다. 살아간다는 것은 좋은 이웃과의 동행이 마지막 목표가 아니던가. 우리의 삶에서 더불어사는 것은 어쩔 수 없는 본연임에 틀림없는데도 나는 이웃들에 대해 이유없이 배타적으로 자주 부딪치며 갈등을 스스로 만들어낸다.

　혼자 길을 찾아나서기에는 눈물이 날 정도로 쓸쓸한 행로에 산조, 네가 동행해준다면 더없이 고마운 일이지만 우리는 과연 어울리는 동반자가 될까?

　"산조. 나는 병원일 이외에는 대부분의 시간을 산을 오르기위해 할애할거야. 이런 나와 함께 강릉으로 가겠다는 생각은 확고하고 불변이란 걸 믿어도 될까?"

　"형이 산에서 무엇을 얻어내든 아니든 나와는 무관한 일이지만 내가 같이 간다는 것은 내 심장을 걸고 약속하지요. 자리나 있는지 알아봐주시오."

　"좋다, 네가 진실로 원한다면 같이 가자. 병원자리는 내가 알아보겠다."

　도시가 만들어내는 온갖 추악한 것에 융화를 맛보지 못하는 것은 그라고 해서 별다르지 않을 것이다. 외부에 드러나지 않는 영혼을 야금야금 갉아먹어가며 고통받느니보다 차라리 서울을 떠남으로써 해방을 맛볼 수 있다면 나는 후배에게 좋은 일을 하는 셈이다.

　다음 주 일요일 박산조와 나는 초겨울 아침, 그는 가죽가방 속에 나는 배낭 속에 겨울 옷가지를 넣고 강남 고속버스 터미널에서 만났다.

　서울 출발전에 병원문제 등에 대하여 산조와 나는 사전합의를 봤다. 구하고 찾는 것이 무엇이든 간에 우리가 무절제로부터 견인되어 허물어내리지 않는 버팀목으로 직장은 필요하다는 것을, 직장조차도 갖지 않고 떠돌아 다니겠다면 우리는 구하기도 전에 단지 삼 세끼 밥 먹는 일도 제대로 치루어내지 못할 것으로 생각했다. 그대신 의사가 일반적으로 갖는 고루하고 고지식한 습성을 뿌리치기위해 병원 일은 열심히 하되, 혼자의 집착에서 벗어나 되도록 외곽에서 들여다보듯 평이한 시선을 갖기로 했다.

새로 근무할 병원의 현황을 대충 둘러보고 그날 저녁 중앙시장으로 갔다. 나는 대부분의 등산장비를 준비해갔으나 후배는 수통 하나 없었다.

"산조, 산으로 따라나서겠다면 등산화부터 장만하는 게 좋겠다."

"나야 쫄개니 형 시키는 대로 하지요."

유일하게 등산 장비점이 한 곳 있었다. 산조의 겨울 등산화부터 샀다. 신발 속에 발을 넣어보던 그가 투덜댔다.

"이건 너무 크고 무거워요. 이 신발 신고 갔다가는 발 따로 신발 따로 놀겠소."

"아냐, 약간 헐렁하고 무거운 게 산에서는 좋아. 그냥 그걸로 해."

"맙소사. 내가 산을 오르는 게 아니라 항공모함을 발로 끌고 산을 오르게 됐네. 형이 사라면 사야지요."

중앙시장에서 등산화를 사갖고 온 날밤, 방안에 신문지를 펼쳐두고 밤이 늦도록 신발에 방수액을 입혔다. 미끌미끌한 기름을 손가락으로 문지르며 산조는 신이라도 났는지 낄낄거렸다.

"이 등산화 신고라면 에베레스트도 너끈히 오르고도 남겠네."

내가 간다면 팬티만 입고 히말라야에라도 따라가겠다는 산조의 산 경력은 그가 큰소리 쳤음에도 별 것 아니었다. 나중에 알았지만 그는 불광동 뒷산 약수터까지만 열심히 다녔던 모양으로 그 이상도 이하도 아니었다. 불광동 약수터 위쪽으로 올라 산을 한바퀴 돌면 구기터널위를 지나서 홍은동으로 빠지는 기막힌 산책로가 있는데 그것마저도 모르고 있었다.

산을 사랑하는 사람들은 그가 설사 8,000미터급의 고봉에 올라보지 않았다하더라도, 그리고 인수봉을 뜀박질하듯 숙련되어 있지않아도 각자는 그들대로의 산에 대한 열정을 갖고 있기마련이다. 산조도 어느 시점에서 그 열정으로 빠져들게 되겠지.

　강릉에서 맞이한 첫 일요일.

　가보고 싶고 올라야할 산이 지천으로 널렸는데 나는 첫 산행을 시작한 후
배의 마음에 충족감을 주기위해 설악산부터 선택했다. 그것도 가장 정상적
인 천불동계곡쪽으로 올랐다.

　소공원을 지나 숲의 터널을 걸을 때부터 그는 벌써 상기해 얼굴이 붉어져
있었다. 비선대에서 멈추었다. 그 위로는 입산금지 기간탓으로 막혀 있었다.
산조의 콧잔등에는 땀이 돋아나 있었고 숨결이 가빴다. 얼마간 쉬고나니 거
친 숨소리가 잦아들었다.

　처음 산다운 산을 오르고 있는 후배는 어떤 생각을 하고 있을까? 그가 서
울을 버리고 나를 따라 동해안의 작은 소도시로 온 것을 진정으로 달가워하
고 있을까? 하기사 서울생활을 하고 있는 사람들중 일상에서의 일탈을 꿈꾸
어보지 않은 사람이 얼마나 될까마는 산조가 괜찮은 직장을 팽개치고 나를
따라나선 것은 아직도 불가사의한 느낌이 든다.

　내가 서울에서 역겨움을 내며 내팽개치고 싶었던 의무와 권리들, 종합병
원의 외과과장 자리를, 아이들의 아버지로부터 아내의 남편으로부터 그리고
이 사회의 구성원으로서 한사코 사표를 던지고 싶었던 저 억눌리고 가슴 답
답했던 순간들. 후배 역시 그러했다고 하더라도 그는 내가 부여받은 조건들
로부터 몇가지는 분명히 제외되어 있다. 그렇다면 그에게 종속된 삶을 그냥
부유하는 뜨내기처럼 마구잡이로 살고 싶어했을까. 두고 볼 일이다.

　나는 그의 어깨를 쳤다.

　"여기까지 오면서 힘들지는 않았어?"

　"괜찮다고 말하면 거짓말일 테고, 형이 간다면 나 역시 어디에도 갈 수 있
어요."

　"좋다. 처음 산행에서 우리는 어쩌면 정상에 오르게 될지도 모르겠구나.
다시 출발하자."

　우리는 계곡밑으로 돌아 가시철망을 넘은 후 귀면암으로 향하는 언덕길을
올랐다. 기름칠한 등산화는 발걸음을 떼어놓을 때마다 삐걱거리는 가죽의
마찰음으로 신경을 거슬리게 했다. 눈 위를 걷게된다면 물기에 젖어 가죽이
한결 부드러워질 텐데 아직 이곳에는 눈이 보이지 않았다.
　산조가 대청봉까지의 거리를 물었다. 정상까지를 생각한다면 우리가 걸어
온 거리는 겨우 초입에 들어선 것에 불과하다. 나는 그를 실망시킬 수가 없
었다.
　"산은 그래. 마음속에 목적지를 어디에다 두느냐가 문제지 꼭 지리상의
정상을 염두에 둘 필요는 없어. 오를 만큼 오르는 거야. 지쳐 더이상 못오르
겠다면 그곳이 자기가 선택한 종착지라고 생각하면 그만이야."
　양폭산장까지 올랐다. 부근에 눈이 내려 있었다. 산조는 이미 지칠 대로
지쳐 있었고, 그는 산장앞에 퍼질러 앉더니 잠시후 두툴두툴한 자갈위에 제
멋대로 드러누워버렸다.
　나는 계곡 아래로 내려가 얼음밑으로 흐르는 물을 한 모금 마셨다. 얼음장
같이 차가운 물이 목구멍을 타고 넘어가자 앞머리쪽이 찡 울리며 조여들었
다. 눈을 들어보니 사방의 산에 눈이 켜켜이 쌓여 있었다.
　배낭 속에서 먹을 것을 주섬주섬 끄집어냈다. 고기를 구웠다. 고기가 익어
갈 무렵 버너곁으로 다가온 그가 눈을 두리번거리며
　"형 '쐬' 없수?"
　"깜박 잊고 넣지 않았다."
　"저런, 여기까지 와서 '쐬'한 잔 하는 즐거움도 없다면 무슨 재미로 힘들
여 산을 올라왔지."
　그가 자리에서 벌떡 일어나 물건을 팔고 있는 산장으로 뛰어갔다.
　'쐬' 그렇다. 우리는 서울에서 어울려 다닐 때부터 소주를 줄여서 '쐬'라
고 불렀다. 퇴근길에 병원 복도에서 마주치면
　"어이 산조 오늘 '쐬'?"
　"좋지요."

마실래? 어쩔래? 어디로 갈까 따위를 완전히 줄이고 '쐬'한 마디에 고개를 끄덕이고 가까운 대포집을 찾아갔다. 그후 강원도에서 함께 산행을 계속하면서 떠날 때는 그는 항상 나에게 다짐했다.

"형 '쐬' 넣었수?"

"그래 안심해라."

"몇 병인데요?"

"두 병이다."

"모자라겠는데 잠깐만 기다려요."

그리고 버스를 기다리고 있는 터미널 안의 가게로 뛰어가 소주 두 병을 더 사서 이미 꽉 차있는 그의 배낭에 우거적거리며 쑤셔넣곤 했다.

"현지조달하면 되잖아?"

"혹시 알아요. 가게 하나 없는 곳으로 가게될지?"

그랬다. 그와 함께 산을 오르내리면서 우리는 나흘간 술 한 방울 구할 수 없는 오지에 갇혀 술이 그리워 목젖이 따가울 지경까지도 경험했다.

산장에서 술 두 병을 사들고 온 산조는 한 잔을 마신 후 웅크리고 앉아있던 사지를 펴고 한마디 했는데, 그의 음성에 상당히 윤기가 묻어 있었다.

초겨울 산의 오후는 회색구름이 끼어 우중충했다. 벌써 산 그림자가 내려앉고 있었다. 한 병을 남기자고 했는데 산조는 들은 척도 안했다.

"폭포에 물 떨어지는 소리 들으며 마시는 술을 마다하고 아껴두면 뭘해요? 술잔에 술이 찼으니 속세와 선계가 따로 없는데 그냥 마십시다."

산조는 기분이 내키면 술에 관한 한 그의 집에 불이 났다하더라도 기어이 끝을 내고마는 성격이다.

"그래 좋다. 마시고 싶다면 마저 마셔라."

고기가 바닥 났을 때 우리는 자리에서 일어섰다. 술을 마신 후배는 얼굴이 불그레해져 있었고 옆으로 떼어놓는 발걸음이 부정확했다. 나는 내심 하산을 생각하고 있었지만 넌즈시 물었다.

"어쩔래? 더 올라갈까? 아니면 오늘은 이정도 하고 하산할까?"

그가 뜨악해진 표정으로 나를 건너봤다.

"오르긴 뭘 더 올라요? 형 이야기로는 산은 마음으로 올라야 된다면서요. 여기나 거기나 다 똑같은 산속인데 꼭 정상에 서야 좋을 건 없잖아요."

유예는 안타깝지만 다음을 기대하자.

"그래 하산이다."

산조는 그럴 줄 알았다는 듯이 먼저 지척지척 내려가고 있었다.

나는 천천히 내려오며 내 생애동안 영원히 안주할 수 있는 산 하나를 갖기를 소망했다. 나의 산 속에서 무거운 등짐을 풀어내고 마침내 두 다리를 펴고 편안한 안식을 찾을 수 있을 것같은 생각을 했다. 그것은 죽음을 의미하는 것일까?

무엇이 우리로 하여금 산을 오르게 했던가? 등산은 회귀다. 산은 시작이며 종결이며 출발이며 동시에 도착이다. 그것은 끝나지 않는 윤회의 과정이다. 그 과정을 도는 것이 축조된 삶이다. 오르면 반드시 내려와야하고 내려오면 다시 오르고자 한다. 나는 지금 연속으로 윤회하는 한 축에서 멈추어서버린 상태다. 돌지 않고 그대로 있다면 서서히 무너져 끝내 침몰해갈 것이다.

1장

    산으로 향하는 유랑의 시작은 서울을 떠남으로써 그 출발점에 서게 되었다. 흘러가는 구름이었고 스쳐 지나가는 바람이었다.

    마음은 끝내 채워지지 않고 허허로울 뿐, 어떤 것으로도 담아낼 수 없는 허망하고 부질없는 일상의 생활에서 벗어나 오직 산만을 희구하는 길고 긴 꿈을 꾸게 된 것이다.

    진정한 산꾼은 많은 인고의 시간을 배워야 함에도 나는 참아내지를 못했다. 마치 암벽에서 먼저 올라가 늦게 올라오는 파트너를 기다리지 못해 확보하고 있는 생명줄을 풀어버리고 나 혼자 먼저 위로 향해 오르고 싶은 허기 같은 것이었다.

    어느해, 겨울의 빈 산 정상에서 바라보았던 비어있던 하늘, 빈 나뭇가지에 기대어 나를 생각했다. 나는 무엇인가? 버림으로써 얻을 수 있는 게 산행이라면 나는 어떤 걸 버리게 했으며 그런 용기를 갖고 있었던가? 진정한 자유를 찾아나선 행로가 산행이었다면 그 종말의 끝에서 나는 마침내 피안에 닿을 수 있게 될까?

    매일 산을 헤매고 다니는 꿈을 꾸면서도 강릉에서의 병원일들은 일상적인 일의 끈에서 매듭을 풀어내주지를 못하고 나를 붙들고 있었다.

    앉은 진료실 의자에서 일어서면 곧 바로 창이 마주보였고 그 밖으로는 눈 덮인 산맥들이 줄지어 뻗어 있었다. 나는 창가에서 담배를 피우면 멀리 보이는 눈 쌓인 산을 오르고 싶은 갈망으로 목이 탔다. 시간만 자유롭다면 지금 당장 이곳 시내에서부터 걸어 며칠이 소요되더라도 그곳에 오르고 싶었다. 그러나 일은 나를 병원 문 밖으로 내밀어 주지를 못했다. 안타깝고 간절한 시간들이 흘러갔다. 다시 주말이 올 때까지 속절없이 시멘트 건물 속에 갇혀 기다려야만 한다.

삶은 타인과 더불어 함께 살아가는 과정이라고 한다면 그걸 기피하려는 나의 에고는 부도덕한 것으로 치부해야 마땅한가.

후배 박산조는 생각보다 병원일에 열심이었다. 외래가 한가한 무렵에는 내가 창곁에 서서 우두커니 눈 덮인 먼산을 바라보고 있노라면 문을 밀치고 들어와 내 등을 밀었다.

"형, 뭘 보고 있어요? 오르지 못하는 산 쳐다보고만 있으면 뭘 해요?"

"답답해서 그런다."

"환자나 열심히 보면서 잊어 버려요. 주말이 오면 같이 가면 되잖아요."

"주말이, 그래 주말은 너무 멀고 길구나."

"그것도 못 참으면 형, 아예 산에 초막이나 짓고 살지 뭐하려고 시끄러운 시내에 내려와 있어요?"

"할 수만 있다면 그러고 싶다."

"형은 용기가 없어서 생각 뿐이지, 안돼요."

"그런가 보다. 그래도 나는 산을 버릴 수가 없어."

"누가 깡그리 버리래요? 기다리자는 거지."

나는 주말까지를 참을 수 없어 새벽이면 숙소 부근에 있는 앞 산을 올랐다. 처음 나 혼자 갔다가 돌아오던 날, 눈을 부비며 방을 나서던 산조가 나를 보고 대뜸 놀란 눈이 되었다.

"형, 새벽부터 어딜 갔다 오는 길이요?"

"앞 산에 갔다 왔어."

"그 공원 같은 언덕위 말이요?"

"그래."

"어쩜, 그 곳도 산이라고. 내일부터 나도 가게 형 일어날 때 깨워줘요."

"그러자."

다음날 우리는 함께 새벽 찬 공기를 가르며 남대천 다리를 건너 앞산으로 뛰어올랐다. 산조는 비브람 슈즈를 자기발에 길 들이느라고 그걸 신고 계단을 뜀박질했다. 내려오면서 산 아래 있는 공설 운동장에 들려 조기축구를 하는 사람들과 어울려 공을 차기도 했다.

겨울의 한파가 닥치고 강릉에는 매일 그침없이 눈이 쏟아졌다. 자고나면 거리는 온통 눈으로 덮였고 낮은 지붕의 처마 끝으로 눈이 녹아 고드름을 주렁주렁 매달아 놓았다. 거리의 양쪽 차도에는 눈을 밀어내어 낮은 눈 담을 만들어 내었고 지나가는 차들이 튕겨내는 흙탕물로 쌓인 눈들이 시꺼멓게 때에 절어갔다.

햇빛이 비치는 낮에 인도를 걷게 되면 질퍽거려 바지가랑이를 적셔냈고 밤이면 길은 빙판으로 변하여 오리걸음을 걷게 했다. 산조는 낮에도 밤에도 투박하고 아직 겉가죽이 빳빳하게 굳어있는 새 비브람을 신고 길을 걸었다.

"야, 너 등산화 대신 제발 다른 신발로 바꿔신고 다녀. 같이 다니려니 창피스럽다."

"형도, 참 몰라서 그러네. 내 생애 히말라야를 오르는 게 목표인데 낮 밤 가리지 않고 신발을 몸에 익혀야지, 그냥 신발장에 벗어두면 뭘 해요? 그러지 않아도 눈이 내려 구두 신고다니면 발바닥이 시려 죽겠는데."

"그래도 그렇지, 시내 다방에 가면서 그 신발이 도대체 뭐야. 양복에 어울리기나 해?"

"누가 뭐라면 어때요? 자기 편하고 따뜻하면 그만이지. 그리고 이걸 신고 걸어야 빙판 길에서도 잘 미끄러지지 않아요."

"그래라, 아무튼 신발이 맞아야 산도 제대로 될 테니 화장실 갈때도 등산화 끈 조이고 다녀라."

"그럴 셈이요. 우린 누구 말대로 한다면 하는 사람이니까 등산화 신고 잠자는 연습도 할 참이요."

"너 그러다 정말 에베레스트 한 번 서겠다."

"못 설 것도 없지요. 누구는 어릴 때부터 오르리라고 자신하고 태어났나요?"

그래, 그는 어쩌면 세계 최고봉에 두 발로 당당히 설 지도 모른다. 나보다 아직 젊으니까.

산조와 나는 낮의 병원일이 끝나고 나면 밤에는 할일이 없었다. 저녁을 먹고 석유난로를 앞에 두고 석간신문을 읽고나면 각자의 방으로 들어가, 밤 9시도 덜 된 시각에 잠자리를 폈다. 가끔씩 저녁시간의 지극한 단조로움에서 벗어나기 위해 집을 나섰다. 찾아 갈 곳이라고는 다방뿐이었다. 시골의 다방이 으레 그러하듯이 제대로의 음악을 들으며 편안하게 쉴 수 있는 공간이 없었다. 텔레비전 켜두고 레지들은 그 앞에 옹기종기 모여 연속극에 정신을 잃고 있다가 손님이 들어오면 두셋씩 떼거지로 몰려와 손님 주위의 의자에 빙 둘러 앉아 실없는 이야기를 주고 받는다. 손님들은 아가씨의 손가락을 만지작거리다가 허벅지를 주무르기도 하고 등짝을 어루만지면 아가씨들은 킬킬거리며 차를 주문 받는다. 손님이 커피를 마시면 그녀들도 커피를 마시고, 손님이 야구르트를 시키면 그녀들도 야구르트를 시킨다.

나는 그녀들이 하루에 수십잔도 더 마셔대는 커피와 음료수를 생각하고, 그 얄팍한 커피값이 부끄러웠으며 그래서 시골 다방의 주인이 어거지로 올리는 매상이 쓸쓸했다.

산조와 나는 저녁 9시 뉴스가 끝나고 다방을 나왔다. 우리는 역시 갈 곳이 없었으며 산조는 비브람 슈즈의 앞 끝으로 인도의 가장자리에 놓여있는 화분에 붙은, 이미 얼음처럼 굳어진 눈뭉치를 걷어차고 있었다.

"형, 술이나 한 잔하고 들어가요."

"그러자, 어딜 갈래?"

"닭갈비나 먹으러 가요."

"네가 좋아한다는 그 여자집은 어쩌고?"

"그곳은 다음에 가요. 들락거리는 치들 보기가 아니꼬워요."

산조는 제법 조용한 카페를 내가 잠든 저녁에 혼자 몇 번 다녀왔는데 그곳에서 서브하는 아가씨가 퍽 지적이었다는 이야기를 했다. 얼마 후, 산조처럼 직장일로 혹은 무슨 사연으로 집 떠나 혼자 이 지역에 머무는 사내들이 모여들어, 아가씨가 서 있는 원탁 테이블은 늘상 자리가 찬다고 했다. 산조는 성격이 활달했으나 술집만은 묘하게 분위기를 우선으로 잡았다.

음식 솜씨가 풍성한 아줌마가 경영하는 중앙시장 입구에 있는 닭갈비집을 찾아 어두운 골목길을 걸었다. 아줌마는 무엇이든 듬뿍듬뿍 손 크게 음식을 만들어 내왔고 우리는 풍성하게 늦은 저녁의 공복을 메우곤 했다. 넓고 움푹 파인 돌판 위에 양념한 고기를 볶아먹고, 고기가 다 될 즈음 야채와 국수를 함께 넣어 육수를 부어 끓여먹는데 안주감으로도 좋고 맛도 썩 괜찮았다. 원래 춘천지방에는 흔한 음식이라고 했는데 강릉에도 몇 군데가 있었다.

아줌마가 연탄의 화덕을 맘껏 열어 놓고 고기를 데치고 있을 동안 우리는 둥근 양철테이블 위에 턱을 괴고 한손으로 앞쪽의 잔에 소주를 부었다. 겨울에 마시는 소주의 빛깔은 언제고 눈물의 빛깔 같았다. 그리고 그것은 날 선 비수의 칼날 같은 색깔을 내었다. 투명한 액체를 단숨에 털어넣고 고기를 씹었다.

소주병이 비어갈 때쯤 화장실을 가기 위해 밖으로 나왔다.

대관령으로부터 넘어오는 차가운 바람이 길거리에 쌓인 눈가루를 몰고 전신을 휩쓸고 지나갔다.

음식점 앞은 여인숙 골목이다. 게딱지 같은 집들이 즐비했고 그 속에는 겉 늙고 천한 계집아이들이 모여 앉아 밤손님을 기다리고 있을 것이다.

하늘에는 겨울의 달이 혼자 걸려 떨고 있는 듯했다. 나는 어김없이 눈을 들어 눈덮인 산을 바라보았다. 오늘밤에라도 당장 저곳으로 향해 꾸벅꾸벅 산을 가고 싶었다. 산에서 자생하는 푸른 수목들을 생각하면 환희와 넘치는 생명력으로 심장의 박동이 부풀리는 듯하다. 우리는 유한하지만 산은 무한할 뿐만 아니라 사람들이 생각하듯 우리를 턱없이 기대 속에 감금시키지 않는다. 산일 그대로의 산일 뿐이다. 천년 전이나 지금이나, 용변을 끝내고 되돌아 오다가 여인숙 골목 입구에서 꽉 들어찬 커다란 배낭을 메고 어슬렁거리는 젊은이를 만났다. 그의 얼굴은 추위와 주림에 푸른색이 돋아나 있었다. 어느 산마루를 헤매고 돌다가 이제야 불 밝은 도시로 하산하여 하룻밤의 언 몸을 녹일 방을 찾고 있는가?

그곳에는 틀림없이 때절은 이불과 지분을 덕지덕지 바른 깡마른 여자가 담배를 피우고 있겠지. 산 다니는 젊은이가 그런 곳에서 하룻밤을 유숙하다니 가련한 일이다. 나는 모른채 젊은이의 곁을 잽싸게 지나 산조가 기다리고 있는 화덕곁으로 되돌아 왔다.

풍요로운 곳에서는 영원히 어울리지 못했던 나의 기갈감과 부자유를 그 젊은이에게서도 비슷하게 느꼈을까?

"왜 이렇게 늦었어요? 나는 또 인숙이 집에라도 갔나 했지."

"쓸데없는 소리 그만하고 산조 너 잠깐 밖에 나가서 배낭메고 어슬렁거리는 젊은 친구 있으면 이 안으로 데리고 들어와."

"누군데요? 형 알고 있는 후배요?"

"아냐, 그냥 춥게 보여서 밥 한 끼라도 대접하고 싶어서 그래."

산조는 잠시 눈을 동그랗게 만들었다. 그리고 아무말 않고 잘 닫히지 않는 유리문을 드르륵 열고 밖으로 나갔다.

잠시 후, 산조의 손에 끌려온 젊은이가 연탄불이 발갛게 타고 있는 우리가 있는 화덕 앞에 앉았다. 나는 물끄러미 그를 보았다. 그리고 내 젊은 한 시절을 떠올렸다. 몇 푼의 숙박료를 아끼기 위해 시골의 헛간을 찾아 나섰던 그 아련한 기억의 편린들. 무엇이 부족하고 무엇이 애달팠던가?

하늘을 가릴 수 있는 천장이 있고 불어오는 바람을 막을 수 있는 벽이 있어 그 속에 침낭을 깔고 누우면 천국이 따로 없었다. 배고픈 그러나 산의 열망으로 매일 뜨거웠던 한 시절, 혼자 누워 있으면 밤의 적막에서 가슴이 꽉 차오는 충만감과 고요 속에 편히 잠들 수 있었던 행복한 여운이 흘렀다. 내일은 다시 다른 산을 올라야지 하고.

산조가 데리고 온 젊은이는 말이 없었다. 그가 벗어 놓은 배낭은 우리가 앉은 가슴 높이까지 와 닿을 만큼 높았다. 얼마나 오래 집 떠나 있기 위해 이

토록 많은 짐들을 챙겨들고 나왔을까.

산조가 젊은이를 부드럽게 녹였다.

"젊은 친구, 염려마. 우리도 당신처럼 산쟁이야. 단지 당신만큼 시간이 없어 이러고 있지만, 앞에 앉은 저 형은 매일밤을 혼자서 알프스를 오르고 있어. 물론 꿈 속에서 말이야."

화덕의 온기 탓인가. 젊은이의 냉기어린 얼굴이 조금씩 펴졌다.

"형들은 이곳에 살아요?"

"여기 있으니 이곳에 살지. 그런데 사실 우리도 여기가 객지야."

"어디서 왔는데요?"

"서울에서 왔어. 산 좀 해보려고."

산조는 완전히 산꾼 흉내를 그럴싸하게 냈다.

"그래요? 그런데 왜 지금 이러고 있어요?"

"직장 때문이지. 우리는 주말 산행 이외에는 불가능해."

"그렇군요."

"자네는 어디를 얼마나 다녀왔어?"

"방학 시작하자마자 이러고 나왔어요. 설악에서 10여일 지내고 내일쯤 오대산이나 동대산 쪽으로 가보려고 왔어요."

"오대산이라, 그 좋지."

산조는 그 산들이 어디쯤에 붙어 있는지도 모르고 맞장구다. 내가 중간에서 산조의 말머리를 잘랐다.

"동대산은 제대로 길을 찾기가 힘들 텐데, 겨울에는 눈이 쌓이면 능선길도 어렵고, 혼자 갈 수 있겠어?"

"지도 한 장 갖고 떠나요. 어떻게 되겠지요?"

"먼저 비로봉을 오른 후에 산을 좌측에서 우측으로 넘도록 해봐. 동대산으로 직등하는 코스는 되도록이면 피하고."

"하루동안에 산 두개를 다 등정할 수 있을까요?"

"불가능하지는 않지, 그러기 위해서는 숙소를 잘못 잡았어. 산 아래 월정

사나 상원사 부근에서 일박하고 새벽부터 치달려야 제대로 종주가 가능할거야."

"어쩌지요? 집 떠난 지 오래되어 여비도 그렇고."

"오늘밤은 아무 생각말고 푹 쉬도록해. 편하고 안락한 곳에서."

"그런 곳을 어디에서 구해요?"

"우리가 마련해줄께."

나는 산조에게 눈을 보냈다. 산조와 같이 보낸 길고 긴 시간으로 해서 우리는 한 번의 눈 부딪침으로써 서로의 마음을 읽었다. 집 떠나 산을 찾아나선 추운 겨울 거리에서 떨고 있는 이 젊은이에게 우리가 무엇인가를 도와주자. 은혜로움도 아니고 적선도 아니다. 우리가 못떠나는 산을 대신 오르고 왔던 지친 그에게 그냥 해주고 싶은 작은 나눔 같은 것이었다.

고향도 아니고 앞으로 우리가 터를 잡고 살고 있을 곳도 아닌 낯선 도시에 산조와 내가 현재 머물러 있고, 어두운 밤에 하산하여 도시의 골목길을 배회하는 이름 모를 한 젊은이를 만났다는 사실, 그것은 본래 있어야 할 인연의 당연이었는지, 아니면 일상으로 부딪치는 현실마저 한갓 헛된 것으로 치부하여 생겨날 것도, 없어질 것도 없는 별 무가치한 사건이라고 생각할지도 모른다. 그러나 살아있음이 깨끗한 것도 더러운 것도 아니듯, 또한 늘어날 것도 줄어들 것도 없다는 불교적 진리야 어떠하든, 목에 힘이나 넣고 산아래 사람들을 우습게 얕보는 사치적인 산꾼이 아니고 그렇다고 지레 겁을 먹고 엄살을 부리면서 세속의 물욕에 젖어 헤어나지 못하는 관념적 구도자도 아닐진데, 그렇다면 차가운 거리에서 만난 젊은이와 함께 밤을 지내는 것 또한 산이 맺어준 소중한 인연이 아니든가.

산을 사랑하는 외로운 젊은이야, 우리가 지금 만나 내일 헤어진다해도 어느 산기슭 길목에서 또다른 해후를 하게 될지도 모르잖니.

산조는 주모를 불러 고기를 시키고 밥과 국을 따로 주문했다. 젊은이는 사양않고 포식했다.

"형들, 고마워요."

"고마울 게 뭐가 있어. 자네가 다음, 사회에 나오면 산 후배들한테 우리들로부터 받은 만큼 되돌려 주면 기억도 새롭고 좋잖아."

식사가 끝나고 주기가 올랐을 때 우리는 자리에서 일어났다. 그리고 젊은 이를 비어있는 병원의 특실에 재웠다. 그는 특실에 딸린 목욕탕에서 따뜻한 물에 10여일간 산에서 절은 땟물을 씻겨내고 푸른색 도는 청결한 시트가 깔린 침대에서 하룻밤의 휴식을 충분히 취했다.

그리고 새벽 오대산으로 향하는 첫 차를 탔다. 떠나는 그를 보내면서 한 시대 산이 나와 동거했던 지난 세월을 잠시 생각하고 새벽 앞산을 오르는 계단을 숨을 헉헉거리며 뛰어올랐다.

주말 산행의 목적지를 산조와 의논하면서 약간의 다툼이 있었다.

"가까운 산으로 가요."

"이 부근에야 언제고 오를 수 있잖니? 먼 곳에 떨어져 있어 쉽게 가기 힘든 곳으로 나서보자."

"사방천지에 산인데 뭘 그렇게 멀리 떠나요? 오대산이나 설악으로 정해요."

"아니야. 그 곳이라면 일요일 당일치기라도 충분히 갈 수 있는데 1박 2일 코스로는 아깝잖니? 다른 산으로 잡아 보자."

"도대체 형은 어디로 가고 싶어서 그래요?"

"소백산이다."

"소백산이 어딘데요?"

"영주 부근이야. 모르니?"

"문경 지나서 말이요?"

"그래, 그 쪽을 지나 가야겠지."

나는 소백산의 정상부근 사면에서 흩날리며 때로는 몰려다니는 눈을 생각했다. 새롭게 환생하듯 나무에 흰 꽃들을 피워내는 설화를 떠올리며, 소백산 비로봉 위에서 날려갈 듯한 차고 매운 바람이 그리워 목이 탔다.

산조는 잠시 뜸을 들인 후, 고개를 번쩍 들었다.

"좋아요. 대신 영주 가기전에 문경에 잠시 들렀다 가기로 해요."

"그곳은 왜?"

"친구가 있어요."

"누군데?"

"같은 병원에서 수련의를 마친 친구가 개원을 하고 있는데 한 번 만나고 갔으면 해요."

나는 쉽게 생각했다. 가는 도중에 잠시 차에서 내려 친구와 차 한잔 나누고 다시 떠나면 되리라 생각했다.

"그러지 뭐. 어려울 게 있나, 차 한잔 마시면 되겠지."

"그래요. 병원이 잘 된다는 이야기는 들었는데 오래간만이라 소식도 궁금하고 해서 한 번 만나봤음 해요."

내가 소백산을 오르고 싶었던 것은 저 아득한 옛날의 이런한 추억 때문이다. 고(高)1때의 여름방학, 무작정 혼자 집을 나서 기차를 탔다. 차표도 사지 않고 역무원 피해가며 기차를 바꾸어 타고 걷고하며 흘러흘러 며칠만에 부석사에 닿았다. 그곳에 올 때까지 나는 혼자서 시골길을 걸으며 얻어 먹기도 하고 몇 끼를 굶주렸다. 국사 시험지에서 한번 본 적도 없이 답을 써냈던 가장 오래됐다는 목조건물 앞에서 16살의 나는 육체적으로 만신창이가 되어 있었으나 정신은 해맑았다. 여행 중에 많은 것을 보았고 느꼈는데 그것은 어린 나이에 세상에는 물질만으로 채워질 수 없는 더 소중하고 소박한 사연들이 곳곳에 표출되지 않은 채 그냥 그대로 있으며, 그것에서 묻어나는 향기는 생각보다 훨씬 더 아름답다는 걸 깨달았다.

세상은 살만하며 여행은 떠나고 볼 일이란 걸 알았던 것은 떠남으로써 내 속에 들어찬 아집을 비워낼 수 있다는, 그래서 안락한 집안에서의 편안해짐이 결코 완전한 행복이 아니며, 때때로 훌훌 털고 일어나 자신의 뜻하는 길을 찾아 나설 때 새롭고도 진실한 삶의 방향을 제시받을 수 있는 가능성을 발견했다. 그 느낌은 여린 영혼에 그은 한줄기 빗살 같은 금이었다. 그렇게 내 가슴에 그어 내려진 빗금은 후에 성인이 되고 사회인이 된 후에도 끝없이 나를 떠돌게 했던 가장 큰 연유가 아니었는지 모를 일이다.

나의 어린 행로는 소백산 자락에 묻힌 희방사를 찾음으로써 종착지에 닿았다. 가파르고 고르지 못한 산 길을 올라 희방사 앞에 섰을 때 여름 햇살이 서산으로 기울고 있던 석양무렵이었다. 산 그림자가 서서히 내려 덮여 마침내 산은 여러개의 노을 색깔로 물들어 프리즘을 통해 본 것처럼 묘하게 변해 갔다. 산사의 뜨락에 산 그림자로 조금씩 채워져 마침내 산 전부를 온통 덮어 버리는 걸 지켜보았다. 지는 것은 햇살이고 묻혀지는 것은 그림자라고 했던가?

뒷뜰 쪽으로 돌아갔을 때 그곳에는 요사채 같은 건물이 있었고 쪽마루가 길게 놓여져 있었다. 나는 허기지고 지쳐 마루 위에 걸터 앉았다가 뒤로 벌렁 누웠다. 마루는 반들반들 윤기가 났으며 굵은 목재로 다듬어진 탓이었는지 감촉이 좋은 침대 위에 누워 있는 듯했다.

그곳에서 몇사람들을 만났다. 공부하는 대학생, 수양차 왔다는 중년의 부부, 나 또래의 고등학생 등을. 설핏 잠이 들었던가.

"학생, 학생 일어나."

나는 누군가에 의해 흔들려 깨워졌고 눈을 뜨고 나를 내려다보는 여러 사람들의 눈동자를 동시에 올려다 보았다. 그리고 여기까지 오면서 기차를 몰래 타고, 걷고, 때로는 얻어먹고 굶으며 마침내 주저앉은 내 몰골이 얼마나 초라하게 그들에게 보여졌을까를 잠시 생각하고 수치감으로 왈칵 얼굴이 붉어지며 툇마루에서 일어났다.

회색의 품 넓은 저고리를 입고 있던 중년의 부인이 물었다.

"학생, 어디서 왔어? 어떻게 왔길래 이 신발이며 옷이 이 모양일까?"

"마산(馬山)에서 왔습니다."

"뭐라고? 경남 마산에서? 그래, 맞아. 마산고등학교 배지로군"

중년의 남자가 푸른색 내 교복에 붙은 배지를 손가락으로 가리켰다.

"혼자 왔어?"

"네, 혼자요."

"맙소사, 어떻게 여기까지 오게 되었지?"

"걸어서 왔어요. 기차도 가끔 얻어 타고."

"멀리서도 왔군. 마산서 여기가 도대체 어딘데, 교통편도 없을 텐데 얼마나 힘들었을까? 일어나요. 우리와 함께 저녁이나 먹자. 우선 계곡에 가서 몸부터 씻고 와."

나는 그곳에서 이틀을 보냈다. 병약해보이는 그래서 학교를 휴학하고 이곳에 정양하러 왔다는 대구에서 고등학교를 다닌다는 나 또래의 학생이 기거하는 방에서 함께 유숙했다.

그해 여름, 꼭 그해 뿐이었겠나, 희방사 부근에는 유난히도 뱀들이 많았다. 잡목숲을 헤치고 다니면 바위를 타고 또는 길섶을 느리게 기어가는 숱한 뱀들을 만났다. 병약한 대구의 학생은 보기와는 달리 가느다란 회초리 같은 대나무 하나로 용케 뱀들을 잡아챘다.

그와 나는 땀이 흐르는 밝은 대낮에 절에서 얼마간 떨어져 있는 빈터에 숯불을 지피고, 잡은 뱀들의 껍질을 벗겨내고 구워 먹었다. 처음 그 광경은 절절한 전율이 흐르는 무서움으로 내 눈에 비쳤다.

병자같이 마르고 왜소한 학생이 나에게 말했다.

"너도 먹어. 꽤 먹을 만해."

"맛이 어때? 징그럽지 않니?"

"맛은 별로야. 나는 약으로 생각하고 먹는 거지만 너는 여기까지 왔으니 기념으로라도 한번 먹어보렴."

그는 낮은 목소리로 묘하게 사람의 마음을 끌게 했으며 하는 짓거리가 어른스러웠다.

나는 망설였으나 연약한 휴학생에게 끌려들었다. 토막 낸 뱀고기를 대나무 꼬챙이로 집어 불 위에 달구어 낸 후 먹었다.

휴학생은 손잡이에 투우사와 황소가 으르렁거리면서 싸우는 그림이 각인

된 날렵한 재크나이프로 뱀의 몸뚱이를 척척 잘라냈다. 꿈틀거리는 뱀과 예리한 칼날의 번뜩임으로 뙤약볕 아래서 등줄기에 서늘한 오한을 느낄 지경이었다.

뱀고기의 맛은 세월이 지난 지금 생각해도 기억에 별로 남아 있지 않다. 구워놓은 생선 한 토막의 맛 같은 것이랄까. 아니면 부산 동래 온천장 부근에 즐비한 꼼장어 구이 같은 맛이었다. 공짜로 절에서 자고 먹고 휴학생과 어울려 다닌 후 그곳을 떠났다.

내가 다시 집으로 돌아왔을 때 그 해 여름방학이 다 끝나가고 있었고, 운동화의 밑창에는 두 군데나 구멍이 뚫려 흙부스러기가 맨발뿐인 내 발바닥을 새까맣게 그리고 거칠게 만들어 놓았다.

산조와 나는 토요일 병원근무를 마무리 짓기가 바쁘게 배낭을 움켜쥐고 병원 뒷문을 통해 바깥으로 튀어나왔다. 우리는 누가 볼까봐 도망이라도 가듯이 뛰어 병원 부근을 벗어나 단숨에 극장 앞까지 돌진했다. 그곳부터는 병원일로 우리를 다시 불러 세울 수 없는 지역이다. 우리는 희희낙락거리며 시외버스 터미널로 들어섰다.

대합실은 어딘가로 떠나는 사람들로 어수선했고, 산조와 나는 대합실의 높다란 벽에 행선지와 떠나는 차 시각표를 읽으며 가장 빠르게 소백산 부근에 도달할 수 있는 길을 모색했다. 아무리 찾아보아도 강원도의 북쪽 끝 도시에는 경상북도의 내륙지방으로 곧바로 연결되는 차량은 없었다. 우리는 몇번 차를 바꾸어 타기로 작정하고 우선 떠나는 원주행 버스에 올랐다. 원주에 도착하니 오후 4시경이었는데 문경으로 직접 연결되는 차는 역시 없었다. 차부 앞에서 막국수를 먹었다.

충주까지 가는 차를 바꿔 탔다. 우리가 갖는 시간관념과는 달리 겨울의 햇살은 짧고 어둠은 의외로 빨리 찾아왔다. 충주에 닿으니 날이 어두웠다. 충주에서 문경 가는 차를 기다리며 무려 2시간을 소모했다. 다방에서 1시간, 대합실에서 1시간을. 소중한 시간은 덧없이 흘러가 버리고 우리가 오르고자 했던 산은 더욱 더 먼 곳으로 떨어져 나가버린 생각이 들었다.

춥고 음산한 대합실 벤치에 배낭을 포개어 놓고 무한정 시간을 죽이고 있
자니 한심한 생각이 절로 들었다.

"형, 춥고 을씨년스러운데 우리 이러고 앉아 있지 말고 '쐬'나 한 잔 합시
다."

나는 서있는 그를 올려다 보았다. 묵묵부답인 나를 두고 산조는 돌아서 매
점으로 가 소주와 오징어를 들고 왔다. 소주 병뚜껑을 어금니로 팅겨냈다.
얇은 플라스틱컵에 소주를 가득 부어 우리는 말없이 마시면서 오징어의 몸
통을 북 찢어 어기적거리며 씹었다. 그리고 욕을 퍼붓기 시작했다. 누구한테
랄 것도 없이.

차들은 모두 서울행뿐이었다. 시골에서 시골로 이어지는 차들은 왜 이렇
게도 귀하고 띄엄띄엄 있어 사람을 지치게 만드는가, 빌어먹을! 길은 서울로
가는 것뿐인가?

심기가 완전히 비틀어져 있는 나를 두고 산조는 우리가 앉았던 다방으로
건너가 그의 친구한테 전화를 걸고 왔다.

"형, 조금만 기다려요. 문경 가서 친구 만나 저녁이나 먹고 수안보 온천이
나 갑시다."

나는 자신도 모르게 역정섞인 투정이 튀어나왔다.

"우리가 온천 가자고 강릉에서 이곳까지 왔단 말이냐? 그것도 차를 몇 번
씩이나 바꾸어 타고서."

"그러면 지금 여기서 어쩌겠어요? 차편이 없는데."

"망할놈의 것들. 모든 차들이 왜 서울로만 떠나는 거야."

"우리가 사는 나라가 원래 서울민국 아니요? 여기는 로마가 아니라 한국
이요. 당연하잖소."

초조한 나에 비해 산조가 왜 저렇게 태연하게 넉살을 부리며 편한 마음으
로 시간을 기다릴 수 있는가? 그는 밤중에라도 산 아래 도달하여야 한다는
내 생각과는 아랑곳없이 지극히 평온하고 한가롭게 여행을 즐기고 있었다.

지나다니는 사람들을 힐끔힐끔 쳐다보다가 심통이 나서 앉아 있는 나를 옆으로 슬쩍 쳐다보며 혼자 씩 웃기도 했다.

오래 기다린 후에야 겨우 출발하는 차에 타고 우리가 문경에 도착해 보니 산조의 친구가 있는 곳은 막상 문경이 아니고 점촌이었다. 그곳이 그곳이려니 했는데 아직도 아득히 먼 곳에 떨어져 있었다.

날은 완전히 캄캄해졌고 저문 저녁의 낯선 시골길에서 우리는 날 선 겨울 바람에 목이 시려 자라목을 하고 택시를 탔다.

기다리고 차를 바꿔 타고 돌고돌아 밤 10시가 넘어서야 산조의 친구를 만났다. 그즈음에 우리는 이미 파김치마냥 완전히 절어 지칠 대로 지쳐 있었다.

친구를 만난 산조는 다시 물길을 찾은 물고기처럼 파닥거렸다. 그쪽 친구가 물었다.

"왜 이렇게 늦게 도착했어?"

"말도 마. 이런 오지에 네가 살고 있으니 이 고생이지. 어떻게 차편이 제대로 연결이 되어야 말이지."

"그랬다면 충주쪽으로 병원 차를 보낼 텐데 그랬어."

"아냐, 집 떠난 사람이 편하자고 남의 차신세까지 질 수야 없고. 참 너 인사해, 이분 선배야."

나는 그와 악수를 나눴다. 차갑게 얼어붙어 있는 딱딱한 내 손에 비해 그의 손은 따뜻하고 부드러웠다.

"오시느라고 고생 많았습니다. 그런데 산은 어느 산을 가시려고요?"

"소백산맥으로 갈 생각입니다."

"겨울에는 바람이 세차 힘드실 텐데 이곳 가까운 산에라도 가시죠."

"가까운 산이라뇨?"

"여기가 유명한 문경새재가 있는 곳 아닙니까. 조령산, 주흘산이 이 부근에 있습니다."

산조가 나섰다.

"뭐나 좀 먹고 결정하자. 우린 점심으로 원주해서 막국수 한 그릇 먹고 지금까지 굶었다."

"저런, 시골 음식점이 별 곳이 있어야지. 귀한 손님들 모시고 어딜 가야 좋을까. 그래 하여간 밥부터 먹을 곳으로 가자."

산조의 친구는 말은 그렇게 했으나 그곳에서 제일 고급음식점으로 안내했다. 그가 들어서니 주인이 놀라 이미 폐장이 다 된 집에 불을 밝히고 잠자는 주모를 깨우며 야단이었다. 시골 방석집이었다. 방에서 잠을 자려던 아가씨들이 이불을 걷어내고 우리를 맞았다. 자개농이 있는 안방격인, 제법 격식을 갖춘 방에 급조된 상차림이 날아왔고 우리는 자정쯤에야 시골의 토속 음식을 맛보았다. 대충 차린 듯했으나 반찬은 수도없이 많아 접시위에 접시를 겹으로 포개어 빼꼭히 들어찬, 말 그대로 다리가 부러질 것 같은 상을 받고 보니 배가 고팠다는 것도 싹 잊어버릴 지경이 되었다.

내가 간절히 말렸음에도 산조의 친구는 양주를 시켰다. 그는 이 지방에서 유지고, 먼 곳으로부터 찾아온 친구를 맞아 소홀하게 대접할 수 없다는 자기 대로의 고집을 부렸다. 사실 나는 뚝배기국 한 그릇 비우고 따뜻한 방에서 잠이나 푹 자고 이른 아침 산으로 떠나는 차를 타고 싶었는데 우리를 귀한 손님으로 생각한 그의 마음은 달랐나 보았다. 처음에 산조도 사양했으나 양주 두 잔을 주고 받더니 그는 서서히 풀어지며 무너져 내려갔다.

이미 내 앞에는 석 잔의 양주잔이 놓여진 상태고 나는 호박색 기름기 도는 액체를 물끄러미 내려다 보았다. 이걸 마시기 위해 낮부터 멀고 힘든 차편을 이용해서 내륙의 오지로 향해 왔던가. 술잔 속에서 나는 멀어져가는 눈덮인 소백산을 떠올렸다.

그리고 비로봉의 바람을 생각했다. 사람을 통채로 날려버릴 듯한 그 세찬 바람의 기세를.

산조의 친구가 넋을 잃고 우두커니 앉은 나를 재촉했다.

"선배님, 앞의 잔 비우고 돌리세요."

"아, 네 미안해요. 잠시 무얼 생각하느라고."

나는 거푸 석 잔을 마시고 산조와 그의 친구 그리고 내 곁에 앉은 아가씨 곁으로 빈잔을 밀었다.

산조는 이제 산 따위는 까마득히 잊어버리고 안중에도 없었다.

"어, 술맛 기가 차게 좋고. 아가씨 내 잔도 한 잔 더 받아."

산조의 앞에는 술잔이 머물 사이가 없었다. 잔이 놓이자 마자 그대로 논스 톱으로 그의 입 속에 술을 털어 넣었다. 작고 앙증스런 작은 양주잔은 속도 가 붙어 식탁을 돌고 돌았다. 아가씨들이 기겁을 했다.

"아저씨들, 술에 기갈이 든 사람들 같아요. 웬 술을 그렇게 빨리 마셔대 요."

"잔소리 마. 너는 네 술이나 빨리 빨리 마시고 손님 잔이나 채워줘."

"어휴, 이 야밤에 자다 일어나서 이게 무슨 술벼락이람?"

나는 산을 버리기로 작심했다. 그것은 견딜 수 없이 나를 슬프게 만들었지 만 어쩔 도리가 없었다.

이렇게 술을 마시기 시작한다면 내일 아침 작은 언덕에도 오르지 못하리 라. 그들을 말리지 못했고 또한 나 스스로를 자제시키기를 거부했다. 이제는 별 수 없다. 브레이크가 고장난 차가 내리막길을 제동없이 멈출 줄 모르고 과속이 붙어 치달리기 시작했다. 어디쯤에서 사람도 차도 함께 박살이 나게 될 것이다. 갈 만큼 가 보자. 더이상 가봐야 어디까지 도달할 것인가? 진정 내가 갖고 싶었던 것은 무엇이었던가? 내가 못내 갖고자 했던 것을 갖기 위 해서는 더많은 소유를 버릴 수 있을 때만이 그 갖고 싶은 실상이 눈앞으로 다가온다면 산마저 미련없이 버리겠다. 그럴 때 내 가슴은 마침내 완전히 비 어 버리고 차츰 산으로 가득 메워질 것이다. 그 버리기 위한 작업이 오늘밤 에 마시는 술이라면 또다른 산을 진정으로 소유하기 위해 이 술잔을 비우자.

큰병짜리 양주 두 병이 바닥 날 때까지 우리는 산 이야기와 병원 이야기를 나누었다. 다섯 병째가 바닥 났을 때는 앉아 있는 아가씨가 화장실로 급히 뛰어가 그녀가 먹은 저녁을 다 게워 냈다. 산조는 취기가 도도해졌다.

"어이, 아가씨 벤죠 불러. 여기 벤죠 없어?"

"벤죠라뇨?"

"아 밴드도 몰라."

"시골에 무슨 밴드에요. 그리고 모두 잠든 이 시각에 무슨 풍악을 울려요."

"술마시고 노래가 없다니 말이나 될 소리냐. 내가 대신 하지."

산조는 결코 중단되지 않는 노래가락을 이어갔다. 밴드가 없어 유감이었지만 그러나 다행이었다. 밴드까지 불러 구색을 갖추었다면 술판은 얼마나 길어지고, 우리는 어이없이 발광을 낯선 곳에서 부리게 되었을까. 신라의 달밤에서부터 돌아와요 부산항에를 거쳐 단발머리까지 산조의 레퍼터리는 다양하다 못해 현란한 지경이었다.

대화는 단절되고 각자의 주장만 엇갈리며 말들은 공중에서 서로 만나 조각조각 부서지며 내려앉았다.

지나치게 술을 탐미하다 적벽강에 빠져버린 이백(李白)을 비견해서가 아니라 술을 좋아하다 산 속에서 목숨을 잃은들 어떠하랴만은 여기는 심산 산골도 아닌 난잡하기 짝이 없는 저자바닥이 아닌가.

새벽 3시경 여섯 병째의 술병이 들어오는 걸 본 듯했는데 나는 앉은자리에서 모로 쓰러졌다. 그리고 정신을 놓쳤다. 만취의 상태로 죽음 같은 잠의 나락으로 곤두박질해 내려갔다.

갈증으로 눈을 떴다. 나는 부디 미명이기를 바랬다. 그리고 내 머리가 맑아 있기를, 걷는 걸음이 정확하기를 원했다. 그래서 소백산의 정상은 못오르더라도 천체관측소의 갈림길까지만이라도 가고 싶었다. 그러나, 그러나 나는 너무 엉망인 채로 전신을 흠씬 두들겨 맞아 어깻죽지 하나 바로 펼 수 없을 만큼 손가락도 제대로 추스려 내지를 못했다.

머리맡에 작은 냉장고가 있었다. 문을 열고 병 가득히 들어 있는 냉수를 벌컥벌컥 마셨다.

새벽은 도둑처럼 사라져 버렸다. 시간은 아침 나절도 건너뛰어 오후 1시 지점에 닿아 있었다. 이게 무슨 꼴이람. 살을 저미는 후회가 엄습했다. 속이 뒤틀려 창자를 끄집어 내어 소금물에 헹구어 내고 싶을 지경이었다. 술 앞에 장사가 누가 있었겠나. 두개골과 뇌는 따로 분리되어 발걸음을 옮길 때마다 머리가 흔들흔들했다.

여기가 어딘가? 커튼을 제치니 눈부신 햇살이 비수처럼 내 눈을 찔렀다. 그리고 원근에 보이는 눈 덮인 산, 저 산이 주흘산인가? 조령산인가? 이곳은 도대체 어디인가? 산조는 어디로 가고 같이 술 마시던 후배와 아가씨들은 다들 어디로 사라졌는가? 내가 갖고 왔던 배낭은? 나는 머리맡에 널부러진 옷가지를 주섬주섬 꿰어 입고 덕다운 파카를 소매끼지 않고 어깨위에 걸친 채 문을 밀고 밖으로 나왔다. 여관이었다. 시골같지 않게 여관의 복도는 붉은 카페트가 깔려 있고 층계를 오르는 난간 쪽에는 유리 장식장 속에 깨끗하게 손질된 수석들을 모아 두었다. 깔끔한 주인의 체취를 느낄 듯했다. 1층으로 내려가 주인을 찾았다.

"같이 왔던 사람은 어디로 다들 갔습니까?"

"친구분이던가요? 207호에 또 한 분 계실 거요."

"어제 몇 시에 들어 왔습니까?"

"어제라뇨. 오늘 새벽 5시경에 업혀 왔습니다."

"누구한테서요?"

"누구긴 누구겠소? 같이 온 친구 분이지."

산조가 나를 업어?

"그 친구는 괜찮았습니까?"

"괜찮다뇨. 몇 번씩 뒹굴고 계단에서 넘어지며 법석이 났는데요."

"새벽부터 소란을 떨어 죄송했습니다."

"김원장 손님이라던데, 말소리 들으니 그 분도 완전히 꼭지가 돌아갔더라구요."

"김원장도 왔습니까?"

"아니요, 전화만 받았습니다. 나와는 평소에 친히 지내는 사이고 서울에서 김원장 손님 오면 꼭 우리집에 모시고 옵니다. 어제 저녁에도 방 두 개를 준비해 달라는 부탁을 받았고 손님들이 들어 오시기 전에 다시 연락을 받았습니다."

"여기서 소백산으로 가려면 어떻게 가죠?"

"지금요? 그런 몸으로? 가려면야 못 갈 것도 없지만 같이 오신 분과 의논해서 결정되면 방에서 다시 연락해 주시오. 차편을 알아 보지요."

"그럴게요."

내가 아직도 비틀거리는 걸음으로 계단 쪽으로 몸을 돌렸을 때 주인이 불렀다.

"참, 이것 갖고 가요. 오전 11시쯤에 김원장 운전기사가 갖고 온 것이오."

"뭔데요?"

"김원장이 보낸 것인가 봐요."

흰봉투에는 김산부인과의 병원 이름과 전화번호가 기재된 항용 보는 병원에서 사용하는 봉투였다. 속에는 제약회사에서 만든 메모지에 김원장이 남긴 편지가 나왔다.

'박산조에게.

네가 마시는 술 실력과 노래 솜씨는 여전하다는 걸 확인했고 그것은 기쁨이었네. 나는 장인 생신일로 아침 늦게서야 아내의 성화에 끌려 서울로 떠나네. 아직도 깊은 잠에 빠져 있을 듯해 깨울 수가 없어 간단히 메모만 남기네. 지금 머리가 얼얼해서 정신이 없지만 서울 가면서 잠을 좀 자면 나을까 싶기도 하네.

그리고 선배분 달래서 이번 산행은 그만 두게. 겨울산을 오르기에는 우리가 마신 술이 너무 큰 부담이 될 것 같아서 그러네. 어젯밤 즐거웠네. 종종 소식 전해 주게.'

207호의 문을 밀고 들어섰다. 산조는 입은 옷 그대로 이부자리에 구부러져 아직도 깊은 혼수상태에 빠져 있었다. 발로 그를 걷어찼다.

"산조, 일어나."

산조는 몸을 뒤척이며 돌아눕더니 눈을 떴다. 머리를 두 손으로 감싸쥐며 일어나 나를 올려다 봤다.

"형, 지금 몇시나 됐어요?"

"오후다."

"뭐요? 오후?"

"그래, 2시가 가까워 온다."

우리는 만회할 수 없는 찬란한 그러나 허망하기 짝이 없는 하룻밤을 보낸 것이다. 나는 오히려 담담했는데 그가 낙심천만의 얼굴로 나를 건너보았다.

"형, 어쩌지요?"

"뭘 어째? 시간은 이미 물 건너 가버렸는데 지금 생각하면 어떡할 거야, 우선 목욕이나 하자."

배주(背酒)의 진을 치고 폭음으로 밤을 새운 후 산조와 나는 산 앞에서 전멸해버린 완전무결한 패잔병이 되었다.

우리가 목욕을 끝낸 후, 약간 맑아진 정신으로 여관방에서 식사를 시켰다. 강릉을 떠난 후에 먹는 식사의 시간은 뒤죽박죽이었다. 어제는 4시경에 원주에서 막국수 한 그릇으로 점심을 때웠고 밤에는 자정쯤에야 저녁밥과 술을 함께 먹고 마셨다. 그리고 지금 오후 2시, 아침 건너뛰고 점심이다.

여관에서 차려 내놓은 음식은 정갈했다. 산채나물에 참기름이 듬뿍 들어 있었고 조개국이 시원했다. 내륙 깊숙한 오지에 무슨 조개를 구해 국을 끓였을까? 술국으로 내놓은 조개국을 후루룩 마시며 주인의 마음 씀씀이에 고마워했다.

명치끝이 쓰려 견딜 수가 없었지만 억지로 밥을 다 먹었다. 산조와 내가 터득한 숙취의 치료방법은 많이 먹어두고 자는 것 이외는 어떤 약도 소용 없다는 걸 알고 있었기 때문이다. 식사후 밥상을 윗목으로 밀어붙여 두고 두 사람은 이부자리위에 그대로 드러누워 버렸다. 산의 이야기는 꺼낼 엄두조차 나지 않았다. 나른한 식곤증과 두통, 울렁거리는 가슴을 간신히 진정시키고 다시 잠이 들었다. 잠에서 깨어나니 바깥은 어둑해져 있었다.

산조도 나도 산에 대해 여전히 입을 봉하고 있었다. 소백산은 사라졌다.

어제 오후 1시에 떠나 지금 오후 5시까지 28시간을 우리는 무얼 했던가? 무엇을 목적으로 길을 떠났던가? 나는 결코 편한 산행을 원하지는 않았다. 산행은 구도자의 삶 그 자체이고 싶었다. 그러나 지금 우리는 아무것도 할 수가 없지 않은가.

"일어나, 배낭 찾으러 가자. 어제 그 집에 두고 온 모양이야."

머리는 맑아 왔지만 온 몸의 힘은 어디로 다 쏟아져 버렸는지 걸음걸이가 건들건들했다. 카운터에서 다시 주인을 찾았다. 우리가 말 꺼내기 전에 주인이 먼저 말했다.

"손님들 계산은 다 끝나 있습니다."

"누가 했나요? 우리는 돈을 준 적이 없는데."

"김원장이 하고 갔어요."

"그가 언제? 우린 다시 점심까지 시켜 먹었는데."

"김원장 병원에서 조금 전에 경리아가씨가 와서 정리해 주고 갔어요."

"어젯밤에 마신 술값도 어지간할 텐데 여관비까지 물다니."

산조가 중얼거렸다.

여관문을 나오면서 나는 산조에게 김원장이 남긴 메모를 전해줬다. 그가 읽어보더니

"공연히 찾아와서 신세만 지고 가는군."

"그래 내가 뭐랬어. 차나 한 잔 마시고 잠이나 자자고 그러지 않았어? 그랬다면 이런 참혹한 휴일은 맞지 않았을 게 아니냐."

"형, 미안해요. 나 때문에 산행마저 망쳐버렸으니."

나는 안타까웠지만 침묵했다. 과로와 술독의 여파로 몸은 만신창이가 되었지만 지금은 귀가의 빠른 길을 찾아나서야 하고, 내일부터는 다시 빡빡한 근무에 매달려야 한다.

음식점에 들러 등산을 위해 제대로 한번 풀어보지도 못하고 싸들고 온 그대로의 배낭을 찾아 메고 시외버스 주차장으로 갔다. 그곳에는 강릉으로 직행하는 어떤 차도 없었다. 여기서도 대부분의 차는 서울 방향이었다.

　예천을 지나 영주까지 가서 중앙선을 타기로 했다. 청량리에서 출발하는 중앙선은 지도상에서 본다면 직선으로 동해안까지 뻗어나갈 수 있는데도 어떻게 해서 소백산맥을 뚫고 내륙으로 한참이나 내려온 후에야 영주에서 다시 동해안으로 북상하는 기차 선로를 생각해 냈을까? 어렵고도 답답한 노선이다. 대부분의 차선이 끊겨버린 어두운 대합실에서 불꺼진 난로가에 웅크리고 섰다가 영주로 향하는 버스를 탔다. 차는 완전한 완행이었다. 휴일날 귀가길의 시골 사람들을 태우고 내려주며 한없이 느리고 굼벵이처럼 기어서 예천에 도착하니 차부에 차를 밀어 넣어두고 기사는 차문을 열고 밖으로 나가버렸다. 저녁을 먹으러 간 것일까? 20여 분도 더 지나서 이를 쑤시며 기사가 돌아왔다. 마침 달리는 차에 히터가 들어와 차내는 훈훈했다.

　어두운 국도변에 앙상히 잎을 떨군 가로수를 바라보며 차창의 유리벽에 머리를 기댔다. 아름다운 산천경계를 구경하며 감탄하지 못해서만도 아니지만, 우리의 귀가길은 쓸쓸하고 적막했다.

　사람들이 옹기종기 모여사는 마을에 차가 닿으면 시골사람들의 시끌벅쩍한 소리가 잠시 차내에 떠돌다가 곧 긴 침묵 속으로 침잠해 갔다. 간간이 불 밝은 시골마을들이 차창곁으로 스쳐 지나갔다. 그곳에서는 가족들이 저녁밥상을 물리고 둘러앉아 하루의 피로를 달래고 있겠지. 그렇게 살아가는 게 사람이 사는 작은 행복이 아닐는지. 나는 문득 그 작은 행복을 스스로 놓아버린 애절함을 맛보았다.

　많이 가질수록 더욱 불편했던 서울 생활이 싫어 산을 찾아 길을 나선 나는 진정 행복해 했던가? 그리고 오손도손 모여 사는 가정의 질서를 뭉개고 홀로 동해안으로 뛰쳐나온 지금의 결과에 대해 과연 자족하고 있는 것일까? 알 수 없는 일이다. 삶의 도정이 바르고 곧게 뻗어 있는 길만을 따라가는 게 아니라면 잡목숲인 줄 알면서도 한사코 그곳에 외따로 떨어져 있는 오솔길을 고집하는 이유는 설명할 방법이 없다. 그 길의 끝에 단애의 절벽이 나를 기다리고 있다하더라도 굳이 그 길을 택하고 싶은 지금의 나를 탓하지 말자. 만인이 가는 공통적인 인생의 행로에서 열외로 벗어나는 게 내 운명의 수순이라면 그 업보를 그냥 받아들일 수밖에 별다른 도리가 없지 않은가.

영주에 도착한 시간은 밤 8시경이었다. 저녁을 먹고 역으로 향하기 위해 정류장 앞을 걸어나올 때 한 무리의 아줌마들을 만났다.

"아저씨 따뜻한 방 있어요. 아가씨도 있고요."

두 사람의 아주머니를 밀어내고 세 사람째 아줌마로부터 산조의 파카 소매 한 쪽이 붙잡혔다.

"아저씨 좋은 곳 있어요. 같이 가요."

앞서가던 나는 뒤돌아섰다. 산조를 붙든 여인은 젊은 아주머니였다. 추위에 두 사람은 길거리에서 부들부들 떨고 있는 듯했다. 산조는 그녀와 무슨 말을 나누고 있었다.

"형, 잠깐 이리 와봐요."

"왜 그래. 그냥 가지않고. 열차 시간도 알아봐야 할 게 아냐."

"새벽에 떠난대. 어차피 역에서 기다려야 하니 우리 잠깐 쉬었다 가요."

"쉬긴 어디서 쉬어. 그냥 빨리 와."

돌아서는 나의 배낭끈을 젊은 여인이 재빨리 잡아챘다.

"고집두 세셔. 좋은 사람 있다는데 왜 혼자 가려고 그래요."

우리는 무슨 이유로 그랬을까? 어제 밤새워 술마시고 산그림자도 밟지 못하고 귀가하는 초라한 우리를 아무렇게나 내팽개치고 싶어서였을까. 나는 고개를 끄덕였다. 산조와 여인이 앞서가는 뒤를 묵묵히 따라갔다. 역전 골목으로 들어섰다.

어느 시골 도시에서나 마찬가지로 역전 골목이 만들어 내는 풍경은 대개가 엇비슷했다. 여인숙 집들이 나열되어 있고 그 앞으로 흐르는 개천에서는 시큼한 하수구의 썩은 냄새가 났다. 외등에 비친 그곳에는 플라스틱 슬리퍼 한 짝과 양말 같은 게 개울을 가로지른 나뭇가지 곁에 걸려 있었다.

어두운 골목을 들어섰다. 가정집 같은 곳에서 대문을 밀었다. 안채와 떨어진 바깥쪽에 2층으로 오르는 철제 계단을 밟고 올라갔다. 방들이 다닥다닥

붙어 있는 게 너댓 개 보였다. 방문 앞에는 작은 댓돌이 있었고 그위에는 남 녀공용으로 신을 수 있는 개천가에서 본 듯한 플라스틱 슬리퍼가 겨울냉기에 굳어 동태처럼 빳빳한 채 놓여 있었다. 그 옆 벽에는 연탄불로 덥혀지는 간이보일러용 플라스틱 물통이 방마다 철사줄에 매달려 키높이에 걸려 있었다.

방값은 싸고 여자값도 싸구려였다. 아주머니가 여자를 구하기 위혀 계단 아래로 내려갔을 때 산조와 나는 방문을 열고 빈 방으로 들어갔다. 방은 좁고, 누추했으며 작은 형광등 불빛아래 비치는 이부자리는 더러웠다. 방바닥에는 온기가 약간 스며 있었으나 외벽으로 들어오는 바람 탓인지 방 속은 냉냉했다.

배낭을 벗어 내렸으나 감히 자리에 앉을 엄두가 나지 않았다. 산조를 건너다 봤다. 그도 역시 이곳에 따라들어올 때와는 달리 처연한 얼굴로 색바랜 벽지를 응시하고 있었다. 새벽 3시까지 여기에서 6시간을 어떻게 머문담. 더군다나 때절은 이부자리를 펴고 틀림없이 늙고 껌처럼 말라붙은 젖꼭지를 가진 여자를 옆에 눕히고 함께 누워 있을 생각만 해도 소름이 돋았다.

나는 포개어진 이부자리를 베개로 하고 방바닥에 드러누웠다. 산조가 선 채로 그런 나를 내려다 보았다.

"형 여기서 잘래요?"

"네가 가자고 해서 왔잖아."

"이런 곳으로 데리고 올 줄 몰랐어요. 생각하니 심란해요."

"뭐가?"

"이곳에 머문다는 게. 그리고 이 연탄 냄새가 역겨워요. 깜빡 잠든 사이에 문틈으로 들어온 연탄가스로 우린 송장이 될지도 몰라요."

그럴 테지. 더러운 이 골방에서 산조나 나나 연탄가스 중독으로 죽음을 맞는다면 더군다나 기차역 앞 여인숙에서 창녀와 함께 죽어 있는 시체로 발견된다면 얼마나 희극일까.

사람들은 도처에서 죽어간다. 집에서, 병원에서, 거리에서. 그러나 마땅히 죽어야 할 곳이 따로 있다. 나는 천상의 죽음자리를 선택한다면 주저치 않고 산을 택할 것이다. 산에서 자는 잠 그대로 영원한 죽음으로 이어진다면 얼마나 자연스러울까. 고향보다 더 친숙한 산마루에서 죽어가는 나를 갈망했다. 산에서 죽는다면 우리가 어차피 묻혀야 할 제자리를 가장 합당하게 찾아간 셈이다. 고급 승용차에 실려 병원 영안실을 찾느니보다 차라리 산속에서 어떤 돌연적인 사고로 인해 죽어간다면 그 보다 더 좋은 마지막 장소가 지상에서 어디에 있을 것인가. 산을 오르며 두려움을 잊는 건 내가 산 속에서 죽어도 한이 될 게 없다는, 어쩌면 그것은 영광의 마지막 종착지임을 내심으로 자인하고 있는 탓이 아니었을까.

"형, 그냥 우리 여기서 나가요."

"나가다니? 아주머니가 욕할 텐데."

"하라면 하라지요. 이런 곳인 줄 누가 알았나요? 여자 오면 돈 준다고 방값도 안 치렀으니 잘 됐지뭐."

"알았다. 나가자."

우리는 등산화의 끈을 조여 묶을 겨를도 없이 황급히 대문을 밀고 도망가듯이 뛰쳐 나왔다. 마침 집앞으로 다가선 택시에 잽싸게 몸을 실었다.

"영주에서 제일 깨끗한 여관으로 갑시다."

새벽 3시 여관의 교환양이 우릴 전화로 깨워주었다. 불 밝은 야간열차에 앉았다. 열차는 탄전지대를 지나고 고개를 넘고 수도 없이 많은 터널을 빠져나와 마침내 새벽에 동해가 보이는 바닷가로 검고 긴 동체를 밀어냈다.

우리는 잠들다 깨다가 그리고는 밝아오는 새벽녘에 시퍼렇게 날이 선 동해바다를 보았다. 종착역인 강릉역에 도착하니 월요일의 출근시간이 바쁜 아침이었다.

병원으로 향하는 택시 속에서 산조가 낮은 목소리로 말했다.

"형, 미안해요. 나 때문에 이번 산행이 엉망이 됐으니, 다음 번에는 어떤 일이 있어도 소백산을 다시 오르도록 합시다."

　나는 후배의 손을 가만히 쥐었다.

　그래, 좋다. 사람의 마음이 떠났으면 떠났지 산은 태초 이래로 그냥 그곳에 머물러 있어 왔잖니. 다음 기회를 보자. 차는 어느 사이 병원 앞에 닿아 있었다.

2장

산은 땅의 한 부분이지만 산의 끝은 허공이며 허공에 맞닿았다고 생각했을 때의 느낌은 환희와 열패감을 동시에 맛보게 한다.

산사람들은 한가롭고 여유있는 몽상가에 불과할 따름인가. 그러함에도 산은 사람들의 겉옷을 벗겨내고 직립시켜 스스로를 바라볼 수 있게 만든다. 사람들은 자신의 내면을 들여다보는 거울을 찾아 산으로 향해 길을 떠난다.

힘겹게 산을 오른 후 더 올라설 곳이 없다고 느꼈을 때 그때는 어디를 가고 싶게 될까? 하늘로 오를 것인가? 정상의 마지막 바위 끝에는 하늘문을 여는 빗장이 놓여 있는가? 우리는 그 빗장의 문고리를 잡기 위해 끝이 보이지 않게 반복되는 길고 긴 산행의 장막을 한겹 한겹 헤치고 있는 것인지 모른다. 산은 존재하는 그 자체만으로 무한한 뜻을 지닌다. 언제나 침묵하는 자세로 우리들 곁으로 다가와 혼탁해진 사람들의 가슴을 열게 하고 순백한 애정의 한자락을 심어준다.

후배 박산조와 나는 매일 산을 생각하며 도시에 머물러 있었다. 나는 창곁에 서서 멀리 떨어져 있는 산들을 바라보는 습관에서 벗어나지 못했다. 산들을 볼 때마다 왜 나는 산에 오르려는가를 자문했다. 그곳에 영원히 내려오지 못할 산정이 있다면 사람들은 아무도 오르려고 하지 않을 것이다. 다시 지상에로의 회귀불능을 감지할 때 사람들은 절망한다. 그러나 안락한 평지로 귀환할 수 있다는 펴놓은 뒷마당이 있기에 감히 목숨을 걸고 고봉에 자신을 세우려 하지 않을까. 나도 그런가.

퇴근시간이 가까워 올 무렵 후배 산조가 노크없이 병원 외래의 방문을 밀치고 들어왔다.

"형, 오늘 저녁에는 다방 같은 곳에 죽치고 앉아 있지 말고 소리나 들으러 가요."

"소리라니?"

"쑥대머리 한 대목도 몰라요."

창문으로 시선을 돌렸다. 쑥대머리라 나는 짐짓 헛기침을 두어 번 하고 목청을 쏠었다. 옥중의 춘향이가 절절히 임그리는 한 대목을 슬쩍 토해냈다.

"보고지고 한양낭군 보고지고 오리정정별후로 일장수어를 내가 못 봤으니 부모공양 글공부에 겨를 없이 이러는가 여인신혼 금슬우지 나를 잊고 이러는가 계궁향아 추월같이 번듯이 솟아서 비치고저 막왕막래 막혔으니 앵무새를 내가 어이보며……."

"형 잠깐만 쉬었다 다시 해요. 그 소리를 어디서 배웠수."

"배우긴 뭘 배워. 쑥대머리라고 하니 한번 그냥 해본거다."

"히야. 기가차네요. 그거 누가 부른거요?"

"소리야 여러 사람이 했지. 임방울 알아? 불세출의 명창이 불러 대히트한 소리야."

"형, 술 먹고 나서 신날 때 왜 이런 가락은 여태 안 불렀소?"

"이게 술 마시고 부를 노래가 되겠니?"

"좋잖아요. 하여간 형은 모르는 게 없고 못 오를 산이 없구려. 부럽소 부러워."

"부럽단 이야기는 관두고, 내 신세 처량하고 딱하긴 생이별한 춘향이 못지 않다는 걸 너도 알 테고. 그래 소리 한다는 곳이 도대체 어디냐? 여기 강릉에 남도창이나 서도 소리를 들을 곳도 아닌데 소리는 무슨 소리냐. 오구굿 구경이나 가자면 몰라도."

"원무과에 있는 미스 김이 이걸 주고 갔어요. 저녁에 술 마시고 거리 돌아

다니는 꼴이 보기 싫었는지 오늘밤에는 이곳에 가서 구경이나 하라구요."

"뭔데?"

나는 산조가 들고 있는 갈색봉투를 낚아 챘다. 봉투속에서 초대권 두 장이 빠져나왔다. 검은 바탕에 '정선아리랑과 가야금의 밤'이란 흰 글자가 눈에 들어왔다. 정선아리랑. 그렇지 여기가 강원도지. 정선아리랑의 애절한 가락이 금새 머리를 촉촉하게 젖게 해줬다.

"그래 오늘밤에는 그곳에나 가보자. 나오는 사람들이 누구래?"

"나야 알 수 없지요. 표만 받았는데 가보면 알게 되겠지요, 뭐."

"알았다. 산조 오늘밤에는 제발 등산화 벗고 구두 신고 가자 응."

"남이야."

"임마. 다른 사람들 눈도 있지. 그래 가야금 들으러 간다면서 등산화 질질 끌고 나타날 거야?"

"알았어요."

저녁 7시, 장소는 시내에 있는 갤러리였다. 강릉에 살고 있으면서 골목 안에 이런 아늑한 곳이 있었는가 싶게 발표회가 열리는 주변은 조용했다. 다방 겸용인 화랑이었다. 의자는 가로로 가지런히 배열되어 있었고 아직 이른 시간이었는지 사람들이 드문드문 의자에 앉아 있었다. 우리가 들어섰을 때 점점 높은 음으로 치닫는 무곡 볼레로가 실내에 물결치듯 흐르고 있었는데 언뜻 듣기에도 질감좋은 전축에서 뿜어나오는 음악임을 직감했다. 벽마다 그림들이 빼곡히 걸려 있었는데 맑은 수채화와 추상적인 흑백사진 몇 점도 보였다. 주인이 뭘하는 사람일까? 화랑이 주업인가, 다방이 생계수단인가? 사람들로 웅성거리며 곧 자리가 찼다. 그리고 뒤에 몇 사람들이 서 있는 듯했는데 앞에서 두 번째 줄에 앉은 나와 산조는 주위를 둘러볼 생각도 못하고 볼레로의 마지막 음률에 빠져 있었다.

음악이 끝나고 불이 꺼졌다. 무대가 있는 듯한 앞쪽에만 불이 켜지고 사방형의 작고 낮은 단을 두 사람이 맞잡고 들고와서 앞의 빈공간에 놓았다. 한복을 입은 여자가 가야금을 들고 우리가 앉은 뒤쪽 자리에서 앞으로 나왔다.

가야금 산조를 하기에는 여자가 어리게 보였다. 차라리 소녀라고 부를 만한 차림새였으며 단발머리였다. 사회자의 소개가 있었다. 강릉에 소재하는 대학재학중의 학생이라고 했다. 여기 대학에도 국악과가 있었던가. 여자는 잠시 현을 고르고 그리고 가야금을 뜯기 시작했다. 사람들의 숨소리는 일순간에 멈추었고 가야금 줄은 요동을 치기 시작했다. 생각보다 어린 연주자의 솜씨는 월등했다. 진양조에서 중몰이, 중중몰이, 잦은몰이, 휘몰이 세산조시를 지나며 한 마리 나비가 부화해가듯 신비한 음률을 토해내며 멈추듯 때로는 미친 듯이 내달리며 가야금 소리는 바람처럼 휩쓸려 지나갔다. 나는 등에서 작은 땀방울이 솟아오르는 감흥을 느꼈다. 여자는 고개를 숙이고 여린 줄 위에서 그녀만이 창출해내는 무언의 언어를 쏟아냈다. 가야금 산조는 짧고 아쉽게 끝이 났다. 잠시 후 불이 켜지고 사람들의 수선거리는 소리가 들린 후 다시 불이 꺼졌다. 쪽문을 통해 한 젊은이가 흰 두루마기를 입고서 장고를 들고 나타났다. 초강초강해 보이는 얼굴이었다. 그는 단위의 의자에 조용히 앉았다. 마치 판토마임을 혼자 연출하는 광대의 동작 같았다. 젊지도 늙지도 않은 나이 30쯤 된 남자는 단아하게 보였다. 정선아리랑의 전수자라는 소개가 있었다. 그는 장고채를 위로 들어올리고서 짧게 한 번 내리쳤다. 사람들은 다시 호흡을 멈추었다. 아라리의 음률은 슬프고 목소리는 애절했으며 장고의 소리와 기묘한 조화를 이루어 내었다. 한 손에 쥔 장고채의 때림과 다른 손바닥으로 부딪쳐내는 화음은 투박하지도 난삽하지도 않게 잘 어울렸다. 그는 그의 내부 깊숙한 곳에 오랫동안 고여 있는 슬픔을 한순간에 건져내듯 아라리를 열창했는데 그 소리는 마치 젖어가는 적막한 가을비의 스쳐가는 빗소리를 연상시켰다. 어떻게 보면 오연하고 무람하게 보여 남의 시선을 전혀 안중에 두고 있지 않는 것 같기도 했다.

몇 사람이나 방청석을 메웠을까? 여럿이 모여 무리를 이루고 살아도 결국 사람의 삶은 각각이 갖는 인간사로 별개의 개체일 수밖에 없다. 그래서 무리 속에서 혼자 떨어져 나와 사는 소외감에 덧없이 흘러가는 세월을 통탄하고 있을 홀로의 시간에 듣는 저 비감한 소리는 우리를 깊은 고독으로 휘몰아 넣는다. 생각지도 않은 사람들의 가슴 속으로 돌연히 침입하여 분분히 날리는 꽃송이처럼 하나의 색채로 다듬어가는 저 아련한 시김새는 그만이 낼 수 있는 소리임이 분명했다.

소리 중의 소리라면 산속에서 울리는 소리가 제일이 아니던가. 매화꽃 아래서 사뿐하게 춘설이 내리는 소리를 들을 수 있다면 천 가지를 갖고도 만 가지를 소유한 듯 마음은 항시 풍족감을 느끼며 열려 있을 것이다. 소리를 들을 수 있는 마음이 열릴 때 산은 새로운 질감으로 더 가깝게 접할 수 있다. 두보(杜甫)가 말했던가. 세상의 소리 중에서 가장 으뜸으로 장중한 소리가 솔잎틈을 가르는 솔바람 소리라고 했다. 그 소리를 내 가슴에 담아 내기위해 나는 아라리의 음률에서 먼 곳에 있는 산을 생각한다.

정선아리랑은 20여 분을 넘게 이어갔다. 율과 음에 깊은 산속 마을에서 사는 사람들의 풍성한 정감이 애틋하게 묻어났다. 고통과 애환을 절절히 담으며 객석의 가슴을 하나로 관류시켰다. 그것은 음악에 대한 아름다움과 신비였다. 그래 저런 소리를 어디에선가 들어본 적이 있었지. 혼자 산행을 떠났다가 어두운 하산길에 산죽밭에서 울리던 바람소리였던가. 산죽의 잎새를 모두 쓸어내듯 내달리는 바람소리를 혼자 전신으로 받으며 군데군데 무더기로 쌓인 눈 위에 등산화의 발자국을 찍어 내며 하산하던 저 쓸쓸했던 저무는 저녁의 기억속으로 나는 던져졌다. 그때 우연히 쳐다본 밤하늘에 솟아난 별빛도 무심했었지. 나는 그럴 때마다 차가운 계곡 물에 몸을 씻고 홀로 촛불한 자루 켜들고서 바위에 엎드려 간절한 치성으로 신령을 불러내고 싶었다. 그리하여 활활 타오르는 불꽃으로 산화하여 한줌의 재로 세상에 남겨지기를 원했다. 사람들은 나의 재를 밟고 다시 산으로 오르고 그리고 내 가슴으로부터 빠져나간 빈 바람소리를 듣게 될 것이다. 죽어 재가 되어버린 나는 밤이 되면 바위와 숲속에 흩어진 혼백을 불러일으켜 세워 망망대해 같은 창공을 혼자 헤매다가 외롭게 산 길 떠나는 사람들의 길을 밝혀주는 작은 등불이 되고 싶었다.

정선 아라리는 낮은 소리로 점차 내려가 곧 침묵으로 잦아들었다. 흰 두루

마기는 장고를 끼고 뒷문으로 나가고 화랑에는 다시 불이 밝혀졌다. 나는 이마 위에 돋아난 땀방울을 손등으로 밀었다. 손등에는 흥건한 물기가 묻어났다.

산조는 고개를 숙이고 있었다. 이 친구가 아리랑을 듣고 울고 있나?

그나 나나 결코 평탄하고 즐거운 생애를 살아온 것은 아니었다. 서른 네 살의 불쌍한 산조. 허튼소리를 싸질러 대고 수다를 떨곤 하지만 그의 내면 깊숙한 곳에서는 언제고 마르지 않는 슬픔의 샘물이 고여 있을 것이다. 사람들은 산조의 얼굴에서 그의 고뇌를 쉽사리 발견하지 못하겠지만 그는 하루에도 몇 차례씩이나 자기만의 샘을 들여다보며 슬픔과 외로움으로 혼자 치를 떨고 있을지도 모른다.

5년 전, 박산조 나이 스물 아홉 살 봄에 결혼을 했다. 신혼 6개월이 되던 그 해 가을 아내를 옆자리에 태우고 부산 본가로 향하는 차의 운전대를 잡았다. 경부선 하행선에서 일어난 대형 연쇄충돌사고는 아내를 죽게 하고 그 자신의 대퇴골 골절상이란 중상을 입는 결과를 가져왔다. 산조는 아내와 함께 임신 3개월째인 뱃속에 든 아기를 동시에 잃었다. 4개월 만에 겨우 병상에서 일어나 보행이 가능했을 때 그는 아무도 찾을 수 없는 남해안의 섬으로 유배를 가듯이 떠났다. 1년 만에 돌아왔을 때 그는 다변가로 변해 있었고 평소 때 깊었던 눈빛은 많이 얕고 탁해져 있었으며 다혈질적인 성격을 나타냈다. 비애와 혼란으로 이어지는 죽음 같은 절망에서 그가 걸러낸 결실은 처연한 염세가 아니라 현실에 대한 평범하고 손쉬운 안주였다. 다분히 물리적이며 현실적이었다. 그것은 살아 있는 허재비를 가끔 연상시키게 했다. 그렇지만 그는 한 가지를 결심하고 실행했다. 다시는 결혼 따위는 하지 않겠다고. 산조는 어떻게 보면 생의 중심 안에 잔류하지 못하고 항상 비켜 서있는 듯했다. 그는 일어나는 모든 현상에 대하여 비꼬는 어투를 즐겨 사용했는데, 비평가라고 붙여준 그의 별명은 지극히 적절한 비유였는지도 모를 일이다. 그를 인간의 삶 그 테두리에서 외곽지대로 밀어낸 원인이 그로 인해 죽은 부인에 대한 감정 때문인지 아니면 원초적인 그 자신의 문제인지 알 수 없는 노

릇이었다. 그러나 산조의 그 같은 몸짓은 견고함이 아니라 단지 자신의 나약
함을 은폐시키기 위한 강한 몸부림같게도 보였다. 때때로 그는 세상을 조소
했으며 가치있는 것에 대해 능멸하기를 거리끼지 않았다. 그는 스스로 잊혀
진 존재로 남아 있기를 원했다. 그러나 그는 살아 있었고 그리고 가장 가까
운 내 곁에 머물러 있었다. 사람들을 많이 사귀고 다녔지만 교통사고 이후
그가 마음의 문을 진실로 열어 보인 것을 나는 보지 못했다. 과거를 망각한
채 현재의 확실성만을 붙들고 살았다. 오늘 지금만 철저하게 산다는 의미는
어떤 비전도 갖지 않겠다는 뜻을 내포하고 있다. 바람 같았다.

 딱 한 번 서울에서 술을 마시고 늦게 귀가하던 날, 연희동에서 차가 우회
전으로 돌아설 때 내 손을 잡은 적이 있었다.

 "형, 우리 여기서 차 돌려서 다시 신촌으로 나가요."

 "무슨 소리냐? 지금 몇신데 그래?"

 "나 지금 그냥 집으로는 못 돌아가겠어요."

 "술집 이미 끝났을 텐데 왜 그래?"

 "혼자 사는 집에 들어가기가 막막해요. 술 같이 먹은 아가씨 불러내요. 제
발 오늘 밤만은 나 하자는 대로 합시다, 형."

 나는 마신 술이 상당했음에도 순간에 주기를 완전히 떨쳐내고 맨 정신으
로 돌아왔다. 차마 산조의 청을 거절할 수가 없었다.

 "그래, 그러자. 네가 좋다면 다시 되돌아나가자."

 우리는 차를 돌려 신촌 생맥주와 통닭 골목을 지나 우리가 마신 술집 안에
다시 섰다. 단골 멤버는 군말없이 여관방을 잡아주고 아가씨를 넣어 주었다.
후에 내가 다른 사람과 그 술집에 들렀을 때 산조의 파트너 아가씨를 만났
다. 그 날 밤 내내 산조는 눈물만 흘리고 있었다고 했다. 여자는 양말 한 짝
벗지 않고 우두커니 앉아 산조의 눈물을 닦아줄 휴지만 뽑아줬다고 했는데
나는 그 이야기를 듣고 콧잔등이 시큰해 견딜 수가 없었다. 그는 울며 혼자
지킨 성을 부숴버렸던 것이다. 그러나 일상시의 산조는 견고했다. 무엇이 그
로 하여금 무람하게 세상에 대한 조소의 목소리로 때로는 주위를 조금도 용

50

해시켜 주지 않는 철벽성 속으로 몰입시키는 걸까. 그에게 족쇄를 풀어줄 방법은 없는가.

언젠가 내가 산조에게 농담을 건넸다.

"산조, 이제 참을 만큼 견디었으니 결혼하지."

그는 눈을 치켜 떴다.

"형 결혼생활보니 할 것도 못 돼요. 형이나 잘 끌고 가요."

하기사 그가 그런 말을 한다면 나 또한 변명 한 마디조차 대꾸할 수가 없다. 내가 무슨 잘난 선배라고 그에게 결혼에 대해서 단근질을 할 수 있단 말인가?

여울처럼 지나간 날들의 후회스런 시간들. 끊임없이 삶의 고난과 마주치며 타인과의 대화를 피해 외로운 궤적을 밟고 온 세월이 아니었던가. 뛰어넘어도 상관없을 지나간 공백의 시간. 삶에 진공이 생길 때 그 자리를 채우는 것은 나태와 자폐뿐이다. 삶은 조여진 줄처럼 긴장할 필요가 있다. 그러나 완벽하게 경직되어 있기만 하다면 그 생 또한 쉽게 부서지기 쉽다. 삶을 시행착오 없이 살기란 힘든다. 착오는 시간의 낭비를 갖고 오지만 어쩔 도리가 없다. 미래를 살아보지 않는 한 수레바퀴 돌 듯 쉬지 않고 진행되는 일상을 정지시킬 방법은 부재하다. 후회하면서도 살아보는 수밖에 없다. 그것은 마치 길이 나지 않은 미답의 산을 처음 오르려는, 그래서 정상에는 무엇인가 기대할 만한 것이 기다리고 있을 것이라는 생각에서 출발하는 산행과 동질성을 띤다. 삶을 되돌아본다는 것은 미지의 산을 향해 한발 한발 걸어나간 족적을 헤아려 보는 회상과 다를 바가 없다. 우리는 후회하면서 살아간다. 산조도 나도 그렇다.

올라가보지 않은 산을 올라가 보아야 정상에 바위가 있는지 웅덩이가 파여 있는지 알 수가 있다. 우리의 인생도 가는 데까지 가 보는 것 외에 다른 방도는 없는 모양이다.

산조와 마찬가지로 나 역시 서울을 떠나 강릉에 머물러 있지만, 만나면 서로 웃고 농담을 나누나 마음으로는 언제나 횡한 바람이 들락거렸다.

화랑에 불이 켜지고 사람들의 두런거리는 목소리들이 들렸다. 나는 고개를 들고 주위를 둘러보았다. 상당히 많은 사람들이 자리를 채우고 뒤에도 서 있었다. 잠시 후 우리의 뒷자리에 앉은 사람들이 빠져나가고 그 자리에 뒤에 서 있던 한 여자가 앉았다. 검은 외투를 입고 얇은 실크 스카프로 머리와 목을 감쌌다. 실내에서 보기드문 차림새다. 웬 카추샤가 나타났나.

그녀는 산조의 바로 뒤에 비어 있는 의자에 앉았다. 고개를 숙이고 있는 산조의 등을 여자는 검지와 중지 두 개를 가지런히 모으고 찔렀다. 산조가 돌아봤다.

"아니, 이게 누구지. 미스 강 아냐? 가게는 어쩌구 여길 왔어?"

"잠깐동안 앞 테이블 언니한테 맡겨두고 나왔어요. 어때요? 들을 만했지요."

"그래. 좋더구먼, 술 생각 간절해진다. 가자 너네 집으로."

"그래요, 이따 와요. 나 먼저 갈게요."

그녀는 여전히 스카프를 풀지 않고 뒤돌아서 총총히 걸어갔다. 가면서 남긴 웃음이 잔잔했다. 나는 얼이 빠진 얼굴로 물었다.

"저 카추샤 누구니?"

"카추샤라니? 무슨 말이요?"

"차림새가 그렇잖아."

"같이 가요. 나는 네플류도프 백작 소질 없으니 형이 잘 구슬려서 백작하고 카추샤 만드세요."

"짜식, 말하는 것 하고는, 도대체 어느 집이냐?"

"카페 흑진주에 있는 아가씨요."

"너 가끔 혼자 간다는 그 집?"

"그래요, 어서 일어서기나 해요. 그러지 않아도 정선아리랑 듣고 나니 목이 컬컬해서 미칠 지경인데 잘 됐네요. 이곳에서 술집 주인까지 만났으니."

우리는 골목을 나와 1차선 차도를 건넜다. 불밝은 고급 장급여관들이 몰려 있는 사이길을 걸어서 왼쪽으로 꺾인 골목으로 들어섰다. 후미진 골목이었다. 이런 외딴 자리에 있는 술집에도 손님들이 찾아서 오나? 문을 밀고 들어섰다. 장방형의 긴 테이블이 양쪽 벽면을 따라 붙어 있고 촉수 낮은 갓전등이 아래로 내려와 있었다. 실내는 훈훈하게 적당히 덮여져 쾌적한 느낌이 들었다. 밖에서 생각하고 들어온 것보다는 상당히 아늑한 공간이었다. 스탠드 테이블 가에 앉았다. 앞쪽에는 여러 종류의 양주병들이 진열되어 있었고 코너쪽에는 벽 속으로 백열등을 묻어 간접조명을 뿜고 있었다. 솜씨 있는 인테리어가 고심해서 만든 실내장식이란 걸 당장 알 수 있었다.

산조의 말과는 달리 손님은 없는 편이었다. 우리와 같은 테이블에 새 사람이 앉은 한 팀, 반대편 좌석에 두 사람이 술을 마시고 있었다.

카츄샤는 스카프와 외투를 벗고 목이 드러나는 검은 블라우스를 입고 있었다. 목이 희고 길었다. 여자의 원형(原刑) 같은 카츄샤가 다가와 물었다.

"맥주 마실 거죠. 박선생님 메뉴는 언제나 같은 거니까."

"좋을 대로."

카츄샤가 돌아섰다. 엷은 불빛이 돌아서 가는 그녀의 몸을 치렁치렁 감쌌다. 그녀가 맥주병을 쥘 때 내가 불렀다. 나는 웬일인지 오늘 밤만은 독한 술을 안주없이 컵에 부어 그냥 들이키고 싶었다. 어디에서부터 인연의 가지를 따라온 회우인가. 기분이 묘해지며 마음을 설레게 했다. 정선아리랑의 그 절절한 소리와 카츄샤의 스카프, 눈덮인 황량한 시베리아의 황야를 떠올렸는지도 모를 일이다. 보드카를 숨쉬지 않고 마셔보았음 했는데 이 집에는 없었다.

"잠깐, 그 술병 두고 이리 와봐요."

카츄샤가 고개를 이쪽으로 돌리며 어색한 표정을 지었다.

"왜요?"

"맥주두고 양주로 줘요."

산조가 나를 돌아보았다. 그리고 이내 시무룩하게 벽면을 응시한 채로 고개를 돌렸다.

나는 양주 큰 걸로 한 병을 시켰다. 얼음과 치즈가 나왔다. 카츄샤가 작은 양주잔에 술을 부으려는 걸 나는 손바닥으로 막았다. 얼음을 채우기 위해 곁에 둔 큰 잔에 술을 반 넘게 부었다. 그리고 산조가 채 잔을 쥐기도 전에 단숨에 반컵의 술을 마셨다. 목구멍에서부터 불이 붙기 시작한 열기는 식도를 타고 내려가면서 전신을 오그라들게 만들고 마침내 위 속에서 화산이 폭발하듯 활활 타올랐다. 찬 겨울공기를 마시고 거리를 걷고 난 후에 마신 독한 술때문만은 아니었으리라. 나는 그날 그냥 술에 흠뻑 젖어 나를 잊고 인사불성인 채로 차가운 거리에 드러누워 얼어죽어 버리고 싶었다. 두 눈에 무연 같은 물기가 어지럽게 차올랐다.

"안돼요. 그렇게 마신다면 술 그만줄래요."

"왜 이러지. 손님이 술값 내고 술먹겠다는데."

"박선생님으로부터 이야기 들었어요. 김명후 선생님이시죠. 내일 병원 일은 어떡하실려고 그렇게 마셔요?"

"야, 산조 네가 대신 이야기 해라. 미스 누구? 술병이나 이리 줘요."

"미스 강이에요. 강재희, 작은 잔으로 마시세요. 얼음물과 함께요. 그러지 않으면 오늘 술 팔 수 없어요."

"흐흐흐흐흣."

곁에 앉은 산조가 우리의 싸움이 재미 있다는 듯이 웃었다.

"그러고 보니 나는 한갓 쓰잘데 없는 길손이었군. 그동안 미스 강 함자조차도 가르쳐 주지 않았는데 형이 오고 나니 이름도 나오고 술 시중도 제대로 하는 걸 보니 형이 하여간 잘 보긴 잘 봤어. 카추샤. 멋진 이름이야. 형은 의사나 산꾼보다도 차라리 시인이 되었음 좋았을 걸."

강재희가 눈을 흘겼고 나는 침묵했다. 대신 작은 잔에 따른 술을 거듭 목구멍으로 털어넣었다.

산조는 재희에 무관심했다. 어느 여자에 대해서나 갖는 그의 담담한 태도 그대로.

그날 밤 우리는 양주 한 병을 다 비우고 카추샤가 말렸음에도 부득부득 우겨 한 병을 더 땄다. 그리고 그걸 반병쯤 비우고 일어섰다. 산조가 화장실에

54

간 사이 술값을 내가 계산했다. 나오면서 산조가 말했다.

"이 집에서 앞으로 마시는 술 값은 형이 무조건 다 치뤄요."

후에 카추샤. 강재희가 말했다. 그날 저녁 그녀는 가게로 나오다가 가야금과 정선아리랑의 밤 광고 포스터를 보고 손님이 없는 초저녁에 화랑에 왔다고 했다. 그녀가 왔을 때는 가야금 산조가 끝나가고 있을 때였고 곧이어 불이 켜졌을 때 앞에 앉은 박산조를 발견하고 반가움에 미소를 지었는데 곧 그 옆을 보고서 깜짝 놀랐다고 했다. 납인형같이 깎아놓은 저 대리석의 얼굴, 저 얼굴을 어디에서 보았던가. 그랬다. 그녀가 대학 3학년 때 미국으로 건너가버린 첫 연인, 김지섭의 얼굴과 너무 닮았다. 그는 그곳에서 교포여자와 결혼하고 정착해 버렸다. 강재희가 미국으로 들어간다는 것도 김지섭이 한국으로 나온다는 것도 오래 전에 깨진 약속이었다. 그들의 순애는 그것으로 끝났다. 벌써 8년의 세월이 흘렀는데 그가 다시 돌아왔는가. 그럴 리는 없지. 혹시 그녀의 착각이 아니었는가.

다시 불이 꺼지고 정선아리랑의 애잔한 소리가 들릴 때도 그녀는 박산조의 곁에 앉은 사람의 얼굴을 확인해 보고 싶어 안달이 났다. 불이 켜지기만을 기다렸다.

음악이 끝나고 한동안 고개를 숙이고 있던 그가 뒤를 돌아보았다. 아니었다. 오랜 세월이 지나갔음에도 그녀의 가슴속에 남은 상흔은 완전하게 아물지를 못하고 때로는 보채며 스스로 생채기를 만들어 내었다.

그녀는 그냥 가게로 나가려던 발길을 돌려 박산조의 등을 찔렀다. 박선생이 술집에 오게 되면 그 옆에 앉은 사람도 틀림없이 함께 오려니 하고, 나와 재희의 만남은 정선아리랑을 듣던 날 밤이 처음이었고 내게 생경스러운 카추샤의 이름을 떠올리게 하는 가늘고 긴 목과 머리를 감싼 스카프의 잔영을 영원히 각인시켜 주었다.

3장

거리를 걷다가 관광안내 등반의 광고를 보았다. 크리스마스 연휴 기간에 떠나는 1박 2일 코스의 월악산 등반이었다. 지난번 소백산을 가기위해 몇 차례의 차를 바꾸어 타면서도 끝내 산 자락에도 닿지 못하고 허망하게 되돌아온 후의 생각은 산 밑까지 곧바로 직행하는 차를 타지 않고서는 대륙지방의 산을 오를 수 없으리라고 확신하고 있었다. 그냥 배낭 메고 무작정 나서고는 빠듯한 시간 때문에 원거리 산행은 차편이 불편해 무리였음을 실감했다.

산조 몰래 월악산 안내등반에 신청을 냈다. 출발일자가 다음 날로 정해진 낮에

"산조, 내일 산으로 가기로 했다."

"내일요? 크리스마스잖아. 누구랑? 형 혼자서요?"

"아냐, 한 오십 명쯤 가는데 우리도 함께 가기로 했다."

"우리라니, 나도 포함해서요?"

"물론이지. 너 빠지고 나 혼자 무슨 재미로 산에 가니?"

"왜 나한테는 말 한 마디 없었어요?"

"너와 나 사이에 무슨 의논이 따로 있을 게 있니? 네 생각이 내 생각이고 내 느낌이 네 느낌인데. 그냥 혼자서 결정하고 네 것까지 신청해뒀으니 준비나 하렴."

"성스러운 날에 카추샤는 어쩌구요?"

"별소릴, 그럴 나이도 아닌데 무슨 축제라고 크리스마스를 시끄러운 도시

에서 보내란 말이냐?"

"또, 멀리 가요?"

"그래, 지난번 소백산행이 엉망으로 끝나기도 했으니 이번에는 그 부근 월악산을 택했다."

"소백산을 다시 가지 않고서?"

"그쪽은 안내등반이 없었어."

"좋아요. 형이 좋다면 월악산이든 일악산이든 나야 상관없으니 형 좋을 대로 갑시다."

연휴가 끼어 있어 사람들이 설악산쪽으로 몰릴 줄 알았는데 의외로 출발하는 버스는 만원이었다.

차가 떠나면서 앞자리에서부터 개개인의 자기 소개가 있었고 안내등반을 맡은 총무는 익살스런 말솜씨로 차 속에서의 지루함을 잊게 하는 재미를 부렸다.

젊은 아가씨들이 소그룹을 이루며 많이 타고 있었다.

사람들을 대충 훑어보았다. 겨울산을 오르는 사람들로부터 가장 먼저 눈에 들어오는 것이 등산화의 모양새다. 그것을 보고 단체산행이 얼마나 순조롭게 이루어질 것인가를 가늠해 볼 수 있기 때문이다. 운동화차림의 아가씨들이 몇 있었다. 아뿔사, 이 젊은이들을 끌고 과연 안내산행의 리더를 책임진 사람들이 무사히 월악산 정상에 우리를 올려놓을 수 있을는지. 아무럼, 안되면 산조와 나 둘만이라도 올라갈 수는 있겠지.

우리를 태운 차는 넉넉한 시간으로 문경새재 입구에서 섰다. 그곳에서 새재를 도보로 넘는 것이 첫날의 코스였다.

옛날의 조령이란 곳이 지금은 지프가 다닐 만큼 넓게 길이 닦여져 있었다. 조령 제1관문 제2관문을 지나면서 무리지어 몇 팀이 나누어 길을 걸었다.

겨울 오후의 날씨였음에도 포근했다. 나와 함께 가던 산조는 한 무리의 아가씨팀과 합류하여 먼저 올라갔고 나는 혼자 맨 마지막에 처져 이 생각 저 생각을 하며 천천히 올라갔다. 새재를 다 올라온 지점에 있는 휴게실에서 잠시 쉬었다. 먼저 왔던 산조와 아가씨들은 통나무 의자에 앉아 있다가 내가 문을 밀고 들어가니 손을 들고 나를 불렀다. 그곳에서 감자부침과 막걸리를 몇 잔 마셨다. 아가씨들은 끊임없이 수다를 떨며 사진기의 셔터를 눌러대기 시작했다. 하기사 내부로부터 팽팽히 부풀어오는 젊음을 겨울 오지의 이 산자락에 묻혀 그냥 가만히 삭이고만 있기에는 겨울산이 주는 운치가 너무 컸을 것이다.

나도 산조도 그녀들의 요청에 쾌히 응해 사진을 찍어주고 같이 찍기도 했다.

제3관문 앞에서 내려다본 아래쪽은 눈덮인 산들이 여러 개로 엎어진 조가비처럼 산재해 있었다. 새재를 넘고 반대편으로 내려오니 주차장에 버스가 대기하고 있었다. 그 차를 다시 타고 월악산 아래 민박촌으로 들어갔다.

가운데 방에 짐을 풀었다. 우리가 들어간 방은 그중에서 가장 큰 규모의 방으로 스물 여남은 명의 남녀가 혼숙을 해야 할 형편이었다.

끼리끼리 모여 구석자리를 찾아 배낭을 풀고 저녁밥을 지었다. 산조는 새재를 같이 걸어왔던 아가씨들 팀에게 우리가 준비해 온 부식을 맡겼다. 하기사 그럴 만도 했으리라. 감자떡과 막걸리를 사주고 사진까지 열심히 찍어줬으니 쓸쓸하게 둘이서만 돌아앉은 우리를 그녀들 역시 그냥 밥 끓여먹게 내버려 두지는 않았을 법도 했다. 밥이 익을 동안 산조와 나는 밀어놓은 배낭을 베고 벽가에 우두커니 누워서 천장을 바라보고 있었다. 민박촌의 낡은 집은 곳곳에 거미줄을 늘어뜨려 놓았고 방의 가장자리에는 얇은 시멘트블럭 담으로부터 스며들어오는 냉기가 제법 싸늘했다.

산조와 나도 말이 없었다. 많은 사람들 속에 섞여 있다보니 두 사람이 나눌 대화가 없었다. 우리는 등을 맞대고 누워 있었다.

"산조, 자니?"

"아뇨, 형 배고파요?"

"별로다. 넌 괜찮니?"

"생각 없어요. 길만 알고 있다면 오늘밤에 야간등반이라도 했으면 좋겠는데."

"나도 그 생각을 하고 있는 참이다."

"어쩔래요?"

"우린 지금 별로 먹은 게 없잖아, 길도 잘 모르고."

아가씨 한 사람이 우리를 불렀다.

"일어나 식사 하세요."

우리는 느리게 상체를 일으켰다. 감자부침을 먹은 탓인가. 찌개가 훌륭했는데도 밥맛이 없었다.

"형, '쐬' 조금 할래요?"

산조가 배낭 속을 주섬주섬 들쳐내더니 소주 두병을 내 놓았다.

"아서, 지난번 소백산 생각 안 나?"

"그럼 우린 마시지 말고 아가씨들한테나 부어주지요. 자, 한 잔씩 합시다."

산조는 여러 개 포개져 세트를 이룬 컵을 밑으로 세워 꺼낸 후 소주를 반잔씩 부었다. 아가씨들은 스스럼없이 술을 마셨다. 술잔을 들고 있는 그녀들에 비해 산조와 나는 오히려 잔을 내리고 있었다.

소백산행에서의 기억 때문인지 산을 오르기 전의 술은 겁부터 덜컹 났다.

넓은 방이라고 하지만 이쪽 저쪽 흩어져 몇 팀이 둘러앉아 저녁밥을 먹는 게 어수선하기 짝이 없었다. 두 사람뿐이었다면 무슨 말인들 못 할까마는 젊고 늙은 남녀가 잡다하게 뒤섞인 자리에서 허튼소리를 마구 지껄일 수도 없고 장승마냥 멀뚱히 앉아 있기도 꼴사나웠다.

"덕분에 편안히 잘 먹었수."

나는 일찌감치 자리에서 물러서 벽에 등을 기대고 앉았다. 조금 뒤 산조도 물러앉았다. 산조가 낮은 목소리로 내 귀 가까이 대고 물었다.

"형. 이곳에서 이렇게 많은 사람들이 다 잘 수 있겠소? 우리끼리 다른 방을 하나 얻어 나갈까요?"

"참아라. 원래 안내등반이란 게 이런 거야. 방 몇 개 잡아두고 사람들을 몰아넣어 재우는 게 다반사니까 어쩔 수가 없어. 사람들 웅성거리는 것 보니 다른 곳에서도 어지간히들 몰려온 모양인데 두 사람만 사용할 빈 방이 용케 나올 것 같지도 않다. 그냥 엉켜자자."

"여기서 웅크려 잔다고 생각하니 한심한 생각이 드네요. 할 수 없지 뭐. 그럼 발 씻고 세수나 하게 나갑시다."

"나가다니 어딜 나가? 수돗가에 놓여 있는 물받이통 보니 얼음이 꽝꽝 얼어 있던데 세면이고 뭐고 다 때려치우고 그냥 퍼질러 자자. 몇 시간 못자고 일어나야 할 텐데."

"지저분해서 잠이 오겠수."

"집 나서면 별 수 있니? 산행길 오르면 밥 먹고 칫솔질뿐이다. 뒷호주머니에 치솔 하나 달랑 넣고 눕는 곳이 잠자리야. 씻는 것은 집에 돌아가서 하자."

"사서 고생하는구먼."

"대충 하는 수밖에 어쩔 도리가 없잖아."

"거지가 따로 없네. 그럼 잡시다."

산조와 나는 일찍 벽 쪽에 붙여서 자리를 폈다. 많은 사람들 속에서 그런 대로 괜찮은 장소를 고른 셈이다.

안내등반의 총무가 각 방을 돌며 인원점검을 하고 내일 산행의 준비사항을 주지시켰다. '여벌의 양말 챙기고 짐은 가급적 줄이며, 아이젠 각자 준비하라.'는 이야기였다. 얼마 후 다른 또 한 사람의 산행리더가 들어와서 네발 아이젠의 밴드 묶는 방법을 설명했다. 잘못 묶어 놓으면 눈길에서 등산화 따로 아이젠 따로 노는 걸 경험해 본 사람이라면, 풀리지 않게 끈을 조여매는 방법도 들어둘 만했다. 산조가 누운 자리에서 몸을 반쯤 일으켜 세워 찬찬히 설명을 듣고 있다가 그들이 나간 후,

"형, 형은 알고 있소?"

"산은 체험으로 배워야 해. 말로써는 불가능할 따름이야. 누가 대신 올라줄 수도 없잖아. 다니다보면 뭐가 필요하고 무엇을 어떻게 해야하는지 자연

히 알게 되."

"완전 수작업이군요."

"그렇다. 잠이나 어서 자자."

술렁술렁 하는 소리, 이윽고 어느 쪽에선가 코고는 소리, 발과 발끼리 걸리고 포개지면서 잠이 드는 둥 마는 둥 새벽 5시에 기상했다. 그냥 라면이나 끓여먹었으면 좋을 텐데 사람들은 아침에도 밥 하고 국 끓이느라고 아까운 시간들을 죽이고 있었다. 50여 명의 인원 중에 한 명이라도 늦으면 출발할 수가 없다.

안내등반을 피하고 싶은 것은 마지막 한 사람을 위해 모든 사람이 시간적 희생을 감수해야 한다는 게 싫어서였다. 각자의 체력도 다르고 산행의 경력도 판이한데 어떻게 전부를 한 덩어리로 묶어낼 수 있겠는가. 결국 개개인의 개성도 말살되며 행동이 빠른 사람은 느린 사람에게 짜증스럽고, 느린 사람은 빠른 사람들이 원망스럽다. 단 한 가지의 장점이라면 산 아래까지 차편으로 쉽게 닿을 수 있고 하산 후에 곧바로 떠나는 차를 탈 수 있다는 것뿐이다.

새벽 5시에 기상을 했지만 7시가 되어서야 출발이 가능했다.

희뿌연하게 날이 밝아올 무렵부터 시작된 산행은 덕주사 마애불상을 지나면서 맑게 개인 겨울하늘의 아침을 만나게 해줬다. 날이 밝아오면서 산기슭에 깔린 안개를 걷어내더니 곧 신새벽 어둠 속에 숨어 있던 빈 산이 그 자태를 드러냈다. 산은 밤새 정결하게 가다듬고 아침에 다소곳이 솟아났다.

후드득 깃을 터는 새소리가 들렸다. 깊은 심호흡을 몇 차례 했다. 맑고 고운 산의 정기가 가슴을 관류했다. 간밤의 불편한 잠자리를 보상받은 셈이다.

좌측으로 돌아 고정된 쇠줄을 잡고서 능선 위로 붙었다. 960고지에 오르니 사방은 눈의 천지였다. 찬연한 설화에 눈이 시렸다. 곳곳에서 땅이 얼어붙어 발걸음을 떼어놓을 때마다 엉덩방아를 찧는 사람들의 외침소리가 쉬지 않고 들렸다. 사람들은 소리지르고, 쉬면서 먹고 마시고 그리고 함부로 버렸다. 저렇게 버리면 산은 어떻게 될 것인가?

사람들이 만든 문명이 빚어놓은 결과는 천연의 산을 황무지로 만들게 되겠지. 일회용 종이컵처럼 쓰고 버리기 위해 산은 존재하는 것이 아니다. 문명으로 자연을 오염시킬 때 사람들은 숨쉴 곳을 잃게 된다.

산악인 역시 견제하기는 커녕 궤를 동행해가면서 한술 더떠서 극성스럽게 산야를 망가뜨리고 있다.

사람들과 어울려 산행을 하면서 나도 산조도 그들과 부자유스러운 괴리감을 느꼈다. 산을 내면으로 몰입하고 싶은 우리들에 비해 그들은 외부적 치장에 몰두하는 법석을 떨었다. 치수가 맞지 않는 동행이었다.

나는 사람들의 말소리가 신경에 거슬려 앞으로 먼저 나갔다. 산조도 낌새를 알아채고 나를 뒤따랐다.

소백산맥의 중심부에 위치한 월악산은 눈에 덮인 비경이 곳곳에 산재해 있었다. 숲은 우우 바람을 안고 울고 있었다. 스치고 지나가면 흔적도 잡을 수 없는 바람은 그냥 어디로 가고 있는가. 지나고 나면 사라지고 말 것을. 없는 곳에서 무엇 하나 손으로 잡아낼 방법은 없는지.

또아리를 틀듯이 거대한 암벽으로 이루어진 절벽길을 우측으로 빙빙 돌아 정상에 섰다. 월악영봉(1,097미터)의 바위 끝에 선 시각이 오전 11시경, 주위는 푸지게 내린 눈으로 층층이 덮여 있었다. 바람이 심하게 불어 오래 머물 수가 없었다. 뒤따라 오는 사람들에게 밀려 음지쪽으로 물러서면 괜찮은 오버트라우저를 입었음에도 바람이 매우 차가운 탓인지 온몸이 부들 부들 떨려왔다.

사람들은 쉴 새 없이 사진을 찍고 우리들에게 셔터를 눌러주기를 간청했으며 그럴 때마다 털장갑속에서 손을 빼내고 시린 손을 부볐다. 밀려오고 밀려가는 사람들 틈새에 끼어 정상에 섰다는 감흥도 잠시, 곧 하산길에 들어섰다. 하산길에서 음지를 피해 햇살이 드는 눈 위에 장갑을 두 개 가지런히 펼쳐놓고 그 위에 앉았다.

"여기서 잠시 쉬었다 가자, 산조."

"근사한대요. 형 배낭 안에 뭐 마실 거 없어요? '쐬'나 한잔 했으면 참 기막히겠는데."

"어젯밤에 그 귀한 물건을 왜 그냥 다 내놓았어?"

"설마 이곳에서 술 생각이 날 줄이야 알았어요?"

"마실 게 없으면 이거나 먹어라."

나는 귤 두개를 산조 무릎 앞으로 던졌다. 노란 과일은 눈속에 파묻혔다.

지난날 서울에서 출발하여 북덕유산에 갔을 때였다. 모든 짐은 차 속에 두고 달리듯이 등반을 할 때도 나는 작은 주머니 배낭에 4홉들이 소주 한 병과 오징어 두 마리를 갖고 간 적이 있었다. 덕유산 정상에 오른 사람들은 환호하며 소주 한 잔과 오징어 다리 하나를 받아갈 때 90도로 허리를 꺾으며 고마움을 표시했다. 어려운 등반의 끝이 오면 술이 그리워진다. 그러나 여기서는 우리가 마셔야 할 술은 한 방울도 구할 수가 없었다. 어찌하였거나 눈덮인 월악정상을 오르고 보았으니 이제 이번 산행은 여한이 없다.

내려오면서 보니 곳곳에서 사람들이 몰려왔다. 서울에서 부산에서 마산에서.

외길에서는 오르고 내리는 사람들이 서로 뒤엉켜 질서고 뭐고 난장판을 이루었다. 산이 아깝고 순백의 눈이 또한 아까웠다.

자연과 인간이 합일하여 그 경계조차 모호하여 어디쯤이 자연이며 어디에서부터 인간의 영역인지 모를 동질을 이루어낸다면, 그런 경지를 맛보기 위해 산을 찾는다면, 아무리 산이 좋아도 사람이 이렇게 많아서는 어렵다. 시장판이나 다를 게 뭐가 있는가. 사람들이 염치를 모르고 이런 수라장을 만든다면 산은 한 번씩 손을 저어 길손의 길을 막기도 해야 한다. 산행이 너무 대중화 되어 산은 곳곳에서 오염되어 죽어가고 있다. 산도 도시처럼 사람들의 물결로 범람하는 시대가 도래했다.

산행이란 미명하에 자연의 훼손이 수용되고 쓰레기로써 산을 도배해버릴 지경이라면 우리가 마지막 여벌로 택할 마음의 터밭은 송두리째 절단나버리게 될 것이다. 그리하여 꿈을 드리울 산은 어디에도 찾을 수 없을지도 모른다.

인간이 자연을 황폐화시킬 때 자연은 잔인하고 참혹한 이빨을 드러내며 인간을 위협한다. 산 자체로서 충분히 수용할 수 있는 작은 폭우에도 이미 정화의 기능을 잃어버린 산은 갑자기 조난사고를 불러일으켜 사람들로 하여금 더 없는 외경심을 갖게 한다.

내게는 산이 절실한 마지막 경우에 선택할 안식처로 생각됐는데 이제 그곳마저 잃게 되었다.

산조도 짜증스러웠는지

"원, 사람들이 체면도 없군. 산에까지 와서 저게 무슨 꼴들이람. 형 다시는 이런 수다스러운 등반은 피해요."

"나도 그리고 싶다. 그러나 이번만은 어떻게 연휴를 택하다보니 그렇게 되었다. 오늘 같은 날 전국의 유명한 산 치고 몸살을 앓지 않는 곳이 있으려고."

시간만 자유롭다면 산조와 단 둘이 배낭 하나 메고 풍찬노숙 하며 유민(流民)처럼 떠돌고 싶은데, 산은 오르고 싶지만 시간은 빠듯하니 선택의 길은 자명하다. 그러니 사람들 속에 섞일 수밖에 도리가 없다.

우리는 같이 왔던 사람들을 따돌리고 훨씬 앞질러 하산했다. 산조가 성큼성큼 앞장 서 갔다. 눈길은 사람들이 밟고 오르내린 탓으로 길이 반들반들했다.

햇살은 눈길 위에서 숲속에서, 박살을 내며 남중했다가 서쪽으로 기울고 있었다. 무한정의 빛이 눈(雪)에 반사되면서 시야에 안개가 서린 듯 흐려왔다.

산 속에서 떨어지는 햇살은 짧지만, 그림자는 길고 오래 남는다. 나무의 그림자를 밟으며 혼자 떨어져 내려오는 길에서 일순간 사람들의 소리가 끊겨버린 적막을 느꼈다. 주위를 둘러보아도 사방은 눈으로 쌓여 흰색으로 덧칠해놓은 듯했다.

숲은 눈으로 덮였을 때 그것이 간직한 은밀한 내부를 발가벗겨 놓는다. 온통 흰 색깔 중에서 눈을 털어버린 나목만 홀로 짙은 암갈색을 띤다. 숲은 아름답고 때로는 소름끼치도록 고요하여 가슴이 쿵쿵거리는 심장의 박동소리를 들리게 한다. 살아 있음이 고귀하고 위대하다는 것을 실증시킨다.

갈림길에서 덕주골 입구로 코스가 정해져 있었다. 눈길이 끝나고 듬성듬성한 바위들이 나타난 곳에서 먼저 내려간 산조는 아이젠을 풀기 위해 바위 모서리에 앉았다. 줄을 풀고 줄에 매달린 눈과 흙을 돌바닥에 내리치면서 털어내고 있을 때 밑에서 올라오는 한 젊은여자를 보았다. 여자는 겨울산행을 하기 위한 완벽한 차림새를 하고 있었다.

그녀는 아이젠을 바위에 때리고 앉아 있는 산조곁에 섰다. 산조는 병원 외래 간호사가 짜준 노란색의 귀마개 겸용 헤어밴드를 두르고 있었다. 여자가 먼저 말을 붙였다.

"헤어밴드가 멋있어요."

산조가 얼굴을 들었다. 모직 니카바지와 털쉐타 밖으로 드러나는 남방 셔츠의 붉은 칼라가 썩 어울리는 차림새였다.

"아가씨 혼자 오는 길이요?"

"네. 그래요."

산조가 놀랐다.

"하산하는 이 시각에 혼자 어디에서 왔어요?"

"강릉에서 왔어요."

"강릉이라고요? 우리도 강릉에서 왔는데, 정말 혼자요?"

"그렇다니까요. 사람들의 무리가 싫어서 혼자 떠난 거에요."

"차 편도 힘들 텐데."

"어렵지만 홀가분해요. 그런데 같이 온 분들은 전부 산악팀이에요?"

"산악팀이 합류한 관광안내등반이오. 우린 그렇지만 혼자 다니는 아가씨는 눈이 이렇게 많이 내렸는데 두렵지도 않소?"

"두렵긴요, 산이 무서우면 어떻게 올라갈 생각을 가지겠어요? 집에 누워서 그냥 잠이나 자지"

나는 커다란 바위가 가로 놓여있는 코너를 돌다가 산조와 그녀를 동시에 보았다. 두 사람 모두 상당히 우호적이라는 느낌을 받았다. 나무에 앉은 눈송이와 어울려 한 폭의 그림같았다. 그들 두 사람만의 대화를 깨뜨리고 싶지 않았기 때문에 나는 걷던 걸음을 세웠다. 그러나 나의 기원은 잠깐으로 끝나 버렸다. 곧이어 사람들이 떼를 지어 내려왔다. 그녀가 몸을 돌리고 산조가 바위에서 일어섰다. 짧은 순간 산조가 뭐라고 외치는 것 같았는데 여자는 엷은 미소를 띠며 오름길로 유유히 지나갔다. 나는 여자가 내 곁을 스쳐 지나갈 때 그녀를 유심히 봤다.

화장기가 없는 얼굴이 해맑았다. 완전히 위쪽 길로 접어들었다고 생각했을 때 그녀를 향해 뒤돌아 보았다. 먼저 배낭이 눈에 들어왔다. 바탕이 붉은 색이었는데 수십번도 더 빨았는지 엷은 주황색으로 바래져 있었고, 모양새 좋게 어느 한 부분도 찌그러짐이 없이 단단하게 꾸려져 그녀의 등에 안착해 있었다. 긴 머리를 묶은 고무줄과 두 개의 방울, 요란하지 않은 복장, 완전한 산악인의 복장이었다. 문득 바람에 나부끼는 백마의 말갈기를 떠올렸다.

오늘 수없이 많이 만난 여자들 중에서 단연 베스트였다. 최고는 그렇게 따로, 혼자서 외로이 산행을 하고 있었다. 산조가 멍하니 그녀의 뒷모습에 시선을 박고 있다가 약간 심약해진 표정으로 주춤거리며 내쪽으로 시선을 돌렸다.

처연한 얼굴이었다. 산조의 저런 표정은 유별나다. 그가 산에 들어와서 여우한테 홀리기라도 했단 말인가. 여자에 관한한 철저하게 무관심했던 그가 어떻게 산에서 만난 여인에게 저렇게 순간적으로 몰입되었을까. 나는 느린 어투로 별 뜻없는 말처럼 위장해 산조의 심사를 건드려 보았다.

"괜찮은 여자지?"

"……."

"어땠어? 무슨 말을 하고?"

"좋은 사람이네요. 백명도 더 되는 여자들과 함께 산을 올랐지만 모두를 합친다 해도 방금 떠난 그녀로부터 받은 정감보다 못해요."

"용기와 신념을 갖고 계속 이야기를 나눠 보지 그랬어."

"그럴 시간은 못 됐고, 임기응변으로 대응할 수도 없을 만큼 그녀는 모든 면에서 완벽했어요. 무슨 이야기를 꺼내야 하리라고 생각했을 땐 이미 그녀는 떠나가버렸는 걸요."

"아쉬움만 남았겠구나."

"좋지요 뭐. 한 사람의 완전한 산여인과 짧은 만남을 위해, 예수의 탄신일을 이렇게 먼길을 와서 어렵게 잠들고 새벽에 눈 길을 올라왔나 봐요."

산조는 그녀로부터 산만이 전부인 사람들끼리 가끔 산행길에서 마주치는 그 눈빛을 읽었음이 틀림없다. 그 짧은 순간의 느낌은 월악산을 오르기 위해 마흔 여덟 시간을 소비한 전부의 절정이었을 것이다.

"다음에 만날 수 있니?"

"주소도 이름도 묻지 않았는데 어떻게 만나요."

"예감 같은 게 있잖아."

"내 예감은 때로는 신들린 무당의 주술처럼 맞아떨어지는데 이번 일은 도통 감을 잡을 수가 없네요."

"네가 다시 그녀를 만났음 좋겠다."

나는 진심으로 그러기를 바랬다. 얼마나 아름다울 수 있는 산행인가. 그래서 산조가 산을 알고 산여인을 만나 새로운 그의 생활에 이정표를 세울 마음을 갖게 된다면 나는 서울을 떠난 하나의 귀한 결실을 갖게 될 것이다.

드디어 이번 산행의 마무리에서 휴머니즘과 조우했다. 그 결실로 순수한 애정의 꽃이 피기를 바랐다. 그럴 수 있다면 저 어두운 동굴로부터 산조를 끌어내어 밝은 햇빛 아래 세울 수 있을 것이다.

하산을 완료할 즈음 마을로 들어서기 전에 논밭을 가로질렀다. 돌아서서 월악 정상을 보니 암봉이 허리부근에는 구름의 띠를 둘렀고 눈이 쌓인 봉우리는 햇살 속에 찬연히 빛나고 있었는데 저곳이 우리가 새벽 어둠이 걷힐 때부터 오르기 시작하여 이제 끝난 산인가 생각하니, 거대한 산이 살아 숨쉬는 강한 맥박소리를 듣는 것 같았다. 굽이굽이의 계곡, 눈 덮인 험준한 산은 일순 막막한 경외감을 불러일으켰다.

귀가길의 산조는 차창가의 유리벽에 얼굴을 붙이고 어두워 오는 바깥만을 응시한 채 말 한 마디 없었다. 나는 그가 산 아래 서서 석양을 받고 망연히 떠나가는 연인을 바라보는 쓸쓸한 실루엣을 연상했다. 그러나 그럴 리가……
…….

　월악산에서 우리가 돌아온 후, 일상적인 시간이 흘러갔으나 내심으로는 초조하기 짝이 없었다. 나는 산조에게 그녀의 소식에 관하여 묻지 않았다. 특별한 내용이 있다면 그가 사실을 은폐하고 있지 않을 것으로 생각했기에.
　어수선한 연초의 휴무가 지난 며칠 후, 산조는 한 통의 전화를 받았다. 산에서 마지막 헤어지면서 산조가 외치듯이 일러 준 병원으로 그녀가 전화를 건 것이다. 그녀는 오랫동안 기억하고 있었음에 틀림없다.
　시간이 있으면 주말에 산행을 같이 가자는 전화였다. 산조는 감정없이 그 이야기를 저녁 식탁에서 했는데 내가 흥분하여 자리에서 뛰어일어났다. 그리고 숭늉이 담긴 컵을 들었다.
　"부라보, 박산조의 사랑굿을 위하여."
　그들은 마침내 산을 공유하는 동반자가 될 것이며 산조와 그녀가 재회함으로써 나는 안위하게 될 것 같았다.
　그녀의 이름은 문미영이었다.

4장

    숙소에 혼자 누워서 내가 머물고 있는 이 도시를 생각했다. 사람들이 모여 사는 곳. 어울려 살아가기 위해 많은 것들이 쏟아져나오고 그걸 체득해 보기도 전에 묻혀져 버리는 곳. 물질의 풍요에 젖은 타성과, 한편으로는 문명을 벗어나 자연에 귀의하고 싶어하는 사람들의 갈등이 적당히 섞여 시간 속으로 잠시도 멈추지 않고 진행해 가는 곳.

    나는 생활의 소용돌이 속에서 매일을 살면서 매일을 낯설어 한다. 그곳에서의 가치는 많이 가질수록, 더없이 높아질수록 의미를 갖는다. 사람들은 자신들의 살을 깎아내리면서 재물의 성을 쌓기를 갈구한다.

    살아감의 향기를 맛볼 수 있음은 소유를 버릴 때만이 가능하다. 미증유의 물질적 풍요는 얼마간의 만족은 줄지 모르나 또 다른 족쇄를 채우며 인간을 감금시킨다. 그것은 내일의 불확실성 때문이다.

    급작스럽게 찾아오는 죽음이나 불안한 미래에 대한 예측을 불허하는 것은 현실을 살아가는 우리에게 절망감을 안겨준다. 절망을 벗어나기 위한 최선의 방법은 자유로운 초월이다. 자연에 대해 마음의 문을 열어 인간이 자연의 한 부분이 될 때만이 가능해진다.

    우주 존재의 이유와 질서, 생명의 당위와 가치는 우리가 자연으로 하여 발가벗은 상태가 아니면 알 수가 없다.

    꽉 찬 풍족을 버리고 무너져 내릴지도 모를 여백을 찾아 훌훌 털어버리고 오직 뜻하는 하나의 길을 향해 집을 나선 사람들, 이 밤에도 산을 헤매고 있는 산인(山人)들을 생각한다. 산에만 머물고 있다면 더없이 외로울 것이라는 생각은 도시에 익숙해진 사람들이 갖는 편견일 뿐이다. 세속의 풍요로움을 버린 산사람들은 산에서만이 만족감과 지극히 편안함을 느낀다. 그들에게서 도시는 이방지대며 어딘가 불편하여 견딜 수가 없어 몸을 비비꼬며 한시 바삐 떠날 궁리를 하게 한다.

나는 이 밤에 도시의 잠자리에 누워 어둠 속에 묻힌 어느 산을 오르는 환상에 젖는다. 직장마저 내팽개치고 아예 산으로 내 거처를 옮겨 산다면 나의 미래는 어떻게 될까? 단 1회로 끝나버리는 인생이 안타까워 남은 미련이 떠나는 내 뒷덜미를 낚아챌까?

나는 도시의 모든 것을 과연 미련없이 전부 버릴 수 있을지. 끝없는 사념에 머리속이 뒤숭숭할 때 전화가 왔다. 후배 박산조였다.

"형, 집안에서 혼자 궁상 떨지 말고 이리로 나와요."

"그곳이 도대체 어디냐?"

"흑진주요. 카추샤가 형 보고 싶대요."

나는 갑자기 가슴이 뛰었다. 번잡한 도시에 그녀도 우리와 함께 살고 있었지.

"같이 가자는 말도 없이 어떻게 혼자 나갔어?"

"등산장비점에 갔다오면서 생각이 나서 들렀어요. 그곳에서 전화하나 이곳에서 전화하나 마찬가지잖아요."

"장비점이라니? 뭘 살게 있어서?"

"형 하고만 산에 간다면 거렁뱅이처럼 차려 입어도 그만이지만 다음 산행에는 여자와 함께 가잖아요. 괜찮은 자켓이라도 입고 가야지요."

"그렇지. 내가 몰랐군. 그래 오늘밤에 그곳에서 뭐할거니? 술 마실거야?"

"술 집에서 술 마시지 않고 뭘 해요. 싫다면 안 나와도 상관없어요. 집에서 혼자 누워 백두산이나 에베레스트를 올라 봤자 뭐 할거요? 내가 형마음 다 알고 있는데 안 나오고 배길까? 카추샤 바꿔 줘요?"

"관둬라. 무슨 전화로 여자를 바꾸어 준다고 그래. 잠깐 기다려. 곧 나갈 테니까."

"그러면 그렇지. 빨리 와요."

어두운 골목을 지나서 작은 사각등으로 간판을 매달아놓은 집으로 들어섰다.

산조 혼자 카운터에 앉아 있었다. 앞쪽이 비어 있다. 그 새 카추샤는 어딜 갔지?

"언제부터 혼자 이러고 있어? 아무것도 시키지 않았잖아. 그러고 보니 주인도 없는 모양인데."

"그럴 줄 알았수. 오자마자 카추샤부터 찾으니. 사실은 나도 못 만났소. 형한테 거짓 전화를 하고 비어있는 가게에 혼자 앉아 있는 꼴이요."

"주인도 없는 집에서 무슨 청승이니? 그냥 나가자."

"문 열어 뒀으니 어디 잠깐 나갔나보죠. 곧 올 텐데 우리 먼저 술 꺼내먹어요."

산조는 카운터를 건너뛰어 냉장고 문을 열고 맥주 몇 병을 테이블 위에 놓았다. 그리고 병을 거꾸로 들고 병뚜껑과 뚜껑을 마주 붙이고 익숙하게 술병을 땄다. 맥주 거품이 병 위로 봉긋 솟아 올랐다가 주르르 흘러넘쳤다. 카운터 반대쪽에서 산조가 컵에 술을 부었다.

"주인 없는 집에서 우리 이러고 있어도 되니? 너 그쪽에서 그러지 말고 빨리 밖으로 나와."

"괜찮아요. 어디 한두 번 술 먹어 봤나요? 주인 대신 술 팔아주니 고마울게 아니요."

"그래도 그렇지. 우리끼리 이러고 있으니 어째 이상하다."

"형도 참 순진하게 겁도 많아. 마시고 나중에 술값내면 되잖아요. 이곳은 미스 강이 주인이니 염려 안해도 돼요."

우리가 티격태격하고 있는 사이에 바깥문이 열렸다. 강재희가 들어왔다. 그녀는 목욕탕에라도 갔다오는지 물기젖은 머리칼을 한 손으로 털어내며 우리 쪽으로 다가왔다.

"어머 웬 일이세요? 아무도 없는 집에서."

그녀는 놀란 듯한 말을 했으나 표정은 전혀 그렇지가 않고 늘 대하던 사람을 보듯 태연했다. 산조가 억양을 높였다.

"주인이 집 비워두고 어딜 돌아다니는 거요? 얼마나 오래 기다렸다고."

"그래서 빈 집에 냉장고 열고 술 꺼내 마셔요?"

"주인 기다리다 지쳐 허기가 나서 그랬소."

"식사도 안 했나요?"

"밥 먹는 거와 술마시는 것과는 다르잖소. 카추샤. 우리가 만만한 손님이라도 머리칼이나 털고 있지 말고 안주나 빨리 줘요."

"박선생님도, 누가 뭐랬어요? 그리고 카추샤는 뭐예요? 제 이름은 이야기해드렸는데."

"나야 잘 모르는 이야기지만 여기 앉아 계신 형이 미스 강 보고 그랬어. 카추샤라고 눈 많이 내리는 이곳 도시에서 썩 어울리는 이름이잖아. 술집 상호부터 아예 바꿔 달아요. 흙진주보다는 카추샤가 훨씬 듣기 좋은데."

"싫어요. 그런 슬픈 이름은."

"카추샤가 왜 슬픈 이름이요? 청순과 가련과 순애가 혼합된 지순한 이름인데."

"박선생이 카페 하나 만들어서 그 이름 사용하세요. 이름이 좋아서 손님들이 떼거리로 몰려올 거예요."

"거 좋지. 병원 일 그만두고 분위기 좋은 술집이나 하나 낼까? 내가 주인 되면 미스 강 여기 그만두고 도와 줄 거지요?"

"제가 왜요? 이곳 일도 힘든데."

두 사람은 동시에 나를 건너보았다. 산조가 씩 웃으며 내 앞으로 잔을 밀고 술을 부으며 다시 물었다.

"형, 정말 그래 볼까요? 병원일 지긋지긋해서 환자들 꼴도 보기 싫은데 카페, 좋잖아요?"

"네가 과연 그 일을 할 수 있겠어?"

"못 할 것도 없지요."

"잘 생각해서 하는 짓이다. 그래 낮에는 뭘 할 참이냐?"

"형처럼 산에나 가죠 뭐."

"낮 밤 가리지 않고 내가 언제 매일 산에 다녔나?"

"형이야 산에 안 가도 스물 네 시간 산 생각만 하고 있잖아요. 마음 속에 전부가 산인데 오르나 안 오르나 그게 그거지 뭐."

재희가 끼어들었다.

"김선생님 산에 다니시나봐요? 언제 저도 한 번 데려가줘요."

말이 끝나기가 무섭게 산조가 일언지하에 잘랐다.

"안되. 여자를 데리고 산에 가면 산도 안되고 여자도 안 되. 이것은 내말이 아니고 옆에 계신 형의 지론이야. 알겠어? 강재희씨?"

"산이 얼마나 대단하다고 그래요. 여기 온 사방천지가 산인데, 마음 먹고 그냥 나서면 산에 오르잖아요."

"허허, 그런 게 아니라니까. 내가 술집을 하기가 힘이 들듯이 미스 강이 산을 오르기가 힘든다는 게 그 비슷한 이유가 될 것이오."

재희의 음성이 한 옥타브 높아졌다.

"저도 대학 다닐 때 산에 다녔어요. 그냥 그곳에 있는 산이 저들만 가는 곳이라고 착각하지 말아요."

산조와 나는 잠깐 눈을 부딪쳤지만 그냥 침묵했다. 곧 이어 손님들이 들이 닥쳤으므로 우리의 대화는 단절됐다. 재희는 새 손님을 맞아 자리를 옮겼다.

그녀는 어떤 과거를 갖고 있는가? 대학을 다녔다면 허구하게 많은 직장을 두고 하필이면 왜 술집 가게를 냈을까? 말씨를 들어보니 이곳 사람도 아닌 듯한데. 처음 볼 때의 저 검은 스카프에 쌓인 내력은 무엇이며 사람을 압도 하듯 차갑게 보이던 이마에 서린 한은 무슨 까닭이 있을까? 나는 깊은 궁금 증에 빠졌으나 결코 이 집에 들락거리는 동안은 그 질문은 해서는 안되며 그 사연을 알려고도 노력하지 않기로 작정했다.

재희가 선 자리가 비어버리고 나니 우리의 술자리는 갑자기 썰렁했다. 나는 산조를 재촉했다.

"일어나, 내일 오전에 중요한 수술이 있어."

토요일 오후 부산했던 병원외래가 끝이 났다. 복도를 가득 메웠던 환자와 그 가족들은 밀물처럼 밀려왔다가 썰물처럼 빠져나갔다.

늦은 점심식사를 끝내고 나니 마땅히 갈 곳이 없었다. 산조는 내일 문미영과의 산행을 약속해두고 있었다. 텅빈 진료실에 우두커니 앉아 있다가 일없이 숙소를 들락거리며 왔다갔다 하는 나를 산조가 붙들었다.

"형, 내일 산에 같이 가요."

"너희들끼리 가기로 했는데 내가 왜 끼니?"

"형도 혼자 있으면 무료할 텐데 같이 가면 좋잖아요."

"미영씨가 말한 산으로의 초대는 우리가 아니고 너 혼자를 말하는 거야. 나는 빠지겠어."

"형도 참 공연히 그러네. 같이 가면 어떨라구요."

"어떻게 할 거야 없겠지만 둘이서 가기로 한 오붓한 산행길에 늙다리가 끼이게 되면 분위기 버려. 생각해주는 건 고맙지만 그냥 둘만 가는 게 좋을 거야."

"미영씨한테 양해를 구할까요?"

"그러지 마. 그녀도 오랫동안 생각한 후에야 네게 전화를 냈을 텐데 내가 따라나서면 잘 되는 일에 재뿌리는 결과야."

"형은 혼자 뭘하고 지낼 거요?"

"생각해 보지. 혹시 좋은 일이 생길지도 모르잖니?"

아무도 찾아오는 이 없는 빈 방에 누워 신문을 구석구석 읽었다. 이부자리에서 뒤척이고 있는 사이 창밖으로 겨울의 어둠이 밀려왔다. 어둠 저편에 우뚝 선 산 하나를 떠올렸다. 문득 그리움이 잔잔한 물결을 이루다가 마침내 파도를 만들었다.

나는 혼자서 주섬주섬 배낭을 꾸렸다. 떠나자. 혼자면 어떠냐. 언제 오라고 해서 갔던가. 가고자 하는 곳에 산은 언제나의 모습 그대로 그냥 묵묵하게 있을텐데. 나 홀로 예정없이 찾아가는 것 역시 나쁠 것도 없지. 예정은 미정이고 미정은 때때로 변한다고 했는데 예정조차도 없었던 나의 발걸음이 어디로 향해 갈지는 나 스스로도 알 수 없는 노릇이다. 갇혀 있는 집으로부터 우선 나서보자.

배낭을 메고 숙소 밖으로 나와 공중전화로 산조에게 알렸다.

"나 지금 산으로 출발하고 있어. 내일 미영씨와 좋은 산행이 되기를 바래."

"형 혼자서요? 지금 전화하는 곳이 도대체 어디에요?"

"터미널, 속초행 차표를 끊었다. 5분 후에 출발하게 됐어."

"5분 후에? 어두운데 혼자 괜찮겠어요?"

"내가 어린아이냐? 걱정하지 마라. 내일 맑은 얼굴로 나서야 하니 오늘밤에는 술마시지 말고 그냥 일찍 잠자리에 들도록 해."

"알았어요. 어디로 갈 생각이요? 설악산으로?"

"그럴 생각이다만 가는 도중에 마음이 변할지 모르겠어."

"춥고 바람이 어지간한데 야간산행이 적적하고 무섭지 않겠소?"

"혼자 나다니는 게 이번이 처음이냐? 내 염려는 말고 내일 노인봉 갈 때나 조심해라."

"원, 형도 꼭 그렇게 혼자 떠날 게 뭐요. 바람 부는 밤에 형 혼자 길떠나 보낸다고 생각하니 마음이 무거워요."

"별 걱정을 다 하는군. 갔다와서 보자."

"그래요."

전화기를 내려놓으며 전화부스 유리문을 통해 바깥을 보았다. 저무는 거리에 사람들은 그들의 귀가길을 서두르고 있었다. 짐승들도 제 집을 찾아 들 어둠의 시각에 나는 어찌하여 집을 나와 황량한 산야로 향한 걸음을 내딛었는가. 순간 생살이 타들어가는 느낌 같은 것이 전신에 바늘을 꽂듯 예리한 통증으로 엄습했다. 모두가 돌아가는 길에 나만이 떠나는 배리의 감정을 별

다른 거부감없이 순응하는 내 생리가 믿기지 않을 지경이었다.

나는 그때 산조에게 전화한 것과는 달리 터미널에 도착하지도, 차표를 끊지도 않고 겨우 숙소 밖 공중전화에서 이야기를 했을 뿐이다. 산조가 달려나와 내 배낭을 낚아채어 집으로 떠밀고 들어갔다면 나는 못이긴 체하고 되돌아 갔을 것이다. 어린애 같은 마지막 기대는 무산되고 거리에 혼자 버려진 미아가 되었다. 전화부스의 문을 밀고 거리를 걸었다. 천천히 발바닥이 땅에 끌리듯이 걸으며 불 밝힌 쇼윈도 안을 구경하고 종종걸음으로 걷는 사람들의 펄럭이는 외투자락을 보았다.

깨어진 쪽바가지 하나 차고 행복한 남의 담장 안을 기웃거려보는 떠돌이 심사였는데 등에 달린 배낭이 나를 재촉했다. 거리에서 이렇게 무한정 움츠리고 멈칫거릴 게 아니라 너는 가야할 곳이 있잖아. 영원히 시를 못쓰는 시인의 안타까움에 비견해서 영원히 등산을 할 수 없는 산악인의 마음 또한 가슴 아픈 일이라면 지금 두 다리로 단단히 설 수 있고 걸을 수 있을 때 산을 찾아 나서는 게 지금 내가 차려야 할 행위가 아니던가. 그래서 살아 있음을 확인하기 위해 눈 내린 산의 정상에 서서 겨울바람과 마주하고 섰을 때 비로소 참다운 내 자신을 발견할 수 있으며 세파에 찌든 정신을 벗겨낼 것이다. 나는 그제서야 잽싸게 발걸음을 옮겼다.

동해안을 끼고 어둠 속에 달리는 버스는 커브길을 돌 때마다 요란한 경적소리만 낼 뿐, 차 안은 깊은 정적에 잠겨있었다. 차창밖은 짙은 암흑뿐 무엇하나 바라볼 수가 없었으나 가끔 바다가 연해 있는 쪽으로 차가 진입할 때는 허옇게 일어나는 파도의 포말이 헤드라이트 불빛에 살아 움직이는 거대한 괴물의 형상으로 드러났다. 날선 이빨들이 수십 개가 한무더기로 뒤엉켜 예리한 칼날들로 번뜩이는 듯했다.

주문진을 지나고 하조대 못 미쳐 작은 어촌에 차가 섰다. 차는 몇 번의 시동에도 요지부동이었고 기사가 툴툴거리며 연장을 챙기고 내렸을 때 나도 내렸다.

캄캄한 바다에서는 일렁이는 파도소리만 들릴 뿐 사위는 적막했다. 포구에 불을 밝힌 집들이 모여 있었다. 여기서 아예 내려버릴까. 그래서 불 밝힌 어느 집을 찾아들어가 하룻밤 잠 잘 방을 구해볼까. 창곁에 바다가 곧바로 닿아 있는 방에서 따뜻한 장작불을 지피고 밤새 울어대는 파도소리를 안주 삼아 소주라도 통음할까. 파도 이는 소리가 창밖에서 밤새 요란히 날 테고 눈은 쉬지 않고 내려 모래톱에 쌓여가겠지. 혼자서 부어 마시는 술은 달까 쓸까, 얼마나 마실 수 있을까. 반박스는 비워낼까. 그리고 마침내 새벽녘에 잦아든 파도처럼 내 생명도 스르르 꺼져가지나 않을지, 자꾸만 초라하고 가엾어져가는 나를 내팽개쳐 둘 수가 없어 잔설이 남은 길 모서리에 서서 동해 바다를 향해 오줌을 갈겼다. 고래가 내 물을 마시고 새로운 물을 뿜어내기나 해라.

내가 머물 곳은 여기가 아니다. 찾아 나선 곳이 산이라면 죽이 되든 밥이 되든 산에서 결말을 보아야 할 게 아니던가. 버스 시동이 걸렸을 때 나를 사로잡았던 망상을 떨쳐내고 잽싸게 버스에 올랐다.

물치에 내렸을 때 민박집 아주머니들이 길옆에 서서 사람들을 호객하고 있었다.

설악동 민박집을 지날 때마다 어느 해 겨울 설악의 기억을 떨쳐버릴 수가 없다.

그 해 겨울, 귀향의 물결로 서울 거리가 온통 들끓고 있을 때 나는 배낭 하나 달랑 메고 사람들의 물결을 헤집고 비어 있는 산을 찾아 동해안으로 내려왔다. 구정 전날 오후 늦게 산을 찾아 동해안으로 내려왔다. 먼저 바다를 보았다. 부서지는 파도, 그 위를 떨어질 듯 춤추며 나는 갈매기들의 군무를 보았다. 이것만으로도 서울을 떠났음을 다행으로 생각하기로 마음 먹었다.

산으로 오르는 사람은 아무도 없었다. 배낭을 메고 사람 하나 없는 거리를 어슬렁거리며 걷고 있는 나를 아주머니 한 사람이 불렀다.

"민박하고 가세요. 방 따뜻하게 덥혀 놨어요."

"명절인데 오늘도 민박합니까?"

"우리집만 해요. 다들 설 쇠느라 손님 받지 않는데 손님 한 분이 찾아왔길래 억지로 하는 거에요."

"불편하지 않으세요?"

"방만 빌려주는데 우리야 불편할 것도 없어요."

나는 아주머니를 따라갔다. 물치마을 언덕을 오르면서 보니 집집마다 전을 부치고, 말린 동태를 간추리고 있었다. 아주머니는 나를 이층으로 올려보냈다.

"끝방에 불을 피워 두었어요. 먼저 온 손님 한 분이 계실 테니 합숙하세요."

나는 아주머니가 일러준 방문을 열었다. 방 안은 난잡하게 어질러져 있었다. 배낭이 풀어져 있었고 한쪽에 버너, 그 옆으로 코펠이 아무렇게나 펼쳐져 있었으며 벗어 둔 양말과 수건나부랭이들이 웃목에 널려 있었다.

한 남자가 아랫목에서 잠들어 있었다. 사람과 잡다한 물건들 속에서 갈피를 잡지 못하고 나는 우두커니 방한가운데 서 있는 꼴이 되었다. 어질러진 물건들을 한곳으로 치울 엄두가 나지 않아 아주머니를 부르기 위해 문을 밀고 나선 순간, 뒤에서 사람소리가 들렸다.

"들어왔으면 다시 나갈 것 없이 자리에 앉아요."

내가 등을 돌려 뒤로 돌아섰을때 자리에 누운 남자가 상체를 일으켰다. 삼십을 갓 넘겼을까. 생각과는 달리 단정한 얼굴이다.

"미안합니다. 혼자 쓰는 방인 줄 알고 편하게 풀어 놓았소. 치워드릴 테니 잠시 앉으세요."

"괜찮아요. 누워 계신다면 그냥 그대로 있어도 좋아요."

"아닙니다. 다른 곳에 민박할 마땅한 곳도 없을 텐데 오늘 이곳에서 같이 지내지요. 내일 새벽 산에 가실 거죠?"

"그렇습니다."

"잘 됐네요. 나도 새벽에 일어나려고 지금부터 초저녁 잠을 자고 있는데 같이 가면 좋겠습니다. 어서 편히 쉬세요."

"나는 아직 저녁을 먹지 않았습니다. 이 부근에 요기할 곳이라도 있나요?"

"가게 문이야 열려 있겠지만 설 전날 무슨 음식을 사먹을 게 있겠습니까? 내가 끓여둔 찌개가 남았는데 그걸 좀 드실래요?"

그는 내가 응답도 하기 전에 버너불부터 붙이기 시작했다. 예열을 위해 부은 알콜이 방바닥으로 흘렀다. 불을 붙이니 푸른 불꽃이 장판지 위에서 타올랐다. 그는 잽싸게 웃목에 더져둔 수건을 집어 퍼져가는 불꽃을 눌러 껐다. 이윽고 버너에 불이 올랐을 때 그는 찌개를 얹었다. 찌개는 맛갈스러웠다. 어디에서 구해 왔는지 두부를 넣고 굵은 파까지 듬성듬성 잘라넣은 쇠고기 찌개가 시원하고 맛이 담백했다. 그는 먹다 남긴 식은밥을 내 앞으로 밀었다. 나는 배낭을 풀기가 귀찮아 그냥 주는 대로 먹었다.

"잘 먹겠습니다. 혹시 내일 새벽에 드시려고 남겨둔 걸 대신 먹는 게 아닌지 모르겠습니다."

"상관마시고 그냥 드세요. 동행이 생겼으니 이제 밥이야 굶겠어요?"

"어디에서 오셨길래 이렇게 훌륭한 찌개거리를 준비해 오셨나요. 나는 떡국이나 끓여먹고 잘까 했는데 덕분에 좋은 저녁을 먹게 됐습니다."

"원주서 왔어요. 그동안 시간을 좀체 낼 수가 있어야지요. 마침 구정에 며칠 놀려준다기에 얼씨구하고 산으로 튀었지요."

"내일이 설날인데 가족들은 어쩌구 혼자 산으로 왔어요?"

"혼자 삽니다."

"미혼입니까?"

"물론이요. 결혼 같은 거 왜 해요? 여자한테 발목잡혀 평생 한 지붕 아래 갇혀 지낼 텐데 그 고생을 돈 들여가며 미쳤다고 해요?"

"그렇지만 세상 사는 것이 다 그런것 아녜요?"

"세상이 어때서요? 다 제 마음 먹기 나름입니다. 열심히 직장일 하고 자기 가고 싶은 산에나 다니겠다는데 누가 뭐라고 해요? 여자 만나 결혼해서 애

낳고 아둥바둥 사는 남자들 보면 한심하고 불쌍하다구요. 혼자 살면 굶든 먹
든 상관없는데 군식구들 거느려 봐요. 그 속박을 어떻게 감당합니까?"

"그렇긴 합니다마는……."

나는 기묘한 자유인을 만나 이상한 동행을 하게 되었다. 내가 나타나지 않
았다면 편안하게 지낼 수 있었던 그가 낯선 나에 대해서만은 귀찮은 속박을
느끼지 않기를 바랬다.

대충 식사가 끝나고 우리는 자리에 누웠다. 불을 끄려고 했을 때 우리를
안내한 아주머니가 이층으로 올라왔다.

"아저씨들 내일 아침 하지 마세요. 설날 음식이 많으니 그냥 계세요. 상
차려드릴 테니."

아침, 빠른 집은 이미 제사가 끝이 날 시각이었다. 세수라도 할까 하고 밖
으로 나와 보니 한복을 차려입은 사람들이 골목길을 부산하게 오가고 있었
다. 타관에서 청승스런 설날을 맞은 셈이다.

얼마 후 아주머니가 상을 들고 왔는데 음식이 가득했다. 국이며 밥, 나물
등속과 시루떡이 쟁반에 수북하게 놓여 있었다. 희한한 곳에서 설날 음식상
을 받고 어리둥절해 있는데 어젯밤 같이 잠을 잤던 사람은 태연하게 상을 받
았다.

"아주머니 잘 먹겠습니다. 새해에도 복 많이 받으시고 산에 가는 사람들
길 동무나 잘해주세요."

우리는 아침의 성찬을 나누고 상위에 남은 떡과 과일 따위를 배낭에 싸 넣
었다. 잠 잘자고 어젯밤부터 계속 얻어먹고 점심까지도 걱정 없게 되었으니
하룻밤 잠자리로는 민박값이 너무 싸게 먹혔다.

원주에서 온 자유인과 등산 길을 함께 나섰다.

나는 딱히 어디를 어떻게 오르겠다는 생각없이 집을 나선 탓에 뚜렷한 목
적지를 정해 두고 있지 않았다. 그가 가는 방향으로 따르기로 했다.

구정을 맞기 위해 하산했는지 산에 있는 가게들은 전부 문을 닫아 걸고 있
었다. 산은 완전히 비어 있었다. 비선대에서 마등령 코스로 접어 들었다. 원

주의 자유인은 성큼성큼 앞장 서서 나갔다. 걸음이 엄청 빨랐다. 그가 멘 배낭은 가까운 산에 야유회를 가듯이 얇고 부피 작은 것을 짊어졌으며 신발도 목이 긴 투박한 운동화였다. 전문 산꾼도 아니고 그렇다고 초보자도 아니다. 언덕길을 오르는 발걸음이 날렵할 뿐만 아니라 망설이지 않고 걷는 것이 서툴지가 않다.

이상한 사람이기도 하지. 곁에서 지켜 본 그에게는 오랜 세월을 견디어 온 고사목의 냄새가 났다. 새벽의 이슬과 비, 내리쬐는 햇볕과 바람과 먼지의 냄새들. 그래서 약간만 밀어버려도 한 줌의 재로 주저앉아 버릴 것같이 나약해보였는데 그의 발걸음은 놀랄 만큼 강단이 있고 빨랐다. 저 단단하게 무장된 완고함은 어디에서 나오는 걸까? 진정한 자유인이 될 때만 뿜어나오는 자신감일까? 소유하지 않아도 풍족하다는 여유 때문인가.

나는 가쁜 숨을 몰아쉬며 자유인의 곁으로 다가섰다.

"천천히 갑시다. 급히 오르느라 아침에 잘 먹은 밥이 체하겠소."

"앗따, 이깐 산 가지고 그렇게 힘들어 하면서 속세의 명절을 어떻게 마다 하고 집 떠났소?"

"선생 걸음이 빨라서 그래요. 혹시 마라토너 아닙니까?"

"하하하. 내가 무슨 잘난 표를 내겠다고 마라톤을 다하겠어요. 우리 그런 것 몰라요."

"도대체 무슨 일을 하시는데 걸음이 그렇게 빨라요?"

"그냥 밥 먹고 사는 일 해요. 특별한 일도 아니고"

한 시간 동안 그를 뒤따라 오르며 숨이 턱에 차서 기진맥진했다. 그런데 원주의 자유인은 숨결마저 고르다. 히야, 산신령이 강림하셨나, 별 사람 다 보겠네.

비선대 기점 3킬로미터 지점을 지나면서 나는 깜빡했다. 비선대를 약간 지난 곳에서 우리가 처음 쉬던 자리에 물통과 주머니 달린 벨트를 풀어 두고 그냥 왔던 걸 기억했다. 앞서가는 사람을 뒤쫓기 위해 원체 서둔 탓에 놓치고 온 물건들이다.

"선생 잠깐만 기다리세요."

그가 발걸음을 멈추고 뒤돌아섰다.

"왜 그래요? 빨리 오질 않고."

"저 아래서 우리가 쉴 때 물건들을 두고 그냥 올라왔어요."

"버리면 안 돼요?"

"아깝잖아요."

"그래요? 그러면 먼저 올라가세요. 내가 물건 찾아서 뒤따라올테니."

"너무 멀리 떨어졌는데."

"그거야 상관없으니 지체말고 그냥 가요. 마등령에 오르기 전에 따라잡을 테니."

계산해보니 왕복 4킬로미터가 넘는 거리다. 그가 걸음이 아무리 빠르더라도 먼저 나서는 나를 절대로 따라 잡지는 못할 것이다. 더군다나 마등령은 얼마 남지도 않았다.

날아오겠다는 건가? 나는 내 물건을 포기해도 좋으니 그냥 가자고 했다. 그러나 그 결정은 때가 늦은 말이 되었다. 빠르게 내리막길을 치달리며 들은 척도 안 했다. 어디보자. 4킬로미터 이상의 길을 어떻게 단축해낼지. 나는 쉬지 않고 올랐다. 혹시 뒤따라올지도 모를 그를 조금이라도 더 거리를 벌려 놓기 위해 내가 할 수 있는 최선의 기량을 다해 산길을 올랐다.

마등령 가까운 샘터에서 잠시 쉬었다. 손바닥에 물을 받아 목을 축인 후 담배 한 개비를 피워 물었다. 담배가 반쯤 타들어갈 때 밑에서 바람소리가 들리는 듯했는데 어느 사이 원주의 자유인이 성큼성큼 걸어왔다. 그의 양손에는 물통과 주머니벨트가 들려 있었다. 나는 그를 보고 흡사 도깨비를 본 듯 경악했다. 축지법을 쓰는 사람인가? 바람 같다더니 바람보다 더 빠르지 않은가.

나는 지금까지 20여 년을 넘게 산을 다녔지만 단언하건대 실로 그런 사람을 만나보기는 처음이며 앞으로도 절대 없을 것이다.

가끔 산에 다니다보면 이상한 이야기를 듣는 경우가 있다. 경남 천성산 북쪽에 위치한 작은 암자에 여든 살이 넘은 도승 한 분이 계셨다. 내가 길을 잘못 들어 하산길에 그 암자에 들르게 된 적이 있었는데 그때 마침 절 뒤켠에서 부목이 나무를 패고 있었다. 그 곁에는 노승이 무념히 앉아 있었는데 노승도 부목도 입을 꾹 다문 채 각자의 일에 빠져 있는 게 신비스럽게 보였다. 노승은 묵상으로, 부목은 장작을 패는 일로, 어느 순간 노승이 앉은 자리가 비어 있었다. 내가 물었다.

"이 암자에는 늙은 스님 혼자 계신가요?"

부목이 도끼질을 잠시 멈추며 허리를 폈다.

"왜 혼자요. 나도 있지 않소."

"그렇구만요. 실례했습니다. 남자 두 분만 계신다면 상당히 불편하시겠네요."

"불편할 거야 없지요."

"끓여먹는 일 따위가 귀찮을 거 아녜요?"

"스님은 생식을 해요. 그리고 절에는 잘 붙어있지도 않고."

"저런, 연로하신 분이 어딜 다니세요? 힘드실 텐데."

"구름 위를 걷듯이 걷는 분인데 힘들다뇨. 저 아래 마을에서 여기까지 올라오는데 한 순간밖에 안걸려요."

"어떻게 한 순간에 그 먼 거리를 올 수 있나요?"

"축지법을 쓰거든요."

"네? 축지법을?"

나는 완전히 놀란 얼굴이 되어 부목에게 되물었는데 그는 당연하다는 듯이 내게 눈 길 한번 안주고 도끼질을 계속했다. 이 개명천지에 축지법을 쓰다니, 과연 그가 보았는가? 나는 내 눈으로 똑바로 그걸 확인하기 전에는 믿을 수가 없었다.

"아저씨가 직접 봤어요?"

"봤으니까 그러지요. 안 보고 내가 어떻게 함부로 그런 말을 하겠소?"

"언제 어떤 모양으로 걸어갑니까?"

그는 시종 입을 다물고 있었는데, 내가 담배를 권하고 남아 있던 '조니워커'반 병을 꺼내 몇 잔을 부어주고 나서야 겨우 입을 열었다.

부목이 지게를 지고 시장을 갔다오는 길에 동네 어귀에서 노승을 만났다.

"스님 잘 만났습니다. 같이 가면 좋겠네요."

"자네는 천천히 와. 내 급한 일이 있어 먼저 갈테니."

스님과 몇 마디 말을 나누는 사이 마을에 살고 있는 아는 사람을 만났다. 부목이 돌아서서 마을사람과 안부 몇 마디를 나누며 담배불을 붙였다. 돌아보니 노승이 없었다. 이 늙은이가 그새를 못 참고 혼자 올라갔나? 산쪽을 보니 상당히 상거한 산등성이에 노승의 옷자락이 펄럭였다. 산모퉁이를 돌아섰다 싶은데 절 마당 안으로 들어서는 게 눈에 들어왔다. 부목이 방금 피워 물었던 담배는 반도 채 타들어가지 않았다. 부목은 담배를 쥔 손이 부들부들 떨릴 만큼 혼비백산하여 마을을 뛰쳐나와 산으로 줄달음쳐 왔다. 한 시간 반이나 걸려 숨을 헐떡이며 암자로 들어서니 노승은 그새 부처님 앞에 가부좌를 틀고 앉아 있었다.

그런 일을 경험한 후 부목은 일찌감치 절 일을 때려치우고 하산하려던 마음을 돌려먹고 늙은 스님을 지극한 정성으로 모시고 있는 중이었다.

"아저씨, 나도 이 절에서 스님의 수발을 들게 되면 축지하는 걸 보게 되겠네요."

"사람 눈에 보일 때는 웬만큼 바쁘지 않으면 축지법을 사용하지 않소. 허튼 생각 말고 그냥 하산하쇼."

말 같지도 않은 부목의 황당무계한 이야기를 들어본 적은 있지만 아직껏 원주의 자유인은 나로서는 도저히 설명할 방법이 없다. 그가 축지법을 사용하는 것 같지도 않았고 뿐만 아니라 그의 외모나 풍기는 분위기가 도인 같은 느낌이 도통 들지가 않았다.

내가 생각하기에는 전기 기술을 다루는 곳에 종사하는 듯했는데 그렇다면 그가 번개를 삶아먹고 살아왔던가.

눈이 둥그레져 반쯤 타고 있는 담배를 내려다보고 있는 나를 향해 원주의 자유인은 숨길 하나 흐트리지 않고 말했다.

"이 물건들이 맞소?"

"네. 그렇습니다. 그런데 어떻게 그리도 빨리 갔다올 수 있었습니까?"

"빨랐다구요? 나로서는 보통보다 조금 빠르게 걸은 셈인데."

나는 불가사의한 이 일에 대하여 더 물어볼 말이 없었다. 궁금증을 나타내어 주접스럽게 입을 열었다가는 어떤 신비스러운 것에 대한 불경을 범할 듯한 기분이 들었다.

나는 그 날 비지땀을 쏟으며 백담사로 내려왔는데 앞서 가던 자유인은 휘파람을 불며 유유자적했다.

헤어지면서 나는 내 직장의 주소와 이름을 밝혔다.

"선생이 계신 곳도 알고 싶은데요."

"바람 같은 사람 주소 알아서 뭘 해요. 지나는 길에 들르다보면 또 마주치게 되겠지요."

그는 끝내 이름 한 자 가르쳐 주지 않고 나와 헤어졌다. 그는 아직도 원주에 살고 있을까. 아니면 산속에서 기약없이 불어대는 바람으로 남아 있을까.

늦은 시각이었는지 설악산 소공원으로 들어가는 매표소에는 사람들이 철수하고 비어 있었다.

호텔 옆을 지나오면서 공중전화가 있는 곳을 스쳤다. 지날 때 보니 젊은 남자 두 사람이 심각한 얼굴로 어디엔가 전화를 걸고 있었다. 오랫동안 잊고 지내다가 산 속에서 불현듯 고향이 생각나서 시골 노모에게 때늦은 문안인사라도 전하는 것일까. 아니면 여비가 떨어져 친구한테 돈을 부쳐달라고 은행 온라인 번호라도 알려주고 있는가. 어두운 불빛 아래 보이는 그들의 얼굴이 초췌했다.

소공원에서 비선대까지는 키 큰 나무들이 어둠 속에 장막을 펼쳐놓은 듯

길양옆으로 나열해 있다.

등산객은 물론 신흥사에 들르는 사람도 없었다. 헤드랜턴을 밝히고 캄캄한 산 길을 걸었다. 나붓나붓하게 내리던 눈은 폭설로 바뀌었다. 비선대 바위를 건너뛰니 눈이 상당한 부피로 쌓여 있었다.

마등령 쪽과 천불동 계곡으로 나뉘는 갈림길에서 잠시 쉬면서 아이젠을 묶었다. 짧은 시간에도 추위는 사정없이 노출된 목덜미를 파고들어가 등허리를 훑고 지나갔다.

천불동 계곡쪽을 선택했다.

설악골을 지나서 좌측에서 돌아 귀면암으로 내려서는 고갯길에 올랐다. 고개 위의 반반한 돌에 앉았다.

이곳에서 바위굴을 만들어 처소를 삼아 간단한 음료수를 팔며 생계를 이어왔던 유만석 씨를 생각했다. 그는 쉰 두살때 조난당한 등산객을 구출한 후 자신은 계곡을 벗어나지 못하고 급류에 휘말려 죽었다.

폭우가 내리면 귀면암 아래로 지나는 계곡에는 사방에서 쏟아진 빗물이 합류하여 좁은 골을 타고 흘러내린다. 커다란 바위조차 물 속에 휩쓸려 떠내려가는 판에 설악산에서 터전을 잡고 살았다는 그로서도 급류에 휘말려 생명을 부지하기가 불가능했으리라.

죽은 후 그를 기리는 적십자 설악산 구조대원들이 동판에 글을 새겨 바위에 부착해 놓았으니 그 내용은 이러했다.

「이곳을 지나는 길손이시여, 84. 8. 21. 홀리 태풍의 노우 속에서 등산객의 안전 하산을 유도하다 52세의 나이를 급류에 흘러보낸 고(故)유만석의 외로운 넋이 머무른 곳이니 뜻 있는자 발걸음 멈춰 명복을 빌자.」

그때 그의 몸을 던져 구조시킨 여대생 세 사람은 지금 어디에서 무엇을 하고 있을까. 한 의로운 사람이 산에서 죽음으로 인해 살아날 수 있었던 사람들은 해와 달이 숱하게 바뀌어 동판에 새긴 글이 마모되어 문드러질 때까지 오래 그의 넋을 기려야 하리라.

어둠 속의 산은 사람이 다닌 흔적 하나 없이 고요하게 가라앉아 있었다. 병풍바위의 철 계단을 오를 때는 난간을 붙든 우모장갑이 쩍쩍 달라붙어 장갑을 난간에 매달아 두게 한 채 맨손만 빠져나왔다. 붙은 장갑을 다시 떼어 낼 때마다 무서리가 일 듯 얼음파편들이 튕겨났다.

흰 눈 위에 헤드랜턴의 불빛이 난파하는 배처럼 출렁거렸다.

늦게 출발해서인가. 양폭산장에 닿으니 저녁 10시가 지나 있었다. 배낭을 벗겨내리고 겉옷을 벗었다. 가슴과 등짝으로 흘러내린 땀이 흥건했다. 캄캄한 야밤에 눈 쌓인 양폭산장 앞에서 반팔 셔츠만 입고 마른 수건으로 흘러내린 땀을 닦아냈다. 얼굴로, 가슴으로, 등으로, 영하의 기온은 벗어놓은 몸뚱이를 순식간에 동태처럼 얼어붙게 만들었다. 대충 겉옷을 입었다.

산장은 뒷방쪽에서 흐린 불빛이 새어나올 뿐 화강암들을 쌓아 지어놓은 일층도 이층도 사람소리하나 들리지 않은 채 적막했다. 불빛이 비치는 뒷방 문을 두드렸다. 문이 열리고 젊은 두 사람이 얼굴을 내밀었다. 그들 중 붉은 스카프로 머리를 감싸고 있던 한 젊은이가 물었다.

"혼자 왔어요?"

"그래요. 그런데 왜 사람들이 통 안 보이나요."

"지금 입산통제 기간입니다."

"왜요? 산불이 날 시기도 아닌데."

"눈이 많이 내려서 부분 통제를 실시하고 있어요. 입구에서 붙잡지 않던 가요?"

"그랬습니까? 초소에 사람들이 안 보이던데."

"밤이니까 다들 내려갔겠지요. 추울 텐데 우선 이리로 와요."

"이층에서 자면 안 될까요?"

"거긴 추워요. 사람도 없으니 이곳에서 자도록 하세요."

"미안해서……."

"우리도 심심하던 참인데 잘 됐어요. 상관말고 어서 들어와요."

나는 신발을 벗었다. 방 안은 아늑했다. 불을 지폈는지 아랫목은 따끈했다. 방 한쪽켠에 과자, 통조림, 라면, 소주병들이 놓여 있었다. 등산객들에게 팔고 있는 물품들이다. 소주값이 대충 산 아래보다 네 배나 다섯 배 비싼데 그것도 철따라 조금씩 바뀐다.

배낭을 풀었다. 떠날 때 정육점에서 사들고 온 고기보따리를 풀었다.

"버너 좀 켜주실래요. 고기를 갖고 왔으니 함께 나눠 먹읍시다."

젊은이 한 사람이 그들이 조립해 놓은 석유버너를 켰다. 불을 붙이는 라이터를 보니 오스트리아제 등산용이었다. 편리한 가스가 온통 세상을 뒤덮고 있는 이 시대에 오래된 구식 휘발유라이터를 소유하고자 하는 젊은이들이 갖는 수집벽이 새삼 신선하게 느껴졌다.

산에서 누가 보아주지도 탐하지도 않지만 물건 하나 고르는 데도 그들은 산쟁이이기를 고집한다. 그래서 떠벌리는 수다스런 산행이 아닌 순수한 오름행위이기를 갈구한다. 그것이 한 자루의 칼, 한 개의 라이터마저도 일반사람들이 가진 것과는 유별하며, 그들은 그러기를 스스로 원했다.

고기를 구웠다.

"같이 먹읍시다."

나는 오늘 강릉을 떠나면서 회운각 대피소에서 자려고 마음을 먹었다. 그곳에는 내가 알고 있는 산 후배가 매점을 하고 있다. 그는 가끔 도시로 내려와서 나와 어울려 술을 마시고 올라갔다. 그 후배가 쓰는 돈의 쓰임새도 가당찮았다.

연초, 연휴의 인파로 그는 한철 대목을 잡게 된다. 좁은 대피소에 쉰명을 넘게 재우면서 물건을 팔아 거금을 챙겼다. 산에 왔던 대학산악부 후배들이 바쁜 그의 일손을 도왔다. 산 속의 자원봉사자들이다. 마침내 연휴가 끝나고 올라왔던 사람들이 떠나간 다음, 그는 상당한 액수의 돈을 들고 그를 도운 후배들과 함께 도시로 내려왔다. 도시에 있는 안락하고 넓은 여관방을 얻어 그곳에 거점을 정해두고 수중에 돈 한푼 남아 있지 않을 때까지 먹고 마시며 며칠 사이에 거액을 모두 날렸다.

후배는 돈이 떨어져서 산으로 돌아가는 길엔 늘 나를 찾아와서 한 마디 하

88

곤 했다.

"주머니가 두둑할 때는 왜 형 생각이 안 나는지 모르겠네요. 다음번에는 잊어버리지 않고 있다가 형한테 먼저 전화할게요. 미안합니다."

"자슥아, 웃기는 소리 말고 빨리 산속으로 올라가. 한달이나 엎드려 있어야 몸에서 술기가 제대로 빠지기나 하겠다. 빨리 꺼져."

오늘밤 회운각까지 오르기에는 배가 너무 고프고 적설량이 많다. 무너미 고개를 넘기도 전에 혼자 눈속에 파묻혀 오도가도 못하고 춥고 외로운 밤을 지낼지도 모른다. 내일 새벽 날이 밝으면 출발하기로 혼자 마음 먹었다.

오늘은 여기서 이 젊은이들과 같이 밤을 지내자. 요행히 잠자리에 들어 눈 쌓이는 소리를 들을 수만 있다면야 얼마나 기가 막힐까. 하기사, 그런 경지가 된다는 것은 좌선으로 심사를 가다듬어 한 고비를 넘겨야 가능하다고 했는데, 육신에 오욕의 때를 덕지덕지 붙이고 절뚝거리며 살아온 내가 이 밤에 무슨 재주로 적막한 산 속에서 눈쌓이는 소리를 가늠할 재주가 있겠는가. 두 사람의 젊은이와 술잔을 나누며 고기를 먹었다. 한 젊은이는 산장을 대리 관리하는 사람이고 또 한 사람은 산에 들어왔다가 일주일째 이곳에서 머문다고 했다. 집이 진주 쪽이라고 한 그는 붉은손수건을 펴서 머리를 덮은 다음, 이마에 질끈 동여매고 있었다. 영화「플래툰」의 미국병사 같았다. 술 잔이 몇 순배 돌고 나서 내가 물었다.

"여러 곳을 구경하지 않고 한 곳에서 왜 이렇게 오래 머물러 있소?"

"가봐야 어딜 갑니까? 이곳 저곳 모두 산인데 여기나 저기나 마찬가지잖아요. 그래서 그냥 이곳에 있습니다. 얼어 있는 폭포 구경도 할 만하구요."

"집이 진주라니, 멀리서 왔습니다. 가까운 지리산을 두고 어쩌다 이렇게 멀리까지 왔지요?"

"그쪽 산이야 마음 내키면 언제고 오를 수 있는 곳이지만 여기는 나서기가 힘들어 다시는 생각나지 않도록 설악에 진저리가 날 만큼 한번 푹 빠져보려고 이러고 있습니다."

나는 그들과 이야기를 나누다가 문득 서울에 있는 젊은 산 친구들이 그리웠다. 내가 겨울밤에 이곳에 머물며 그들을 생각했었다는 기억 하나라도 남기고 싶었다. 그들도 언젠가 이곳을 지나게 되면 내 마음을 읽어낼 수 있겠지. 산이 있음으로 해서 그들의 존재이유를 설명할 수 있었던 악돌이 박영래, 박인식 두 사람을 벽에 사인펜으로 써두고 한 잔씩의 술 잔을 들어 벽을 향해 이름자 밑으로 뿌렸다.

언젠가 여기에 찾아와 하룻밤을 유하게 될 때 내가 뿌려준 한잔의 술을 기억하고 이 밤을 함께 보내고 싶어했던 마음이라도 알아주기를 바라며.

넉넉하게 갖고 온 고기는 세 사람이 포식하기에 부족하지 않았다.

산장을 대신 지키던 젊은이가 산에서 거둔 야생열매를 넣고 익혀놓은 술을 꺼냈다. 여러 병이 나왔다. 한 잔씩 맛을 보았다.

나는 좀처럼 과실주를 마시지 않는다. 술에 색깔이 들어있다는 것은 술의 순수한 맛을 잃게 하고 술맛을 변질시켜 놓는다. 처음부터 색깔을 띠어 만든 술이 아니라면 한번 걸러낸 술에 다시 과실을 첨가한다는 것은 인위적인 맛 바꾸기다. 오래 묵혀뒀다고 자랑하는 과실주일수록 사람을 분수 모르게 취하게 하고 숙취는 오래 남는다. 그러나 오늘밤 이 산장에서 주인이 내놓은 산열매로 익힌 술을 어떻게 마다하겠는가. 나는 빠뜨리지 않고 진열된 술병에서 한 잔씩 따라 맛을 보았다.

어둠이 걷히고 희뿌옇게 날이 밝아올 무렵 자리에서 일어났다. 산을 넘을 생각을 했다. 침낭을 차곡차곡 말아서 배낭속으로 밀어넣고 있는 나를 쳐다보고 있던 젊은이가 침낭에서 몸을 빼내며 나를 붙들었다.

"아침 식사하고 가세요. 지금 해장국을 끓일께요."

"산에서 무슨 해장국을, 가다가 배고프면 라면 국물이나 마시지요."

"어제 먹다 남은 반찬으로 국을 끓이면 돼요. 뒤쪽에 동태 말려 둔 것도 있는데 조금만 기다리세요."

"고맙소만 그냥 가리다."

방문을 밀고 나서는데 바지가랑이를 다른 젊은이가 잡았다.

"그냥 가시면 우리 섭섭해요. 어젯밤에 고기도 얻어먹고 재미있는 이야기도 들었는데 식사하고 가세요."

나는 어쩔까 망설였다. 아침밥을 먹게 된다면 한 시간은 족히 버리게 될 것이다. 대신에 날이 밝아오는 청아한 새벽의 산 구경은 놓치게 되겠지. 한 끼의 밥을 위해 새벽을 날려버리기에는 깨어나는 산의 정기가 더 유혹스럽다. 산에서 잠들면서 산의 아침을 느껴보지 못함은 아까운 일이다. 반쯤 열린 방문을 마저 열었다.

"다음주에나 다시 한번 올라오지요. 오늘은 이만 가보리다."

나는 새벽 산행을 가장 좋아하며 소중하게 생각한다. 살아나는 산의 생음을 들을 수 있기 때문이다. 그것은 하루 중에 한 번뿐이고, 부지런하지 않으면 놓치고 만다. 첫 새벽 하루를 비상하기 위해 깃을 터는 산새의 잠 깨는 동작을 보고 싶다.

"섭섭합니다."

"사람 만나는 게 다 그런거지요."

등산화의 줄을 당기며 얼굴을 들었을 때 뿌연 안개속에서 산은 내 눈 앞에서 정명하게 솟아 있었다. 산은 어둠을 걷어내고 원래의 모양 그대로 땅과 숲의 냄새를 토해냈다.

맞은편으로 곧장 오르면 만경대와 맞닥뜨린 후 화채봉으로 붙을 수 있다. 그쪽 코스가 상당히 매력적이었고 하산 완료 후에도 차편이 쉬울 것 같아서 망설였으나 끝내 내 마음을 돌려놓지 못했다. 혹시 회운각 대피소에서 만날지 모를 후배가 발목을 잡은 것이다.

오른쪽으로 꺾어 걸었다. 방문 밖으로 나온 두 젊은이가 손짓으로 나를 배웅했다.

눈은 밤새 내려 눈위에 또다시 새로운 눈을 쌓아놓았다. 폭포를 왼쪽에 끼고 계단을 오르며 바위모서리를 돌아 위로 올랐다.

무덤 하나가 나타나고 나는 낡은 돌비석 위에 앉았다. 희한도 하다. 누가 여기까지 죽은 시체를 떠메고 왔을까. 살아 있는 자들의 탐욕을 위해 땅 속

에 묻힌 자가 외로워서 진저리가 나겠다. 풍수지리를 맞추어 여기까지 왔는
가. 바람과 비가 만들어내는 자연조건으로 죽은자를 이용해 산자들의 행복
을 구가해 보겠다는 풍수는 원래 장풍득수(葬風得水)의 준말로 묘지에 대한
음택과 주거지에 대한 양기풍수의 두 가지로 대별한다. 죽은 조상을 이용하
여 살아 있는 후손들이 영광을 구하겠다는 논리이니 풍수지리야말로 막되먹
은 불효의 극치다.

　동물들은 죽은 시체를 묻지 않는다. 사람들만이 탐욕을 위해 주검마저 철
저하게 이용하려는 이기심으로 깊고 깊은 산중에 무덤 하나가 생겼다. 우우
부는 바람소리만 겹겹으로 들리는 이 산마루까지 기를 쓰며 관을 메고 올라
왔을 사람들의 집념을 떠올리면서 나는 알 수 없는 아득한 한숨을 깊이 내쉬
었다.

　무너미 고개를 오를 때는 눈이 무릎 위까지 차올랐다. 몇 번이나 미끄러지
고 배낭채 뒤로 뒹굴면서 고생을 했다. 산을 오르는 것이 아니라 커다란 눈
덩이 위를 걷고 또 걷는 행위였다.

　회운각 대피소의 후배는 속초로 나가고 없었다. 어젯밤 고생하며 올라왔
더라면 헛고생 했겠구나. 양폭산장에서 주저앉기 다행이었다. 만나겠다는
생각만으로 죽을 힘을 다해 왔다가 막상 만날 사람이 없었다면 그 섭섭함이
오죽했을까. 고기를 살 때 정육점에서 주인이 물었다.

　"고기 어떻게 요리해 잡수실 거요?"

　"산에 가서 구워 먹을 겁니다."

　"그러면 큼직큼직하게 썰어야겠네."

　나는 고기가 날선 기계의 톱니 사이에서 절편으로 잘려나오는 걸 보면서
만약 같이 먹을 후배가 없으면 어쩌나 생각했다. 못 만나면 대피소 앞 바위
옆 눈 속에 갖고 온 고기를 파묻어 두고 메모 한 장 남기고 떠나려했다. 후배
는 보물찾기를 하듯 눈 속을 헤치며 고기를 찾아 무료한 산 중의 하루를 보
내게 되겠지. 그러나 지금은 남기고 갈 보물은 없다. 어젯밤에 다른 사람들
을 만나 과실주와 함께 바닥을 냈으므로. 대피소에서 커피를 마셨다. 어제

저녁에 과음했음에도 숙취는 느껴지지 않았다. 산 속 탓인가. 무공해의 물과 공기가 인체의 세척작용을 더 빨리 진행시킨 연유이리라.

소청을 오르기 위해 바위가 많은 북쪽 사면을 지나면서 바람에 시달렸다. 뺨이 얼얼해서 감각을 느낄 수가 없을 지경이었다. 지퍼를 열고 둘둘 말린 후드를 꺼내 뒤집어썼다. 인적이 완전히 끊긴 산자락에는 설악을 할퀴고 지나가는 겨울바람 소리만 무성하게 난무했다. 건너편 공룡능선은 산허리를 길게 휘감은 눈과 그 사이로 쭈뼛하게 솟아오른 암봉들이 기묘한 대비를 이루며 손에 잡힐 듯 가깝게 눈으로 쏠려들어왔다.

소청봉까지의 오르막 길이 그렇게 멀게 느껴진 것도 처음이었다. 가까스로 소청에 섰다. 소청에서 바라본 대청봉은 안개에 잠겨 봉우리를 식별할 수가 없었다. 갑자기 중청의 허리깨를 돌아가는 길이 싫어 곧바로 봉정암쪽으로 내려섰다. 한결 바람이 잦아들었다.

봉정암까지는 논스톱. 대피소에서 늦은 아침을 먹었다. 아침이라야 코펠 씻기가 귀찮아 준비해 온 컵라면에 더운 물을 붓고 라면이 익을 동안 먹은 초코파이 두 개를 합친 게 전부였다.

쌓인 눈 아래에서는 떨어진 잎이 썩어 양질의 토양으로 바뀐, 오래 묵혀둔 땅의 냄새가 나는 듯했다. 날개깃소리를 내며 서쪽 하늘로 멀어져가는 작은 은빛 겨울새의 울음소리를 좇아 올려다본 저편 하늘 끝의 푸른 대해(大海)였다. 새는 하늘의 숨소리를 따라 비상해 갔는지 보이지 않았다. 눈은 그쳤고 푸른 하늘에는 구름 한 조각이 빠르게 흘러가고 있었다.

수렴동 대피소까지 눈 속의 하산길이었다. 혼자 미끄러지며 뒹굴면서 깔깔 웃었다. 산을 지키는 산주인이 어디에선가 물끄러미 나를 바라보았다면 미친놈이 한낮에 혼자 육갑하는 줄 알았을 것이다.

등산화도 젖어왔고 스패츠 한쪽은 앞쪽 고리가 벗겨져 제멋대로 빙글빙글 돌고 있었다. 눈은 오버트라우저의 가랑이를 비집고 등산화 속으로 밀고 들어와 양말까지 흥건하게 적셨다.

수렴동 대피소에서 산장주인 이경수 씨를 만났다. 설악의 이름 모를 능선에 서서 눈과 바람과 비를 견디고 묵묵히 서 있는 한 그루 고목 같은 사람. 언제 보아도 설악계곡에 흐르는 물같이 젖어 있는 사람. 머리를 깎고 스님이 되지 못해 미안해서 산을 지키고 있다는 그와 차 한잔 나누고 싶은 생각은 간절했으나 하산길이 아직도 아득해 그대로 직행했다.

거센 골바람과 쌓인 눈에 이리저리 미끄러지며 떠밀려 백담산장에 도착하니 사람은 없고 산장의 기온마저 얼어붙어 쓸쓸하기 그지 없었다.

그곳에서 웅크리고 앉아 굶주린 짐승처럼 배낭 속에 남은 음식을 모두 먹어치웠다. 산에 다니면 늘상 이랬다. 있으면 먹고 없으면 굶는다. 혼자 다니는 산에서는 아예 불을 지필 엄두가 나지 않는다. 먹는 것조차 귀찮은데 한 끼를 먹기 위해 버너켜고 코펠 풀어내기가 여간 번거롭지가 않아 나는 맛보다는 주림으로 먹는다. 아무거나, 그래서 산에서는 언제나 잡식성이다. 고기든 야채든 빵이든 과일이든 허기지면 그냥 먹고, 길이 있으면 걷는다. 걸으며 생라면을 부숴 먹기도 했는데 야금야금 침에 녹아가는 생라면의 맛도 때로는 별미였다. 산에서의 허기를 체험한 자들은 알 것이다. 배고픔을 이기려면 먼저 배고픔을 사랑하는 방법부터 배워야 한다는 것을.

산을 넘어 지름길을 택할 생각으로 백담사 경내로 들어섰다. 백담사 이곳에 올 때마다 처음 이 절과의 만남을 잊을 수가 없다.

오래전의 가을, 나는 오세암 마등령 코스의 산행을 위해 용대리에서 버스를 내려 7킬로미터의 빼어난 백담계곡에 넋을 잃고 땀을 흘리며 걸어올라왔다. 해질녘쯤 도착한 백담사의 텅빈 뜨락에는 사람 그림자 하나 없었고 퇴락한 산사는 깊은 정적 속에 묻혀 있었다. 배낭을 벗고 물을 마시기 위해 절간의 뒤로 돌아섰을 때 나는 그곳에서 감동적인 한 장면을 보았다.

절 곁의 채마밭에서 노승이 일하던 삽자루를 쥐고서 뉘엿뉘엿 지고 있는 석양의 하늘을 혼자 무심하게 바라보고 있었다. 사람이 곁에 다가왔는지도 모른 채 무아경에 빠진 듯한 모습이었는데 나는 잠시 발걸음을 멈추고 그 노승의 맑은 얼굴과 담담한 구도자적인 모습을 바라보았다. 알 수 없는 깊은 감동이 가슴 한자락을 훑고 지나갔다. 해탈한 자의 얼굴이었다.

스님이 서 있는 곁에는 그 날 오후 내내 밭일을 했음직한 감자가 수북하게 쌓여 있었는데, 일을 끝내고 잠시 쉬는 사이에 지는 햇살에 눈이 부신 듯 먼 산을 망연히 바라보고 서 있는 노승이 내게 준 감동은 유별했다.

그 후 몇 번이나 설악산행을 위해 백담사를 찾았고 나는 그 노승의 모습을 잊을 수가 없어 갈 때마다 채마밭 쪽을 찾아나섰으나 스님의 모습은 다시 발견하지 못했다.

사람은 없었으나 산사는 여전히 적막하고 퇴락했으며 인적이 끊어진 절해의 고도에 버려진 초옥 같았다.

경내를 기웃거리고 있는 중에 마침 밖으로 나가는 차를 발견했다. 불심 깊은 어느 신도가 눈길을 헤치고 타고 온 모양이다. 나는 매우 지쳐 있었으므로 사정하여 그 차에 합승했다.

용대리에서 내려 진부령을 넘어 간성이 종점인 버스를 타기 위해 바람을 피해 길 옆 가게 안으로 들어갔다. 오랫동안 기다렸음에도 버스는 오지 않았다. 나는 가게 안에 널려진 과자류의 상표를 무심히 읽어 보고 또 읽었다. 마침내 버스가 닿는 소리가 들렸을 때, 나는 황급히 문을 열고 버스 안으로 뛰어 올랐다.

차 안에는 사람들이 드문드문 앉아 있어 썰렁해 보였으나 그래도 불빛만은 밝았다.

앉아 있는 사람들은 산골에 살고 있는 탓인지 어딘지 모르게 지치고 피곤한 표정들이었다. 비어 있는 자리에 주저앉으며 오랜 세월 동안 문명과 떨어져 외롭게 살아온 사람들에게 풍기는 바람소리를 듣는 듯했다. 사람들은 도시든 시골이든 어디에서 터를 잡고 있어도 그들은 본능적으로 살고 죽어간다. 그러나 이미 오래전에 바깥 세상의 동정을 전혀 모른 채 오지의 벽촌에 묻혀 죽어간 옛사람들에 대한 안쓰러움이 생겼다. 세상은 이렇게 좁고 편리해져 지금은 한나절만에 한국의 어디라도 닿을 수 있을 만큼 문명의 혜택을 누리며 살고 있지 않은가.

버스를 잊을 만하면 다시 나타나는 몇 곳의 검문소를 지나 군인들의 왕래가 잦은 곳에 멈추었다.

다시 차를 바꿔 타고 속초를 지나 날이 어두워서야 강릉에 도착했다.

숙소에 들어오니 산조는 아직 돌아오지 않고 그의 방문은 잠겨 있었다. 텔레비전에서 9시 뉴스가 반쯤 진행되고 있을 무렵 산조가 방문을 열었다. 그는 상기되어 있었고 상당히 고양된 기분에 젖어 있는 듯했다.

나는 문미영과 함께 떠난 산행이 궁금해 그를 올려다보았다.

"오늘 미영씨와의 산 어땠어?"

"좋았어요. 형은 혼자서 심심하지 않던가요?"

"아니, 나도 괜찮았어. 일박이일로 해치우기에는 무리한 주행거리였지만 혼자였기에 오히려 홀가분했어. 덕분에 무척 피곤해."

"나도 완전히 지쳐 떨어질 지경이요. 생전 처음 바위위에도 올라가보고."

"바위라니? 여자와 처음 가는 산에서 별 일이 다 일어났군."

"바위가 뭐 별건가요? 발 딛고 올라가면 되는거지. 이틀간 형 혼자서 강행군하느라 지쳤을텐데, 내일 자세히 보고하면 안 돼요?"

"보고라니? 이상한 소리를 다 하는군. 남녀 두 사람 산행 뒷이야기를 내가 꼭 들을 것도 없지. 산조 네가 만족했다면 나야 더 바랄 게 없는 일이고, 그래. 피곤할텐데 우선 잠이나 자자."

나는 텔레비전의 스위치를 눌러 껐다.

"형, 그냥 그대로 잠을 자버리기에는 기분이 묘한데요. 이야기는 그만두더라도 술이나 한 모금 마시고 잡시다."

"네 얼굴 보니 어디에서 술 마시고 들어온 것같이 보이는데"

"여자한테 예의 지키느라 술잔 입에 붙이다 말았어요. 목젖이 간지러워 미칠 지경인데 우리 딱 한잔씩만 해요."

"저런, 이제 좋은 여자 만나서 술 고래가 술 새우로 바뀌겠구나. 반가운 소식이다."

내가 하는 말에 대꾸 한 마디 없이 산조는 냉장고 문을 열고, 차갑게 냉동된 소주 한 병을 꺼냈다. 손바닥으로 병 몸뚱이를 쥐더니 천장을 향해 휙 던졌다. 술병은 몇 바퀴 빙글빙글 돌면서 낙하했는데, 산조는 등을 숙인 후 왼손을 등 뒤로 내밀어 떨어지는 병주둥이를 정확히 잡았다. 그 동작을 이어갈 동안에 누워 있던 나는 장난삼아 발을 들어 그의 무릎을 걷어차버릴까 하다가 그대로 내버려두었다. 기분 좋은 그의 흥을 조금이라도 부수고 싶지 않아서였다.

산조는 등산용 알루미늄 컵에 술을 반쯤 부어 그것을 내 앞으로 밀어넣고 자기는 반 남은 술병을 쥐었다.

"형 건배합시다."

"무엇을 위해?"

"태초 이래 산이 있었음을 위하여."

"좋다. 산을 위하여, 그리고 여자를 위하여."

내가 쥔 컵은 그가 잡은 병과 마주쳤다. 우리는 단숨에 술을 남기지 않고 전부 마셨다. 갑자기 취기가 온 몸을 엄습하여 전신이 나른해졌다.

"형, 잘 자요."

"그래. 구름 위로 떠다니는 꿈이나 꾸며 잘 자거라."

나는 잠자리에 드러눕자마자 초여름 돌담 아래로 떨어져내리는 꽃잎처럼 나분나분한 잠 속으로 빠져들어갔다.

5장

 한 해가 저물어가는 12월에 접어들어 작업을 시작한 별들의 그림은 50개를 채우고 붓이 멈추어 버렸다.

 99개를 그려야 화폭은 빈자리 없이 꼭 채워져 마무리가 될 것이다. 왜 하필이면 99개의 별을 설정했느냐의 물음에 대하여 문미영(文美英) 자신도 확실한 대답을 준비해두지 못했다. 그냥 그렇게 그려보리라. 생각하고 붓을 들기 시작했을 뿐이다.

 도시의 좁은 공간에 갇혀 하늘의 별을 그린다는 것이 갑자기 터무니없는 헛된 노릇이며 한갓 쓰잘데 없는 무의미한 행위일 따름이 아닌가 하는 생각이 들었다. 그렇다면 보름 동안에 애써 그려 놓았던 50개의 별들을 마땅히 지워버려야 했다. 그러나 그녀의 완성된 50개의 별들을 지금 수정할 마음도 지울 생각도 전혀 없었다.

 '허블'이라는 미국의 천문학자는 우주의 팽창설을 처음으로 주장했다. 그에 의하면 최초의 대폭발 직후에 우주는 손가락 한 개 정도의 아주 작은 덩어리였는데 그것이 팽창을 거듭하여 오늘의 우주 크기로 불어났으며 현재도 폭발은 계속 된다고 했다.

 1백억년인가 2백억 년 전의 대폭발에서 지금의 우주는 처음으로 탄생하게 됐다고 했던가.

 우리가 가시적으로 볼 수 있는 태양계가 속하는 은하이외에 우주에는 수많은 또 다른 은하가 존재하고 있다. 많은 별들은 수백 혹은 수천 광년의 거리를 두고 있으며 우주의 팽창설에 의하면 지구에서 멀리 떨어져 있는 별일 수록 더욱 더 빠른 속도로 지구와 멀어지게 된다.

1광년은 빛이 1년 걸려 도달하는 거리이므로 망원경으로 확인되는 1천 광년 저쪽의 세계는 따지고 보면 1천년 전의 별의 모습이다. 현재의 시각에 보이는 그 별은 그대로 있을지 사멸되어 이 우주에서 영원히 자취를 감추어 버렸는지 알 수가 없다. 우리는 단지 1천년 전의 빛을 보고 있을 뿐이다.

이 길고 먼 우주의 무한한 공간은 무엇인가. 영원한 침묵 속에서 다만 있다는 존재뿐인가. 아무리 뛰어난 인간도 그 망망한 공활(空豁)을 이해할 수가 없다. 의문을 해명하려든다면 그는 아마 견딜 수 없는 인간의 왜소함에 전율을 느끼게 될 것이다.

27세를 마무리 짓는 12월 들어 그녀는 왜 하필이면 별을 화폭 가득히 채우려고 했던가. 반짝반짝 빛나는 작은별의 동화 같은 마음으로 돌아가 지난 세월을 반추해보고 싶어서였을까? 아니면 그녀의 미래가 1천년 전에 빛을 뿜고 사라져간 이름 모를 한 개의 떠돌이 별의 운명 같은 느낌을 예지했을까?

그림을 그리기 시작하면 완성을 이루기까지 보통 때의 그녀는 지속적이고 성실한 붓놀림을 계속했다. 무엇을 그린다는 것은 그녀에게 삶의 질서를 찾아주게 하고 비어 있는 공간을 채워주는 가장 확실한 방법이었다. 그 행위는 때로는 손의 동작을 멈추게 하고 산을 오르는 발의 동작으로 대치되기도 했는데 그녀에게서 살아가고 있는 대부분의 시간은 그림과 산이 주종을 이루었다.

인간이 살아가는 생애가 유한적이고 제한되어 있는 것이 아니었다면 그녀는 그 두 가지 모두를 그렇게 깊게 사랑하지 않았을 것이다.

언젠가 우리는 마감된다. 죽음으로. 삶의 충실한 실현을 위하여 산과 그림은 그녀의 호흡이며 맥박이었다. 그것은 상호 조화를 이루어 그녀의 생을 값있게 성취시키며 지탱시켜주는 쌍두마차였다. 그런 의미에서 별개의 두 가지는 필연적인 목적이며 동시에 필수적인 수단이기도 했다. 그러나 그림과 산은 때로는 맞부딪치며 서로를 헝클어 놓기도 했다.

　그림은 이루고자 하는 욕망의 분출이며 산은 버리고자 하는 무념의 이질적 개념으로 대칭되어 한 폭의 그림을 완성하기를 바라면서 동시에 화폭을 찢기를 갈망했다.

　인간의 진정한 자유란 무엇인가? 소유한 것을 버리고 모든 얽매임으로부터 벗어날 때만이 정신적으로 풍요를 누릴 수 있다고 한다. 따지고 보면 우리 자신의 육체도 원래 제 것이 아닐진대 어찌 자기의 재물이라고 주장할 것이 따로 있을 수 있는가.

　그러나 삶이란 무엇이든 손에 넣기 위해 안달복달 목을 메고 하루하루를 살아가는 연속이 아니던가. 그저 먹고 잠자는 동물적인 일상이 우리의 보통 생이 아니라면, 얻고자 하고 쌓아두고 싶어하는 본능을 하잘 것 없는 숫자놀음이라고 치부할 수만도 없다. 아무것도 소유하지 않는 투명한 정신으로 일생을 관조한다는 것은 한갓 환상이며 이데아에 불과할 뿐 현실은 아니다. 우리는 환상을 현실로 접목시키고 자기자신에게 뿐만 아니라 남에게도 가르치려 든다.

　그러나 진정으로 체험해 보지 않은 사람들은, 자유롭고 싶다는 맹목성을 허무한 자기도취나 어린애 같은 유회라고 판단하여 말해서는 안된다. 자유는 단지 자신을 찾아가는 힘든 구현일지는 모르나 때로 그것을 스스로에게 증명되기 위해 피를 말리는 투쟁을 해야 한다. 목숨까지도 바칠 각오로, 그럴 자신이 없다면 아예 울을 박찰 생각을 버리고 숨 죽여 사는 것이 보통 사람들이 살아가는 옳은 방법이다.

　그녀가 그려둔 50개의 별들은 그녀의 젊음처럼 밝고 빛이 나야 함에도 화폭을 지배하는 색조는 어둡고 칙칙했다. 남은 49개의 별들에 대해 더 이상 진전을 보지 못한 것은 죽어버린 화석 같은 별을 계속 그려나가야 할 것인지, 아니면 찬연히 밤하늘을 수놓듯 반짝이는 별들로 바꾸어 채워 놓을 것인지의 갈등에서 헤어나지 못한 탓이었다.

　미영은 50개의 별을 전부 지워버리고 싶은 마음과 나머지를 마저 완성하고야 말겠다는 두 갈래의 틈 사이에서 벗어나지 못하고 일주일을 보냈다.

진정한 화가는 색채 그 자체로부터 자유로워져야 제대로의 그림이 된다. 미영으로서는 지금 그것이 더욱 어렵다. 굳어진 붓을 제대로 풀어보지도 못하고 미완의 그림을 마주하고 앉아 있던 어느 날 그녀는 문득 산을 떠올렸다. '푸른 새벽에 홀연히 돋아난 별들을 바라보기 위하여 홀로 떠나자.'

크리스마스 이브 날 그녀는 색바랜 배낭을 메고 내륙 깊숙한 산을 찾아 월악산으로 떠났던 것이다. 산을 오르다 바위에 앉아 있는 박산조를 처음 만났을 때 그녀가 느낀 것은 노란 헤어밴드의 강렬한 눈부심이었다. 사방이 흰눈뿐인 산 속에서 노란 색의 강렬한 색조는 이상하리만큼 퍽 잘 어울리는 구도였다.

그렇구나. 저 색깔이야. 남은 49개의 별은 흰 바탕에 저 노란색이 제격이겠구나. 미영이는 산조로부터 비로소 잃어버린 별들을 찾아냈다. 그러나 저 얼뜨기같이 촌스러운 사람은 도대체 무얼하는 사람인가. 사람들이 몰려 내려와서 그들이 헤어질 무렵 마지막으로 그가 병원 이름을 소리쳐 외쳤을 때 미영은 순간적으로 알 수 없는 연민에 몸이 거꾸로 끌려가는 듯한 느낌을 받았다. '어쩜 지독히도 가련한 사람이 산으로 왔군.'

월악산에서 박산조를 만나고 돌아온 후 그녀는 나머지 49개의 별을 완성했다. 죽어 있던 별들이 화사하게 살아나기 시작했다. 그림이 끝나던 날 그녀는 가련한 사람에게 전화를 했다.

"우리 함께 산에 가요."

박산조와 문미영은 일요일 아침 9시 강릉을 출발하는 소금강행 버스를 탔다. 강릉 시내를 벗어나는 고개를 넘어서자 일렁이는 동해바다가 눈으로 들어왔다.

경포대로 진입해가는 부근에는 왼편으로 이율곡이 태어난 오죽헌이 나타나고 오른쪽에는 아흔 아홉칸을 자랑했다는 선교장이 보였다. 사천교를 지날 때 보니 그 아래로 흘러내리는 냇물이 꽁꽁 얼어붙었고 그 위로 눈이 희끔희끔 쌓여 있었다. 초여름이면 은어잡이를 하는 사람들이 바지가랑이를 걷어붙이고 붐비는 곳이다. 냇물은 아래쪽으로 흘러 사천 해수욕장에 닿아 동해로 빠진다. 지금은 겨울 바람소리만 등천을 하며 잔설을 흩뿌려 놓고 있었다.

개울의 상류쪽으로 거슬러 올라가면 사기막 분교가 있는 마을을 지나게 되고 그곳에서 용소골을 지나 오대산 노인봉과 대관령을 가로지르게 되는 중간 지점인 매봉으로 오를 수 있다. 매봉에서 황병산까지는 단숨이다.

미영은 운무에 가려 희미하게 윤곽만 드러난 산의 능선을 가늠하여 대학 산악부 시절, 미답의 이 코스를 함께 등반했던 사람들을 회상했다. 그들 중 대부분은 산을 버리고 사회에 안착해 살고 있지만 일부의 사람들은 아직도 끝나지 않은 산으로의 여정을 계속하고 있다. 어떤 이는 외국의 유명봉을 오르다 추락하여 이 세상을 떠난 사람도 있다. 산을 오르다 죽어간 사람은 길고 긴 꿈과 피우지 못한 소망을 접어두고 바람 불어오는 이국의 고원에서 영원한 자유가 남긴 상처를 헌데처럼 부둥켜 안고 잠들어 있을 것이다.

사람은 각자대로 운명의 길을 살아갈 따름이다. 내년 이맘때면 미영 자신은 어떨까? 그림과 산의 열망을 찢어진 휴지처럼 팽개쳐 두고 하루하루를 생활에 안주하는 평범한 여인으로 변신해 있지나 않을지.

버스는 6번도로로 접어든 후 연곡 정류장에서 멈추었다. 창 밖으로 수량 많은 연곡천이 흘러가고 있는 게 보였다. 이태 전만 해도 이 도로는 포장이 되어 있지 않아 버스가 지날 때마다 먼지를 뿜어내며 자갈돌을 튕겨냈지만 지금은 아스팔트로 깨끗하게 포장되어 있다. 퇴곡국민학교를 지나고 50여 분쯤 후에 차는 정류장에 섰다. 옛날에는 강릉에서 하루종일 걸어야 하는 도보 거리였다. 현대의 문명은 편리하다. 대신 사람들은 모든 일에 턱없이 조바심을 내고 서두르는 생활을 하게 되겠지.

정류장에서 내린 사람은 모두 합하여 서너 사람뿐, 버스는 출발 이후 시종 비어 있는 것과 같은 상태로 운행을 마쳤다. 겨울산을 찾는 사람들은 이 지방에는 별로 없는 모양이다. 하늘은 맑았으나 스치는 바람은 차고 매웠다.

두 사람은 다른 사람들보다 앞서 관리사무소를 지났다. 무릉계에서 청학

산장을 가기 위해 출렁다리를 건너며 미영이 말했다.

"선생님 덕분에 미루던 일을 끝낼 수 있었어요."

"나 때문에? 무슨 일을 하고 있었기에 그런 말을 하는 거요."

"별을 찾고 있거든요. 자취를 감춘 49개의 별을."

"별이라니? 어떤 별을 말하는지는 잘 모르겠으나 내가 도움이 되었으면 다행이었소. 그런데 찾긴 다 찾았소?"

"네. 마지막 49개째의 별을 모두 갖게 되던 날 제가 선생님께 전화를 했거든요. 순전히 선생님을 만날 수 있었던 탓이에요."

"무슨 말인지 통 알아들을 수가 없는데 미영씨는 무슨 일을 해요? 혹시 혼자서 매일 보물찾기를 하고 있는 것은 아니오?"

"그림을 그려요. 그리고 아이들에게 그것을 가르쳐요. 우선은 그것이 나를 먹이고 재우며 산을 오를 수 있는 근간을 마련해주지만 언젠가는 내가 그림을 위해 모든 것을 쏟아낼 생각이에요."

"철저한 프로페셔널리즘이군. 그래, 그림을 팔아서 양식을 삽니까?"

"그런 셈이죠. 아직 풍족하지는 않지만 좋아하는 일이라 그런 대로 할만해요. 더 크고 좋은 그림을 얻기 위해 지금 작은 그림을 파는 일이야 어쩔 수 없잖아요."

"화가였군. 예술을 하는 사람이 산을 오른다는 게 어쩐지 어울리지가 않소. 더군다나 여자가."

"왜요? 참된 예술은 자연에 가장 근접해 있어요. 아무리 인위적으로 창작물을 만들어 낸다 하더라도 그 기점은 언제나 자연에서 출발하고 있어요."

"그럴 듯한 말이군. 그런데 산은 언제부터 올랐소?"

"대학 다닐 때, 전공은 미술이었지만 산악부에서 활동했어요. 웬만한 국내산은 그때 다 올랐어요."

"대학산악부 출신이라면 암벽도 마스터 했겠군."

"한때는 열심히 했어요. 지금은 거의 하지 않지만."

"바위, 그것 한번 빠져들면 헤쳐나오지 못하는 마약 같은 거라고 하던데 쉽게 잊혀지던가요?"

"지금도 팀 동료만 있다면 할 수는 있어요. 생각하기 나름이죠. 바위에 생사를 걸고 죽어간 산친구도 있긴 하나 열심히 산을 다녀도 그냥 관념적으로 바라보기만 하는 사람들이 많아요."

"성취하고자 하는 욕심을 말하는 거요?"

"글쎄요. 꼭 그런 것만은 아닐 테지만 성취욕과 무관하지는 않겠죠."

"욕심이 죽음에 이르는 파멸을 몰고 온다는 통상적인 결론이 암벽타기에도 통용되는가 보군."

"아직 저는 거기까지는 몰라요. 바위는 잠깐 맛을 들이다 곧 옆으로 비켜났으니까."

"왜 그랬소? 시작했다면 철저한 꾼으로 계속 나아가지 않고서."

"바위는 결국 바위만으로 존재 가치를 가지려고 해요. 관조적이 못 되지요. 산이라는 큰 덩어리에 비하면 그것은 아주 작은 가지에 불과할 뿐이에요."

"그렇지만 암벽을 절대적인 산행으로 간주하는 사람들도 많이 있지 않소?"

"잘못된 생각이에요. 바위라는 한 목표에만 집착하지 말고 한 발 물러서서 산의 전부를 올려다볼 때 그곳에서 진정한 자연의 숨결을 들을 수가 있어요. 바위만을 고집한다면 더 큰 것을 놓치고 말아요. 바위 한 모서리만 붙들고 오로지 그것만이 산의 전체라고 고집하는 것과 같은 것이죠."

"젊은이들이 치뤄내는 등반의 양상은 대개가 그렇지 않소?"

"어떤 산행이든 자기가 하는 것만이 정통하다고 생각하는 단편적인 생각은 광신(狂信)이며 그 자체가 아집을 낳아 산에 다니는 사람들끼리 편가르기를 하고 서로 싸우고 미워하게 돼요. 모험주의만을 추구하다 보면 진정으로 찾아야할 대상을 놓치게 되고 그렇게 되면 산은 아예 아무것도 생각할 가치가 없게 되겠죠."

"산에 다니면서 어떻게 그런 깊은 생각을 갖게 되었지요? 분별 있고 논리적인 사고를 가진 사람이 창조적인 예술을 하다니 도저히 믿을 수가 없는 노릇이군."

"저에게서 산과 그림은 같은 대상이며 한 울타리에서 서로 공존하고 있어요. 미술도 마찬가지에요. 손 끝의 잔 재주에만 매달린다면 온전한 한 폭의 그림도 만들 수가 없어요."

산조는 말문이 막혔다. 이렇게 자기의 생을 철저하게 재단하며 살아가는 젊은 여자가 있는데 지금까지 얼렁뚱땅 대충 살아왔던 자신의 생애는 도대체 뭔가. 술을 만병통치약쯤으로 생각하고서 허구한날 기껏 한다는 게 술타령이었다. 기분 좋아 마시고 우울해서 마시고, 그래서 지금까지 그가 마신 술을 전부 쏟아 붓는다면 그가 기거하는 방 하나를 천장까지 가득 채우고도 남아 돌 것이다. 개떡 같은 인생을 오래도 살았구나. 갑자기 한심한 생각이 들어 산조는 한발을 늦추어 미영이의 뒤를 따랐다.

그들은 금강사를 지나고 식당암을 거쳐 구룡폭포까지 1시간 반쯤 서두르지 않고 천천히 걸었다. 한겨울이었으나 폭포는 결빙되어 있지 않았다. 곁에 섰을 때 골짜기를 몰고 내려오는 바람과 어우러져 안개 같은 물방울을 튕겨내어 그들의 얼굴을 축축하게 만들었다.

앞서 걷던 미영이가 멈추었다.

"쉬었다 가실래요?"

"경치도 좋은데 그렇게 합시다."

산조가 배낭을 풀어내렸다. 점심을 먹기에는 이른 시간이었지만 더 올라가 봐야 이만큼 좋은 장소를 찾아낼 것 같지도 않아 이곳에서 점심을 짓기로 했다. 미영이의 배낭에서 코펠, 버너, 조미료 세트며 양념한 고기와 상추 등이 쏟아져 나왔을 때 산조는 완전히 기가 죽었다. 그리고 중얼거렸다.

"쳇, 형과 다닐 때는 도시락 아니면 빵조각이나 들고 쫄쫄 굶으며 돌아다녔는데 오늘은 완전히 잔칫날이군."

"무슨 말을 혼자 하고 있어요?"

"산에 죽기로 쏘다니는 선배 한분이 있는데 그 형은 산에 갈때 도통 버너 같은 것은 배낭 속에 넣어가지도 않던데요."

"그분은 산에 도통한 탓에 그래요."

"도통이라니?"

"산이라는 곳에 통달하게 되면 먹지 않아도 배가 고프지 않아요. 원래 그 래요. 오랫동안 산에 다닌 분들치고 배낭에 먹을 것 잔뜩 넣고 가는 사람은 없어요. 배낭 풀어보면 대번에 알아요. 진정으로 산이 좋아 다니는 사람인지 그냥 한번쯤 놀러오는 사람인지."

"그런데 미영씨는 왜 이렇게 많이 넣어 가지고 왔소?"

"그야 선생님 덕분에 그림을 완성했으니 고마워서 준비한 거지요. 물론 매번 그러지는 않겠지만."

"매번이라니, 다음에도 산에 함께 갑니까?"

"선생님 좋으실 대로 하세요."

산조는 도저히 드러낼 수 없는 무거운 돌 덩어리 한 개를 가슴에 얹어놓은 중압감을 느끼며 일순 숨결이 가빠졌다. 이 순간에 잘 생긴 이 여자 앞에서 무슨 말을 어떻게 해야 하나. 그는 입속에서 뱅글뱅글 돌고 있는 말 한마디 를 끝내 토해 내지 못하고 배낭을 주섬주섬 뒤적여 소주 한 병을 꺼냈다. 어 금니로 병 마개를 따고 흔들었다. 술은 좁은 병 주둥이를 빠져 나와 차가운 계곡물에 섞여 흘러 내려갔다. 내려놓은 코펠의 뚜껑을 열어 제치고 그 위에 술을 철철 소리나게 부었다.

돌아앉아 쌀을 씻고 있던 미영이가 고개를 돌리며 눈을 크게 떴다.

"뭘 하고 계세요?"

"술병 보면 모르겠소? '쐬'요"

"쐬 라니?"

"우리는 소주를 그렇게 불러요."

"빈 속에 술을, 그것도 독한 소주를 코펠 뚜껑에 부어 안주없이 그냥 마시 면 어떡해요? 곧 고기 구워 놓을테니 조금만 기다리세요. 그리고 상스럽게

'쐬'는 또 뭐예요? '쐬'가."

"간단하게 한 마디로 부르면 좋잖아요. 앞으로 미영씨도 '쐬'라고 하시오."

"좋은 이름 두고 왜 그렇게 이상하게 불러요?"

"세상에서 내가 제일 좋아하는 선배와 둘이서만 통하는 이름인데 병원에서 함께 지내는 동안 아무곳에서나 술 이름을 마구 불러되면 다른 사람들이 듣고 술만 마셔대는 의사로 생각하지 않겠소? 그리고 원래 의학 용어에는 줄여쓰는 말들이 많이 사용되요. 그래서 우리는 그냥 '쐬'로서 통용하고 있습니다. 간단하고 독한 술처럼 딱 끊겨버리는 어감이 좋잖아요."

미영이가 깔깔 웃었다. 웃음은 꽉 조여 놓은 듯한 푸른 겨울하늘을 향해 잘 당겼다 놓아버린 시위의 파동처럼 창창하게 퍼져갔다. 순간 그들을 얽매고 있던 몇 가닥의 줄이 잘리며 서로의 내심을 관류했다. 서로가 편해지며 관대해졌다.

"좋아요. 고기가 익으면 저도 '쐬' 한 잔 줘요."

점심이 끝난 후 한 시간 정도 더 올라 낙영폭포까지 갔다.

산조가 먼저 하산의 뜻을 비쳤다.

"미영씨 겨울산은 금방 어두워진다던데 오늘은 여기까지만 합시다."

그들은 첫 동반산행으로서는 높게 오른 셈이다. 시계를 들여다보던 미영이가 대충 시간을 가늠했다.

"힘드세요? 웬만하면 노인봉까지는 가려고 했는데 식사시간이 너무 길었나 봐요. 아직 시간은 충분히 남았지만 오늘은 여기까지만 하고 천천히 내려가기로 하죠."

그들이 청학산장으로 되돌아 내려왔을 때 암벽장비를 추스리고 있는 젊은이 몇 사람을 만났다. 여자도 있었는데 누군가 미영이를 알아봤다.

"문선배님 아니세요. 요즈음 통 산에서 만나기 힘들던데 어떻게 오늘 귀한 걸음을 하셨네요."

"손님 한 분을 청학동에 안내하느라고 함께 왔어요. 오늘은 암벽 연습만 했나요?"

"그랬습니다."

"다른 사람들은 안 왔어요?"

"웬걸요. 아직도 바위에 붙어 있는 사람들이 몇 있어요. 선배님 오랜 만에 산에 왔던데 바위 한번 하고 가세요."

"내가 바위를? 그동안 오래 쉬었는데 잘 될까?"

미영이가 산조를 건너봤다. 산조는 무표정하게 장비를 추스리고 있는 대학생들의 동작을 내려다보고 있었다.

"선생님 어때요? 우리 여기까지 왔으니 바위 위에 한번 올라보고 가요."

"나는 생각 없으니 미영씨가 원한다면 밑에서 기다리겠소. 좋을 대로 해봐요."

"후배들이 확실한 확보를 해줄테니 염려말고 선생님도 해보세요."

산조는 그들에게 이끌려 산장앞의 암장으로 건너갔다. 바위는 낮았으나 직벽에 가까웠다. 젊은이 두 사람이 바위 아래 서 있었다.

미영이는 대학산악부 후배들에게 산조를 인사시켰다.

"선생님 여기서 잠깐 쉬면서 후배들이 하는 것을 구경부터 해요."

젊은 두 사람은 줄을 묶고 수직의 벽을 오르기 시작했다. 높이는 대략 20여 미터로 이 부근 대학생들의 연습 암장이었다. 암벽에 붙은 그들의 동작은 미세한 떨림도 없이 정확한 스텝을 연속시켜 단숨에 바위 꼭대기에 섰다. 그들은 내려온 후 미영이를 불렀다.

"다음 문선배님 차례입니다."

"줄곧 쉬기만 했는데 공연히 후배들 고생만 시키지 않을까?"

"연습바위니 저희들이야 상관없어요."

잠시 망설이고 있던 미영이는 마침내 내려온 자일을 잡고 바위에 붙었다. 한 발씩 오르며 발을 옮겨갈 때마다 밑에 선 산조는 손에 땀이 배어났다. 그녀의 등짝은 마치 율동에 이끌려 움직이는 무희 같았다. 날개짓을 하며 가뿐하게 비상해가는 한 마리의 나비마냥 그녀가 연출하는 동작은 퍽 아름답게 보였다.

바위는 낮아 금방 끝나고 그들은 아래로 내려왔다.

"한 번 해보실래요?"

미영이가 안전벨트를 풀며 산조의 의향을 물었다.

"난생 처음 해보는 일인데."

"다른 사람들이 하는 걸 봤잖아요. 그리고 지금 배우면서 오르면 되요."

"할 수 있을까?"

"하고 말고요."

젊은이가 안전벨트 매는 요령을 설명했다. 드디어 산조는 생전 처음 몸에 줄을 묶었다. 몇 미터를 간신히 올라간 후 아래로 내려다본 그는 그리 높지도 않았는데 전신이 후들후들 떨려 견딜 수가 없었다. 허공에 그냥 혼자 떠 있는 기분이었다. 언제 추락하여 박살날지도 모른다는 불안감으로 손을 올려 잡을 수가 없었다. 수직벽에는 굴뚝모양의 패인 부분이 있었다. 이들이 침니라고 부르는 그곳을 통과하며 산조는 완전히 넋이 빠져 버렸다. 머리위로는 암벽의 돌출된 부분이 떨어질 듯 했고, 아래로 내려다본 발밑은 천길 낭떠러지 같았다. 손에서 진땀이 솟았다.

밑에서 미영이가 소리쳤다.

"아래를 보지 말고 위만 봐요. 그리고 오른 손을 내밀어 위쪽의 홀드를 잡아요."

산조는 정신이 아득하여 한쪽 발을 떼어놓고 어디에다 고착시켜야 할지 허둥거리면서 이마에 구슬땀을 쏟아냈다. 위에 올라선 젊은이의 침착한 말소리가 다시 들렸다.

절벽이 거대한 아가리를 벌리고 있는 듯했다. 그 위로 올라서는 것은 무서움을 동반한 짜릿한 환희 같은 것의 복합체였다.

암벽은 죽지만 않는다면 오를 만한 것이군. 이것은 배낭 짊어지고 고생고생하며 산을 넘는 것보다 훨씬 스피드하고 경쾌했다.

마지막 부근에서 산조는 위에서 팽팽하게 당겨주는 줄에 끌려가듯 간신히 올랐다.

바위 위에 섰을 때 아래로 내려다 본 세상은 경이로운 이방의 지대였다. 지상으로부터 갑자기 그를 들어올려 천상의 세계로 붕 날려보내는 듯했다.

눈을 돌려볼 마음만 먹는다면 새로운 미지의 세계는 어디에서든 만나 볼 수가 있는 법이구나.

짧은 암벽타기의 연습으로 그들은 그 날 산행을 마무리 지었다. 하산하면서도 산조는 또다른 세계를 체감했다는 흥분으로 가슴이 꽉 조여왔다.

문미영이란 여자는 재단하며 그리고 행동한다. 박산조는 무한정 느끼기만 하고 그리고 기다리고 있었을 뿐이었다.

바위를 올라본 후 산조는 그동안 살아오면서 무작정 정체해 있기만 했던 자신을 재인식했다. 고여 있는 물로부터 벗어나야 한다. 그러기 위해서는 이 여자는 나에게 아주 소중한 분기점을 만들게 해줄지도 모른다.

그냥 헤어져 버리기에는 아쉬운 바위의 감촉이 아직 손바닥에 남아 있었다.

"미영씨, 오늘 교육받은 대가로 저녁을 사고 싶은데 어떨지 후배들한테 의향을 물어봐요."

미영은 미소 지었다.

"물어 볼 것도 없어요. 그들도 원해요."

"좋은 친구들이군. 그래, 어딜 갔으면 좋겠소?"

"오래 전부터 암장에서 연습이 끝나면 우리가 가는 곳이 정해져 있어요. 그곳으로 가요."

"내가 젊은이들만 모이는 그런 곳에 같이 가도 될지 모르겠네."

"어때요. 줄은 한 번 묶었으면 헤어질 때까지 행동통일이에요."

저녁을 먹고 젊은 후배들과 헤어진 후 산조와 미영이는 차 한 잔씩을 마시고서 악수를 나누었다.

다음날, 점심식사가 끝난 휴식시간에 산조는 어제의 산행 이야기를 했다. 내가 물었다.

"그 이야기 믿어도 되니?"

"내가 왜 거짓말을 해요? 나는 형처럼 상상력이 풍부하지도 못하고 시인이 될 소질도 없어요. 그리고 무릎 까진 것 보라구요. 마지막에 줄에 끌려 올라가느라 양쪽 무릎이 완전히 바위에 문질러져 엉망이 됐어요."

"저런, 가련하게도 꼭 소설 같은 이야기구나. 그래 미스 문인가. 그 여자는 뭐하는 사람이길래 처음 산에 데리고 간 남자를 완전히 산꾼으로 만들어 놓았지?"

"미술을 전공하고 지금 학원을 하고 있대요."

"화가가 산을? 그것도 암벽을 하다니 놀랄 일이군."

"우리 다음번에 설악산에 가기로 했어요. 울산암에도 오른다고 했는데 형, 그곳 위험하지요?"

"위험할 게 뭐가 있니? 위에서는 젊은 후배가 지켜주고 아래서는 미인이 완벽하게 받치고 있는데, 너야 중간에 끼어 줄만 단단히 잡고 있으면 될 게 아냐."

"아무렴, 형 말대로 그렇게 쉬울려구요."

박산조는 운명적으로 문미영을 만났고 생활은 달랐으나 정신적으로 내통하는 듯했다.

그후 그들은 함께 산행을 자주 했으며 산조가 드러내는 일상시의 언뜻 언뜻 스치고 지나가는 숨겨진 냉소가 점차 줄어들어갔다. 편견이 없는 마음과 독선적이고 배타적이 아닌, 얼마만큼 인생을 살아 본 사람들이 체득한 고운 심성들이 우러나와 그들을 쉽게 일체감을 이루게 해준 까닭이었다.

나는 그가 기쁨과 편안한 미래로 도달할 수 있는 연결고리로서 문미영이 선택되기를 바랐으며 이제 모든 슬픈 것들이 종언을 고하기를 진심으로 원했다.

그러나 기대한 행복은 모두의 비원을 저버리고 저혼자 멀리 달아나기도 한다.

　산으로 인하여 두 사람이 같이 공유해야 할 밭에 뿌린 씨앗이 이미 발아되기 시작했는지 모르나 열매가 맺을 것이라고 속단을 내릴 수만은 없다.

6장

나이 들어 결혼을 하고 가정을 갖게 되면 사람들은 원하든 원치 않든 울을 갖게 된다. 세월이 지나면서 울은 점차 높아지고 두터워간다.

여자는 울타리 속에 영원히 남자를 가두어두려 하고 남자는 한사코 그곳을 뛰어넘으려 한다. 가정에 대한 저버릴 수 없는 끈끈한 집착은 순수한 애정과 피할 길 없는 의무가 혼합되어 남자의 목덜미를 휘어잡고 있는 셈이다.

가정은 모든 것을 만들어 내는 가능성을 지녔지만 또한 동시에 하고자 하는 어떤 것도 단념하게 하는 제약성을 갖는다. 길들여지지 않는 자는 부단히 담을 부수려 든다. 그리하여 거침없는 광야로 내달음질치기를 주저하지 않는다.

나는 서울을 한번 다녀오기로 작정했다. 그곳에는 내가 십 년을 넘게 담을 쌓아 가꾸어놓은 터밭이 있다. 강릉으로 떠나려고 마음 먹었을 때는 이미 붕괴되기 시작한 나의 가정은 황무지나 다를 바가 없었다.

산조도 서울 나들이를 하겠다고 나서 우리는 주말에 함께 서울행 버스를 탔다.

언제나 떠나고 오는 사람들로 뒤섞여 혼잡의 극을 이루고 있는 강남고속버스터미널에 내렸을 때 어지럼증부터 났다. 제 자리에 가만히 서 있기만 해도 몰려다니는 사람들에 밟히고 떠밀려 바깥으로 튕겨나올 수밖에 없는 인파속에서 나는 걸음을 되돌려 매표구로 걸어가 되돌아가는 차표를 사서 막 출발하려는 강릉행 버스에 올라타고 싶었다.

　소란스러운 대합실을 빠져나오며 내 심장 깊숙한 어디에선가로부터 방울 방울 떨어져 내려가는 낙숫물 소리를 듣고 있었다.

　이제는 완전히 나 혼자가 되어버렸다는 사념은, 잠깐의 홀가분함은 맛볼 수 있었으나 곧 깊은 절망의 나락으로 나를 추락시켜 버렸다. 나는 순간 고통스런 신음소리를 내질렀다. 동행하던 산조가 근심스런 눈으로 나를 건너다봤다.

　"형 왜 그래요? 어디가 불편한가요?"

　"어지러워서 그래. 토할 것 같다."

　"멀미 때문에 그래요? 그렇다면 약을 사올 테니 여기 가만히 앉아 있어요."

　"괜찮아. 곧 좋아지겠지. 조금만 쉬었다 가자."

　나는 오가는 사람들을 괘념치 않고 무작정 길바닥에 쭈그리고 앉았다. 눈앞에 무지개가 피어오르듯 하다가 곧 흐릿한 안개가 시야를 가렸다. 나는 지금 군중 속에서 막무가내로 퍼질러 앉아 혼자 울고 있는 꼴인가.

　산조는 알고 있을 것이다. 내가 멀미따위로 이러고 있는 것이 아니라는 것을.

　한사코 서울행을 기피하는 나를 간밤에 그가 부추겼다.

　"형 서울 떠난 지도 두 달이 다 되어가는데 집에 한번쯤 다녀와야죠."

　"집에? 글쎄, 가보긴 가봐야 할 텐데."

　"내키지 않는다면 나랑 같이 갑시다. 나도 내일 서울에 볼 일이 있어요."

　다음날 산조는 내 의사와는 상관없이 오후에 출발하는 동부고속표를 두 장 예매해 두고 있었다. 나는 마지못해 끌려가듯 차를 탔던 것이다.

　택시를 기다리며 옆에 함께 서 있던 산조가 염려스러운 눈짓을 보내며 내 등을 밀었다.

　"형이 먼저 타고 가요."

　"나는 다음 차를 탈 테니 네가 먼저 출발해."

　"어차피 들어갈 텐데 형이 먼저 가세요."

택시문을 열어두고 산조가 나를 재촉했다.

나는 차 속에 들어가 앉으며 무거운 눈길 한번 주고 차문을 닫았다. 닫히는 문 저쪽에서 후배 박산조의 빠른 말소리가 들렸다.

"내일 오전 일찍 전화할께요."

문이 닫히고 운전기사는 차내 거울로 나를 올려본다. 나는 맥빠진 소리로 행선지를 말했다.

"홍은동."

"가는 길에 합승해도 좋지요?"

서울 차들은 다들 왜 이 모양인가. 물으나 마나한 이야기를 묻는다. 승객 중에 누가 택시 합승을 거절할 배짱을 가진 사람이라도 있었던가. 나는 기사의 물음을 묵살하고 그냥 묵묵히 앉아 있었다. 엿장사 마음대로겠지. 기사는 다시 거울을 올려다보았지만 나는 여전히 입을 다물고 딴청을 부렸다.

한강다리를 건넜다. 차창 밖으로 보이는 서울의 하늘은 언제나 회색 빛깔이다. 반투명 공간에 갇혀 사람들은 얼마간의 터를 잡고 그 안에서 몸부림치며 밤마다 비상을 꿈꾸고 새벽이 오면 어김없이 낙하하여 메말라 버린 자신의 영혼을 되돌아보고 치를 떨겠지. 그리고 누군가를 사랑하고 미워하고, 싸우고 질투하며 애증의 불꽃을 사르고 있을 것이다.

평수 넓은 아파트에 살고 있으나 달동네 단칸방을 세들어 사나, 사람이 살아가는 꼴들은 다들 비슷할 텐데 단지 방법에서 얼마나 직설적이냐 아니면 우회적으로 돌아가느냐의 차이일뿐 결과는 사랑과 미움의 여울을 건너뛰는 놀음이 사람 사는 형태가 아니던가.

차가 강북으로 진입하면서 점차 산이 가까워져왔다. 북한산의 희끄무레한 암봉이 보였다. 항상 변함 없는 북한산, 그대로였다. 아직도 뿌리를 내리지 못하고 헐떡이며 살아가는 세상에서 저 산만은 여전히 유리알처럼 빛나고 있구나.

잠결에 들어도 번쩍 눈을 뜨게 만들던 그리운 산이름. 산을 다니다 보면 유독 자기만 선호하는 산이 있게 마련이다. 그 산 속에는 그만이 알고 있는 혼자의 길이 있다. 나에게서 그 산은 소년기에는 무학산 서원계곡 길이었고 성인이 된 후에는 북한산 세검정길이었다.

북한산은 나를 깨우고 나를 침묵시키고 또한 나를 떠나게 한 고유한 이름이었다. 그 산을 버리지 못하고 조금이라도 더 가까이에서 머물고 싶어, 모든 이들이 강남을 바라고 이삿짐을 싸고 있을 무렵에도 나는 그 언저리에 머물러 있기를 고집했다. 아내와 나는 그 일로 여러 차례 다투었지만 나는 여전히 강북에 주저앉아 있기를 원했다.

처음에는 마른 버짐처럼 군데군데 집터만 닦아놓은 강남의 황량한 황무지가 싫었고 나중에는 바닥없이 마구 분칠해 놓은 듯한 요사스런 불빛들이 싫었다. 그대신 내가 장만해둔 강북의 집은 낡기는 했으나 오래 머물러도 조금의 거스름없이 사람의 마음을 가라앉혀 줄 뿐만 아니라 차를 타든 걸어서 가든 조금만 나서면 곧장 산길로 접어들어 금방 북한산의 넉넉한 품에 안겨들 수가 있었다.

나는 세검정으로 해서 보현봉으로 오르는 길은 눈을 감고서도 너끈히 올라갈 수 있다. 캄캄한 어두운 밤, 불빛 하나 없는 산길에서도 어디쯤의 길바닥에 어떤 돌멩이가 불거져 나와 있고 어느 지점에서 오른손을 내밀면 어떤 바위의 모서리를 만질 수 있으며 몇 번째 언덕에서 한 그루의 상수리 나무와 마주칠 수 있는지 알 수가 있었다. 그 길은 내게 회한의 길이며 번뇌와 고통의 언덕이었고 운명의 길이었다.

나는 세검정에서 출발해서 북한산의 주능선을 타고 우이동으로 빠지는 길을 수도 없이 혼자 묵묵히 걷고 걸었다. 사람들이 그리울 때는 등산로를 따라 걸으며 사람들 속에 섞여 함께 갔으며, 사람들이 내뿜는 숨소리가 역겨울 때는 외따로 떨어진 사잇길을 찾아 혼자 다녔다. 그 길은 내게 낮과 밤을, 주중과 주말을 구분하지 않고 언제고 닿을 수 있는 원초적 모성의 길이었다.

북한산을 수도 없이 오르내리며 나는 지금도 남에게 털어놓기가 민망한 은밀한 두 곳을 기억하고 있다. 처음은 여름철이었고 두 번째는 겨울산행이었다.

여름의 속살이 타들어 가는 팔월 뙤약볕을 바로 받으며 숨가쁘게 능선길을 뛰었다. 먼지가 풀석풀석 일어나는 메마른 땅에 빗방울이 떨어져내렸다. 한증탕에서 쏟아내는 것보다 더 많은 분량의 땀이 몸 밖으로 솟구쳐나왔다.

산등성이를 돌아 사람의 자취가 보이지 않는 오솔길을 찾아 하산길을 뛰었다. 낮은 잡목들이 촘촘히 서 있는 곳에 계곡의 작은 지류가 있는 곳을 알고 있었다. 그곳은 잡목에 가려 사람들이 모르고 그냥 지나쳐 가버린다. 한여름의 낮이었음에도 차가운 물이 흐르는 숨겨진 계곡은 음습했다. 나는 줄줄이 흐르는 땀을 닦을 겨를도 없이 윗옷을 홀홀히 벗고 바지를 내렸다. 바지가랑이는 투박한 등산화에 걸려 발목근처에서 멈추었다. 팬티마저 내린 후에 나신으로 흘러내리는 계곡물 가까이에 다가섰다. 오래 닫아둔 냉장고를 열었을 때 흘러나오는 차가운 기류 같은 것이 벗은 아랫도리에 작은 소름을 돋게 했다. 나는 사람이 아무도 없는 그곳에서 혼자 발가벗고 오래 서 있었다. 바람이 사타구니를 타고 불어올 때마다 온몸을 휘감고 지나가는 전율로 몸이 부르르 떨렸는데, 그 떨림은 절정으로 치닫는 성적 쾌감 같기도 했다.

두번째 역시 혼자 겨울 북한산에서였다. 나는 그날 무엇 때문인지 마음이 심란하여 산을 오르면서도 내내 우울했는데 기분이 울적할 때마다 하는 버릇대로 산길을 뛰었다. 심장이 터질 듯한 박동소리를 들으며 뛰고 뛰노라면 머리 속의 헝클어진 생각들이 온데간데 없이 사라지고 공백의 진공상태가 된다. 그 날도 배낭의 덜거덕거리는 소리를 들으며 뛰었다. 숨이 가쁘면 잠시 쉬고 그리고 이내 뛰고 하여 몇 시간을 달렸다. 어느 지점에선가 더이상 한 발자국도 나갈 수 없는 지친 상태로 눈 위에 무너졌다. 아무도 보이지 않는 눈 쌓인 응달진 곳에서 나는 줄줄이 흘러내리는 땀을 식히기 위해 입고 있던 옷을 벗었다. 나를 치장하고 있던 옷 전부를. 겉에 걸쳤던 방풍옷이고 런닝셔츠고 팬티고 상관없이 벗어버리고서 아무것도 가릴 것 없는 빈몸뚱이를 눈위에 우뚝 세우고서 잎을 떨군 앙상한 나목을 향해 있는 힘을 다 짜내어 포효했다.

"나는 이대로 계속 산야를 떠돌며 살아야 합니까?"

그곳은 위문에서 원효봉으로 하산하는 응달진 곳이었다.

지금은 넓은 길이 생겨서 길 양옆으로 술집들이 즐비하게 널려 상당히 번화한 거리로 바뀌었지만, 구기터널이 뚫리기 전 통금이 있던 시대를 그곳에서 살았던 사람들은 세검정의 그 화사한 복사꽃을 기억할 것이다. 그 시절 세검정 은행앞 버스정류장에서 시작되는 마을은 밤 10시가 지나면 온통 어둠의 천지가 되었다. 나는 사람들의 발자취가 완전히 끊어져버린 어두운 골목길을 혼자 걸어올라 마지막 가게에서 가끔 막걸리를 마시곤 했다. 그리고 밤에 산을 올랐다. 가게를 지키던 나이 든 남자 주인이 나에게 물었다.

"집이 이 부근이신가 보군. 그런데 왜 이렇게 항상 늦게 혼자 오슈?"

"사람들이 싫어서요."

"술 사가지고 집에서 마시면 되지 않소?"

"집안에서야 어디 술맛이 나나요."

"이러고 매일 밤 산을 넘어서 어디로 갑니까? 혹시 산 속에서 누구랑 만나는 건 아니오?"

"이 야밤에 만나긴 누굴 만나요. 산이 좋아 그냥 혼자 걸어요."

"산에 올라가서 수상한 사람을 만나기라도 하나? 보아하니 그런 사람은 아닌 듯한데 조심해서 다녀요. 며칠 전에도 군인들의 오발사고가 있었다고 합디다."

"가도 될 길과 못 갈 길 정도야 구별하지요. 아무곳에나 쏘다니지는 않습니다."

"밤에 치성을 드리러 산에 가는 차림은 아닌데 혹시 실성한 사람은 아니오?"

"밥 잘 먹고 잘 걸어다니는 사지가 멀쩡한 사람인데 공연히 이상하게 보지 마세요."

"하는 짓이 그렇구만. 그래, 도대체 뭘 하고 사는 사람이오?"

"사람 병을 고치는 일을 하고 있습니다."

"의생(醫生)인 게구만, 맙소사 의사가 밤마다 술을 마시고 산을 넘어 다니다니, 혹시 산신령을 만나서 신통한 의술을 배우시나?"

나는 주인이 어떻게 보든 말든 가게를 열심히 다녔다. 어떤 때는 시내에 모임이 있어 늦게 들어오기라도 하면 가게문이 닫혀 있는 날도 있었는데 친해졌던 주인은 유리문만 열면 꺼내먹을 수 있도록 막걸리와 파전을 쟁반 위에 얹어두었다. 나는 그 쟁반을 들고 가게 앞 평상에 앉자 혼자 술을 마시며 통행금지가 시작되는 자정까지 기다렸다가 거리의 불빛이 하나 둘 잦아들 즈음 산을 올랐다.

랜턴 하나 없는 캄캄한 밤일지라도 계곡의 물소리만 듣고도 징검다리를 가늠하고 장애물을 건너뛰었다.

문수사에서 잠깐 쉬고 곧장 능선길에 들어서 보국문까지 걸었다. 때로는 풀섶에 누워 캄캄한 하늘을 보노라면 별들이 한꺼번에 쏟아져 내릴 듯하여 가슴이 온통 저려왔다.

정릉으로 하산할 때는 한쪽 하늘이 아슴아슴하게 벗겨져내리는 시각이었다. 바지가랑이는 이슬에 젖어 축축하여 발걸음을 옮겨놓을 때마다 다리에 감겨들었다.

나는 밤새 들판을 싸돌아다닌 미친 개마냥 밤이슬에 젖어 봉두난발이 된 채 집으로 돌아왔지만 정신만은 아침 일찍 솟아나는 샘물처럼 정갈했다. 젖은 그대로 소파에 엎드려 한두 시간 잠든 후 일어나 출근을 했다. 마치 혼령이 빠져나가버린 허깨비 같았다.

몽유병자처럼 밤만 되면 어두운 산길을 헤매고 돌아다니면서 혼자의 환상에 사로잡혀 떠도는 구름처럼 살았다.

낮의 시간에는 사람들을 애써 피해다녔다. 낮의 침묵과 밤의 야등(夜蹬)으로 이어지던 암울하기 짝이 없었던 그 시절, 우리의 가정은 근원에서부터 무너져내리고 있었다.

 잘 살아보자고 시작한 가정의 희망은 마디마디가 잘려나간 도마뱀처럼 몸뚱어리만 제멋대로 뒹굴 뿐 머리와 꼬리는 완전히 해체되어 정반대 방향으로 가고 있었다.

 우리는 서로 아끼고 사랑하자고 출발했다. 같이 일구어놓은 것에 높은 가치를 부여할수 있는 것은 사랑이 공존할 때만이 가능하다. 불신과 미움이 싹을 틔우면모든 가치는 절대성을 잃고 허구의 가면을 쓴다.

 수년에 걸쳐 차곡차곡 일구어놓은 탑도 결실도 마침내 어떤 의미도 부여받지 못하면 일시에 무너져내린다. 잘 되자고 출발했으나 우리는 어쩌다 이렇게 되고 말았다. 수천개의 동기와 변명이 불신에 어떤 덧칠을 할 수 있겠는가? 부질없는 일일 뿐이다.

 나도 아내도, 서로를 망가뜨리면서 불신의 탑을 쌓자는 속셈은 티끌만큼도 없었다. 우리는 살면서 서로의 일을 열심히 했을 뿐이다. 우리가 여기까지 무턱대고 치달려온 까닭은 서로가 자신의 일에 매진한 탓에 주위에 시선 한번 제대로 줄 경황이 없었던 것이 그 이유였는지도 모른다.

 내가 군의관이었고 아내가 종합병원 수련의였을 때 우리는 결혼했다. 사람들은 진심으로 축하해주었고 어떤 선배는 환상적인 커플이라고 추켜세워주었다.

 세월이 지나 아내는 개인의원을 차렸고 나는 종합병원의 스탭요원이 되었다. 우리를 아는 사람들은 가장 이상적인 부부가 탄생했다고 부러워했다. 우리는 행복해질 것이고 축복받을 것으로 생각했다.

 안주해야 할 성(城)은 노력하지 않으면 한 부분이 잡초로 덮이고 나중에는 퇴락하여 무너져 내려앉는다. 우리는 각자 자신의 일에만 매달려, 공유하는 그 성을 보수하는 일을 방기했다.

 낮이고 밤이고를 가리지 않고 응급환자를 보아야 하는 외과의사의 그 바쁘고 지난한 길을 자의로 선택하고 나서 또 무슨 욕심으로 문학이니 산이니 하는 여유있는 놀음을 하겠다는 염치를 가졌던가. 그런 것을 감히 넘보았다면 잘못은 나의 몫이다. 인술의 지고한 업을 떠맡고 평생 벅찬 길을 계속 걸

을 자신이 처음부터 없었기에 외도의 꿈을 꾸어볼 비겁한 생각을 가졌는지
도 모른다. 단지 젊은 시절의 열정에 사로잡힌 속단만을 믿고 미래를 계측할
생각조차 못하고 뛰어든 것이 잘못이었다.

　출발이 아무리 화려한 축복으로 이루어졌다 하더라도 더불어 사는 결과
가 잘 되면 최상의 만남이 되고 비극이 오면 온갖 소문속에서 최악의 상태로
치닫는다.

　불행해지면 사람들은 어쩔 수 없는 숙명으로 치부해버리지만 실상 비극적
인 결과의 그 이전에 그것을 잉태할 수 있는 많은 여건이 있게 마련이다. 사
람들은 미처 근원을 깨닫지 못하고 있을 뿐이다.

　우리의 가정은 이제 도저히 정상적으로 돌이켜 세울 수 없을 지경으로 치
달았다. 그토록 절실했던 기다림과 환희는 흔적조차 없이 사라져 버리고 적
막한 벼랑 끝에 서고 말았다.

　그즈음 나는 다시 산을 만났다. 새롭게 만났다고 함이 옳은 표현일 것이
다. 나의 산행은 저 유년의 어린 시절부터 연연히 이어져 왔으므로.

　여러 곳을 옮겨 살면서 가끔 회상을 더듬어 유년기에 올랐던 산을 찾았다.
어릴 때 기억의 산을 가보면 햇살과 스쳐가는 바람소리는 옛날과 다를 바가
없었으나 그 언저리에 터를 일구고 살았던 사람들은 다들 어디로 갔는지 흔
적조차 없었다. 나는 허망하게 귀가했지만 유년의 산은 언제고 내가 돌아가
살아야 할 곳으로 마음 한 구석에 자리잡고 있었다.

　세월의 흐름과 상관없이 항시 근접해 있었던 산이 그때 다시 내게 새로운
개념으로 근접해 왔다.

　산이 먼저였던가, 우리 가정의 피폐가 먼저였는가를 지금 따질 수는 없다.
원인과 결과를 구분하기란 꼬리에 꼬리를 물고 이어지는 긴 사설과 변명따
위의 분탕질 이외 아무것도 더 규명해야 할 것이 없다.

　산 아니고는 모든 것이 빈털터리였다. 오로지 그것만이 나의 것이라고 감
히 주장할 수 있었다.

　나는 수시로 직장을 옮겼고 어디에서나 만족하지 못했다. 냉소와 구겨진

휴지 같은 매일이 있었을 뿐이었다. 홀로 산속에 떨어져 있을 때만 회심의 미소를 지으며 자족했다. 자가당착이며 현실과 배리된 나르시즘의 외토리 고아였다.

진정한 알피니즘은 휴머니즘과 동반될 때만이 비로소 아름다운 꽃을 피어 낸다고 했는데 나는 그런 면에서 쥐뿔 같은 철학 하나 갖지 않은 얼뜨기 산 꾼일 뿐이었다.

산이라는 도피처마저 없었다면 몸부림치는 나 스스로를 제어할 방법을 못 찾아 번잡한 저자거리에서 내 몸에 기름을 뒤집어쓰고 성냥불이라도 확 싸 질러 버렸을지도 모를 일이었다.

산이라는 무한한 품을 만남으로써 무너져버린 비상의 꿈을 끌어안은 채 일생 동안 유랑의 길에 날개를 달고 하염없이 떠나녔다. 산야를 배낭 하나 걸머쥐고 바람처럼 거침없이 떠돌아다닌 세월이었다.

산정(山頂)을 떠도는 구름과 바람이 새겨둔 묘비명에는 너덜너덜하게 낡 은 내 이름자 석자만 흩날렸다.

그시절 누가 나더러 산에 무엇 때문에 가느냐고 물었다면 나는 어떤 대답 을 할 수 있었을까?

암벽에서 떨어져 자신의 두개골을 들어내고 인조뼈를 끼워놓고서도 산을 버리지 못하고 신혼초야를 화채능선에서 보낸 사람. 산이 좋아 산에서 먼저 죽어간 친우의 기원을 위해 죽음의 사투를 마다않고 아이거 북면에 올랐던 저 위대한 정광식이가 말했다는 '갈 곳이 없어 산에 간다'는 이야기도 차마 나는 부끄러워 말하지 못했으리라.

부끄럽고 부끄러웠다. 모골이 송연해지도록 부끄러움의 더께를 입히며 내 얼굴에 때칠을 해놓았다.

새벽마다 나는 살아 있음의 부끄러움에 전율하면서 허망한 자괴감을 추스 릴 길이 없었다. 살아 있을 가치도 없는 멍청이였으며 나 자신의 사악함에 대한 미쳐버릴 것 같은 미움이외는 아무것도 가려낼 것이 없었다.

모든 의욕과 사고가 정지된, 그냥 숨을 쉬고 산다는 동물적인 생활이 매일

이어져 갔을 뿐이다.

그런 어느 날 병원에서 퇴근 길에 한 뭉치의 약을 넣고 나왔다. 약은 치사량을 훨씬 초과하는 분량이었다. 길거리를 혼자 배회하며 오고가는 사람들과 수없이 부딪쳤다.

"정신 나간 놈인가 봐, 눈 똑바로 뜨고 다녀."

나는 대꾸하지 않았다.

"야 임마, 남의 발을 밟고 갔으면 미안하다고 해야 할게 아냐. 왜 그냥지나가? 그러고 보니 저 친구 눈뜬 장님 아냐?"

나는 역시 대답하지 않았다. 방향도 없는 길을 무작정 몇 시간이고 걸었다. 어두워질 무렵 나는 지친 몸을 끌고 북한산 어귀에 도착했다.

소주 한 병을 호주머니에 찌르고 보현봉을 향해 세검정을 출발했다.

산은 어둡고 사람의 흔적이라고는 어디에도 없었다. 나는 비장감에 젖어 산을 오르기 시작했다. 어둠의 저 깊은 심연 저편에는 죽음으로 곧바로 이행되는 알 수 없는 천길 낭떠러지가 광활하게 펼쳐져 있는 듯했으나 두려움 같은 걸 미처 생각할 겨를이 없었다.

이제와서 허위든 진실이든 끝내 풀어내지 못한 한 남자의 막막한 이야기따위가 무슨 가치가 있겠는가. 마침내 나는 준비한 약을 입 속에 털어넣고소주를 마셔버릴 것이다. 새벽이 오면 밤이슬에 젖은 채 굳어진 시체를 누군가가 발견하게 되겠지.

아무도 없는 고요한 산꼭대기에서 나의 마지막 밤을 보내겠다고 작정한계획은 완전히 엇나가고 말았다. 그날 밤 보현봉에서 내가 만난 것은 짙은어둠을 가르고 울부짖으며 기도하는 사람들의 외침소리였다.

현세의 행복을, 미래의 구원을 얻기 위하여 사람들은 밤의 산 위에서 무릎을 꿇고 목이 터져라 신(神)의 이름을 부르고 있는데 나는 무엇을 이루기위해 이곳에 올랐는가.

죽으려고 하는 것조차 날조된 이상이며 구구한 변명일 따름이다. 나는 영원히 나의 본질을 모른다.

어느 것이 진실이며 어느 만큼 허위인가.

바위 위에 붉은 십자가를 그려두고 그 앞에서 무슨 말인지 알아들을 수도 없는 소리를 외치고 있는 사람의 어깨를 밀었다.

"당신은 이밤에 무엇을 하고 있습니까? 신(神)은 당신이 목터지게 부르는 외침에 응답하고 있습니까?"

요령부득의 소리는 잦아들어가는 듯했으나 그것도 잠깐, 그는 나를 무시하고 그의 일을 계속했다. 나는 그들의 열망과 나의 허무를 동시에 경멸하였다.

사람들이 꿇어앉아 있는 바위의 꼭대기로 올라갔다. 바위 끝에 서서 산 아래를 향해 한 움큼의 알약을 획 뿌리고 따지 않은 소주병을 바위에 박살을 낸 후 내려왔다.

그곳을 떠나면서 기도하는 무리들을 향해 나도 목청껏 소리쳤다.

"당신들이 찾는 신(神)이 지금 어디에 있습니까? 있다면 그도 잠을 자야 합니다. 귀찮게 깨우지 말고 그냥 나와 함께 하산합시다."

사람들은 나의 외침 따위는 전혀 아랑곳 하지 않았다. 죽으려는 사람에게나 살려는 사람에게나 모두에게 산은 요긴한 곳인가 보다.

하산하면서 나는 줄줄이 눈물을 흘렸다. 나 자신에 대한 용서할 수 없는 모멸과 한편으로는 살아 걸을 수 있음에 대한 비굴한 안도감이었다.

그후 나는 여전히 달라지지 않았고 항시 죽음의 언저리에서 살았다. 길을 걸어가면서도 어떤 돌발적이고도 비극적인 상황이 내게로 득달같이 나타나기를 기대했는데 그것은 현실에 대한 가눌 길 없는 목마름 때문이었다. 대해(大海)에 기름 한 방울 떠다니는 듯했다. 그냥 이 세상에서 내 몸 하나가 일탈되어 대자연의 티끌 한 개로 날아가 버리고 싶었다. 죽음의 끝없는 회구였다.

암벽에 붙어 있는 사람들은 단지 11밀리의 굵기를 가진 외가닥 생명줄에 그가 소유한 우주의 전부를 지탱하고 있지만 가끔씩 그 줄을 잘라버리고 바위 아래로 낙하해버리고 싶어지는 유혹을 느낀다. 떨어지는 꽃은 애잔하나

124

낙하하는 순간은 아름다움의 절정을 이룬다. 분분히 날리는 꽃잎은 휘황하게 명멸하는 빛을 찰나적으로 되뿜어 허공에 영원히 정지해 있을 듯한 착각에 젖게 한다.

자살은 찬란한 마지막 유희다. 단일회로 끝나버리는 한 동작에 불과할지라도 사람들은 전 생명을 바쳐 그 순간을 갖고 싶어한다.

인간이 갖고 있는 양면성, 천년을 소유하고 싶어 안달을 내면서도 일순간에 마감해 버리고 싶어하는, 그래서 산사람들은 악천후를 만나 통한의 철수를 감행하며 비상탈출을 시도할 때도 돌아선 길을 되돌아본다. 그냥 그곳에 머물러 목숨이 다할 때까지 사투를 벌이며 남은 생의 잔을 마침내 다 비우고 말리라 하고.

나도 아내도 허물어진 성곽을 보수하기에는 너무 늦고 지쳐버렸다.

폭우는 계속 내릴 것이 분명하며 결국에 가서 성곽은 아무런 저항 없이 무너져 내릴 것이다. 우리는 구원의 손길마저 끊어진 채 최악의 조난상태로 치닫게 될 것이 자명하다. 그 끝에는 파멸이외에 무엇이 기다리고 있을 것인가. 협동과 믿음속에서도 살아남기 힘든 극한의 상황에서 서로간에 불신만 팽배해져간다면 두 사람 중에서 한 사람만이라도 살아남기 위해, 그리고 성(城)을 지키기 위해 나 자신이 비바람 몰아치는 바깥으로 나가야 한다.

혼자 남겨진 사람은 어쩔 수 없이 삽을 들고 부서진 성의 보수작업에 나서게 될 것이다. 자기 이외는 누구도 허물어진 벽을 보수해주지 않음을 깨닫기 때문이다.

두 사람 모두 파멸보다는 한 사람만이라도 남아서 부서져가는 가정을 지키는 게 낫지 않은가. 오불관언하고만 있을 일이 아니다. 나는 혼자 잠자리에서 끙끙 앓으며 뜬 눈으로 밤을 새웠다.

다음 날 오전 일찍 산조로부터 전화가 왔다.

서울집에서 만 하루도 머물지 않은 시각이었다. 전화의 저쪽에서 산조의 어눌한 목소리가 들려왔다. 보이지는 않았지만 그는 양미간을 찌푸리고 늘어진 전화선을 매만지며 긴장해 있을 것이다. 수화기를 다른 사람이 아닌 내가 먼저 들기를 바라며.

"형 나요, 간밤에는 잘 주무셨소? 심기가 불편하면 그냥 강릉으로 갑시다."

"편한 잠자리를 생각하고 서울에 온 것은 아니잖아. 나는 그렇다고 너는 혼자서 뭘 하고 지냈어?"

"집구석에 쌓여 있는 먼지나 털어냈죠. 늦잠자고 조금 전에야 자리에서 일어났어요. 나없는 사이에 아파트에 공과금 고지서가 수두룩하게 쌓였네요. 읽지 않는 신문도 수십 장이나 들어와 있고…사람살지 않는 집에 유령들이 들락거리고 있었나봐요."

"유령들하고 동침했다니 재미 있었겠다. 그래 어쩔 생각이냐?"

"빈집에 혼자 누워 있으면 뭘해요. 지금 집을 나가지요. 형은 나중에 오겠다면 나 먼저 갈래요."

"아침은 먹었어?"

"생각 없어요. 혼자서 먹고 자시고 할 마음이 나야지요."

딱한 친구, 그래 기껏 서울까지 와서 누구를 만나는 일도 없이 그냥 비어 있는 아파트로 곧장 들어갔단 말인가. 그렇다면 무엇 때문에 같이 가자고 나섰지? 그냥 강릉에서 주말에 문미영이를 만나 산을 오르든 암벽 타기나 하든 그게 훨씬 속 편하고 즐거운 일이 아닌가.

그러나 박산조의 속마음을 내가 어찌 모른다 말할 수 있단 말인가. 어떻게 하든 바깥에서 떠돌고 있는 나를 서울 집에 들여보내 끝마무리 없이 질질 끌고 있는 내 가정문제에 대하여 무슨 방법으로든 종결 지우기를, 그래서 다시 새로 시작을 하도록 그가 부추기고 있음을 나는 잘 알고 있다.

산조의 기원에도 불구하고 서울에서 내가 해야 할 말과 종말을 보기 위한 행동은 아무것도 없었다.

나는 달팽이처럼, 패각 깊숙이 몸을 숨기고 더듬이의 촉각만 곤두세우고 있었을 뿐 집에 기거하는 동안 마치 운동을 포기해버린 미물처럼 웅크리고 있었다.

정물 같았다.

우리는 한마디의 대화도 나누지 않고 서로가 서로를 피해갔다.

아무도 입을 열지 않았다. 말은 독화살마냥 그것이 다른 사람에게 닿기만 해도 온몸에 불결한 상처를 내고 살이 썩어들어가 마침내 사람을 죽여놓을 것 같았다.

가슴에 천근의 돌덩어리를 얹어놓은 듯 내 집안에서 나는 질식감으로 헉헉거리며 숨을 몰아쉬었다.

아침이 되자 식구들은 아파트의 출입문을 가만히 열고 집을 빠져나갔다. 아이들은 성당으로, 아내는 병원으로.

마지막 문을 나서는 국민학교 5학년 딸애가 문밖으로 나갔다가 무슨 생각에서인지 되돌아와서 내가 웅크리고 있는 방문을 열었다.

"아빠, 오늘 시골로 떠나세요?"

"응, 그럴 생각인데, 왜 나한테 무슨 이야기라도 할 게 있니?"

"아뇨. 아빠가 집에 계시면 엄마가 더 아픈가봐요." 어젯밤에도 밤새 기침하느라 잠시도 못 주무시는 것 같았어요.

"그래? 곁에서 네가 고생이 많았겠구나. 아빠가 떠나고 나면 엄마도 편해질 테니 너무 걱정하지 말아라."

"전 아빠가 좋은데……바쁘지 않으면 저랑 성당엘 가요. 신부님이 재미있는 이야기 많이 해줘요."

"나도 너를 세상에서 제일 좋아한다. 그런데 성당에는 같이 가지 못하겠구나. 다음에 같이 가자. 오랜만에 서울에 왔더니 아빠가 할 일이 참 많아."

"할 수 없죠. 나중에 늦어지면 아빠를 못 볼 것 같아요. 안녕히 가세요."

딸애가 어두운 얼굴로 문을 열고 나갔다. 아이가 나가자 나는 머리카락을 쥐어뜯었다. 창자가 찢어지며 가슴이 들끓었다.

나의 딸아, 너마저 없었다면 나는 정녕 이 세상에서 무엇을 바라고 살아갈 것인가. 그러나 이제 막 열두 살이 된 어린 너에게 막막한 내 가슴을 어떻게 열어 보여줄 수 있겠니? 네가 살아가는 데 필요하다면 내 심장이라도 꺼내주마.

집 가까운 곳에 성당이 있었고 모든 식구가 그곳을 다녔다. 신부님이 몇 차례 집에 온 적이 있었다. 그는 나를 설득하고 아내를 달랬다. 우리는 신부님의 이야기에 동의하고 수긍했다. 신부님이 떠나고 나면 우리는 다시 등을 돌리고 배반과 미움의 칼날을 갈았다. 그 예리한 칼날은 상대방을 찌르기 전에 그것을 간직한 자기 자신을 먼저 난도질하고 영혼을 갈갈이 찢어놓았다. 우리의 모든 노력에도 결과는 언제나 마찬가지였다.

친구들이 찾아왔다. 그들의 중재는 무너진 가정에 대한 구경꾼의 즐김이었으며 도움보다 파탄을 부채질하는 기름이었다.

어느 누구도 본인들만큼 잘알지도 알려고도 하지 않았다. 사람들에게 우리의 이야기를 하는 것은 서로 상처의 골만 더 깊어지게 할 뿐 부질없는 일이었다.

후배 박산조는 어떤 의견도 개진하지 않았다. 후배였던 탓도 있었지만 송두리째 가정이 망가짐을 체험한 그로서는 타인의 사생활에 접근해가는 것을 근본부터 싫어했다. 다만 소용돌이 속에서 헤어나지 못하고 그 와중에서 쩔쩔매고 있는 나를 연민어린 눈으로 바라보고 있을 뿐이었다. 내가 빨리 격랑에서 벗어나 바른 물줄기를 따라 떠내려 가기를 원했다. 구원의 밧줄 하나 던져줄 생각도 없으나 스스로 헤쳐 나오기를 꾸준히 기다리고 있었다. 지옥같은 그 격랑은 결코 타인의 간섭에 의해 해결되어질 문제가 아님을 그는 누구보다 더 잘알고 있었기 때문이다. 그리고 그것은 옳았다.

식구들이 다 빠져나간 아파트는 턱없이 넓게 보였다. 파출부 아줌마가 왔는지 부엌 쪽에서 그릇 헹구는 소리가 났다. 나는 방문을 열었다.

식탁 위에 밥상이 차려져 있었다.

"아주머니 내가 먹을 것이라면 그 식탁 치워요."

"식사 안 하셨잖아요? 찌게를 덥히고 있는 중인데."

"먹고 싶지 않아요. 내일일랑 신경 쓰지 말고 그냥 하는 일이나 계속 하세요."

"병원에 계신 선생님께 연락드릴까요?"

"괜찮아요. 곧 나갈 테니 그냥 둬요."

나는 딸한테 편지를 쓰고 아이가 쓸 만큼 넉넉한 돈을 봉투 속에 넣었다. 글을 쓰며 머리속이 덧없이 혼란스러워 몇 번이나 종이를 찢어냈다.

"혜림아.

어디에 있어도 나는 너를 결코 잊어본 적이 없다. 시골로 떠나면서도 나는 너와함께 있고 싶어 한다.

헤어져 있어 슬프지만 너를 생각하게 하는 기억은 아름다운 것이로구나. 마땅한 선물이 생각나지 않아 잡지 '소녀시대'를 정기구독 시켜놓았다. 공부하는 틈틈이 읽어보기 바란다.

다음에는 성당에 꼭 같이 가도록 할게.

잘있어라. 아빠."

나는 옷을 입었다. 가방 하나 든 것없이 간단한 차림이다.

불면과 회한의 밤을 서울집에서 보내고 만 하루도 지체하지 못하고 집을 나섰다.

내가 부재함으로 해서 남아 있는 사람들이 편해질 수가 있다면 내가 집을 나설 방법이외 다른 것을 생각할 게 없다. 그들이 원한다면 나는 말 없이 쫓겨나겠다.

별다른 기대를 품지 않고 집으로 들어왔다면 떠난다는 것 또한 아무렇지도 않아야 할 텐데. 문을 나서는 나는 완전히 혼령이 빠져나가버린 허수아비처럼 걸음걸이가 건들건들 했다. 닫혀진 아파트의 문으로부터 새어나온 바람 한점이 허수아비의 헐렁한 등줄기를 훑고 지나갔다.

차라리 이대로 아파트의 난간에 뛰어내려 척추가 두 동강이 나서 두 다리로는 영원히 서지 못하는 하반신 마비의 불구나 되어버릴까. 평생 휠체어에 몸을 의지하고 대소변을 받아내야 하며 하루 종일 집구석에 처박혀 지내야 하는 신세가 된다면 아내는 어떤 표정으로 나를 대할까?

　갑자기 망해먹고 싶은 심술이 절절히 돋아났다. 그러나 인위적으로 그런
일을 저질러 버리기에는 아직 나는 더 건강하게 남아 있고 싶다.

　어른이 늙고 아이들이 자라서 훗날에 어떤 모습으로 변모되어 갈지는 몰
라도 그 결과는 직시하기 위해서 건강한 신체와 맑은 정신으로 남아 있어야
했다. 그것만이 부덕한 아비가 커가는 아이들에 대한 울타리로서 존재하고
싶은 간절한 일념이었다.

7장

강남 터미널로 향하면서 차창밖으로 본 서울 하늘은 잔뜩 흐려져 있었다. 대기오염 탓인가, 내 마음이 흐린 탓인가. 하늘에는 금방 눈이라도 퍼부을 것 같았다.

터미널에는 산조가 먼저 나와 기다리고 있었다. 그는 자판기의 커피를 홀짝거리며 휴일날 대합실 텔레비전 앞 의자에 앉아 있었다. 그는 가까이 가는 나를 미처 보지 못했다.

화면에서는 엎어지고 딩구는 게임쇼가 한창이었는데 작위적인 그 동작들이 어설프고 어색해서 가당치도 않게 보였다. 다운자켓을 입고 있는 두툼한 산조의 등을 손바닥으로 내려쳤다.

"뭘 정신 놓고 쳐다보고 있어? 일어서, 가자."

산조가 나를 올려다보았다.

"보아하니 심통이 덜 풀린 우거지상인데 서울에는 공연히 왔나봐요?"

"네가 오자고 해서 왔잖아. 다 알고 있으면서 심술궂게 뭘 다시 확인하고 싶어 물어보니?"

우리는 강릉으로 떠나는 차 앞자리에 앉았다. 버스가 영동선으로 꺾어 든 후 하늘은 더욱 흐려져 원주를 지날 무렵 눈이 쏟아지기 시작했다. 둔내터널을 지날 즈음 눈은 폭설로 변해 있었다.

눈을 감고 창가에 앉아 있던 산조는 잠이 들었는가 했는데 어느 틈에 깨어나 있었다.

"기가 막히게 눈이 많이 내리고 있네. 이런 눈이 석달 열흘만 계속해서 내려라. 세상이 온통 눈 속에 파묻혀 어디가 어딘지 분간도 못해 사람들은 우선 제목숨 하나 부지하기 위해 온갖일들이 일어나겠구면. 형 생각은 어때요?"

"눈이 그렇게 많이 내린다면 굉장히 본능적인 일들이 일어나겠지. 단절된 이웃들로 인하여 사람들은 고립감을 느껴 굶어죽기 전에 두려움으로 죽어가겠지. 전기도 전화도 모두 끊어지고 문명이 말살되어 버린 세상은 과연 어떤 풍경일까?"

"좋지요. 도시나 시골이나, 흘러넘치는 사람과 차들도 없어질 테고 살아남은 자는 먹이를 구하기 위해 순전히 걸어다니며 수작업을 해야 할 테니 옛날의 원시로 되돌아가는 거죠. 지금보다 훨씬 좋을 것 같아요."

"순간적인 편리가 사람들을 통째로 병들게 했어. 눈이 많이 내렸어도 옛날 사람들은 짚세기 신고 험한 강원도 고갯길도 걸어서 넘어다녔잖아. 지금 사람들이야 엄두나 내보겠어?"

"형. 우리만이라도 폭설이 그치면 서둘러 강릉까지 한번 걸어가 봅시다."

"좋은 생각을 해냈구면. 그렇게 눈속 산길을 걷다가 좋은 은신처가 나타나면 그곳에 움막이나 짓고 살지뭐."

"정말 한 번 해볼래요? 나야 자신있지만 형은 언제나 말뿐. 하자고 나서면 뺑소니칠 게 뻔해요."

"남의 마음을 어떻게 그토록 소상히 알지?"

"형을 어디 한두 번 경험했나요? 척하면 형의 뇌파까지도 그려서 보이겠는데."

"그래, 옳고 지당한 말이다. 너는 할 수 있어도 나는 언변만 늘어놓는 상상뿐이고 실행하지 못할 게 분명하다. 그래 그런 불분명한 성격의 나를 어쩌면 좋겠니?"

"그게 형이 가진 딜레마예요. 서울집의 문제도 그렇고, 형은 뭐가 부족해서 혼자 애를 태우며 끙끙 앓고 살아가요?"

"나 혼자 애쓰는 건 아니야. 나와 관련된 모든 사람들이 고생을 하고 있어."

"어떤 결말이 오든 빨리 결단을 내려 신병정리를 하세요. 불연속적이고 불투명한 진행을 고집하는 것은 불행한 종결보다 더 참담해요. 형은 이제 어두운 터널을 벗어날 때가 되었어요. 그 속에 오래 갇혀 있으면 끝내 어둠에만 익숙해져 햇빛 밝은 바깥세계로 나와도 적응할 수가 없게 돼요. 더 늦기 전에 밖으로 빠져나와요. 눈이 부시도록 밝은 햇빛을 두고 왜 어둠 속에서 허우적거리고 있어요.?"

나 개인의 사생활에 대한 생각을 산조가 분명하게 나타내보인 것은 퍽 이례적인 일이다. 그는 이제 곁에서 지켜볼 만큼 지켜보다 도저히 더 참지 못하고 가두어 두기만 했던 말들을 분출시키는 것인가. 나는 그의 힐책적인 물음에 대답을 못하고 입을 다물었다. 산조 역시 더 이상 집요하게 파고들지 않았으므로 우리의 대화는 끊어지고 각자의 상념 속에 빠졌다.

달리는 버스의 창밖으로는 여전히 눈이 바람결에 날리며 어지럽게 흩어지고 있었다.

고속버스는 대관령 휴게소에서 멈췄다. 보통 그냥 스쳐 지나가는 곳이었으나 급경사의 고갯길에 눈이 많이 쌓여 있어 정비라도 하고 갈 모양이었다.

우리는 휴게실에서 뜨거운 국수를 먹었다.

"산조, 우리 여기서부터 강릉까지 걸어가자."

산조는 눈이 커졌다.

"어딜 걸어요? 고속도로 상인데."

"조금 전에 차 속에서 네가 걷자며?"

"그거야 사람이 다닐 수 있는 길을 따라 걷자는 이야기지 누가 고속도로 위를 걸어가자고 했어요?"

"이곳에도 사람이 다닐 만한 길이 있을 것이다."

"고속도로가 아니고 무슨 길이 또 있어요?"

"너는 모르고 있을지 몰라도 산으로 해서 내려가는 길이 분명히 나 있다.

그 길로 따라 나서면 두어 시간 만에 강릉시내에 닿을 수 있지. 어때 한번 걸어 볼래?"

"형이 길을 알고 있어요?"

"산을 다니면서 언제 길을 알고 다녔니? 지도에서 몇번 확인해보았고 차를 타고 대관령 고갯길을 오르내리면서 눈짐작으로 대충의 코스를 어림잡고 있어."

"눈이 엄청나게 많이 내렸을 뿐만 아니라 우리는 아무런 장비도 준비하지 않았는데 괜찮을까요.?"

"옛날 묵객들은 짚신 신고서도 굽이굽이 아흔아홉 대관령고개를 넘나들었다. 우리야 가죽구두를 신었는데 못넘을 게 뭐가 있겠어. 그것도 내려가는 길인데."

산조는 구두의 코 끝으로 눈덩이를 몇 번 걷어차더니 얼굴을 들었다.

"형이 좋다면 나도 좋아요."

우리 마침내 맨몸으로 대관령 바람앞에 섰다.

먼저 이승복 기념관이 있는 언덕 위를 향해 계단을 뛰어오르려고 했다. 그러나 우리의 첫 시도는 전혀 불가능했다. 몇 미터 앞조차도 분간하기 힘들 정도로 눈은 엄청나게 쏟아졌고, 무엇보다 밑에서 불어닥치는 맞바람으로 인해 몸을 바로 세울 수가 없었다. 몸이 비바람에 날려 공중에 붕 떠오르며 치솟는 느낌이었다.

차에서 내려 이곳에서부터 강릉까지 걸어서 가겠다고 했을 때 별 미친 놈들을 다 보겠다는 표정으로 우리를 눈 아래로 깔아보던 운전기사의 밉살스러운 얼굴이 떠올랐다.

우리는 정말 바람과 눈 속에서 미친 지랄을 하고 있는 꼴이다.

기사는 속으로 뇌까렸을 것이다. 별스런 촌놈들이 눈쌓인 대관령 험한 길에 교통사고라도 날까봐 두려워서 걸어가는구나 하고. 우리의 내심을 모르는 운전기사는 차를 몰고 가면서도 혀를 찼을 것이다. 사람들끼리 모여 사는 세상에서 사람이 사람만큼 모르는 게 더 있을려고.

서울에서의 어둡고 막막한 심정이 아니었다면, 떠나는 사람에게 '잘 갔다 와요' 하는 단 한 마디의 인사라도 받고 집을 나섰다면, 삼십여 분 만에 닿을 수 있는 거리를 편히 차 속에서 보냈을 것이다. 그러나 이미 우리는 걸어가기로 작정했고 바람 때문에 다시 돌아선다고 해도 우리를 기다려 줄 차는 없다. 버스는 떠났고 바람부는 언덕위에 우리 둘만 남았다. 아무리 악을 써도 선 채로 걸어서는 계단이 있는 곳까지 전진할 수가 없었다.

"산조, 눈위에 엎드려. 포복해서 계단까지 기어가자."

육군 대위출신인 박산조는 나를 따라 곧 눈 위에 엎드렸다. 완전한 낮은 포복자세를 취했다. 양복과 넥타이까지 매고 있던 나는 형편없이 눈 속에 처박히면서 앞으로 조금씩 전진해 나갔다.

드디어 계단. 바람의 강도는 조금 수그러들었으나 여전히 몸을 똑바로 세울 수가 없었다. 계단의 제일 아래쪽에 쪼그리고 앉았다. 고개를 양 무릎 사이에 처박고 앉은 걸음으로 계단 하나씩을 간신히 딛고 올라섰다.

계단을 다 올라서자 기념관 뒤편 능선쪽으로부터 불어오는 세찬 바람을 다시 만났다. 털모자 하나 없이 그대로 노출된 얼굴에 눈가루가 따갑게 날려와 꽂혔다. 머리카락은 강가의 갈대풀마냥 제멋대로 휘날렸다. 얼얼하던 귀는 떨어져 나가버렸는지 무감각 상태였고 눈을 헤쳐나왔던 손은 붉게 얼었다가 이제는 푸른 색깔로 굳어져갔다.

냉동된 동태를 보는 듯했다.

언 손을 녹이기 위해 바지 호주머니에 간신히 찔러넣고 다시 눈바닥에 엎드렸다. 수족이 퇴화해 버린 환형동물 마냥 엉금엉금 기면서 때로는 몸체로 딩굴면서 능선 아래로 내려섰다. 신기하게도 능선의 이쪽편에는 바람 한 점 없었다. 놀랍기도 해라. 능선 하나를 사이에 두고 광풍과 정적의 차이가 이렇게 극명하게 드러날 수가 있는가.

우리는 바람소리 하나 들리지 않는 고요 속에서 갑자기 참을 수 없는 웃음이 솟구쳤다. 마치 팽팽한 풍선의 입구를 갑자기 열어놓았을 때 나는 바람빠지는 소리처럼 허파로부터 쏟아지는 거침없는 웃음을 쏟아냈다.

"하하하……"

"깔깔깔……"

웃음소리는 멀리 가지 못하고 천방지축으로 흩뿌리고 있는 눈속으로 자지러들 듯 묻혀 버렸다.

우리는 담배를 한 개비씩 피웠다. 이곳으로부터 출발하여 제왕산(濟王山)을 오르게 되면 산성터를 만나게 되고 그곳에서 곧장 아래로쪽으로 하산하면 삼포암폭포를 지나게 된다는 지도상의 개념을 머리 속에 두고 눈길을 헤쳐 길을 찾아나섰다.

사잇길을 걷다가 능선위로 올라설 때마다 사람을 통째로 날려버릴 듯한 강한 바람을 만났고 차가운 바람은 얼굴의 표피를 예리한 면도칼로 도려내는 듯했다. 넘어야 될 또 하나의 능선이 나타났을 때 아래쪽에서 나는 윗옷을 벗어 머리와 얼굴을 파묻고 능선 위를 대충 어림잡아 눈까지 가린 상태로 뛰어서 올라갔다. 산조는 파카에 내장된 모자를 뒤집어썼으나 바람 앞에 맥을 못 추기는 나와 별로 차이가 없었다.

등산객들이 잘 다니지 않는 길이었을 뿐만 아니라 희미한 길도 눈에 쌓여 찾기가 용이하지 않았다.

제왕산이라 생각되는 곳까지 우리는 뛰고 멈추고 서고 웅크리고를 반복해가면서 거친 숨길을 내뿜으며 간신히 올랐다.

정상에 섰을 때 우측으로 하산하는 길이 눈위에 흐릿하게 나타났다. 가파른 내리막길이었다.

내가 앞쪽에서 눈 위에 앉고 그 뒤를 산조가 따랐다.

미끄럼질은 제동없이 쾌속적으로 아래로 치달려와 눈구덩이 속에 곤두박질치며 처박혔다. 상체의 절반 이상이 눈에 파묻혔다. 간신히 고개를 뺐을 때 잘 다져진 내 뒤를 무서운 속도로 질주하며 산조가 내가 빠진 눈구덩이 옆에 나뒹굴어졌다.

우리는 눈으로 전신을 뒤집어쓴 서로의 얼굴을 바라보며 이를 드러내고 웃었는데 그때의 웃음이 우리가 의식적으로 만든 것인지 비뚤어진 얼굴로 인해 자연적으로 만들어진 굳은 표정이었는지 종잡을 수가 없었다. 그렇게 해서 우리는 넘어지고 뒹굴고 눈 속에 빠져 허우적거리면서 하산을 계속했다.

얼굴에 상처를 내며 키작은 잡목지대를 지나고 나니 송림을 이룬 곳에 닿았다. 오래된 나무들의 밑둥이 썩어 무너진 채로 가로놓여 있었다. 우리는 나무 위를 타고 넘기도 하고 때로는 나무 아래로 등을 숙이고서 지나갔다.

키가 큰 수목지대를 지나고 나서 어느 지점에선가 길을 잃었다. 잃었다기 보다는 완전히 길이 끊겨버려 어느 쪽을 둘러보아도 희미한 길의 흔적조차 발견 할 수가 없었다. 앞이라고 생각되는 방향을 향해 나가던 중 다시 잡목 숲을 만났다. 앞이 완전하게 차단되어 한 발짝도 쉽게 내디딜 수가 없었다. 가늠할 수 없는 길을 헤쳐나오느라 무진 고생을 했다.

무턱대고 걷는 길은 발을 잘 못 내딛게 되면 허벅지까지 눈속에 빠져 들어갔다. 일단 깊이 빠진 발을 빼내어 다음 동작으로 옮겨 놓기가 여간 힘들지 않았다. 도대체 발을 어느 곳에 지주를 두고 지탱시키고 있어야 할지, 바닥이 닿지 않는 깊은 물 속에서 허우적거리는 꼴이었다.

우리는 눈밭에서 완전히 길을 잃고 지쳐버린 산짐승에 다를 바가 없었다. 뒤따라 오는 산조가 불평을 늘어놓았다.

"형, 길을 정말 알고서 나선 거요?"

무슨 대답도 마찬가지다. 나는 묵묵 무답이었다. 다만 앞장서서 기를 쓰고 잡목숲을 헤치고 나갈 뿐 대화를 나눌 기력마저 없었다.

그렇게 심하게 몰아치던 바람도 어느 사이 잠잠해졌는지 조용했으나 길을 찾기란 여전히 난망했다. 눈 속에서 허우적거리며 한 시간 이상을 헤매긴 했으나 잡목숲에 갇힌채 얼마의 거리도 전진하지 못한 꼴이었다.

날이 점차 어두워오고 있었다. 나는 지쳐 눈구덩이에 빠진 상태로 헉헉거리며 멈추어섰다. 모르겠다. 될대로 되라지. 이제 길을 뚫고 나갈 재간도 앞으로 더 나갈 힘도 없어졌다. 그러나 저러나 이 고난의 길을 이제는 되돌아설 수도 없다.

지쳐 넘어진 내 곁으로 산조가 엉금엉금 기어서 다가왔다. 그도 헉헉거리며 숨을 몰아쉬고 있었다. 그는 다시는 내게 묻지도 힐난하지도 않았다.

해답이 없음을 그나 나나 똑같이 인지하고 있었으므로, 우리는 다시 담배를 나눠 피웠다. 일시에 공복과 공포감이 엄습했다. 담배가 타들어가는 동안 나는 마침내 여기서 죽을 수도 있다는 생각을 했다. 이대로 지쳐 누워 있으면 밤이 올 테고 눈은 계속 내려 산을 덮고 나무를 덮고 나를 덮어 내 생명마저도 덮어갈 것이다.

겨울이 지나 소쩍새 우는 봄이 오면 쌓인 눈은 녹아 물이 되어 흘러갈 것이고 산길을 지나는 길손이 있어 양복과 넥타이를 매고 에스콰이어 구두를 신고서 이상하게 죽은 남자를 발견하게 되겠지.

사람들은 수근거릴 것이다. 산에서 자살을 한 것이로구먼. 그런데 이상도 하지. 왜 여기까지 멀리 와서 죽으려고 했을까? 시내의 따뜻한 호텔방에서 편안하고 고급스럽게 죽지 않고 고생고생하며 이런 곳에서 죽어갔을까하고.

그러나, 우리의 인생을 그렇게 결말지워 버리기에는 너무 억울하다. 나는 그렇다치고 후배 산조는 너무 가엾다. 무슨 수라도 생기겠지. 눈을 뭉쳐 입속에 넣고 갈증으로 타는 목을 추겼다.

죽은 듯이 얼마를 그러고 있었을까. 산조가 나뭇가지를 붙들고 눈 속에 빠진 다리를 뺐다.

"형. 체력이 많이 떨어졌을 테니 움직이지 말고 그냥 이 자리에서 그대로 있어요. 내가 길을 한번 찾아나서서 볼 테니."

"산조, 네가?"

산조와의 산행시 나는 언제나 내가 선두인 줄만 알았다. 그런데 지금 나 스스로 포기해버린 상태에서 그는 나를 제치고 험난한 길을 찾아나서려 하고 있다. 내가 이렇게 힘들어 하는데 그라고 해서 별다르게 기력이 남아 있지는 않을 것이다. 나는 산조의 우정으로 가슴이 뭉클했다. 사나이는 악천후의 산에서 감동하는구나.

그냥 있으라는 산조의 말을 무시하고 몸을 일으켜 그가 간 행로를 뒤따라

엉금엉금 갔다.

우리는 다시 삼십여 분 동안 잡목숲에서 눈위에 뒹굴며 가시나무에 얼굴이 찔리고, 손으로 잡았다놓을 때 튕겨나오는 나뭇가지에 뺨을 얻어맞아가며 헤매고 다녔다.

겨울이 오면 잎들은 모두 떨어져 앙상한 줄기만을 드러내는데 가시나무의 가시만은 그대로 남아서 우리를 괴롭혔다. 가시도 꽃잎처럼 떨어져 민둥으로 남았다가 봄이 오면 새로운 움을 틔우듯 새 가시를 만들어내면 좋을 텐데, 무슨 심술로 저렇게 늙은 가시로 남아서 사람을 짜증나게 하는지, 나무에다·대고 욕설을 퍼부었다.

"빌어먹을 가시나무여. 평생 저주받아 가시나 키우고 살아라."

젠장 이 지경에서 가시나무에 신경질을 내봤자다. 앞서가는 산조의 푸른색 다운 파가가 반쯤 눈에 덮여 이상한 조화감을 불러 일으켰다. 그걸 보고 있노라니 두려움으로 온갖 생각이 났다. 모든 수단을 동원해서라도 이 눈구덩이에서 벗어날 묘안을 생각하지 않고 쓰잘데없이 무슨 망나니 같은 불길한 생각만 한담. 눈발이 차츰 약해져가더니 마침내 그쳤다. 날은 점점 어두워져 우중충한 회색빛 하늘을 드러냈으나 아직 시야를 가릴 정도는 아니었다.

곧 어둠이 닥치겠지, 겨울 장비하나 갖추지 않고 인적없는 눈덮인 산속에서 보낼 우리의 밤은 얼마나 참혹하고 비참할 것인가?

십미터 정도의 거리를 두고 앞서 능선을 타고 오르던 산조가 눈위에 그대로 일자로 넘어지며 소리를 질렀다.

"형, 마을이 보여요."

나는 순간 전신에 맥이 빠지며 그 자리에 주저앉았다. 살았구나. 혼신의 힘을 다해 산조가 엎드려 누워있는 능선으로 올라섰다. 그곳에서 내려다본 마을이란 곳은 아득한 저 아래 조가비처럼 엎드린 채 놓여 있는 두어 채의 외딴 산간집이었다. 거리는 아득하게 멀리 느껴졌다. 마치 지리산 천왕봉에서 중산리 마을의 작은 지붕들을 바라보는 느낌과 흡사했다. 저곳까지 어떻게 내려가지.

아래로 향한 길은 보이지 않고 눈이 쌓인 사면이 45도의 각도를 이루며 편편하게 이어져 있었다. 다행스럽게도 내려가는 곳으로는 사람을 한없이 지치게 만드는 잡목숲이 보이지 않아 마음이 한결놓였다.

수목이 서 있는 중간지대를 가늠하여 대충의 길을 염두에 두고 내려가기 시작했다. 어두워오는 시각이라 뛰듯이 뒹굴며 하산했다. 양지쪽이었는지 눈이 쌓인 양이 많지 않아서 눈 속에 빠진 발을 빼내느라고 소모하는 체력을 줄일 수 있었다.

갈 길은 멀고 마음은 다급했던 터라 두세 걸음의 폭을 한 발자국에 뛰어넘듯 걸었는데 앞서 가던 산조가 어느 지점에서 블랙 홀에 빠진 듯 갑자기 없어졌다. 그리고 외마디 소리,

"악."

산조가 사라진 쪽을 향해 가던 나는 미끄럼대처럼 반들반들하게 눈바닥을 쓸고 산조가 떨어진 수직벽의 가장자리에서 나뭇가지를 붙들고 간신히 멈추어 섰다. 윤기나게 반들거리는 자리를 손으로 만져보니 얼음판이었다. 계곡으로 떨어지는 물줄기가 얼어붙어 그 위에 눈이 쌓여 본래의 모습을 감춘 채 숨어 있는 빙폭이었다. 밑으로 떨어진 산조로부터는 아무 소리도 들리지 않았다. 나는 아래를 향해 소리를 질렀다.

"산조, 어디에 있어? 괜찮니? 대답해."

"음음…."

낮고 고통스러운 신음소리가 들렸다.

매고 있던 넥타이를 풀어 나뭇가지에 묶고 빙판길 옆으로 조심스레 내려갔다. 얼마를 내려가니 한 발이 허공에 떴다. 발을 디딜 장소를 찾아 뒤뚱거리며 아래를 내려다보니 대충 십여 미터 정도 되는 뛰어내리기에는 너무 높은 곳이었다.

눈구덩이에 묻혀 있던 산조가 허우적거리며 일어서고 있었다.

"형 다시 올라가요. 이쪽은 위험하니 다른 길을 찾아봐요."

"몸은 어떻니? 크게 다친 곳은 없어?"

산조가 손으로 전신을 더듬었다.

"부러진 곳은 없는 것 같아요."

"다행이군. 저쪽으로 돌아서 올 테니 잠깐 기다려."

나는 넥타이 끝을 쥐고 되올라갔다. 오른쪽으로 돌아 경사가 완만한 곳을 찾아 산조가 있는 곳으로 내려왔다.

"정말 괜찮니?"

산조는 일어나 팔과 다리를 펴고 오무려보다가 상을 찡그리며 허리에 손바닥을 붙였다.

"허리가 아파요. 천길 낭떠러지로 내려꽂히는 것 같았는데 다행스럽게 눈이 많이 쌓인 곳으로 떨어졌어요."

"허리는?"

"걸을 만해요."

"혹시 요추에 압박골절일도 생긴 건 아닐 테지."

"형은 무슨 그런 말을 해요? 자기 전공이라고 재수없는 소리말아요."

"미안하다. 혹시나 해서 그랬다. 병원 가게 되면 방사선검사라도 해보는 게 좋겠다."

"그리고 보니 허리가 상당히 결리네요. 이러다가 평생 신세 팍 조져 버리는 건 아닌지 모르겠네."

"설마 그럴려고. 하기야 너한테 조질 신세라도 있는지 모르겠지만."

"남은 아파 죽겠는데 정말 이러기요? 형은 다치지 않았다고 떨어진 사람 너무 기죽이지 말아요."

"내가 앞장 섰다면 천당 가는 기분이나 제대로 맛보았을 텐데, 내 대신 네가 티켓을 먼저 받았구나."

산조가 껄껄 웃었다.

"지옥이면 몰라도 형한테 천당이라니 무슨 가당찮은 말인지 모르겠네. 지금부터는 형이 앞장 서요. 아픈 사람 쉽게 따라가게 길이나 넓게 내면서요."

"그러자. 그동안 고생 많이 했다. 이제 내가 앞장 서마."

어둠이 산자락을 완전히 묻어버릴 무렵 산간마을에 도착했다. 마당에 들어서니 안방인 듯한 곳에서 작은 불빛이 새어나왔다. 전기시설이 불미한 곳에서 흘러나오는 석유램프 불빛이 창호지로부터 새어나와 은은한 분위기를 자아냈다.

"주인 계십니까?"

방문을 열고 나온 중년의 남자는 우리를 발견하고 놀란 표정을 감추지 않았다. 이내 방으로 되돌아가 석유등잔을 들고 마루에 섰다. 우리를 보고 땅속에서 불쑥 솟아났거나 하늘에서 떨어졌을 것으로 생각했을 것이다.

"어디에서 오는 사람들이요?"

나는 우선 놀란 주인을 안심시켜야 한다는 생각에서

"갑자기 나타나서 놀라셨을지 모르나 심히 염려하지 않으셔도 됩니다. 우리는 간첩이 아니며 보시다시피 가진 무기도 없을 뿐아니라 그냥 빈몸입니다."

남자는 입을 굳게 다물고 불빛에 드러나는 우리를 묵묵히 바라보았다. 산간지방 사람들이 가장 경계하는 것이 간첩아니던가. 우리의 신분을 확인시킬 수 있는 방법을 찾아야 했다.

나는 평소 때 잘 사용하지 않던 명함이라도 넣어 둔 게 있나하고 주머니를 뒤졌다. 있었다. 원무과에서 만들어준 명함이었다. 남들에게 내 이름 석자 박힌 종이쪽지 건네주기를 무척 싫어하는데 이걸 어떻게 호주머니에 넣고 다녔는지. 나는 명함을 디밀었다.

"주인어른. 우리는 강릉에 있는 병원에서 근무하는 사람들입니다. 산길을 걷다 길을 잃었습니다."

아저씨가 받아 들었다. 그리고 불빛에 작은 네모진 종이를 조심스럽게 이쪽저쪽 비추며 들여다보았다.

"의사 선생님이시군. 그런데 이 시각에 여기 어인 일이요?"

"서울 다녀오는 길에 대관령에서 차를 내렸습니다. 눈이 쌓인 산을 타고 내려오다 이 꼴이 되었습니다."

"저런, 눈이 쌓여 길을 제대로 찾지 못한 것은 당연했을 테지만 잘못 들어도 한참 잘못 왔소."

"이곳은 도대체 어디쯤 됩니까?"

"왕산(王山)이란 곳에서 많이 들어온 곳인데 선생들이 산에서 내려올 때 오른쪽으로 방향을 잘못 잡았소."

"여기가 강릉까지는 거리가 얼마나 됩니까?"

"이십 리가 조금 더 되오. 왜? 지금 가시려고 그러오?"

"가야지요. 이곳에서 차를 부를 수도 없고."

"초행길인데 어두운 밤길 찾아나서기가 쉽지 않을 것이오."

"그럼 어쩌지요?"

"괜찮으시다면 여기서 하룻밤 쉬었다 가요. 이부자리는 깨끗하지 않지만 빈방은 있소."

뒤에 있는 산조를 돌아보았다. 그는 허리가 몹시 아픈지 마당가에 쌓아놓은 장작더미 위에 퍼질러 앉아 있었다. 저런 몸으로 다시 8킬로미터를 그것도 캄캄한 밤길을 랜턴 없이 걷는다는 것은 무리다. 산조를 충분히 쉬게 하고 내일 새벽 일찍 내가 먼저 강릉으로 나가서 앰블런스를 보내자. 지쳐버린 산조는 말없이 고개를 떨구고 앉아 있었다.

나는 주인에게로 다가갔다.

"주인어른 그렇게 해주시겠습니까? 사례는 드리겠습니다. 충분히."

"촌에서 무슨 사례는, 이런 곳에서 어디 돈 받고 사람 받나요. 윗마을에도 선생들이 계시는 병원에 다니는 사람이 있긴 한데 오늘이 일요일이라 아마 시내에 나갔을 거요."

"그런 사람이 있어요? 그 분 이름이 누군가요?"

"젊은이라 이름은 잘 모르지만 물리치료실인가 어디에 근무한다고 했지."

"그럼 그 집으로 가서 신세를 지면 좋을 텐데 이곳에서 먼가요?"

"윗마을이라고 하지만 산간지방이라 오리 넘어요. 앉아 있는 저분은 몸까지 다친 모양인데 그곳까지 가기는 힘들겠소. 오늘밤은 그냥 이곳에서 유하시오."

"그렇게 해 주신다면 정말 고맙겠습니다."

우리가 이야기를 하고 있는 중에 아낙네가 부엌문을 열고 밖으로 나왔다. 늦은 저녁을 짓고 있는 모양이었다. 나는 무조건 여자에게도 고개를 숙였다.

"아주머니, 신세를 지게 됐습니다."

여자가 의아한 눈으로 그녀의 남편과 우리를 한순간에 훑어봤다. 남자가 짐짓 가라앉은 목소리로 여자 쪽을 건너다 보지도 않고 말했다.

"믿어도 될 분들이야. 시내 병원에 계시는 분들이라는데 이런 벽촌에서 불편하지나 않을지 모르겠네."

여자가 대꾸없이 부엌으로 들어가자 아저씨가 우리를 불렀다.

"이리들 오시지요."

산조와 나는 주인이 안내해준 건너방으로 들어갔다. 방 안에는 천장에 메주가 주렁주렁 달려 있었고 그곳에서 나는 듯한 곰팡이 냄새가 진동했다. 방 속이라고 했으나 냉기는 바깥과 별다를 바가 없었다.

"조금만 기다리시오. 내가 군불을 지펴 줄테니."

주인은 송구스러울 만큼 낯선 사람들에게 친절을 베풀었다. 찾아오는 이 없는 외딴 마을에서 겨울에 사람이 그리워 불현듯 닥친 길손들에게 이렇게 다정하게 구는가.

주인이 나간 후 산조는 끙끙 앓으며 차가운 방바닥에 등을 대고 드러누웠다. 누운 채 그는 미동도 하지 않았다. 마치 신체가 완전히 해체되어 버린 듯이 풀어져버려 손가락 하나 꿈쩍하지 않았다. 나도 산조 곁에 모로 누웠다.

우리가 죽은 시체마냥 지쳐 누워 있을 때 방문이 열리고 밥상이 들어왔다. 산조와 나는 시골의 묵은 김장김치와 김이 나는 저녁밥을 달게 먹었다.

식사가 끝난 얼마 후 산조가 물었다.

"형, 허리의 통증이 점점 더 심해가요. 진통제가 있으면 주사를 한 대 맞았으면 좋겠는데 어디에서 구할 수가 없을까?"

"견딜 수 없을 만큼 몹시 아프니? 약방도 없는 이 오지에서 진통제를 어디에서 구한담. 용궁에서 토끼 간을 얻는 것보다 더 힘들겠다."

산조만 아프다고 신음소리를 내는 게 아니라 나 역시 몽둥이로 전신을 흠씬 두들겨맞은 듯 온몸 구석구석이 쑤셔왔다.

"미안하지만 혹시 이 집에 상비약이라도 있는지 형이 한 번 물어봐요."

"그러지. 약이라고 해봤자 머큐롬이나 넣어둔 외상용 약이 전부일 텐데 먹는 약이 있을라고. 하여간 내가 물어볼 테니 조금만 기다려봐."

밥 얻어먹고 따뜻한 잠자리까지 구해 놓고서 이제 약까지 찾다니 낯 뜨거운 노릇이었으나 염치불구하고 주인을 만났다.

"혹시 집에 준비해 둔 약이 있습니까? 같이 온 사람이 얼음길에서 미끄러져 허리를 몹시 다친 모양인데."

"저런, 사정이 딱하긴 한데 이런 산골에 약은 무슨 약이 있겠소? 하룻밤 자고 나면 좀 나아질 것이니 참고 견디어 보는 수밖에 도리가 없구려. 그나저나 의사선생님들도 병원 떠나고 나니 제 몸 하나 아픈 것도 추스리지 못하니 안된 노릇이오."

민간요법으로 사용하는 풀뿌리로 만든 조약이라도 있으면 좋겠다. 약에 쓴다면 개똥도 귀하다고 했는데 있으려나,

"시골 사람들이 팔 다리를 삐었을 때 달여먹은 한약재 같은 것이라도 혹시 있나 했는데 그런 것도 구하기 힘들겠죠?"

"있다면야 무엇을 아끼겠소. 지난 가을에 얼마간의 약초뿌리를 모아둔 게 있었는데 장날에 모두 내다 팔았소. 이곳 사람들이야 겨울에는 그냥 방문 닫고 엎드려 있는 세월이니 생활 필수품들이 있을 게 없지요."

나의 허전함보다 산조가 실망할 것이 마음에 더 걸렸다. 그에게 구기자라도 달여먹이며 이게 허리 다친 데는 최고 명약이라고 돌팔이짓이라도 해 볼 생각이었으나 그것조차 불가능했다. 만약 그랬다면 그도 속으로야 웃기는

소리하고 있구나 하면서도 내 정성에 짐짓 감복한 듯 달인 차를 맛있게 마셨을 것이다.

"산조. 포기해라. 약초라도 있는지 알아봤으나 그런 것도 없는 모양이다. 그냥 견디는 수밖에 없다."

"통증으로 오늘 밤을 넘길 일이 꿈만 같네요. 시간이 지날수록 몸이 더욱 아프면 어쩌지요?"

"따뜻한 방에 등을 지지고 있으면 고통도 점차 사라지게 될 것이다. 힘들지만 참아봐라."

"참 기막힌 절해고도에 버려진 신세가 되었군. 형은 몸이 어때요?"

"나라고 별 수 있겠니? 너만큼 다치지는 않았지만 온 몸이 저리고 아프기는 비슷할 게다."

"의사가 의사의 고통에 대해 손도 댈 수 없다니 한심해요."

"없는 약을 어디에서 구해 오겠니? 내가 예수가 아닌 바에야 산상에서 고기 두 마리로 오천 명을 먹일 재주도 없고 샘물로 금방 포도주를 빚을 수도 없잖아."

"누가 형보고 약을 만들라고 했소? 그냥 해본 투정이지."

"그만큼 다친 것으로도 다행으로 생각하자. 팔 다리가 부러졌든지 머리가 깨지기라도 했다면 치료 방법을 뻔히 알면서도 앉아서 속절없이 애만 태울 뻔했다."

"무서운 소리 말아요."

"그래 알았다. 내가 아니라 네가 다쳤기에 미안해서 하는 말이다. 오늘 밤만 참고 견디어보자."

우리는 약물치료에 대한 미련을 버리고 가장 원시적인 방법으로 우리의 신체적 아픔에 대처했다. 장작을 지핀 따뜻한 방에서 아픈 관절과 등을 몸을 돌려가며 지졌다. 잠이나 빨리 왔으면 좋으련만 몸이 아프니 그것도 힘들었다. 어디에선가 여우 울음소리가 끊겼다 이어지며 계속 들려왔다. 산조는 몸을 뒤척이며 잦은 신음소리를 냈다. 이 친구가 허리를 다치긴 패나 심하게 다쳤나 보군.

어느 순간에 잠이 들었던가. 새벽녘에 소여물 끓이는 냄새와 소방울 소리에 눈을 떴다. 새벽이 밝아오고 있었다. 문을 여니 만산이 흰 눈으로 꽉 들어차 있었다. 밤새 눈은 또 쉴새 없이 내렸나보다.

산조를 그대로 눕혀두고 새벽길을 떠나기 위해 외양간에서 소여물을 먹이고 있는 주인을 찾았다.

"간밤에 고맙습니다. 제가 먼저 가보겠습니다."

"가긴 어딜 가려구요?"

"같이 왔던 사람이 허리를 다쳐 걸을 수가 없는데 병원에 가서 구급차라도 끌고 와서 데리고 가겠습니다."

"무슨 소리요? 눈이 많이 내린 탓에 길이 막혀서 사람도 차도 지금은 얼씬도 할 수 없소."

"오늘이 월요일이라 병원에 출근도 해야 할 텐데 전화 연락도 안 되니 이 일을 어쩌지요?"

"저길 봐요. 개울도 길도 온통 눈으로 덮여 있는데 이런 상태라면 여기서 한 마장도 걸어가기가 힘들거요. 억지로 나간다 해도 얼마를 못 가 다시 돌아올 게 뻔해요. 한 길이 넘는 눈길을 무슨 방법으로 헤치고 가겠소? 눈이 녹을 때까지 기다려요."

"얼마를 기다려야 눈이 녹겠습니까?"

"글쎄 햇살이 든다면 오래 걸리지는 않겠지만 날씨가 이래서야 쉬 녹아 내리겠소?"

하늘은 온통 잿빛이었다. 공중에서는 계속 눈뭉치들을 만들어내고 그것은 지상으로 떨어뜨릴 준비를 열심히 하고 있는 모양이다. 나는 낙심했다.

병원은 병원대로 서울에서 오지 않는 우리를 기다리며 안달이 났겠지. 오전이 지나도록 사람이 오지 않으면 서울에 연락을 할 것이다. 연락을 받은 서울집에서는 무슨 생각을 할까? 마침내 견디다 못한 한 남자가 어딘가로 종적을 감추고 말았다고 수군거릴지, 아니면 철저한 무관심으로 남의 일보듯 상관하지 않을지도 모를 일이다.

　일부 눈을 쓸어내고 마당에 만들어놓은 길을 보니 쌓인 눈이 가슴위까지 닿았다. 나는 강릉행을 단념하고 방바닥에 퍼질러 앉았다. 천재지변인데 내가 무슨 손오공의 재주를 지녔다고 이곳을 탈출해? 차라리 겨드랑이에 날개나 돋아나라고 염불이나 외우고 있기나 하자.

　산조가 끙끙거리며 이불을 끌어당겼다. 그는 아직 바깥의 상황을 모른 채 잠들어 있었다. 그가 잠에서 깨어나면 뭐라고 할까?

　'형 여기가 어디요? 우리는 왜 아직도 이러고 있소?' 하겠지. 그에게 달리 설명할 것도 없다. 방문을 한 번 열어보기만 해도 쌓인 눈에 기겁을 하고 말 것이니까.

　낮에도 밤에도 눈은 계속 내렸다. 사흘 밤낮을 산간마을에 갇혀서 메주 냄새와 소여물 끓이는 소리를 들으며 죽어 있는 시간을 보냈다. 우리는 가끔 방문을 열고 분분히 휘날리는 눈송이를 하염없이 바라보며 낮시간을 보냈다. 고도에 유폐된 완전한 자유인이었다. 원하든 원하지 않든 본인의 의사와는 상관없이 산조는 충분한 휴식을 취했다. 산조는 검사 한 번 약 한 톨 먹지 않고도 사흘 후 거뜬하게 일어났다.

　눈이 그치고 햇살이 돋아났을 때 눈위에 반사되어 튀어 일어나는 햇빛은 거울의 반사광처럼 우리를 어지럽게 했다. 마을 사람들이 뚫어놓은 길을 따라 사흘 만에 겨우 강릉시내에 도달했을 때의 느낌은 우리의 영혼이 한결 조여진 듯한 긴장감과 젊음으로 풍족해 있었다. 사람들은 한번쯤 모여사는 마을을 떠나 유랑의 길을 떠나볼 필요가 있다. 그것은 신체의 고통을 동반할지는 모르나 때문은 마음을 깨끗하게 씻어주는 청량제 구실을 한다는 것을 분명하게 알게 될 것이다.

　오지에 갇혀 있을 동안 무엇보다 우리를 못 견디게 한 것은 사람과 세상과의 소식이 두절된 답답함보다 한 방울의 술도 접할 수 없었던 고통이 더 지대했음을 실감했다. 그러나 이제 우리는 원하는 것은 무엇이나 얻을 수 있다는 풍요의 도시로 되돌아온 것이다.

8장

오랜만에 근무지인 병원으로 돌아보니 외래 간호사가 놀란 표정으로 나를 맞았다.

"어디 있었길래 이렇게 감감무소식이었어요?"

"눈이 많이 내렸지. 차를 두고 눈 속을 걸어오느라고 이렇게 늦게 도착했어."

"눈이 내리긴 했지만 교통 통제는 없었는데 걸어오다니요? 서울에서 이곳까지 줄곧 걸어왔다는 말씀인가요?"

"그런 건 아니지. 아무튼 연락도 못하고 늦어서 미안해. 특별한 환자라도 안 생겼는지 모르겠군."

책상 위엔 보이진 않던 꽃병이 놓였고 풍성한 안개꽃이 가득했다. 눈이 내린 겨울에 안개꽃이라니, 책상 위에 꽃을 꽂아놓을 심성을 지닌 간호사는 아닌데 이 꽃은 어디로부터 왔지?

나는 꽃 가까이 다가가 냄새를 맡았다.

겨울에 보는 가녀린 안개꽃망울들이 쓸쓸했다. 여린 꽃잎을 향해 입술을 모으고 바람을 불어냈다. 일순 꽃은 한 곳으로 쏠리면서 꽃잎들이 파르르 떨렸다.

"선생님, 꽃 예쁘죠."

"그래, 겨울에 보기 드문 귀한 꽃이로군. 어디에서 이런 꽃들이 났지?"

"손님이 오셔서 두고 갔어요."

"손님이라니, 환자가 아니고?"

"네. 선생님을 찾아온 젊은 여자분이었어요. 다녀간 후에도 몇 차례 전화가 왔어요. 선생님 아직 오시지 않았나 하구요."

"누군가? 날 찾아온 여자가."

"검은 머플러를 하고 온 예쁜 여자던데요. 메모를 적어두고 갔어요. 고무판 밑에 넣어뒀으니 꺼내 보세요."

나는 책상위에 놓인 고무판을 들었다. 메모를 쓴 종이는 병원에서 흔히 사용하는 병상기록지였다. 16절지를 네 번 접어서 그 가장자리를 풀로 붙여두었다.

내가 없는 사이 찾아왔던 손님은 내 의자에 앉아서 책상 위에 놓여진 환자기록용지 한 장을 떼어내어 그 위에 글을 남기고 준비해간 봉투가 없어 그냥 그것을 풀칠해 놓았나 보았다. 괜히 남의 일에 쭈뼛하며 들여다보고 싶어하는 사람들의 호기심을 눌러두기 위해 가장자리를 봉해버린 듯했다. 면밀하고 여유있는 마무리다. 남의 의자에 앉아 당당히 글을 쓴 것으로 보아 나와는 무관한 사이라고 단정한 모양이다. 그런 생각이 들지 않았다면 감히 실행에 옮길 수 없는 짓이다. 그럴 수 있는 여자라면 도대체 누구일까?

"눈이 내리고 있습니다.
차갑게 얼어붙은 손으로 보이지 않는 사람의 이름을
적어봅니다.
선생님은 언제쯤 뵐 수 있나요.
강 재희."

재희, 카추샤가 다녀갔군. 이 여자는 엉뚱한 일면이 있는 모양이다. 병원이나 숙소로 전화 한번 하지 않던 여자가 웬일인가? 혹시 가게라도 옮기게 되었는가? 아니면 그만 둔다고 인사를 하려고 다녀간 것일까?

간호사가 내 표정을 사뭇 궁금한 듯 바라보았다. 내 입에서 메모에 대한 무슨 말이라도 나오길 그녀는 기대하고 있는 듯했는데, 나는 그걸 묵살했다.

"밖에서 기다리고 있는 환자 들어오라고 해요."

나는 밀려 있는 환자를 진료하기 시작했다. 오후 늦게서야 병실로 올라갔다. 며칠 동안 병원을 비웠음에도 입원환자들은 별다른 호소 없이 조용했다. 나는 병실 수간호사한테 그녀의 노고를 치하하고 나의 부재를 사과했다.

"별일은 없었어요. 시골 사람들이라 모두들 순진해서인지 담당의사가 없다고 까탈을 부리지는 않았어요. 306호실 환자가 계속 선생님을 찾았을 뿐이예요."

"306호실에서?

"디스크 수술을 받은 환자예요. 오늘이 수술 2주째 되는 날이고요"

"그 환자가 왜? 혹시 불편한 곳이라도 있었나요?"

"아뇨. 수술 후 아주 좋은 상태를 유지했어요. 기분도 괜찮고 치료에도 만족했고요."

"수술부위의 상처는 어땠소?"

"선생님이 서울 가시기 전에 발사를 했는데 깨끗하게 아물었어요. 병에 대해서는 별로 호소할 게 없는 환자였어요."

수간호사가 앞장서고 나는 이층부터 차례로 입원환자를 회진했다. 환자들은 그만그만하게 나아가고 있었다.

306호실 문을 열었다. 45세의 여자환자다. 처음 이 환자가 병원에 들어올 때는 남편 등에 업혀서 간신히 왔다. 허리의 통증뿐만 아니라 오른발로 전달되는 방사통이 걸음을 걸을 수 없을 정도로 심했다. 환자는 진찰대 위에서 다리를 반듯하게 펴고 누워 있지를 못했다. 환자를 진찰하기 위해 다리를 펴고 오무릴 때마다 아픔으로 괴성을 질렀다. 오랫동안 민간요법의 치료를 받았다고 했다. 한약먹고 침맞고, 뜸뜨고 지압을 받는 등 별짓을 다해 보았지만 병이 치유되지 않아 마지막으로 병원을 찾은 환자였다.

나는 중증 요추디스크 환자임을 직감했고 환자가 진찰대 위에서 내려오지 못하고 아픔으로 버둥거리고 있는 동안 그녀의 남편한테 여러가지 그림을 보여주며 척주조영제 검사를 해보자고 설득했다. 검사의 결과는 확연하게 드러났다. 그들은 방사선 필름에 나타난 질병에 대한 나의 설명을 알아들었다. 그리고 수술요법에 동의했다. 그이외의 다른 치료방법이 없었으므로.

환자는 수술 다음날 방사통의 고통으로부터 해방되었다. 밤마다 통증으로 돌아눕지도 못하고 끙끙 앓고 지내던 오랜 불면의 밤과 아득한 공포의 숲으로부터 벗어났다. 환자는 만족했고 복도에서 마주치던 그녀의 남편은 황송한 표정을 지으며 수줍게 인사를 하곤 했다. 시골 농부의 아낙네인 환자나 보호자 모두 행복해 했다. 그 환자라면 절대 문제가 없을 텐데 왜 나를 계속 찾았을까? 나는 그녀의 침대 곁에 섰다.

"그동안 무슨 일이 생겨 돌봐드리지 못해 미안해요. 어디 수술한 부위의 상처가 어떤지 한번 봅시다. 저쪽 벽을 향해 돌아누워봐요."

여자는 순순히 내 말을 따라 나에게 등을 보이며 반대편으로 돌아누웠다. 수술한 상처는 깨끗했다. 별 문제가 있는 건 아니군.

"이제 바로 누워요. 그리고 저 오른쪽 다리를 들어보시고요. 수술하기 전에 아픈 것과 비교해서 당기는 게 어때요?"

"그때 비한다면 지금이야 다 낳았지요. 내일이라도 뛰어 일어나서 당장 퇴원해 나가겠는데요. 뭘."

"좋아요. 눌리고 있던 신경이 이제 활발하게 움직일 수 있게 되었군요. 그러나 아직 퇴원은 빠르겠습니다." 나는 짐짓 시치미를 떼고 환자 곁을 지나쳐 나오려다 되물었다.

"참, 나를 찾았다는데 무슨 일이던가요? 병이 별다르게 악화되지도 않았는데."

"그게 아니고……."

여자가 뜸을 들이며 간호사를 건너다보았다. 말을 꺼내놓을 자리가 마땅찮은가. 나는 간호사를 눈짓해서 먼저 병실에서 나가게 했다. 두 사람만 남았을 때 환자는 잽싸게 침대에서 일어나 곁에 붙어 있는 식탁용 탁자의 서랍을 열었다. 그 속에는 수저니 음료수 빨대 등이 잡다하게 놓여져 있었는데

152

그녀는 신문지로 잘 포개어 싸둔 우표 크기만한 작은 물건을 내 손에 쥐어주었다.

"아주머니 이게 뭡니까?"

"고마워서 그래요. 변변찮지만 선생님 쓰세요."

나는 그 포장을 풀려고 했다.

"여기서 보면 부끄러우니 선생님 그냥 가지고 나가세요."

"아픈 사람 고치는 거야 의사가 마땅히 하는 일이지요. 아주머니한테 특별히 잘 해드린 것도 없는데 고맙긴 뭐가 고마워요. 그동안 며칠 병원을 비워 미안하던 참인데요."

나는 그녀가 내젓는 손을 잡아주고 병실을 나왔다. 그리고 복도에서 그 작은 신문지에 싼 물건을 풀었다. 놀랍게도 그 속에는 작게 접어둔 고액권지폐 한 장이 들어있었다.

지극히 이기적이고 불미한 의사가 제 감정을 추스리지 못하고 수술한 환자의 곁을 떠나 눈 덮인 산 속에서 사흘 주야를 처박혀 있을 동안 환자는 의사의 행위 따위는 아랑곳않고 자신을 치료한 의사에 대한 절대적 고마움으로 지폐 한 장을 접고 또 접고 있었던 것이다.

고액권 한 장은 시골 살림에 어렵게 장만한 것인지도 모른다. 나는 306호실로 다시 들어가 아주머니한테 그 돈을 돌려주어야 한다는 잠깐 동안의 생각을 고쳐먹었다. 되돌려주는 것은 아주머니의 마음을 더 욕되게 하는 나의 몰염치한 행위가 될 것이다. 남에게 줌으로써 자신의 마음이 턱없이 풍족해지는 기분이 들게 한다면, 저 농부의 아낙네가 가질 흡족한 베품의 즐거움을 빼앗아버릴 수는 없다. 내일 회진에 만나면 '고맙게 저녁을 잘 먹었습니다' 하는 인사로 대신 해야지.

나는 병실 계단을 내려오며 가운데 호주머니 속에 넣어 둔 아주머니가 준 지폐 한 장을 줄곧 매만졌다.

삶을 긍정적으로 살아갈 의지가 있다면 세상은 살아볼 만한 곳이며 의사라는 직업은 정녕 한 몸을 바쳐 평생을 매진해도 좋을 것이라는 생각이 들었다.

이 좋은 기분을 누구에게 알리지? 그래 안개꽃에 대한 인사로 카페 흑진 주에 들려 카추샤를 만나고 산조에게 술을 사야겠다.

가운을 벗어두기 위해 외래로 들어가니 간호사는 어디로 갔는지 보이지 않고 텅빈 방에 전화벨만 울리고 있었다. 전화기를 들었으나 저쪽은 한동안 말이 없었다.

"여보세요. 병원입니다. 누구를 찾으세요?"

그러고도 한동안 침묵 후,

"저예요, 재희. 그곳에는 굉장히 바쁜 모양이군요. 전화받을 사람조차 없는 모양이니."

"병실에 회진 가느라 자리를 비웠소. 그런데 전화를 받았는데도 왜 한동안 말이 없었소?"

"전화를 받는 분이 선생님이 확실한지 판단해 보려고 기다렸어요. 선생님은 언제 돌아오셨어요?"

"오늘 오전에 왔소. 나 없는 사이에 왔다갔더구먼. 메모 보았소. 꽃 고맙고."

"서울에서 어떤 재미가 있었길래 며칠씩이나 병원을 비우며 머물러 있었어요?"

"온통 서울에서만 있다 온 것은 아니고, 그럴 일이 있었소."

"무슨 일이 일어났는지 제가 알면 안 되나요?"

"별일은 아니오. 눈이 내려 산 속에 갇혀 있었소."

"눈이 많이 내렸어도 차들은 다니던데 어떻게 선생님만 갇히게 되었지요?"

"나만 머문 게 아니오. 박산조도 함께 있었소."

"어머나, 두 사람이 탄 차는 길을 두고 산으로 들어가버렸나봐요."

"나중에 카페에 가서 이야기하지요."

"싫어요. 그곳에서는."

"왜 가게를 그만 두기라도 했소?"

"아뇨. 그곳은 손님들이 많아 시끄러워요. 다른 곳에서 만났으면 해요."

"주인이 카페를 떠나면 어떻게 해. 누가 대신 자리를 지켜줄 사람이라도 생겼소?"

"선생님이 흑진주에 오신 지가 하도 오래 됐으니 그동안의 사정을 잘 모르시고 계신가봐. 혼자 하기가 힘들 만큼 가게가 바빠서 요즈음은 또 한사람의 종업원이 일을 도와요."

"장사가 꽤 번창하고 있는 모양이군. 바쁘다는데 어떻게 밖에서 시간을 낼 수가 있겠소?"

"초저녁이면 상관없어요."

"그럼 어디에서 만났음 좋겠소?"

"병원일 마치게 되면 동해비치호텔 커피숍으로 나오세요."

"이곳 일이야 지금 다 끝났지만."

"그럼 지금 곧장 오세요."

"산조와 같이 가면 안 되겠소?"

"공연히 심술궂은 말만 하시는 박선생님은 싫어요. 선생님 혼자 오세요. 기다리고 있을께요."

말이 끝나자 전화는 대답도 하기 전에 끊겨 버렸다.

후배 산조한테 무슨 말을 하고 혼자 나가나 하며 잠시 망설이고 있는 사이에 창밖은 이미 어두워져오고 있었다.

나는 가만히 외래의 문을 밀었다. 복도는 텅 비어 있었다. 산조가 근무하는 방을 보니 이미 그곳에도 불이 꺼져 캄캄했다. 이 친구가 어딜 혼자 갔지? 병원을 나갈 때는 같이 가는 것이 통상적인 관례인데, 먼저 가버리기라도 했나. 내가 병실 회진을 오래 하고 있을 동안에 기다리다 지루해서 먼저 나간 게로군.

산조의 숙소에 전화를 했다. 신호는 계속 갔으나 받지 않았다. 문미영을 만나러 갔나? 그래서 눈에 갇힌 아득했던 산간마을의 밤낮을 이야기 하고 그

절박한 시간들을 장황한 사설로 엮고 있는 것이나 아닌지.

나는 병원 밖으로 나왔다. 곳곳에 눈은 무더기로 쌓여 있었다. 길을 만드느라 사람들이 눈을 치워 보도의 가장자리에 밀어 둔 탓에 인도와 차도는 쌓인 눈으로 높다란 분리대가 만들어져 있었다. 바람이 불 때마다 눈가루가 휩쓸려 다녔다.

나는 입고 있던 겨울 양복이 추워 숙소로 들어가 외투를 들쳐입을까 하다가 이미 그곳에 가 있는지도 모를 재회를 생각하고 그냥 차를 탔다.

차는 도시의 아랫길로 접어들었다.

강문(江門)을 지나 바다로 연해 있는 송림을 벗어나면 포구가 나타나고 바다를 따라서 북쪽으로 계속 가면 왼편 언덕에 흰 호텔 건물이 나타난다.

비치호텔은 사람 발길이 뜸한 탓인지 썰렁했다. 겨울에 신혼여행객도 드물 테고 겨울바다를 즐기겠다는 맹렬한 충동욕구가 없다면 이 외딴 호텔에 투숙할 사람이 많지는 않을 것이다.

이층 커피숍으로 올라갔다. 횡하게 뚫린 공간에 둥근 테이블이 듬성듬성 놓였고 손님이라고는 아무도 없는 창가에 재회 혼자 바다를 향해 등을 보이고 앉아 있었다. 웬만큼 큰 교실만한 공간에 여자 혼자 오두마니 앉아 있는 게 어쩐지 처연한 기분이 들었다.

내가 다가갔는데도 재회는 자세를 흐뜨리지 않았다. 나는 그녀 앞에 조용히 앉았다.

그녀는 얼른 보기에도 차갑고 이지적인 체취가 풍겼다. 선명하게 우뚝 선 콧날, 그 위로 그리스의 고전 조각품에서 보는 듯한 단아한 이마, 긴 목에서 어깨로 이어지는 둔각의 선이 표현하는 것은 연약하고 상처받기 쉬운 그러면서도 자아가 강한 느낌을 불러일으키기에 충분했다.

쉽게 범접할 수 없는 고고함이나 오만함은 최고급 레스토랑에서 프랑스 요리를 먹는 사람에게만 있는 것이 아니라 빈민가 출신의 뛰어난 미모를 지닌 여자가 탄 3등 객차에서도 발견된다.

혼자 앉아 있는 재회로부터 비슷한 분위기가 났다. 그렇다고 나는 그녀가 종사하고 있는 직업으로 인해 그녀의 과거나 현재의 생활환경을 밑바닥의 인생으로 치부할 생각은 추호도 없었다.

그녀가 경영하는 카페는 상당히 수준급이었으며 입고 있는 옷들은 내가 아는 한 고급이었다. 뿐만 아니라 분위기에 가장 적절한 옷을 선택할 줄 아는 뛰어난 심미안을 가진 베스트드레서이기도 했다.

하기사 개명한 이 시대에는 개인이 노력 여하에 따라 생활수준의 차이란 그게 그것인지 결국 게으른 자만이 가난할 뿐 애쓰면 누구나 어느 만큼의 풍족을 누릴 수 있는 사회로 진전되지 않았는가.

바다로 향하고 있던 그녀의 시선이 나에게로 옮겨왔으나 여전히 입을 굳게 다문 채로였다.

좋은 분위기야. 그냥 그대로 두지 뭐. 내가 그녀를 건너다 보았을 때 그녀는 일순 살아가는 동작을 멈추고 오랜 잠 속에 갇혀 있는 듯했다.

나는 문득 그녀와 내가 어둠의 바다가 연해 있는 이곳에서 앉은 자세로 영원히 깨어나지 않는 깊은 잠속으로 침잠해간다면 어떨가 싶었다. 그렇다면 골치아픈 일도 미운 사람에 대한 증오도, 자신에 대한 가증스러운 자학심리도, 길고 긴 불면의 밤도, 살면서 마주치는 작은 회열 따위도 함께 동해의 깊은 물 속에 수장 되어버릴 것이다.

영원히 깨어나지 않는 잠이라면 선택해 볼 만한 일이다. 잠이라는 것은 그래서 좋은 것이다.

기분좋게 잠을 잤다는 표현으로 사람들은 편하고 달게 잠들기를 원한다. 모든 것을 정지시키는 잠을 진실로 사람들이 원한다면, 살아 있음을 중단시키려고 하는 것이나 동일하다. 잠은 고통스러운 기억이나 욕심 더할 수 없는 갈증까지도 그 모든 것을 휴지처럼 버리고 밈춰 선 시계처럼 정체시킨다.

충분한 수면 그 자체가 행복이라면 모든 정지된 것도 행복이어야 한다. 삶의 궤도가 일시 멈춘 순간을 행복한 지점이라 가정한다면 영원히 멈추어버린 그 이후에도 행복은 지속되어야 한다.

영원히 멈춘 것은 죽음뿐이다. 죽음 역시 길고 긴 수면과 흡사하지만 사람들은 그걸 두려워한다.

죽음은 불행한데 깊은 잠은 왜 행복으로 느낄까? 이유는 잠은 깨어난다는 보장된 멈춤이지만 죽음은 멈춤에서 되돌아오지않기 때문이다. 윤회설을 확실하게 믿을 수만 있다면 죽음은 전혀 두려움의 대상이 못 된다. 결국 깨어난다는 경험적 결과가 사람들을 두려움없이 잠들게 만드는 요인이다.

엄청난 돈이 은행에 예금되어 있다는 것만으로도 사람들은 행복을 느낀다. 그가 통장에 입금한 돈을 한 푼도 꺼내어 사용하지 않는다 하더라도 꼭 같은 생활정도를 살아가는 사람들에 비견하여 훨씬 풍족감을 느끼며 산다. 잠에서 깨어날 수 있다는 확신처럼 언제나 은행에서 돈을 꺼내 쓸 수 있다는 보장이 있으면 돈을 찾아 사용하지 않아도 그는 충분히 부자의 마음으로 살아갈 수 있다. 결국은 돈이 있고 없음의 문제가 아니라 마음의 문제일 뿐이다.

내가 어울리지도 않는 곳에서 여자를 앞에 앉혀두고 엉뚱한 생각에 골몰해 있을 때 마침내 오랜 잠에서 깨어난 듯 그녀가 상체를 내 앞쪽으로 밀어냈다. 그리고 부신 듯이 눈을 치켜뜨며 엷은 미소를 입가에 담았다. 표정의 변화를 나타냈으나 그녀는 여전히 한 마디의 인사도 건네지 않았다.

그녀가 무릎 위에 놓인 오른손을 천천히 들어올려 손가락 하나를 똑바로 폈다. 그 손가락 끝은 창너머 어두운 한 곳을 향해 있었다.

그녀가 처음으로 입을 열었다.

"선생님 저곳을 봐요."

나는 그녀의 손가락이 가리키는 쪽을 바라보기 위해 등을 돌렸다.

강렬한 불빛을 쏘는 탐조등 하나가 캄캄한 바다 위를 가르고 비수처럼 날아갔다. 불빛이 비추는 곳에서는 파도가 하얀 이를 드러낸 괴수처럼 으르렁거리고 있었다.

등을 돌린 내 어깨를 그녀가 잡아당겼다.

"선생님 이쪽에서 보세요."

나는 그녀가 눈짓하는 의자로 옮겨 그녀 옆에 앉았다. 창과 직면하게 되었다.

불빛이 지나간 자리는 캄캄한 적막뿐이었다. 닫혀 있는 창밖은 어디에서 부터 모래사장이 끝나고 바다가 시작되는지 구분조차 할 수 없었다. 바다와 의 거리 때문인지 밀폐된 창문 탓이었는지 파도소리는 들리지 않았다.

잠시 후 예리한 불빛은 다시 우리가 앉아서 바라보던 창문을 잽싸게 훑고 바다 위로 떨어졌다. 다시 일어서는 파도의 포말, 탐조등은 바다 위로 솟아 있는 5리 밖에 떨어진 돌섬 쪽을 비췄다. 불빛은 바위 모서리에 탐색하듯 멈 췄었다가 급하게 바다 위로 이동해갔다. 그리고 그 불빛은 무한대의 공간을 향해 뻗어나갔다가 자취를 감추었다.

"언제까지 이러고 있었소?"

"선생님한테 전화를 할 때부터."

"그럼 전화도 이곳에서 했다는 말이오?"

"네. 여기는 어두워질 무렵이 가장 아름다워요. 낙조의 바다를 보셨던가 요? 모든 지는 것은 아름다우나 특히 태양이 지고 있을 때의 바다를 바라보 는 것은 더없이 황홀해요."

"별스런 취미군. 아무도 없는 캄캄한 바다에 혼자 있다는 게 무섭지도 않 소?"

"무섭긴요. 여긴 호텔 안이잖아요. 선생님은 밤이고 낮이고를 가리지 않 고 혼자 산길을 걷는다는데 그곳은 무섭지 않으세요?"

나는 대답하지 않았다. 각자가 속해 있고 싶은 곳은 따로 있다. 탐조등이 비추는 어두운 밤 바다를 좋아해서 재희가 이곳에 머물러 있듯이 나는 눈 내 리는 밤에 겨울산을 오르고 있지 않은가.

커피숍으로만 사용하는 곳인 줄 알았는데 음식과 술도 파는 식당겸용이었 다. 넓은 홀에 사람들이 없어서인지 스팀을 아끼느라고 그랬는지 앉아 있는 자리가 냉랭했다. 재희는 두터운 외투를 벗지 않고 앉아 있었으나 양복만 입 고 있는 나는 몹시 추웠다. 파카를 입고 나올 걸 잘못했구나.

우리가 맥주를 시켰을 때 저녁을 먹으러 온 한 무리의 사람들이 자리에 앉자마자 불평부터 쏟아냈다.

"호텔식당이 왜 이 모양이야. 추워서 어디 저녁이라도 먹겠어?"

"특급호텔이 이 지경이니 사람들이 찾아오지를 않지. 겨울바다의 운치고 뭐고 말짱 헛거야. 우리도 그냥 나가서 시내에서 먹도록 해."

그들은 앉은 지 불과 5분도 못 되어 우루루 몰려나갔다. 넓은 공간은 일시에 텅비고 또 다시 우리 두 사람만 남았다. 저쪽 계산대 옆에 우두커니 앉아 있는 웨이터도 사람이 오든 말든 무표정이었다. 참 기막힌 곳도 있구나. 카추샤가 이곳을 도대체 어떻게 알아냈지.

교활하고 포악한 사람들이 아귀다툼을 벌이며 엉겨서 살아가고 있는 곳이 이 세상이고 보면 눈이 많이 내리는 고장이라고 해서 삶의 내용이 다른 곳에 비해 별다른 게 있는 것도 아니다. 그러나 그녀를 곁에 두고 순진 무구한 카추샤의 이름을 떠올리면 웬지 모를 신선한 감동에 젖게 되며, 현실에서 벗어나 인간이 갖고 있는 온갖 모순 덩어리와 비리를 외면해 버리고 싶어진다. 그런 의미에서 강재희를 카추샤로 부르는 것은 본인의 의사와는 상관없이 이 지방에 썩 어울리는 매력적이고도 감상적인 발상이다.

그녀의 곁에 있으면 문득문득 원시의 대륙 시베리아의 눈덮인 풍경이 떠오른다. 우랄산맥을 넘어서 동으로 동으로 끝없이 이어진 미지의 땅을 찾아 시베리아를 횡단하는 열차를 타고 몇날이고 밤낮을 달리면 마침내 바다같이 넓은 바이칼 호수에 닿겠지. 전 세계의 사람들이 백 년간 식수로 사용할 수 있다는 호숫가에서 한 채의 통나무 집을 발견하게 될 것이다. 아늑한 집 안으로 들어가 수달피 가죽이 덮인 의자에 앉아서 독한 러시아산 보드카를 단숨에 들이킨다면 그 기분이 어떨까.

호수에 자생하는 오염 안 된 고기를 낚아 자작나무를 태운 숯불에 구워먹고 싶다. 페치카에서는 불이 활활 타오를 테고 신선하고 향기로운 냄새가 방 안 가득하겠지.

밤이 오면 램프불을 밝히고 얼어붙은 손을 비비며 대륙의 겨울 시(詩)를 흰 종이 위에 사각사각 써내려 가노라면 밤새 눈은 온세상을 뒤덮어버릴 듯 쏟아질 테고 북풍의 성난 바람이 날선 칼날처럼 울어대겠지. 그런 곳에서 타인의 시선에서 벗어나 동화처럼 그녀와 머물고 싶은 생각에 젖었다.

차가운 술잔을 두 손으로 모아쥐고 술잔 속의 술을 초점없는 시선으로 응시하고 있을 때 그녀가 손가락 끝으로 내 손등을 튕겼다.

"뭘 정신없이 생각하고 계세요?"

"시베리아를. 그곳에서 생선을 구워먹는 공상을 했었소."

"혼자서요?"

"아니 카추샤와 함께였소."

"동토의 땅에서 생선이라니 그걸 어디에서 구해오죠?"

"그곳에도 호수가 있고 물고기가 노닐고 있을 거요. 오늘밤에라도 그곳을 향해 떠나는 열차가 있다면 타고 싶소."

"선생님은 참 어린애 같은 몽상가야. 눈이라면 여기라고 해서 그곳에 비해 모자랄 것도 없잖아요. 경포호수도 있고하니 상상을 이곳에서 실천해봐요."

아무럼 어때. 사람도 없는 텅빈 홀에서 단 두 사람만 남아 탐조등이 비추는 바다를 따라서 시선을 옮기며 여자는 낙조 때의 바다를 남자는 황량한 시베리아를 생각해보는 것 역시 나쁠 것도 없지.

맥주는 너무 차갑게 냉동되어 있었다. 냉방에서 얼음물 같은 맥주를 마셨다. 빈 속이었지만 맥주가 너무 차가운 탓이었는지 취기를 전혀 느낄 수가 없었다. 세 병째를 비우고 나는 너무 추워 재희를 재촉했다.

"일어납시다. 이곳은 너무 춥군. 어디 따뜻한 곳이라도 찾아나서 보는 게 좋겠소."

재희가 일어섰다. 그리고 그녀의 목에 감긴 검고 긴 머플러를 풀어 나에게 건넸다.

"바깥 날씨가 매우 차가울 텐데, 선생님 이걸 목에 두르세요."

나는 몸이 으스스해 사양할 기색도 없이 머플러를 받아 목을 감았다. 목 부위가 따스해지며 짙은 향내가 코끝으로 스며들었다. 쟈스민 향기인가.

우리는 이층 계단을 내려왔다. 머플러의 한 자락이 내 가슴께로 출렁거렸고 나는 그녀의 머리칼에서 배어난 듯한 냄새로 인해 순간적으로 나를 들뜨게 만들었다. 계단을 앞서서 내려가고 있는 그녀를 뒤에서 왈칵 껴안아보고 싶은 충동을 불러일으켰다.

이 세상에는 교회와 사원이 있고 한편에는 청량리 588이 있으며 부산 완월동이 공존한다. 사람들은 대부분이 도덕적이지만 때로는 야수처럼 본능적일 수도 있다.

나는 사실 본능적인 욕구에 사로잡혀 나 스스로를 허물어 버리고는 싶지 않았지만, 순간적으로 그녀와의 관계를 충동적인 유희로 몰아가고 싶은 생각을 했다. 이곳은 외따로 떨어져 있는 바닷가 호텔이 아닌가.

사람의 운명은 일순간의 행동에 의해 지배받는 일이 얼마나 허다했던가. 나는 결코 분출하는 욕망을 내 스스로 잘 다스려 낼 만큼 자제심이 강하고 의지가 잘 무장되어 있지는 못했다. 나는 도덕군자는 아니지만 옳고 그름을 인식할 수 있는 능력은 충분히 갖추고 있다. 그녀가 파도치는 겨울 밤바다로 나를 불러낸 것은 나에 대한 신뢰가 바탕이 되어 있음을 알고는 있다. 그렇지만 남녀 사이에서 묵계된 신뢰가 날뛰는 감정을 제어시킬 수 있다는 확신은 불가능하다. 감정의 이입은 순간적이며 자기해체나 반란에 의해 그것은 때때로 걷잡을 수 없이 폭발한다.

이층의 계단의 절반을 내려온 후 일층 쪽으로 향하는 난간에서 나는 더 참지 못하고 그녀를 뒤에서 왈칵 껴안았다. 그리고 치렁치렁한 머리카락이 내려진 어깨 위에 내 얼굴을 묻었다.

그녀의 몸에서는 무수한 냄새가 났다. 샴푸 냄새 같기도 하고 향수 같기도 하고 아카시꽃 냄새 같기도 한 여러가지 향내가 혼합되어 나를 자극했다.

나는 그녀가 바람기 있고 쉽게 무너뜨릴 수 있는 가벼운 여자로 생각하지는 않았다. 이런 장소에서 일어날 수 있는 순간적인 충동이었다. 극히 짧은 시간에 과거의 한 시점에서 내가 체험했음 직한 분위기를 느꼈다.

그것이 어느 때였던가. 십 년 전 혹은 이십 년전, 나는 그녀가 아닌 다른 여자를 안고 있는 착각으로 내앞에 나타난 정지된 화면을 물끄러미 바라보았다. 그녀가 누구였던가.

　기억은 언제나 부끄러움으로 나를 조여들게 만든다. 나의 과거는 모두가 왜 그 모양인가. 어느 것 하나 똑바로 바라보고 좋아할 풍경은 없다. 부끄럽고 부끄러운 과거의 흔적뿐이다. 지금 이 시각에 뜬금없이 무슨 쓰잘데 없는 망상이 되살아난담, 나는 고개를 젓고 쳐다보기 싫은 화면을 지우듯 도리질을 했다.

　기회는 거리의 아무곳에나 널려 있지는 않다. 그녀를 안고 계단을 반대로 올라가 비어 있는 호텔방문을 밀치고 들어가고 싶은 격정에 쌓였다.

　지금 이 순간에 말이란 도대체 무슨 소용인가. 백 마디의 말보다 단 한번의 행동이 더 정확한 언어가 될 수 있다.

　내가 그녀를 내 가슴 쪽으로 돌려세우려고 했을 때 그녀는 가슴 위에 얹힌 내 손을 끌어내리면서 담담한 목소리로 말했다.

　"사람들이 오고 있어요. 이 손 풀어요."

　로비 쪽에서 사람들의 두런두런거리는 소리가 들렸다. 나는 갑자기 사지에 맥이 빠지는 느낌으로 앞쪽으로 감고 있던 두 손을 풀어내렸다. 욕망의 덩어리는 부서지며 달아오르던 애욕의 열기는 차갑게 냉각되었다.

　사랑의 불꽃이 지펴지기에는 여기는 무방비로 노출된 장소며 더군다나 지금은 너무 추운 계절이다. 사랑은 사람들의 눈을 멀게 하고 마음을 광란케 한다고들 말하나 장소와 때가 적당해야 타오른다. 사람 왕래가 잦은 계단은 마음놓고 애정을 나누기에는 좋은 장소가 아니다.

　남자는 불이며 여자는 섶, 악마가 바람을 불어댄다고 했다. 본능이라는 악마가 활동을 시작하면 모든 것은 재로 변한다.

　따지고 보면 사랑은 극도의 이기심이 바닥에 깔려 있다. 정사(情死)를 위장한 살인행위가 허다하게 발생한다. 싫다고 발버둥치는 여자를 낭떠러지로 억지로 끌고 가서 함께 떨어져 죽는 것은 고귀한 사랑의 실천이 아니라 상대를 죽이면서까지 자기의 욕망을 충족시키려는 극단적인 이기다.

간통한 아내에 대한 복수심에서 타고 있는 차를 불질러 두 남녀를 죽게 한다. 질투라는 추악한 본성은 상대방에 대하여 내 것이 못 될 바에야 남에게도 주지 않겠다는 물건 취급이다. 그렇다고 해서 사랑은 남자들만이 갖는 이기심만은 아니다.

여자는 어디에서나 덫을 놓는다. 미혼이나 결혼한 여자나 서로 다를 바 없이 끝없는 소유의 욕망이 면면히 흐르고 있음을 알 수 있다. 사랑이라는 표현으로 얼마나 많은 사람들이 불구덩이 속에 맹목적으로 뛰어들었다가 자신과 남을 타들어가게 만들었던가.

"미안하오. 머플러에서 나는 향기가 너무 강렬했던가 보오. 자 이걸 받아요."

내가 머플러를 풀어 건네줬을 때 그녀는 처량한 눈빛으로 나를 건너봤다.

"그냥 선생님이 두르고 계셔요. 전 외투깃을 세우면 돼요."

"곧장 차를 탈 텐데 꼭 이걸 사용할 필요가 있겠소?"

"머리도 식힐 겸 선생님, 우리 조금만 걸어요."

"이 추운 겨울 밤에 해변을 걷는단 말이오?"

"선생님은 이런 날에도 산이라면 밤을 새워가며 열심히 가잖아요. 그것에 비한다면 우리가 걸어 갈 길은 아주 짧아요."

"산에서야 열심히 오르다보면 땀도 나고 기분도 상쾌해질 테지만 여기는 너무 춥지 않소?"

"선생님은 저와 같이 걷는 게 싫으세요?"

"그런 건 절대 아니오."

"그럼 두려우신가요?"

나는 그녀의 직선적인 물음에 대해 얼굴이 후끈 달아올랐다. 내가 잠시 침묵한 사이 재희는 앞장 서서 호텔문을 밀고 나갔다.

높다란 언덕 위에 위치한 호텔의 뜰은 생각보다 훨씬 더 추웠다. 나는 긴 머플러로 몇 겹씩이나 목을 싸 감았다.

오른쪽으로 내려가는 길이 휘어져 있고 그 길의 끝에 해변이 닿아 있다.

언덕을 내려오는 동안 매운 바다바람이 몰아쳐 전신을 후들후들 떨리게 했다.

앞서 가는 재희를 불러 차를 타고 가자고 말하고 싶었으나 불어오는 바람 때문에 입을 열 엄두조차 나지 않았다. 그녀는 지금 무엇을 생각하고 바람 불어오는 언덕을 내려가고 있을까?

나를 만남으로 인해 그녀의 생활과 생각들이 미처 상상하지 못했던 생경한 곳으로 치닫게 된다면, 그걸 지켜보아야 할 나는 그녀의 미묘한 감정의 뒤치닥거리를 모른 채 내버려 둘 수만은 없다. 우리는 어차피 같은 배를 타게 될 것이다. 그래서 내가 감당해야 할 몫이라고 별도로 분리시켜 혼자서 소유하고 있을 게 아니라 한 곳으로 모이는 합류점을 찾아 공동의 부담으로 생각들게 하는 수순으로 몰고 갈 것이 자명하다.

남녀 사이에 어떻게 자로 잰 듯한 분명한 선을 그을 수 있단 말인가. 아메바 운동처럼 약간의 틈만 생겨도 주저않고 밀고 들어가 동색으로 만들어버리고 싶어하는 짝맞춤이 남녀관계가 아니던가.

언제 어디에서 아래로 떨어져 상처투성이의 만신창이가 될지 몰라도 위험한 사랑의 구름다리를 건너기를 사람들은 주저하지 않는다.

나는 단지 되도록 감정의 이입없이 나 스스로 절제되기를 바라겠다. 그것은 나의 생각일 뿐 앞으로의 행동반경을 정확하게 예측할 방법은 없다.

해변에는 사람 그림자 하나 보이지 않았다. 가게들도 일찍 문을 닫아 걸어 두었다. 유리창을 통해서 밝은 불빛이 새어 나왔고 사람들이 방문을 열 때마다 텔레비전 주위에 둘러앉아 있는 식구들이 무척 따스하고 한가롭게 보였다.

나는 구두를 신고 있는 발이 온통 얼어들어와 감각을 잃어버릴 지경이 되었다. 이렇게 찬바람이 불어오는 곳이라면 단단하게 옷을 입은 카추샤는 제자리를 찾아 날개를 단 듯 즐거울지 모르겠으나 나는 죽을 지경이었다. 뺨이 얼얼해 긴 머플러를 풀어 머리와 얼굴을 통째로 감쌌다.

재회가 내 곁에서 발걸음을 멈추었다. 어디까지 걷자고 할 셈인가. 나는 그녀의 곁에서 불어오는 바닷바람을 마주하고 얼이 빠진 상태가 되었다.

탐조등의 강한 불빛이 나타날 때마다 바다의 수면은 마치 튕겨나오는 용수철처럼 파도가 일렁거렸다. 놀란 새떼들이 한꺼번에 흰색 날개를 퍼득이며 무리를 지어 비상하는 듯했다.

나는 그녀의 곁에서 차가운 바다 바람을 가르며 추위를 이겨보기 위해 심호흡을 해보았는데 숨을 들여마실 때마다 가슴 밑바닥까지 싸늘한 냉기로 가득채워졌다.

더 이상 감당할 수 없는 추위를 느꼈을 때 현실을 잊어보기 위한 노력으로 옛날을 생각했다.

나의 삶을 추적한다는 것만으로도 구역질이 났다. 온 몸에 차곡차곡 쌓아두고 살아 온 과거의 기억은 언제나 가증스러웠고 그걸 간직하고 있는 나 자신을 경멸했다. 지나간 그 시절에는 한껏 아름다웠을 추억마저도 추악했으며, 어느 화창한 날의 맑게 개인 풍경마저도 천박한 느낌이 들었다.

언제나 그랬다. 나의 지난날을 생각한다는 것은 정리되지 않은 감정의 파장들이 스산한 파문을 일으키며 화면을 우중충하게 흐려놓기 일쑤였다. 순간 흐린 풍경 중간중간에 선명한 산봉우리 하나씩이 솟아 올랐다. 그 산들은 마침내 화면의 전부를 채우고 나를 압도해왔다. 산이 있음으로 해서 나는 지금까지 무너지지 않고 용케 견디어왔다.

사람들에 대한 마지막 미움이나 증오마저도 고갈된 후, 남아있는 산에 대한 미련조차 가질 수가 없다면 나는 과연 무엇으로 나를 지탱해 갈 것인가.

추위를 이기기 위하여 되돌아본 과거는 내게 혼란만 가중시켜줄 뿐 싸구려 점퍼 한 벌의 가치도 없었다. 나는 그녀쪽으로 얼굴을 돌리고 입을 힘들게 열었다.

"어ㅡ디ㅡ까지 갈ㅡ거요?"

내 말은 반쯤 비틀어진 입과 불어오는 바람에 날려 음절이 불확실하게 동강나 잘려 나갔다. 그녀가 뭐라고 작은 소리로 외쳤으나 무슨 말인지 전혀 알아 들을 수가 없었다. 마치 무언극에서 입만 벌리는 동작 같았다.

내의를 입지 않고 있는 나를 박살이라도 내버릴 듯이, 얼음같이 차가운 황소바람이 바지가랑이 밑으로 드나들었다. 와이셔츠 한 장과 그위에 입은 저고리쯤이야 아랑곳 없이 칼날 같은 추위가 살갗을 파고 들었다.

나는 팔을 뻗어 앞으로 나서기만 하는 그녀를 제어하려 했는데 그녀는 바람에 노출된 내 손을 잽싸게 채어 갔다. 작은 손이 큰 손을 움켜쥐더니 어딘가로 끌고 갔다. 그 곳은 작고 따스한 훈기가 서린 그녀의 외투주머니였다. 주머니 속에는 금속제 반지 하나가 만져졌다. 나는 그 반지를 꼼지락 거리며 만지고 있었는데 이윽고 작은 손 하나가 들어와서는 큰 손을 감싸 쥐었다. 큰 손은 호주머니 속에 갇힌 채로 동작을 멈추고 부드러운 작은 손바닥 밑에서 웅크리고 있었다.

한 쪽 손만이 겨우 추위에서 벗어났으나 바람은 여전했다. 온 몸을 돌고 있는 핏방울을 눌러 팅겨낼 듯이 추위는 몸을 극도로 움츠려 놓았다.

바다 바람이 어지럽게 횡횡거리는 해변에서 한 여자의 호주머니 속에 내 손 하나가 감금된 채 끌려갔다. 순간 하나의 배반이 꿈틀거렸다. 나는 끝내 피어나지 못할 나의 꿈과 그것으로 말미암은 한(恨)때문에 앞으로의 삶은 파행을 계속할 것이 분명하다. 그것으로 인해 누군가로부터 철저하게 비난받아야 마땅하리라 생각하고 지금까지 살아온 개인적 삶의 흔적을 송두리째 동해바다의 차가운 물속에 던져버리고 싶었다. 그래서 잘 구획되고 정리된 이 세상에서 비켜나 나 혼자 이탈되어 떠나버리자. 다행스럽게도 바닷속에서 거북이를 만나 용궁을 찾아낸다면 좋겠지만 없어도 어쩔 수 없지.

그러나 끝내 외투 속에서 손을 끄집어내지 못하고 여자에게 질질 끌려다니는 내 자신이 부끄러웠다. 나는 부끄러움에서 벗어나기 위해 고함을 질렀는데 목소리는 바람에 갈갈이 찢어져 나갔다.

"아. 시원하고 시원하며 영원히 시원하도다. 나는 아직도 여전히 시원하게 살아가고 있다. 통쾌한 겨울 밤바다가 아닌가. 하하하."

재희가 얼굴을 돌려 나를 보았다. 이 남자가 추위 때문에 갑자기 머리가 돌기 시작했나. 호주머니 속에 든 내 손등에 그녀는 작은 손톱자국을 냈다. 나는 나 자신도 무슨 내용인지 모를 말을 충동적으로 더 높이 외쳐대기 시작했다.

"만왕의 왕이시여. 이 밤에 당신은 혼자서 뭘 하고 계신가요. 부디 이 시원한 경포대 바다를 굽어보소서. 춥고 가련한 연인이 바람 속에 걷고 있나이다. 자비를 베풀어 한밤중에 뜨거운 태양을 솟게 하소서."

"선생님 지금 혼자서 무슨 소리를 지르고 있는 거에요?"

"들어보면 모르겠소? 나는 시원하다고 했소."

방풍림을 이룬 송림을 지나면서 바람이 약간 잦아들었다.

"빨리 가요. 추위를 피할 곳이 있어요."

우리는 손을 맞잡고 마치 뛰듯이 해변의 도로를 가로질렀다. 송림이 끝나는 부근 모래사장 위에 불을 밝힌 작은 집이 나타났다. 나는 정신없이 그 집을 향해 뛰었다. 재희의 외투주머니 한쪽에 내 손이 들어가 있는 탓에 그녀도 내게 끌리듯이 따라 뛰었다.

작은 집은 바닷가에 세워둔 비닐하우스 형태의 간이주점이었다. 앞으로 막아선 송림이 바람을 막아주긴 했으나 주점을 두르고 있는 비닐은 바람에 몹시 떨리고 있었다. 찢어지지 않고 바람을 맞으며 그대로 있는 게 신기해 보일 지경이었다.

문을 밀고 뛰어들었다. 난로가에 앉아 있던 주인인 듯한 아주머니가 가쁜 숨을 몰아쉬며 들어오는 우리를 맞으며 자리에서 일어났다.

"어서들 와요. 바깥 날씨가 굉장히 맵지요."

나는 얼굴 근육이 마비된 듯하여 대꾸를 할 수조차 없는데 뒤따라 들어온 재희는 화평한 얼굴이었다. 추위에는 남자가 여자보다 훨씬 더 약한가. 아니면 나보다 젊은 탓인가.

주위를 둘러보았다. 난로불 위에 오뎅을 끓이고 있었고 작은 테이블과 의자가 서너 개 놓여 있었으며 그 중간에 석유난로에 불을 지펴 두었다. 이런 곳에도 사람들이 찾아오는 모양이지. 호텔로부터 우리가 걸어왔던 길은 사람들이 별로 다니지 않는 외진 곳이었지만 간이주점이 있는 이곳은 우회하는 버스길이 맞닿아 있다. 마음을 먹는다면 겨울바다를 보고 싶어하는 젊은 사람들이 찾아 올 만한 장소다.

외투깃을 내린 재희가 아주머니한테 인사를 했다. 그녀는 가끔 이곳을 다녀간 모양이다.

"아주머니 혼자만 계시네요. 손님들이 좀 있었어요?"

"웬걸요. 이런 추운 날에 무슨 손님이 들겠수."

"가게 문을 닫지 않고 어떻게 이렇게 혼자 있어요?"

"찾는 이 없다고 문을 닫을 수야 있나. 손님 같은 분들이 간혹 시내에서 여기까지 찾아오는데, 가게문이 닫혀 있다면 오죽 섭섭하게 생각하겠수? 여기는 이곳 말고는 문을 열어 둔 가게가 없어 내가 사람들 추위라도 잠시 막아줄까 하고 문을 열어 두고 있어요."

"고맙게도 아주머니 혼자 좋은 일을 하고 계시네요."

석유 난로 앞에서 웅크리고 있던 나는 얼어 있던 몸이 어느 정도 풀리자 두르고 있던 머플러를 벗어 내렸다.

"아주머니 따뜻한 국물이든 뭐든 먹을 것 좀 줘요. 우리는 아직 저녁도 못 먹었어요."

"저런, 밥도 굶어가며 이 추운 바닷가를 찾아 왔구먼. 뭘 드릴까? 준비한 것이라고는 오뎅뿐인데."

"오뎅 좋아요. 국물하고 함께 주세요. 그리고 혹시 두부 사 놓은 것 있어요?"

"두부가 있긴 있지만 얼지 않았나 몰라."

"그것도 좀 데워 줘요."

"술은 안 할란가?"

재희가 나를 건너봤다. 내가 고개를 몇 번 끄덕이자 그녀가 다시 주문했다.

"소주 주세요."

빈약한 식탁이 차려졌으나 우리는 추위를 막아주는 것만으로 행복했다.

바람은 여전히 불어 비닐지붕을 헤집어 놓을 듯 으르렁거렸다. 우리는 술을 마셨다.

한쪽 테이블 위에 여러 권의 스케치북이 쌓여 있는 게 보였다.

"보실래요. 이곳에 온 사람들이 남기고 간 낙서에요."

재희가 한 묶음을 들고왔다.

몇장을 들춰보니 모두가 유치하고 어설픈 글들을 제 기분대로 나열해 놓았다. 나는 읽기를 멈추고 책장을 덮었다. 재희가 중간에 끼여 있는 스케치북 한 권을 빼 들어 마직막 장까지 넘긴 후 내 앞에 펼쳐 놓았다. 나는 그녀를 보았다. 그녀의 눈이 말하고 있었다. 읽어보세요 하고.

하얗게 비어있는 종이의 중간여백에 몇 줄의 글이 적혀 있었다. 이렇게 종이 위에 글을 쓰는 것은 그녀의 버릇이 아닌가.

"그가 없는 이 도시에서

나는 매일 밤 바다를 찾아와

술을 마시고 간다.

소주는 눈물처럼 투명하다.

내가 동해안에 온 것은

그를 기다리기 위해서인가."

재희한테 그는 누구일까. 나는 소주잔을 입속에 털어 넣은 즉시 그녀에게 물었다. 은유나 상상만을 하고 있기에는 겨울 바다가 너무 건조하다. 나는 즉답을 원했다.

"기다리고 있다는 그는 도대체 누구요?"

"그는 서울로 떠난 선생님이에요."

망설임없이 너무도 당연한 듯한 그녀의 대답에 내 가슴은 관통해가는 고속도로 하나가 횡하니 뚫려 버렸다.

카추샤여, 제발 나를 얽매려 하지 말아다오. 나는 네플류도프백작이 아니고 상처투성이로 간신히 버티고 있는 별볼일 없는 그런 남자일뿐이라구.

나는 강하게 도리질을 하며 마음 속으로는 그렇게 외쳤으나 입밖으로 내뱉지는 못했다. 그 결과가 원하든 원치 않든 우리가 살아가야 할 인생의 피치못할 도정(道程)이고 수순이라면 피할 길은 없을테지. 비켜 나고자 하는 것 역시 나의 비겁한 이기적 사고에 불과할 따름이 아니겠는가.

나는 고개를 들고 그녀를 올려다 보았다. 항시 당당했던 그녀의 표정이 갑자기 핼쑥하게 보였다. 어떻게 보면 아래로 내리깔린 속눈썹이 엷게 떨리고 있는 것 같기도 했다.

과연 나는 그녀가 담당해야할 몫까지를 함께 나누며 감당할 수 있을까? 어수선한 감정의 물줄기를 헤아려보며 끝이 보이지 않는 아득한 앞날에 대한 두려움으로 내 몸이 부르르 떨려왔다.

그동안 수 차례 그녀가 경영하는 카페 흑진주를 찾아갔다. 만나면 우리는 두서 없는 이야기를 나누는 사이가 되었다. 나는 신분이 보장되어 외상술을 마실 수 있는 확실한 고객이었고 그녀는 주인이었다. 우리는 서로에게 그냥 편하고 좋은 상대였다. 그런데 갑자기 우리의 얽힘은 어디에서부터인가 시작되었다.

"그동안 나에게 감정을 나타내는 표정을 전혀 발견할 수가 없었는데 어인 일로 날 기다리고 있었소?"

"모르겠어요. 선생님이 이 도시에 머물고 계실 땐 미처 몰랐는데 막상 안 계신다고 생각하니 제 감정의 혼란을 수습할 수가 없었어요."

"서울을 가겠다고 이야기하고 떠나지는 않았는데."

"선생님은 줄곧 서울에는 가시지 않았잖아요. 집을 그곳에 두고 가지 않는 선생님이 궁금했어요. 왜 가정을 두고 끝없이 산을 헤매고 있는가도. 선생님이 혼자 산에 가신 날 박선생님께 물었어요. 선생님의 마음이 머물러 있는 곳이 이곳인가, 서울인가 혹은 산인가 하고."

"산조한테? 그래 무슨 대답을 들었소?"

"대답을 유보시켰어요. 시간이 지나면 그 해답을 자연히 얻게 될 것이라고 했어요."

"내가 없는 사이에 이상한 대화가 오고 갔군. 나는 그렇게 흥미로운 사람이 못 되는데."

"상관없어요. 선생님이 부재했을 때 선생님에 대한 제 생각이 얼마나 간절했던가를 깨닫게 됐어요. 이젠 가급적 카페에는 나오지 마세요."

"그건 왜요? 내가 그곳에 가는 것은 가게 주인한테도 좋은 일일 텐데."

"선생님이 그곳에 계시면 제가 부자유스러워요. 선생님만 좋으시다면 그냥 우리 이런 곳에서 가끔 만나요."

유성이 떨어진 곳을 찾아나섰던 어릴 때의 기억이 났다. 그것은 헛된 일이긴 했으나 나를 확인시켜 주는 일이었다. 떨어진 별똥별을 줍기는 불가능하다는 생각을 하게 되자 이후 두 번 다시 같은 행동을 반복하지 않았다.

지금 나는 알면서도 똑 같은 일을 다시 하려 한다. 우리의 미래는 어떻게 될 것인가. 나는 동의해주기를 바라는 그녀의 말에 응답을 미루었다.

결국은 또 하나의 걸림돌을 만들어 낼 뿐 엉뚱한 곳에 나를 묶어 매달아 놓게 될 것이다. 재희와 나를 묶고 있을 연결 고리는 무엇이며 그녀는 가족과 떨어져 왜 이곳에 혼자 머물러 있는가.

그녀를 원거리에 두고 그 주위를 빙빙 돌고 있는 나는 어정쩡한 방관자로 있겠다는 얌체는 아니었던가. 직접 맞서서 원인과 결과를 명쾌하게 도출하는 정공법이 오히려 처음에는 불편하더라도 서로를 이해시키는데 필요하다.

젊은 여자가 술집을 운영하면서 생소한 타관에서 독립생활을 해야 하는 연유를 가닥 잡기 위해서라도, 또한 그녀가 나에게로 치우쳐오는 감정의 원인을 알아보기 위해서라도 나는 묻지 않을 수 없었다.

"원래 살아왔던 곳은 어디요? 그리고 일가친척도 없는 이곳에 왜 혼자 머물러 있소?"

"대구에서 태어나고 자랐어요. 그곳에서 대학을 다녔고요. 저에 관한 지나간 이야기는 하지 않는 것이 더 좋을 것 같아요."

"누구에게나 생각하기 싫은 과거는 있기 마련이지만 그건 아무 의미가 없소. 어두운 과거를 지니고 어떻게 현실과 조화를 이루며 살아가느냐가 문제지, 옛날에만 얽혀 있을 필요는 없다고 생각해요."

"선생님의 그 이야기가 옳은 말이라면, 그것 때문에 나는 고향을 두고 이곳으로 왔어요."

"도대체 어떤 일들이 있었소?"

"선생님은 자신의 이야기를 쉽게 남에게 털어 놓을 수 있어요?"

"원한다면 무엇이든지. 그래 나한테서 궁금한 것이 뭔가요?"

"아뇨. 상관없어요. 선생님은 이야기하지 않는 편이 더 좋아요."

"우리는 우리를 이야기할 수 있는 정도의 사이는 된다고 생각했는데."

"마음의 상처를 입는 것은 의식을 하고 있든 못 하든 살아가면서 무시로 용케 뛰어넘는 사람들이야 상관없겠지만, 그렇지 못한 사람은 한번의 깊은 상처만으로도 젊은 영혼에 돌이킬 수 없는 치명적인 손상을 입히게도 해요. 젊은날의 좌절은 허무와 죽음에 이르는 통로를 끝없이 기웃거리게 하구요."

"누구에게나 참을 수 없는 혼란기는 있소. 젊은 날을 담금질하듯이 들쑤셔 놓은 상처는 세월이 지나면 정교하게 다듬어져 점차 제자리를 찾게 되지요. 그것이 연륜이요."

"훗날의 자신이 아무리 성숙한 여인으로 변화해 있을지라도 이글거리며 타들어 갈 수 있었던 젊음이 한순간에 추한 잿덩이로 변한 것이 저의 숨길 수 없는 실체였어요. 부인하고 싶은 생각은 간절했으나 어쩔수 없이 그 사실을 인정할 수 밖에 없었어요. 설명해도 선생님은 이해하시기 힘들 거예요."

"물론 모르겠지. 그러나 사람은 다른 동물과 달라서 어떻게 하든 살아만 있다면 모든 것을 새롭게 세울 수가 있소. 때문에 가장 중요한 것은 견디기 힘들 만큼 고통스러워도 살아 남는다는 게 가장 중요한 일이오."

"선생님은 살아 남기 위해 살고 있나요? 그 하나의 방법이 산을 오르는 건가요?"

나는 문득 서울에 남겨 두고 온 아이들 얼굴이 떠올랐다. 아이들이 성장해서 그들의 인생을 스스로 살아갈 만큼의 나이가 들 때까지 나는 어떻게든

살아 남아 있어야 한다. 그것은 내 생존을 유지시키는 절대적 본능과도 상관
없는 일이다.

"산은 그것만의 이유로 가는 것은 아니오. 낙일의 태양이 아무리 쓸쓸하
게 진다하더라도 태양은 다시 떠 오르는 법이지. 하산할 때의 기분은 새롭게
솟아나는 햇빛을 보는 기분이오. 뭐랄까, 죽어있는 영혼이 새싹을 틔우며 다
시 살아나는 느낌 같은 것."

"모호해요. 다들 맞서서 치열하게 살아가고 있는데 선생님 혼자서만 비켜
서서 방관하는 것 같아요. 산 아래서 진흙땅에 빠져 허우적거리며 살아가는
너희들이 도대체 어떻게 생명을 연명해가는지 어디 구경이나 해보자 하는
심보로요."

"그렇게 보였다면 어쩔 수 없으나 누구에게나 자기가 처한 상황이 그 개
인에게는 가장 절대적이오. 산 위에 있는 자나 산 아래에 있는 사람 모두에
게."

"그것은 그래요. 자기의 문제는 결국 개인 혼자의 힘으로 해답을 찾을 수
밖에 다른 도리가 없어요."

강재희가 20대 초반에 간직했던 더할 수 없었던 열정과 가슴 벅찬 시간들
은 사라졌다. 그때의 모든 아침은 새롭고 모든 밤은 경이였다. 그 좋았던 시
간들은 어디에서부터 걷잡을 수 없이 무너지기 시작했던가.

잃어버린 사람, 김지섭. 한때 온 몸과 마음으로 사랑했던 사람의 얼굴과
이름만이 과거 속에 생생히 살아 있다.

아직도 그녀의 내부를 가끔씩 헤집고 다니는 그로부터 완전히 자유롭기
위해 무진 애를 썼으나, 가끔 과거의 덫에 걸리기라도 하면 혼란의 극치를
이루며 한 발자국도 앞으로 나갈 수가 없었다. 아문 상처는 새살이 돋아났다
고 하나 쉽게 문드러질 수 있는 함정을 지니고 있었다.

대학 3학년 때 학교에서 단체로 떠나는 제주도 여행을 말리면서 그가 그
랬다.

"지금 제주도를 다 보아 버리면 다음 우리가 떠날 신혼여행은 김이 빠지

겠는 걸."

"우리는 함께 제주도를 가게 되나요?"

"물론이지."

"그것이 언제쯤이죠?"

"재희가 졸업하면 모든 것이 가능해."

그녀는 수학여행을 포기했다. 사랑하는 이와의 단 한번의 밀월을 위해서. 그리고 어쨌더라. 김지섭이 미국으로 떠나고 그 이듬해 아버지의 갑작스런 죽음이 있었지. 집안도 사랑도 모두가 엉망이 되었다.

한 학기를 남겨두고 대학 졸업을 단념하게 된 것은 어머니의 투병생활과 두 동생의 학비 조달이 큰 부담으로 다가왔기 때문이다. 그녀는 어린 가장이 되어야 했다. 그녀가 마지막 정신적으로 기대하고 있었던 남자로부터 소식이 없었다. 주소조차 알 수 없었다. 이민은 사랑의 종말이었다.

오래지 않아 미국에 간 김지섭이 교포여자와 결혼했다는 소식이 풍문으로 들려왔다. 그녀는 그 소문을 의심하지 않았다. 떠난 사람으로부터 어떤 연락도 없었으므로 허물어지는 집에 주춧돌마저 뽑아버린 꼴이다.

체념은 의외로 빨랐다. 생활이 모든 것에 우선했다. 그녀는 온갖 사람들이 아귀다툼을 벌이며 들끓는 거리에 홀로 섰다. 내면의 불을 전부 꺼버리고 외면의 생활전선에서 열심히 일을 했다.

짧지 않은 세월이 흘렀다. 지금 그녀가 송금하는 돈으로 막내 동생이 대구에서 대학을 다니고 있다. 그녀는 가장 현실적인 문제인 가장 노릇을 충실히 해냈다.

그동안 그녀가 터득한 것은 무슨 일에나 당당히 맞설 수 있는 사회 생활에 대한 자신감이었다. 단지 남자와의 사랑만은 제외되었다. 그녀는 사랑 같은 건 다시는 해볼 수 없는 피안의 개념으로 치부해 버렸다.

강릉에서 가게를 개업하고 얼마 지나지 않아 그녀는 한 남자를 만나게 되었다. 정선 아리랑을 듣던 날 밤이었다. 앞좌석에 앉아 있는 사람이 누구를 닮았다고 생각했다. 그녀가 오래 전에 망각의 늪 속으로 던져버린 김지섭을 떠올렸다. 깊이 잠 들고 있었던 그녀의 감성이 고개를 들기 시작했다.

김명후란 이름을 가진 그가 가게에 들러 직업이 의사라고 했을 때 그녀는 여유 있고 안락한, 인생에 어느 정도 자족해 있는 한 남자를 생각했다. 그러나 그는 그렇지 못했다. 서울에 가정을 두고 강릉에 직장을 구한 것도 이상했지만, 주말마다 산으로만 갔을 뿐 그녀가 아는 한 한번도 서울로 가지 않는 이상한 외지인이었다. 그의 얼굴은 조금도 행복해 보이지 않았다. 그에 대한 궁금증은 관심으로 변했고 그것은 애정으로 향한 출발점이었다.

그녀는 내면으로 침잠해버려 다시는 피어나지 않을 여린 불씨 하나가 첩첩이 쌓인 재를 헤집고 기를 쓰며 되살아나는 열기를 느꼈다.

김명후가 서울을 다니러 간 사이 숨죽여 있던 작은 불씨는 마침내 불꽃을 일구어냈다. 그녀는 그가 부재하는 병원에 안개꽃 묶음을 들고 가서 주저없이 그의 의자에 앉아 메모를 남겼던 것이다.

우리는 한동안 침묵하고 있었다. 겨울 바닷가의 간이주막집에서 신날 것도 없는 과거이야기를 고백처럼 듣는다는 것도 좋은 일은 아니다. 남녀 관계에 방정식이 있다면 그녀와 나를 대입시켜 보고 싶다. 그러나 사실은 그럴 만한 확실한 용기조차 없다. 여자와의 밀행과 은밀한 교류는 가슴을 극히 설레게 해주지만 그것은 일생에 한 번만으로 족하다. 사랑이 어차피 구속일 바에야 안 하느니만 못하다. 뛰쳐나올 또 하나의 여분의 땅을 갖겠다는 놀부 심사가 아니라면.

여자와 함께 살아가기가 애초에 실수를 예정한 출발임을 알고 시작했으니 그 실수를 그냥 받아들이고 살아가는 게 속 편하다. 나는 한 번의 실수는 이미 저질렀다. 또다른 늪으로 빠지는 우를 범하지 않기 위해서는 가까이 오는 여자를 극으로 맞서야 한다. 자석의 같은 극끼리 마주칠 때 서로 밀어내는 것처럼 여자가 음극을 내밀면 나도 음극으로, 저쪽에서 양극을 꺼내 보이면 나 역시 양극으로 마주서야 한다. 그래야만 부딪침 없이 평행으로 나란히 설 수가 있다. 스파크가 일어나는 열정은 없으나 마음은 지극히 평온하게 될 것이다. 나는 그러고 싶다.

그러나 고개 숙이고 있는 재희를 바라보고 있노라면 까닭 모르게 슬픈 생각에 젖어든다. 그녀는 마치 애절하고 간절한 시나위 가락을 떠올리게 한다. 때때로 지극히 강건하게 보이나 좀더 가까이 접근해보면 슬픔의 덩어리로 뭉쳐진 그녀를 단박에 알 수 있다.

그녀는 어떤 형태로든 누구로부터이든 구원받아야 할 여자이다. 그런 생각은 재희와의 미래가 어떠할 것인가 하는 것에 대한 내 스스로 답할 수 있는 준비된 해답인지는 모르겠으나, 나는 그런 느낌에서 쉽게 빠져나올 수가 없었다.

서둘 것은 없다. 이루어지고 얽혀지는 대로 가만히 두고 보며 천천히 생각하기로 하고 오늘은 이만 일어서는 게 좋겠다.

"몸이 웬만큼 녹았으니 이제 일어납시다. 가게를 이렇게 오래 비워두어도 괜찮겠소?"

그녀가 시계를 들여다보았다.

"그래요. 선생님 이제 가요."

나는 자리에서 일어서면서 병실에서 받은 여러 겹으로 접어둔 지폐 한 장을 꺼내어 계산했다. 여러 겹으로 접혀진 돈을 펴고 있는 나를 의아한 눈으로 바라보고 있던 재희가 말했다.

"선생님 돈이 부족하면 제가 계산해요."

"아니오. 오늘은 좋은 밤이었으니 꼭 이 돈을 쓰고 싶은데요."

"무슨 돈인데 그렇게 알뜰하게 접어두셨어요?"

"이 돈 오늘 환자로부터 인사로 받은 것이오. 가난한 시골 아낙네였소."

"어머, 선생님이 어떻게 그런 불쌍한 사람의 돈을 받아요? 되돌려주지 않고."

"그러고 싶었는데 받는 게 그 아주머니를 더 행복하게 해주는 것 같아서 그냥 받았소. 나는 기분이 좋아 이 돈의 열 배쯤 술을 사고 싶은데 오늘은 늦어 기회가 없을 듯싶소."

"그것으로 충분해요. 그런 돈이라면 정말 저도 오늘 잘 얻어 먹었네요."

접혀진 돈은 우리가 먹고 마신 음식값을 치루고도 거스름 돈이 얼마큼 남았다.

밖으로 나왔을 때 바람은 여전하여 모래 바닥에 세워둔 가건물을 덮고 있는 비닐자락을 후려치고 있었고 깊고 푸른 하늘에는 무수한 별들이 돋아나 있었다. 별들마저 추위에 떨며 그들끼리 한데 모여 웅크리고 있는 듯했다.

9장

　강릉시내를 관통하는 남대천이 길게 또아리를 틀어 동해바다로 흘러가고 있었고 그 가장자리에 넓고 긴 방죽이 질펀하게 늘어져 있었다.

　시내 쪽에서 남대천을 가로질러 가면 공설운동장이 나오고 그 위에 남산이라고 부르는 야트막한 야산이 있었다. 그쪽은 시내 변두리에 해당되는 곳이라 인가가 드물었으며 그 부근에 사는 사람들은 시내 쪽의 시장이나 극장을 찾아 다리를 건너다녔다. 겨울에 다리 위를 건널 때는 바람이 몹시 불어 사람들은 몸을 새우등처럼 웅크리고 다녔다.

　시내 중심가와 연결되는 곳은 번듯한 다리라도 놓여 있으나 하구 쪽에는 물이 얕은 곳을 골라 돌멩이를 포갠 징검다리가 곳곳에 놓였을 뿐이었는데 그것도 물이 불어나면 아무 쓸모가 없었다.

　요즘처럼 겨울철에는 냇물이 온통 얼어붙어 사람들은 다리가 있는 먼 길을 피해 종종걸음을 치며 얼음판 위를 건너다녔다.

　낮에 햇빛이라도 비춰 따뜻해지면 얼음이 녹아 물이 질펀거렸고, 밤이 되면 녹았던 물이 다시 얼어붙어 깊은 밤중에 잠을 자다가도 듣게 되는 예리한 금속성 울림소리가 천변에서 들려왔다. 그것은 녹았던 물이 다시 얼음을 만들 때 나는 소리인지. 얼어붙은 얼음이 팽창하면서 금이 가며 깨어지는 소리인지는 알 수 없었으나 쩡쩡 울리는 것이 여간 매섭지 않았다. 그런 밤이면 유난히도 바람이 거세어 밤새 전선줄이 윙윙거리며 아우성을 치는 게 유별했다.

우리는 골목길을 두고서 언제나 바람 부는 둑길을 걸어 시내를 나가곤 했다.

둑길에서 바라보는 남대천의 얼음은 명경알처럼 반들반들 윤이 흘렀다.

어느 날인가 산조와 나는 진흙탕이 된 언덕길을 내려가 빙판위를 가로질러 미끄럼질을 치면서 놀았는데, 반대쪽 언덕 위로 올라가 우리가 지나온 얼음판을 뒤돌아보고 깜짝 놀랐다. 유리알처럼 깨끗하고 투명한 빙판은 흙 묻은 발자욱이 무수하게 찍혀 더럽혀져 있었다. 그걸 발견하고서 우린 우리의 망나니 짓을 고개를 절래절래 흔들며 후회했다.

우리가 지나쳐 온 발자국들은 더럽고 지저분한 지난 생애를 그대로 들여다놓은 듯했다. 우리의 치부를 본 듯하여 외면하며 그곳을 재빨리 벗어났다.

자연이 만든 조화에 인간들이 턱없이 훼방을 놓고 마구 짓이겨 놓은 꼴들이 사람들이 살아가는 모습이 아니든가.

둑길에 서서 눈을 들어 주위를 바라보면 온통 흰 눈으로 쌓인 산들이 빗살무늬를 이루듯 첩첩이 둘러쳐져 있었는데, 유독 남서쪽으로 향한 능선 하나가 내 마음을 끌었다. 그것은 마치 거대한 거북등 모양을 하고서 그쪽 방향을 온통 가로질러 길다랗게 놓여 있었다.

겨우내 그 산은 흰눈으로 덮여 있어, 멀리서 바라보고 있노라면 산비탈에는 언제나 무서운 눈보라가 휘몰아치고 있는 듯한 느낌이 들었다.

그 산은 내게 흰산의 개념으로 깊이 자리잡아 갔으며 쉽게 범접하기 힘든 경외감을 불러일으켰는데, 그 두려움은 더할 수 없는 그리움과 의문을 동반시켰다.

흰산의 정상에는 무엇이 있을까? 밤이 되면 그곳에 근거를 두고 살아가는 동물들이 눈 속에서 추위에 떨며 잠들고 있을 것이다. 눈보라가 몰아치는 밤이라도 되면 뭇짐승들은 불면의 눈을 뜨고 저 아래 인간이란 고등동물들이 희희낙낙거리며 모여 살고 있는 강릉 저자의 눈물처럼 휘황한 불빛들을 바라보며 슬픔에 겨워 울부짖고나 있지 않을지, 마침내 흰산은 내게서 저 산너머의 행복의 실제였으며, 찾아가 나의 흔적을 남겨야 할 미지의 대상으로 떠올랐다. 출근 길에 더이상 참지 못하고 나는 흰산을 손가락으로 가리켰다.

"산조, 저길봐. 저 눈 덮인 능선 위에 한번 서 보고 싶지 않니?"

"형도 그 생각을 하고 있었어요? 나 역시 줄곧 저 산을 바라보고 있었는데 볼수록 정말 괜찮은 산이라는 생각이 들지요."

"이심전심이군. 나는 내 마음 속의 산인 줄만 알았는데 너도 같은 생각을 하다니."

"잠을 자면서도 가끔 저 산을 꿈 꾸어요. 저 능선길을 끝없이 헤매다 눈속에 길을 잃고 혼자서 허우적거리다 놀라 잠에서 깨어나기도 했어요."

"저곳이 어디쯤일까? 지도상에서 확인이라도 할 수 있을지 모르겠네."

"저쪽 방향이라면 강원도 정선 가는 곳이 아닐까요?"

"정선이라면 영월로 향하는 오지 아냐? 그렇게 멀리 떨어져 있는 곳일까? 여기서 보면 걸어서라도 갈 만한데."

우리가 서 있는 곳에서 흰산의 거리감은 김포 쪽에서 서울 강북으로 들어올 때 성산대교를 건너며 바라보는 북한산 정도의 원근감으로 생각되었다. 그러나 실상은 그 거리보다는 훨씬 더 멀고 먼 곳일 것이다.

"이 지방에 오래 살아 온 사람을 만나 저곳이 어디쯤인지 한번 물어보기로 합시다."

"좋은 생각이야."

그 날 점심시간이 가까워 올 무렵 산조로부터 전화가 왔다.

"형, 외래가 끝났으면 점심이나 같이하게 이곳으로 오세요."

"원내가 아닌 모양인데 그곳이 어디냐?"

"시내에 있는 호텔 스카이라운지요."

"병원 일은 어떡하고 그렇게 빨리 나갔어?"

"한 삼십 분 빨리 끝났어요. 일 없으면 그냥 나와요. 좋은 식사를 한끼 대접하지요."

"네가 점심 먹으러 호텔 식당엘 다 가다니, 어울리지 않구나. 작심할 무슨 사건이라도 생겼니?"

"별 일 아니오. 만날 사람이 있어 약속장소를 이곳에 잡았을 뿐이오."

"네가 만나야 할 사람을 두고 내가 합석해도 괜찮을지 모르겠네."

"상관없으니까 전화를 했지요. 어서 오기나 해요."

호텔은 도시의 한복판에서 정남향을 향해 우뚝 서 있었다. 엘리베이터를 타고 꼭대기로 올라갔다.

음료를 곁들여 음식을 팔고 있는 호텔 식당은 사방이 온통 대형 유리창으로 둘러싸여 있었는데, 창가에 앉아 있던 산조가 나를 발견하고 자리에서 일어나며 손을 들었다.

산조의 앞자리에 옆 모습이 낯 익은 젊은 여자가 앉아 있었다. 문미영이었다.

"누구를 만나는가 했더니."

"선생님 그동안 안녕하셨어요."

"근무시간중인데 낮에 웬 일들이시오?"

"아침 출근길에 형과 이야기를 나눈 저쪽 산을 제대로 한번 바라보려고 이곳에 왔어요."

산조가 가리키는 서남쪽에 눈을 덮어쓴 거대한 산맥군이 용틀임을 하듯이 한눈에 들어왔다.

시내에서 높은 곳에 위치한 이곳은 대형 유리창을 통해 흰산을 직시해 바라볼 수 있는 가장 좋은 전망대인 셈이다.

"좋은 장소를 찾아냈군. 그래 이곳이 어디쯤인지 미영씨가 자세한 설명을 해줬는지 모르겠네."

미영이가 고개를 돌려 흰산을 바라보았다.

그녀는 이 고장 태생이고 대학시절부터 산악활동을 활발히 했으므로 이 부근 산에 대해서는 잘 알고 있을 것이다.

"저 산 이름이 무엇이며 이곳에서 가려고 하면 어떤 방법이 있소?"

그녀가 고개를 갸우뚱했다.

"태백산맥의 한 줄기가 아닐까요? 여기서 바라보니 북쪽 끝이 오대산으로 이어져가는 듯한데."

"태백산맥의 일부라면."

"아마 두타 청옥산이 붙어 있는 산군일 거에요."

"이곳에서 태어나고 자란 미영씨가 애매하게 알고 있는 산도 있소?"

"멀리 떨어져 있는 산을 바라보고 무작정 걸어서 올라가보지는 못했으니까 단정적으로 말하기는 어렵죠."

"우리는 아침에 그곳이 정선 부근에 붙어 있는 산으로 생각했는데, 여기에서 본다면 그곳은 어디쯤 됩니까?"

"저기 바라보이는 산의 끝 부분에서 오대산으로 이어지는 곳에 좁은 협곡이 있어요. 그 사이를 빠져나가면 내륙의 오지인 정선, 영월 지방으로 갈수가 있죠."

"오대산이 시작되는 산군의 사이라면 대관령이 아니오?"

"대관령을 끼고 있는 산악지대도 중간에 도로가 생겨 산이 끊겨서 그렇지. 사실은 오대산 줄기의 일부예요. 오대산은 거대한 태백산맥을 형성하여 남쪽으로 내려오다 삼척지방의 해안에서 두타 청옥산을 나란히 솟구쳐 놓았지요."

나는 호텔의 스카이라운지에 앉아 머리 속에 지도를 그렸다.

북으로 오대산, 노인봉, 황병산, 선자령이 병풍을 둘러 놓은 듯 감싸고 있으며 남으로는 발왕산, 노추산, 중봉산으로 이어져 동해안 쪽으로 뻗으면서 청옥 두타산과 합류하는 거대한 산맥군을 떠올렸다.

무수한 산들이 모자이크를 이루며 톱니 사이를 비집고 끼어들었다가 사라졌다. 산조가 낮은 소리로 뇌까렸다.

"백문이 불여 일견이고, 백견이 불여 일답이니."

"그래 올라 서보자."

우리는 쉽게 동의했다.

저 피안의 눈 덮인 산을 찾아 길을 떠나자.

우리는 내내 창밖으로 보이는 거대한 산군을 응시하다가 고기 한 덩어리가 담긴 접시를 대충 비우고 호텔을 나왔다.

청옥 두타산을 계획해둔 전날밤, 나는 병원에서 늦게까지 환자 때문에 시달렸다.

수술을 한 환자의 상태가 악화되어 목숨이 경각에 처해 있었다. 밤새 중환자실에 붙어 있으면서 환자와 씨름하다가 새벽녘에 겨우 환자의 전신상태가 호전되는 것을 확인하고 숙소로 왔다.

간밤에 잠 한숨 못 이룬 상태로 새벽산행에 나서야 했다. 일찍 일어나서 배낭을 꾸리고 있던 산조가 걱정스럽게 물었다.

"형, 괜찮겠소?"

나는 사실 다른 산이었다면 포기하고 이불을 둘러쓰고 누워버렸을 것이다. 그러나 매일 밤마다 내 뇌리를 꽉 메우고 있는 흰산에 대해서 나대로 결판을 내지 않고서는 앞으로 무슨 일도 더 진행시킬 수가 없을 지경이었으므로 강행하기로 마음을 굳혔다.

산에서 희열을 맛보든지 아니면 완전히 실망해서 되돌아오든지, 그 흰산의 환상을 어떤 방법으로든 부수지 않고서는 견딜 재간이 없었다.

마음 속의 산은 끝없는 환상만 불러일으킬 뿐만 아니라 이루지 못한 갈등만 만들어낸다.

차라리 모르고 있는 산이라면, 그 산이 아무리 높고 험난하다고 하다라도 내가 알 바 아니지만, 한번 마음 먹고 오르겠다고 다짐하고 있는 산이 머리 속을 채우고 있으면, 오르지 않는 한 그 산은 영원한 신비로움과 미해결의 과제로 남아 끝없이 사람을 유혹시킨다.

그것은 헹구어 내지 못한 찌꺼기처럼 마음 한구석에 앙금을 차곡차곡 쌓아 놓는다. 나는 평생 앙금을 안고 살지 않기 위해서, 설사 조난을 당하는 일이 있어도 떠나고 싶었다.

"오르다 힘이 부치게 되면 나는 중간에서 방해하지 않고 포기하겠다. 내 걱정일랑 말고 우선 함께 출발하자."

산조는 내 굳은 표정을 보고 말문을 닫았다.

아직 바깥이 캄캄한 새벽에 버스정류장을 향했다. 그곳에서 문미영을 만나기로 했다.

예전에 한번이라도 올라본 산이었고, 내머리 속에서 확연히 그려낼 수 있는 산이라면 나는 그들과의 동행을 마다했을 것이다. 두 사람만의 산행에 내가 낀다는 게 주접스럽기도 했을 뿐만 아니라 무엇보다도 여자와의 산행을 생리적으로 달가워하지 않은 탓이다. 어딘가 불편하고 부자유스럽게 생각되었고 또 행동의 제약을 받는 게 싫었다.

산에서 최고의 만족도는 산과 사람이 합일을 이룰 때 극치가 되는데 여자와의 동행에서는 매번 그 합일을 맛볼 수가 없었다.

본성의 마음으로 자연 속에 나 스스로를 내던져 몰입시킬 수 없음은 여자를 이질의 개체로 인정하는 내 도량이 좁고 낮은 탓이었다. 그러나 어쩔 수가 없었다. 오랜 산행을 하면서도 그것은 쉽게 떨쳐버릴 수 없는 난제였다. 차라리 혼자, 그렇다. 진정한 솔로만이 산의 일부로 탈바꿈하는 데 가장 적절하며 내 취향에 알맞다. 그러함에도 나는 오늘 그들과의 동행을 원했다. 이유는 흰산에 대한 무지와 공포 때문이다.

나는 산조보다 문미영을 믿었다.

우리가 처음 오를 즈음의 두타, 청옥산은 아직 이 지방에서도 겨울에는 쉽게 근접할 수 없는 미개의 지역으로 남아 있었다. 길을 잃게 되면 가공할 만큼의 위험에 처하게 된다는 사실을 알고 있었기에 이곳에서 산악활동을 충분히 한 문미영의 동행에 찬성했고 이 산행은 그녀에 대한 신뢰에서 출발했다.

버스는 캄캄한 어둠을 헤집고 동해시로 출발했다.

동해시에 도착했을 무렵은 어둠이 걷히고 있는 박명의 시각이었다. 삼화사를 향해가는 첫 버스가 출발하려면 아직 한시간 여가 족히 더 남아 있었다. 우리는 택시를 타기로 했다.

산 아래 도착했을 때 산은 그 자신을 휘감고 있던 끈끈한 어둠을 벗겨내며 흰 능선들이 꿈틀꿈틀 각자의 모양대로 일어서고 있었다. 어두운 고원을 훑고 내려온 매섭고 차가운 칼바람이 우리의 몸을 한차례 휘감아 놓은 후, 잔설을 쓸어내며 계곡으로 우루루 몰려갔다. 무릉계곡은 얼음으로 완전히 뒤덮여 있었다. 얼음이 얇게 깔린 암반을 건너 뛸 때마다 미끄러워 등줄기가 쭈뼛쭈뼛했다.

삼화사에 도착하여 수통에 물을 넣었다. 물을 몇 모금 마셔보니 입이 쫙 벌어지도록 이가 시렸다. 차가운 물이 식도로 내려갈 때는 뜨거운 불덩어리를 삼킨 듯 화끈거렸다.

흰산이 저들끼리 수런수런거리며 기지개를 켜는 듯 깨어나고 있었다. 새벽의 산은 언제나 선연하고 티없이 맑아 그것을 바라보고 있노라면 마음이 한없이 풍족해지는 청량감을 느끼게 된다. 학소대 부근에서 라면을 끓였다. 물이 끓고 있을 동안 발이 시려 세 사람이 어깨를 마주 잡고 버너 주위를 뜀박질하듯 뱅뱅 돌았다.

아침 식사를 금방 끝내고 계곡 물에 대강 그릇을 부시고 짐을 챙기는데, 한옆으로 던져둔 수통이 얼음판에 달라붙어 떼어내는 데 애를 먹었다. 기온이 낮았다. 그곳에서 우리는 스패츠를 착용하고 아이젠을 묶었다.

용추폭포로 향하는 길을 유산객들이 다니는 길이라 잘 닦여져 있었는데 미영이는 그 길을 버렸다.

"미영씨, 좋은 길을 두고서 왜 좁은 길로 들어서는 거요?"

"그곳으로 곧장 가면 폭포가 나오고 폭포 위길은 절벽과 닿아 있어요. 기술등반을 하지 않으면 오를 수도 없으며 설사 올라간다 해도 두타산과 청옥산의 중간지점을 꿰뚫게 되므로 제대로의 산을 종주할 수가 없어요. 먼저 두타산을 오르고 청옥산 쪽으로 건너 뛰어 하산하는 게 좋겠어요."

나는 길의 초입에서 내 머리속의 생각들을 정리하느라고 잠시 멈추어 섰다. 앞서 가던 두 사람이 뒤돌아서서 나를 기다렸다.

"형, 힘드세요? 오늘 등반이 무리라고 생각되면 형은 용추폭포까지만 구경하고 되돌아가세요. 삼화사 부근에서 기다리고 있다가 하산할 때 우리와 만나기로 해요."

"무슨 소리야? 날 보고 산은 오르지 말고 얼어붙은 폭포나 구경하라니?"

"오늘 형의 컨디션이 좋지 않은 것 같아서요."

"그래도 그렇지. 내 생각은 이런데 어떨지 모르겠어 너와 미영씨는 두타산쪽으로 오르고 나는 계곡을 건너서 청옥으로 오르는 거야. 두 팀으로 나누어 등반을 하다 보면 중간지점에서 서로 마주치게 될 게 아냐? 그게 좋지 않겠니?"

"형은 이 산이 초행이잖아요. 이렇게 눈이 많이 내려 길을 찾기도 힘들 지경인데, 혼자의 행동은 위험하다구요. 더군다나 간밤에 환자 때문에 자리에 누워보지도 못했잖아요."

나는 무슨 이유로 이런 생각을 했을까. 박산조와 문미영 두 사람이 즐길 수 있는 산행을 방해하고 싶지 않은 우정이었을까? 나 스스로 생각해도 이런 몸 상태로는 등반에 자신이 없어 중도에 포기할지도 몰랐다. 그러니까 그들의 산행을 망쳐서는 안된다는 노파심 때문이었는지도 모르겠다. 그것도 아니라면 나혼자 느낄 수 있는 산행의 진맛을 침해당하고 싶지 않은 고집이었는지도.

사실 나는 이곳에서 단독산행에 자신도 없었고 신체적 조건으로 본다면 최악의 상태로 출발점에 서긴 했으나 웬일인지는 몰라도 혼자 오르고 싶어졌다. 양보와 욕심의 복합적인 요인들이 뒤엉켜 나를 외곬수로 몰아갔던 것 같기도 하다.

그것은 경원(敬遠)했던 흰산에 대한 오랫동안의 묵고 묵힌 염원이었다.

처음 말을 꺼낼 때만 해도 사실은 한번쯤 의견을 개진했다가 그들의 이야기를 들어 보고 내 생각의 치졸함을 깨닫고 셋이서 함께 산행을 하려고 했는데 말을 하고 보니 까닭모를 고집이 나를 옭아맸다. 바닥에 완전히 엎질러져 담을 수 없는 물처럼 되었다.

"너희들은 그 방향으로 가라. 나는 이쪽으로 가겠어. 정상에서 만나자."

순간 산조와 미영이는 둘 모두 어이없는 표정을 지었다.

"아니, 강릉에서 출발할 때 처음부터 이런 파상적 산행을 하자는 말은 없었잖아요. 이곳에 와서 이상한 억지를 부리시네?"

"그냥 그렇게 하고 싶어서 그런다. 이것 저것 묻지 말고 제발 혼자 가게 내버려 둬."

차가운 바람에 얼굴이 굳어 있는 탓도 있었지만 미영이가 석고 같은 표정을 하고서 내 곁으로 다가섰다.

"선생님이 꼭 혼자 가시겠다는 생각을 버릴 수 없다면 두타산 쪽으로 먼저 오르세요. 대신 우리가 청옥산을 택하지요. 두타산은 그런 대로 길을 찾아나서겠지만 청옥산을 혼자 오르기에 힘들 만큼 길이 좋지 않아요."

"아니오. 내가 힘든 곳을 가겠소."

"제발 억지 부리지 마세요. 저야 이곳을 몇 차례 올라가 보았기에 어떻게 하든 정상에 설 수 있지만, 산행 경력이 아무리 오래 되었다 하더라도 초행길인 지금의 상태에서 청옥산으로 곧장 붙는 것은 무모한 치기일 뿐이에요."

한 발 떨어져 있는 산조는 입을 굳게 다문 채 묵묵부답이었다. 그는 이곳까지 와서 어린아이처럼 갈팡질팡하고 있는 나의 정신적 파행을 막연히 지켜보고 있는 모양이었다.

나는 강릉시내서 매일 바라보기만 했던 미지의 흰산을 꼭 단독으로 올라서서 그 산에 대해 품고 있는 두려움과 측량하기 힘든 신비를 깡그리 부수고 싶었다. 그래서 흰산에 대한 망상에 사로잡혀 허우적거리고 있는 나를 끄집어내어 일상의 궤도로 되돌려놓을 생각이었다. 그러나 지금 이 시점에서 나의 고집은 그것을 꼭 이행하기 위한 것만이라고도 설명할 수가 없다.

산을 오르는 이유 중에서 극히 일부분이기는 하지만 만약 세 사람이 동행하게 된다면 내가 간직하고 있던 나 혼자만의 상상은 중간에서 잘려버린 채로 묻혀버릴 것이다.

혼자서 발가벗은 마음으로 하나의 산 앞에 마주설 때 진정으로 그 산은 나의 것이 되며 동시에 나는 산의 것이 될 수가 있다. 그러기 위한 제식(祭式)

을 치르기 위해서는 당연히 혼자가 제격이다. 그들이 내 속마음의 전부를 알수 없으니 어쩔 수가 없다. 겨울에 다시 이 산을 찾아 온다는 것은 힘들 것이다. 처음 오르지만 동시에 마지막이 되어야 한다. 단 한번의 등반으로 산은 마침내 내 손바닥안에 담겨져야 한다. 산의 깊은 속살을 퍼 담아 내 영혼에 새겨넣기 위한 혼자의 시간이 필요하다.

결코 굽히지 않을 내 고집을 간파하듯 산조가 입을 열었다.

"그렇다면 형이 먼저 출발해요. 대신 길이 좋은 두타산 쪽을 택하세요. 정오까지 우리가 산에서 도킹을 못하게 되면 각 팀은 왔던 길로 되돌아섭시다."

"좋다. 산을 돌아 삼화사에 오후 다섯 시까지 못 돌아오게 되면 너희들은 먼저 출발하도록 해라."

우리는 이상한 산행을 시작했다. 대학 산악부에서 훈련등반으로 지리산의 세석평전을 목표로 두고, 천왕봉 경유팀과 노고단팀이 나누어져 거림 혹은 칠선계곡이나 백무동에서 분산하여 오르는 일은 흔하다. 하지만 산조와 나, 미영이 셋이서 두 갈래로 찢어져 산을 오르게 되다니, 어찌하였거나 우리는 각자가 선택한 산을 찾아 출발하기로 작정했다.

산을 오르다보면 어느 능선에선가 우리는 마주치게 될 것이고 스치고 지난 후에 다시 각자의 산길을 걸어갈 것이다. 마치 아무리 가까운 사람이라도 타인의 인생살이를 대신 살아줄 수도, 영원한 동반자로 남아 있을 수 없듯이.

나는 계곡을 건너뛰어 길이 완전히 자취를 감춘 눈 위에 첫발을 찍었다. 미지의 산을 향한 끝없는 순례는 방황의 시작이었던가 아니면 정착을 위한 끝맺음인가? 산행은 단지 가슴을 쥐어짜는 듯한 괴로움을 견디지 못하고 격정적인 방황만 되풀이하는 힘겨운 여로인가?

지금은 고속도로처럼 휑하니 산길이 열려져 있는 두타산 등산길은, 우리가 오를 그때만 해도 원시림 속을 헤집고 다니는 격이나 다를 바가 없었다.

나는 산조 미영이와 떨어져 혼자 두타산의 진입로를 지나 한달음에 산성
터가 있는 곳까지 올랐다. 길은 좌측으로 희미하게 나 있었고 사면으로 이어
지는 7부 능선에는 눈이 엄청나게 쌓여 있었다. 가도가도 끝이 없는 눈길에
서 나는 혼자가 되어 영영 눈에서 벗어나지 못할 것 같은 초조감과 무력감에
빠져들기도 했다.

어렵게 길을 찾아 1,110고지에 다다랐다. 이곳까지 올라오는데도 상당히
지쳤으나 이를 악물고 쉬지 않고 계속 걸었으므로 덕분에 시간은 얼마 소요
되지 않았다. 산의 향기가 혼갑스럽게 피부 깊숙이 밀려 들어왔다. 가끔 쌓
인 눈의 무게를 감당하지 못한 나뭇가지가 우지직하며 부러지는 소리가 경
의롭게 들려왔다.

앉을 자리가 마땅찮아 눈 위에 배낭을 던져두고 그 위에 앉아서 초콜릿과
아몬드를 한 줌 입속에 털어넣고 일어섰다.

이곳에서 쉼음산으로 좌회하는 갈림길이 나 있다. 아홉 시를 조금 넘긴 시
각이니 시간은 충분했다.

청옥산으로 오른 산조는 어쩌고 있을까? 그 팀의 리더는 누가 맡고 있을
까? 미영이가 앞장서는 눈길을 헤치고 나아가다가 지치면 가끔 선두를 바꿔
서 걷기도 할 테지. 그들이 사랑하는 사이라면 눈을 뚫고 길을 찾아나서기란
그렇게 힘들지는 않을 것이다. 마음이 통해 서로를 도우려고 마음 먹으면 고
난은 절반으로 줄어들 테니까. 그들은 고투를 하며 앞으로 함께 있어야 될
시간들을 가늠해 볼 것이고 인생의 여정에 동행해도 좋을지를 계측할 것이
다.

그들에게 한번쯤의 힘든 산행을 맡겨주는 것도 좋은 시험대가 될 것이므
로 홀로 떨어져 나간 내가 공연한 부담감으로 마음 끓일 필요는 없을 테지.
각고의 노력으로 두 사람이 힘을 합해 오늘의 산행이 좋은 결과로 마무리된
다면, 그들 사이에 새로운 공감대가 형성될 것이며 그것은 그들이 앞으로 세
상을 살아가면서 공유해야 할 그들의 몫이 될 것이다.

나는 눈 위에서 일어섰다. 주능선에 올라선 것이다. 잎들을 떨군 굴참나

무, 피나무들이 앙상한 가지들을 바람에 떨며 줄지어 서 있었다. 이고 있는 눈뭉치들이 가끔씩 솜뭉치처럼 후드득 머리 위로 떨어졌다.

1,110고지에서 두타산 정상까지는 별 어려움이 없었다. 눈을 가득 안고 있는 나목들의 을씨년스런 풍경을 보는 것 이외 머리 속은 텅빈 무념의 상태였다. 위로 오르는 길만 계속해서 걸었다. 두타산의 정상에는 묵호의 두타 산악회서 세운 팻말이 꽂혀 있었다.

어느 산이나 그러하듯 정상의 풍경은 지극히 단조로웠다. 방향을 잘 알 수 없는 나로서는 동서남북을 둘러보아도 어디가 어디인지 지형을 제대로 파악할 수가 없어 과연 이곳이 마음 속으로 점찍어 두었던 흰산의 실체였는지 확인할 방법이 없었다. 무엇을 어떻게 생각해보고 어쩌고 하기에는 머물러 있기가 너무 추웠으므로 정상은 논스톱으로 통과했다.

청옥산으로 이어지는 능선길은 미끄러운 내리막길로 시작되었으며 멀고 지루했다. 박달재에 도착하자 한쪽 모서리가 부서져나간 낡은 벤치 하나가 눈을 잔뜩 뒤집어쓰고 놓여 있었다. 이곳에서 길을 잘못 들면 용추폭포가 있는 곳으로 내려가 깎아지른 벼랑 끝에 서게 된다. 산조 팀이 올 때까지 기다릴 요량으로 나는 벤치의 눈을 손바닥으로 대충 쓸어내고 그곳에 비스듬히 앉았다.

산은 텅비어 있었다. 우리들 이외 산을 오르는 사람은 아무도 없어, 혼자 우두커니 앉아 있으려니 기묘한 생각들이 났다. 그리고 얼마를 지났을까? 반대편에서 나뭇가지를 헤집는 소리와 두런거리는 말소리. 먼저 미영이가 쓴 붉은모자부터 보였다. 그녀는 긴 모직스카프로 온통 목과 얼굴을 감싸고 있어 눈만 간신히 내놓은 꼴이었다. 뒤미쳐 산조가 왔다. 우리는 우모장갑 낀 손으로 악수를 나누었다.

"그쪽은 오를 만했어? 길은 찾기가 쉬웠고?"

미영이가 목에 감긴 스카프를 풀어내며 대답했다.

"한동안 길을 잃고 고생했어요. 우리가 두타산 정상에 먼저 오르려고 했는데 선생님이 더 빨랐네요."

"여기가 중간지점이 될 텐데 비슷한 시각이 아니오?"

"선생님보다 우리가 젊었으니 당연히 우리가 먼저 도착해야지요."

"허긴 그렇기도 하지. 두타산 쪽에서 시간을 단축해보시오. 이쪽은 길이
잘 나 있으니 충분히 나보다 먼저 도착할 수 있을 거요."

"형이나 제한시간 엄수하도록 해요. 우리는 자신있으니."

"그렇게 노력해보자. 그래 청옥산 쪽은 어땠어?"

"계곡을 건너가며 자주 길을 바꿔야 하니 조심해서 가요. 얼음판 위에서
는 아이젠 없으면 완전히 엎드려 건너야 해요."

"알았다. 여름철에는 계곡의 경치가 절경이라고들 하던데 지금은 볼 것도
없을 테지."

"형, 산천구경 어쩌니 하고 폼잡지 말고 밑으로만 바라보고 곧장 걷도록
해요. 그래도 해 떨어지기 전에나 겨우 삼화사에 닿을 거요."

"그러지. 너희들도 한눈 팔 사이 없이 계속 뛰어야 할거야."

우리는 그곳에서 간단한 행동식을 나누어 먹었다. 후식으로 먹은 사과는
얼음덩어리를 깨무는 맛이었으며, 수통의 물은 얼어붙어 흘러나오지도 않았
다. 스위스제 아미나이프에 부착된 톱날로 수통입구를 쑤셔냈을 때에야 겨
우 가는 물줄기가 쫄쫄 흘러나왔다.

우리는 다시 악수를 나누고 등을 돌려세웠다. 나는 뒤돌아서는 미영이를
향해 한 마디했다.

"미영씨, 이번 산행이 성공하면 우리 합동등반으로 에베레스트 한번 오릅
시다."

"좋지요. 그때 공격대장은 누가 하죠? 제가 해도 되요?"

"물론 미영씨가 제격이지요."

청옥산 정상까지는 산조와 미영이가 지나온 발자취가 있어 그런 대로 쉽
게 올라갔다.

정상에서 바라본 동해의 쪽빛 바다가 아스라이 손에 잡힐 듯 가까이 보였
다.

정상에서 하산길은 완전히 지옥훈련이었다. 한두 시간 내 하산을 완료할 것으로 생각했으나 내려가는 길은 가도가도 끝이 없었다. 나중에는 무릎 관절에서 삐걱거리는 소리가 들릴 지경이었다. 대부분 눈위에 주저앉아 미끄럼질로 내려왔다.

온몸의 구석구석이 허물어지듯 피로에 지쳐 잠시 눈위에 퍼질러 앉아 주위를 둘러보니 오염 안 된 계곡의 신비스러움이 눈앞을 압도해 왔으나 하산시간을 예측할 수가 없어 쉬고 앉아 있을 수만도 없었다.

상상을 초월한 격전을 치루어낸 기분으로 우리가 새벽에 엇갈린 지점에 도착하니 차가운 날씨에도 불구하고 얼굴에 땀방울이 돋았다.

얼음구멍에서 돌돌 솟고 있는 물가에 가서 흐르는 땀을 씻어냈다. 얼굴에서 떨어지는 물방울에 소금기가 잔뜩 묻어났는데 수초의 시간도 경과하지 않아 그 물은 얼음덩어리가 되어 머리카락에 달라붙었다.

이런 어처구니없는 고생을 감수하고서도 산에 가느냐고 물었다면 나는 그때 대답했으리라. 살아 있음의 확인을 위해서라고. 단단한 갑옷 속에 묻혀 매일 틀에 박힌 일상적인 생의 무의미를 감당해야 하는 생활에서 벗어나, 눈밭을 헤치며 산을 오른다는 것은 이 지상에 뿌리를 내리고 숨을 쉬며 살아 있음을 확인받는 확실한 길이다.

물론 격한 산행 뒤엔 후유증도 따른다. 나는 내일 병실의 계단을 오르내리며 뒷다리의 허벅지 부위가 당겨 발을 질질 끌면서 걸어다닐 것이 분명하지만, 그 고통이 지대할수록 힘들게 올랐던 산의 봉우리들은 오랫동안 머리 속에 각인되어 잔잔한 희열로 남을 것이 분명하다.

평탄하고 단조로운 길을 터덜터덜 걸어 삼화사에 도착했다. 산조팀은 아직 그곳에 도착하지 않고 있었다. 약속시간인 오후 5시에서 아직 20분이 남아 있었다. 입고 있던 옷은 눈투성이로 덮여 있었고 한쪽 스패츠는 어디에서 잃어버렸는지 달아나버렸으며 아이젠도 한짝이 벗겨져 발등 위로 빙글 돌아져 거꾸로 매달려 있었다. 축축해진 발바닥이 화득거려 견딜 수가 없었다. 마치 덜 다져놓은 시멘트바닥 위에서 맨발로 마구 비벼놓은 것 같아 비브람 슈즈를 벗고 양말도 벗어내렸다. 삼화사 뜰 앞에 놓인 수도물을 틀어놓고 화끈거리른 발바닥을 문질렀다.

산길을 걷고 있을 때는 미처 몰랐는데 산조를 기다리며 앉아 있자니 온 몸이 추위로 오그라들었다. 땀 절은 속옷을 바꾸어 입고 절간의 툇마루에 앉아 있으려니 어린 사미승이 눈 덮인 마당을 쓸어내고 있는 게 보였다. 군불을 지피는 아궁이라도 없나 싶어 두리번거리고 있는데 마당을 쓸고 있던 사미승이 내곁으로 비질을 하며 다가왔다.

"이 절에는 부엌 아궁이가 어디에 있소?"

"왜 그러시는데요?"

"추워서 불이라도 쬐어볼까 해서 그래요."

"잘 됐네요. 아저씨가 군불을 지펴주신다면 고맙겠습니다. 나무는 처마곁에 가득 쌓여 있어요."

"그 좋은 일이지."

나는 단숨에 한아름의 장작을 들고 툇마루의 뒤쪽에 붙어 있는 아궁이로 갔다. 불은 금새 활활 타올랐다.

뒤늦게 도착한 산조와 미영이가 절 뒤켠에 있는 나를 못 찾을까봐 나는 배낭을 뜨락에 있는 석탑 앞에 세워두었다.

"혹시 등산객 두 사람이 들어오면 내가 있는 곳으로 안내해주시오."

사미승은 추운 날씨에도 불구하고 붉은 볼을 드러내놓고 있었는데, 장갑 낀 한 손으로 볼을 감싸며 물었다.

"길 잃은 동행이 있었던가요?"

"아니, 우리는 각각 다른 방향으로 산을 올랐거든."

"사람들은 참 이상도 하지. 꽃 피고 새우는 봄이 오면 산에 올라가기도 쉬울 테고 구경거리도 많을 텐데 이런 날씨에 뭐 볼 게 있다고 산에 가세요?"

"봄이 오면 그때는 그 시절대로 꽃을 보러 산을 가지만, 지금은 눈을 만나러 올라가지."

의아한 눈동자로 건너다보는 사미승을 두고 나는 뒤뜰로 돌아와서 아궁이 앞에 앉았다. 활활 타오르는 불 앞에서 나는 마음 먹은 표적 하나를 깨뜨렸다는 생각을 했다. 마침내 내 가슴을 누르고 있던 바위 하나를 어렵게 들어낸 셈이다.

이제 저 미지의 흰산은 내게 동경과 미망(迷妄)의 산은 아니다.

얼어붙어 있는 몸을 나긋하게 녹여주는 불가에 앉아 흰산에 대한 생각에 몰두해 있을 때 앞마당쪽에서 사람 소리가 들렸다.

"형, 형은 어디에 있소?"

산조가 왔구나. 앞마당으로 뛰어가보니 눈을 뒤집어 쓴 두 사람이 서 있었다. 산조가 내 앞으로 돌진해오며 머리로 가슴을 받았다. 나는 마당에 벌렁 뒤로 넘어졌다.

"형은 부실한 몸으로 혼자서 결국 해냈구면. 그것도 젊은 우리들보다 먼저 하산을 했으니 역시 대단해."

"내려오는 길에서 죽을 쑤었지. 계곡을 건너뛰면서 몇 번이나 미끄러지고 엉덩방아를 수도 없이 찧었어. 그래 그쪽은 어땠어?"

"고생했지요. 말로는 전부 설명할 수 없고. 아, 보면 알 수 있잖소."

"그래. 나도 그랬으니 알 만하다. 춥지. 내가 불을 지펴놓았으니 미영씨 이쪽으로 와요."

그들은 아궁이 앞에서 옷을 추스리고 눈에 젖은 등산화를 말렸다. 등산화에서는 밥이 익어갈 때 밥솥에서 솟아나는 것과 비슷한 김이 무럭무럭 피어올랐다.

성공하고 만족한 산행의 끝마무리에서 간절히 생각나는 것은 한 잔의 술이다. 산행이 힘들고 지칠수록 술맛은 배가 된다.

우리는 동해시로 나왔다.

"내가 두 사람을 위하여 오늘 밤에 성찬을 사지. 그래 산조는 뭘 먹고 싶어? 미영씨도 사양말고 이야기해 보시고요."

"나야 사시미 한 점에 '쐬'면 족하지만. 그러나저러나 우리는 동해시를 잘 모르고 있으니 미영씨가 안내하는 곳으로 가죠 뭐."

"부둣가로 나가야 싱싱한 회를 맛볼 수 있을 텐데, 그곳으로 가는 게 좋겠죠"

우리는 음식점 부근에서 내려 자리를 잡기 전에 겨울바다를 구경했다. 콘크리트 삼발이가 제멋대로 쌓여 있는 곳에 섰을 때 동해의 파고 높은 물이 방파제를 후려치고 있었다.

등대가 있는 방파제의 끝부근에 온통 털옷으로 감싼 사람이 릴 낚싯대를 던지며 갯바위를 뛰어다니고 있었다. 어두워 오는 저녁에 낚시가 될까? 우리가 가까이 갔을 때 낚시꾼이 고개를 돌렸다.

"이런 추운 날에 고기가 잡히기라도 합니까?"

"당신들은 이런 날씨에 눈 속을 비집고 산을 올라간 모양인데 그것보다는 낚시가 훨씬 양반 짓이지."

그럴지도 모른다. 우리는 더없이 넓은 산에서 우리 이외는 누구도 만나지를 못했지 않은가.

흰산은 바라보고만 있으면 영원히 흰산으로만 기억된다. 파도가 아무리 높아도 물 속에 고기는 살고 있다. 낚싯대를 드리우지 않는 한 고기는 한 마리도 잡을 수가 없다. 산은 도전하지 않는 한 영원히 가슴앓이를 감수해야 한다. 우리는 오늘 드디어 가슴앓이를 마무리지었다.

횟집으로 들어와 자리를 잡았을 때 산조가 소리쳤다.

"오늘은 특별한 날이니 야호잔으로 한잔 돌립시다."

"좋지."

코펠에 소주 세 병이 철철 넘치게 들어부어졌고, 내 앞으로 먼저 건너온 잔을 두 손으로 붙잡고서 심호흡 한번 가다듬고 마셨다. 그런 다음 그 잔을 산조앞으로 밀었다. 이내 산조가 그것을 들었다.

"카, 술맛 좋고, 생선회 싱싱하고."

잔은 돌아 미영이 앞으로 갔는데 그녀 역시 사양않고 잔을 받았다.

우리는 모두 행복의 극점에서 오늘 우리가 마침내 해치우고만, 두고 온 흰산을 위하여 경배의 잔을 들었다.

10장

강릉에서 새해를 맞은 얼마 후에 숙소를 아파트로 옮겼다. 병원에서 배려해준 덕분으로 산조와 나는 각자 스무 평이 조금 더 되는 넓은 공간을 소유하게 되었다.

가구를 들여놓지 않은 아파트의 내부는 턱없이 넓게 보였다. 짐이랄 것도 아닌 몇 권의 책과 이부자리 그리고 등산용품등을 옮기던 날, 산조가 기가 막히다는 표정을 지었다.

"형, 우리가 각각 이렇게 큰집을 가져서 뭘 해요? 그냥 형이랑 한 집에서 기거하는 게 어떻겠소?"

"서울에서도 혼자 생활했잖아? 홀로서기 길들이기다. 얼마를 견디어낼지는 모르지만 따로 떨어져 지내보자."

"긴긴 겨울밤에 뭘 하고 혼자서 보내지."

"나는 웅크리고 앉아 참선이라도 해볼 생각이다. 너도 화두 하나 붙들고 밤을 넘겨봐."

"참으로 한심하고 답답한 노릇이구료. 굽이굽이 대관령 넘어 이곳까지 홀로 들어와 대관절 우리가 얻고자 하는 것은 무엇이오? 고액의 봉급이오? 형 말대로 산에 다님으로 얻을 수 있다는 자유요?"

"궁극적으로 무엇이 목적이 되었던 나는 상관하지 않는다. 단지 이곳에 머물고 있다는 사실만을 중요하게 생각할 뿐이다."

"도사 같은 소리 치워요. 중요한 것은 먹고 사는 현실이오. 배부른 소리는 형의 처지에 걸맞지 않소."

"그래. 나는 형편없는 쓰레기로 치부한다고 치고, 너는 얼마나 풍족해 있니?"

"나야 파산해버린 집안꼴이니 셈해 볼 것도 없지만, 형은 나보다 의사생활을 훨씬 오래 했는데도 돈을 제대로 쓸어담지도 못하고 그동안 뭘했소?"

"돈이라니? 그 정체는 도대체 무엇이며, 네가 말하는 부자라는 것은 어떤 정도를 말하는 것이냐? 내가 생각하는 부자의 개념은, 큰 집을 갖고 은행에 수백만 금을 넣어두고 사는 사람을 말하는 게 아니다. 자기가 하고 싶은 일을, 원하는 시간에 할 수 있는 사람만이 진실로 부유한 무리에 들 수 있다고 믿고 있어."

"무엇보다 우선해서 돈이 있어야지요."

"돈만 있으면 뭘 하니? 종이쪽지 아니면 통장에 기재된 액수의 변화만 바라보고 즐거워하는 숫자놀음에 불과할 것 아니냐?"

"그렇지만 풍족해야 뭐든지 가능한 게 현실이잖아요?"

"너는 가치의 기준을 어디에다 두고 있는지 모르겠지만, 돈이 많다고 해서 결코 무슨 일이나 다 이룰 수 있다고 단정하지는 마라. 우리의 주위를 둘러보아도 가진 자들이 더 불편하게 살고 있다. 더 갖기 위해 자신을 끝없이 구속시키며 살아가고 있는 노예일 뿐이야. 진짜 부자는 마음 먹을 때 시간을 낼 수 있어야 하며 정신이 자유로운 사람만이 그 기준에 합당한 대열에 들 수가 있어."

"그렇다면 형의 처지는 시간도 없고 돈도 별로 많지 않으니 형편없는 노예생활을 하고 있는 꼴이군요."

"그런 셈이다. 귀족적인 생활을 위해서는 직업에 구속받지 않고 자유로워야 하는데 나는 질병으로부터 고통받는 중생들을 구원하기 위해 그 자유를 잃고 있다. 말은 거창하지만 사실은 내가 살아남기 위한 한 방편에 불과한 것임을 나 스스로 잘 알고 있다. 언젠가는 이 업을 치울 생각도 하고 있다."

"맙소사. 형이 의사 일을 그만 둔다구요?"

"왜? 나라고 해서 그만두지 못할 것도 없지. 이 생활 계속해 보라구. 돈은 얼마간 모을지 몰라도 나이 들고 기동이 힘들면 돈 따위가 무슨 소용이니? 근사한 요리를 눈앞에 차려 두고서도 건강 때문에 먹어볼 수도 없고 좋은 곳에 구경을 가고 싶어도 몸이 말을 듣지 않는다면, 남은 인생이야 목숨붙이고 숨이나 쉬는 거지 살아가는 것이라고 말 할 수는 없잖아."

"그렇다면 형은 언제쯤 모든 것에서 자유로워질 예정이오?"

"중년의 나이를 넘기기 전에 나는 모든 속박으로부터 벗어난다고 선언하게 될 것이다. 나이 들어서 자유로워 봤자지. 그게 무슨 의미가 있겠어? 산은 오를 수 있을 때 올라야 해."

"빈털터리가 되어 자유는 무슨 말라 비틀어진 자유를 갈구해요. 우선 먹고 입어야 하잖아요."

"내가 지금까지 쉬지 않고 노력해 왔으니 그 정도는 가져야 하며 그것은 당연한 결산 아니겠니? 남들 보기에 풍요롭고 자신에게도 우아한 생활을 꾸려갈 수는 없다하더라도 하고 싶은 일을 할 수 있을 만큼의 돈은 그렇게 많이 필요하지는 않을 거야. 사람들은 턱없이 많이 갖고 있으면서도 조금을 할애해서 자기가 하고 싶은 일을 하려는 것에도 아둥바둥하지만 우리가 쓰고 죽기에는 사실은 그렇게 많은 돈이 필요하지가 않아."

"호주머니를 전부 털어서 하고 싶은 일을 끝내고 나면 그 다음은 무슨 일을 할 거요? 그냥 하늘이나 보고 빈들빈들 놀고 지내는 백수건달 노릇이나 하겠네요."

"그렇게 되지는 않을 거야. 그러기 위해서 우리는 오랫동안 공부하고 노력해왔잖아. 문제는 얼마를 소유하느냐가 아니라 어떻게 쓰느냐에 달려 있다. 누구는 빌어먹을 능력만 있어도 남을 돕는다고 했잖아. 사람이 죽은 후에 그를 평가하는 것은 얼마만큼 모아놓았느냐가 아니라, 남에게 어떻게 베풀어 주었느냐로 판가름 한다는게 옳은 말이야."

"글쎄, 말은 그렇지만 모든 이들이 형 생각처럼 행동하기는 쉽지 않을거요."

"너 역시 물질적인 면에서 나와는 비슷하잖아. 작은 일에는 관심두지 마라. 재물은 재앙의 원인이야. 우리가 살아가는 목표는 확실한 자유를 획득하는 것에 있다. 그보다 더 가치 있는 것은 없어."

"형 말대로 실행한다면 좋긴 좋겠지요. 번거롭지 않게 어디에도 얽매이지 않고 산다는 것은 역시 우리가 바라는 모두의 소망이지요."

"떠돌아다니는 거지를 고대광실에 모셔두고 잘 먹이고 잘 입히며 잘 재워 보아라. 그들은 하나같이 호화로운 생활에 견디어내지 못하고 말라 비틀어지고 병들어 갈 것이다. 모든 현상의 가치 기준은 개개인의 마음 먹기에 달렸지. 철종이 된 강화도령의 행복은 임금이 아니라 강화도 농투성이가 제격이야. 유럽의 집시는 안주가 소망이 아니라 떠돌이 삶, 그 자체가 그들이 추구하는 삶의 목표라고."

인생은 짧다고들 한다. 그 짧은 시간 동안에 고통은 영원히 지속될 것처럼 사람들의 가슴을 짓누르고 뭉갠다.

모든 괴로움의 근원은 자기를 사물의 중심에 둘 때 필연적으로 일어나는 불만에서 발생한다. 불만은 욕심의 집착때문이다. 어리석은 하루살이가 천방지축 불 속으로 뛰어들어가는 것과 다를 바가 없다.

욕망의 갈증에 발목이 잡히면, 재물이란 물을 마셔도 마셔도 목마를 뿐이다. 집착을 갖지 않기 위해 아집과 욕망을 버리라고 한다. 그러나 권력이나 재물은 얻기도 힘들지만 버리기 또한 쉬운 일이 아니다. 나는 얻기도 버리기도 둘다 제대로 할 줄 모르는 얼충이일 뿐이다.

백만 원을 가진 자가 십만 원을 가진 자보다 열 배 더 행복한 것은 결코 아니다.

사람들은 법을 어기면서까지도 기를 쓰고 돈을 모으려 한다. 죽을 때 세평 정도의 좁은 땅만 있으면 우리는 영원한 안식처에 잠들 수 있다. 그것마저도 사양하고 물고기한테 자신을 던져 보시하며 죽어가는 승려도 있다.

재물은 자손을 위해? 웃기는 소리다. 알지도 못 할, 어쩌면 조상의 제삿날 자기 일에 바빠 참석하지도 못 할, 얼굴조차 모르는 자손을 위해 재물을 남긴다는 것은 가증스러운 헛소리다. 그저 모으는 것이다. 그것만이 세상을 살아가는 유일한 목적인 것처럼. 사람들에게 동전 두 개와 한 개를 제시하고 어느 것을 갖겠느냐고 묻는다면 모두가 두 개를 원할 것이다. 자기에게 꼭 한 개만 필요해도 혹시나 해서 한 개를 더 가지려고 한다. 필요로 하는 사람에게 주었다면 더 가치있는 일들이 생겼을 텐데도 결국 죽을 때까지 여분의 한 개는 한번도 사용되지 못한 채 그냥 감춰진 한 개의 동전으로 끝나버린다.

세상 사람들이 필요한 만큼씩만 갖겠다면 삶은 좀더 풍요로울 것이다. 자기 것도 갖고 남의 것까지도 빼앗으려고 악을 쓰고 있으니 세상은 온통 아귀다툼의 지옥이다.

옮겨온 아파트는 새로 지은 탓인지 깨끗하고 조용했다. 창을 열면 남대천이 내려다보였다.

이제 철저한 혼자만의 생활 속에 빠지게 될 것이다. 혼자 있게 됨으로써 옛날에 미처 되돌아보지 못했던 나를 다시 들여다볼 수 있는 계기를 갖게 되었다.

어느 것이 나의 참 모습이며, 그 진면목을 직시해보는 게 과연 가능한 노릇인가?

잠잘 때 다르고 일할 때 다르며 산에 갈 때 또한 다르다. 낮에는 먹고 밤에는 잠 들고, 새벽이면 화장실에 들어가서 뱃속의 찌꺼기를 끙끙거리며 배설해내는, 따지고 보면 동물의 생활이나 별다를 게 없는 이것이 나의 전부인가? 알 수가 없다. 공의 뒤쪽은 쭈그러져 있을지도, 진흙이 묻어 있을지도 모른다. 모든 사물의 판단기준도 마찬가지다. 눈에 보이는 것만으로 판단하고자 한다. 내면의 요철을 우리는 분별할 능력이 없을 뿐 아니라 그렇게 해보려는 노력도 기울이지 않는다. 그런 걸 추적해보기에는 세상은 너무 빠르게 변화해가고 있다. 즉흥적이고 인스탄트식 사고에 중독되어 있다.

그렇다면 나의 골간을 이루고 있는 내면은 무엇으로 메워져 있을까? 착함인가? 악함인가? 현명함인가? 지극한 아둔함인가? 현실주의자인지 아니면 한없이 낭만만을 추구하자는 자유주의자인가?

세상의 물욕에 빠져 내 것에 대해 한 가지도 양보하지 않겠다는 것이 나의 진정한 본심인가? 진실은 파볼 수 없는 해저 깊숙이 묻혀 있는 바닷속의 우물이다.

나는 가끔 이성보다는 순간의 열정으로 인해 좌충우돌 뛰어다니다가 손해 보고 나 스스로의 함정에 빠져 허우적거린다. 논리보다는 영감에 우선하여 때때로 천둥벌거숭이가 되어 날뛰고 광분한다.

현실보다는 상상속의 미래를, 규제보다는 자유분방함을, 명석한 계산보다는 도취와 흥분에 휩쓸리기를 좋아한다. 그것은 기존 질서의 파괴를 의미하고 관습보다는 타파와 끝없는 개혁을 꿈꾸게 된다. 그런 탓인지 나는 살아온 지난날에 대해 지극히 부끄러운 세 가지 실수를 스스로 자인한다.

첫째는 대학 선택의 잘못이었다. 의과대학은 하나의 고정된 틀을 강요받는다. 졸업 후 의사 이외의 길은 생각만 해도 천길 낭떠러지다. 나는 제한받고 살아야 하는 직업에 대해 규제가 싫어 넌더리를 내며 수시로 고삐 풀린 망아지마냥 자리를 박차고 일어나기를 주저하지 않았다. 그러나 그 기도는 매번 실패했다.

두번째는 졸업 후 전공과목의 선택이다. 그것으로 행동의 폭은 더욱 더 좁아져버렸다. 항상 응급환자를 맞아야 하고 환자의 극적인 변화와 죽음 가까이에서 서성거려야 하는 직업적인 생활은 차라리 형극이었다.

그리고 마지막으로 나의 결혼이었다. 여의사와 만나지 않았다면 내 삶의 질은 훨씬 풍요로웠을지도 모른다.

그 모든 것은 차분하게 계산해보지 못한 순간적인 욕심이 빚은 결과였다. 십대와 이십대 초반에 내린 결정이 얼마나 후회없는 결과를 갖고 왔을까마는 욕망은 사망으로 통한다는 것은 고금의 역사가 여실하게 증명해놓았다.

남의 잘못이 아니고 내 탓이고 또 내 탓이었다. 나는 지금이라도 끝내 욕심을 버리지 않겠다면 죽음의 나락으로 떨어져 내려앉을 것이다.

산은 나를 욕망의 굴레에서 벗어나게 하는 가장 정확한 처방이 되었다. 나는 오랫동안 산에 다니면서 생애 중 세가지 실패에 대하여 수없이 긍정하면서도 아직도 현실의 상황을 버리지 못하고 있다. 욕심의 늪에서 헤어나지 않고 머물고 있는 꼴이다.

사람들은 마음을 비웠다고 한다. 나도 어느 땐가 그런 말을 했다. 하지만 그건 새빨간 거짓말이다. 자기 살아갈 집 튼튼히 지어놓고 백 년간 먹을 양식 쌓아두고 나서 나는 이제 마음을 비웠으니 산에나 가겠다는 것은 구역질나는 개소리다.

곳간을 열어두고 이웃들에게 그간 쌓은 재물을 나누어 준 후에 길을 떠나야 한다.

진정으로 자유로운 것은 되돌아가도 자기 것이라고 주장할 것이 아무 것도 남아 있지 않을 때, 그때만이 참다운 자유인의 반열에 당당히 들 수가 있다. 그 일이 가능할까? 그것은 신(神)의 경지다. 어찌 내가 신(神)의 경계를 넘나보며 마음을 비웠다고 가당찮은 언변을 늘어놓을 수 있었던가.

그러나 나는 조금씩 터득해가고 있다. 산만이 결국 나를 세상의 속박으로부터 벗어나게 해서 인간이 궁극적으로 갈구하는 자유를, 그리고 해탈을 얻게 해주는 유일한 길이란 것을.

자기만이 살겠다고 바둥대는 사람들이 만들어 내는 욕심은 눈앞에 보이는 물질적 이득만을 챙기기에 급급해진다. 자신 이외 타인들은 단지 걸림돌밖에 아무 소용가치가 없다고 생각되어 눈에 보이지 않는 곳으로 드러내버리고 싶다는 느낌을 갖기 시작하면 인간의 삶은 자신도 모르게 위축되어 스스로를 마모시켜 나간다. 자신을 사랑하듯 남들도 포용하는 부피를 가져야 한다. 그렇지 않으면 결국에는 사리를 판단할 수 있는 정신이 완전히 부패해져 자기가 쳐둔 그물에 감금되어 평생을 노예처럼 보내게 된다. 그렇게 되기 전에 잠시 마음을 가다듬고 자연의 숨결에 귀를 기울이며 눈을 들어 가까이에 있는 산을 바라본다면 새로운 눈뜸을 갖게 될 것이다.   산은 마음의 안정과 평화를, 생명의 소중함을 있는 그대로 여실히 보여주며 사람이 지향해가는 생의 존엄성과 소중함을 알 수 있는 지표를 제공해 준다.

남을 깔아뭉개고 혼자서만 일어서겠다는 것이 아니고, 노동과 근면한 삶의 가치를 진정으로 배워 그 속에서 생의 참뜻을 느끼겠다면 산을 일구며 묵묵히 사는 사람들에게서 그 실체를 보아야 한다. 그래서 이 땅의 산을 키운 사람들을 사랑하고, 결국 우리가 돌아가야 할 모성의 땅인 산으로 향한 진정한 기도를 올려야한다.

서울에서 병원생활을 하고 있을 때였다. 일상의 생활을 하면서 많은 사람들을 만나고 살았다. 살아가는 한 사람들과의 만남은 필연적이었지만 때때로 그 일들은 번거롭고 아무 소득이 없기도 했다. 여럿 속에 섞여 있을 때 자신이 지극히 초라해지는 기분이 들 때가 있다.

나는 그럴 때마다 예외없이 혼자 북한산을 올랐다. 전국의 산을 수 차례씩 올라보았지만 나는 아직도 북한산만한 수려한 산을 발견하지 못했다.

서울의 북쪽과 경기도 고양군에 걸쳐 위치한 북한산은 서울의 진산으로 오래 전부터 그 아름다움을 뽐내왔다. 최고봉인 백운대와 그 동편의 인수봉, 남쪽에 위치한 만경대의 뾰족한 세 봉우리를 해가 기우는 석양에 고양군 벽제쪽에서 바라볼 때의 장관은 신비한 엄숙함마저 깃들어 있다. 굽이굽이 이어진 연봉이 한 폭의 산수화를 그려놓은 병풍을 펼쳐놓은 듯 보였는데, 나는 북한산을 오르내릴 때마다 수백 년 전부터 이 산을 올랐던 많은 사람들을 생각했다. 떠나간 그들의 발걸음 역시 지금 내가 걷고 있는 발자국과 다를 바가 없을 것이다. 산은 노후해 가도 그 길을 걷는 사람들은 언제나 새롭다.

어느 해 여름 휴가철이었다. 사람들이 만리포나 경포대로 짐을 싸들고 꾸역꾸역 몰려갔다가 그들의 몸과 옷에 소금기를 잔뜩 묻히고서 도시로 되돌아오고 있을 때 나는 혼자서 북한산을 올랐다.

평일날 한여름 낮의 산은 정적 속에 가라앉아 있었다. 대동문을 지나 북한산장을 향해 가는 오솔길에서 길을 가로질러 느리게 기어가고 있는 꽃뱀 한마리와 마주쳤다. 여름 햇살 아래 드러난 뱀의 몸체는 유난히 번들거리는 기름기와 원색으로 눈이 부셨다. 뱀은 아주 천천히 풀섶으로 들어갔는데 그 한 낮의 고요 속에서 느낄 수 있는 것이라고는 내가 쉬는 숨소리와 뱀이 헤치고 지나가는 풀잎의 가느다란 떨림 이외는 작열하는 태양뿐이었다. 존재하는 모든 것은 태양과 뱀과 나뿐이었는 듯 적막한 공산(空山)에는 나뭇잎을 흔 드는 바람 한 점 없었다.

불 타고 있는 햇살 아래 나는 순간 숨을 죽이고 뱀이 기어가는 것을 바라 보았다. 마침내 뱀의 족적이 완전히 사라졌을 때 땅 위는 하얀 공백만 남았 다. 하얗고 하얀, 밝고 밝은 땅 위에 물방울이 뚝뚝 떨어졌다. 물방울은 내 얼굴에서 목에서, 손등에서 쉴 새 없이 흘러내리는 땀방울이었다. 그 정적의 순간에 나는 차라리 그냥 빛으로 사라져버려도 좋으리라고 생각했다.

언덕에서 산장을 향해 내려가고 있을 때 텅 비어 있는 산에서 처음으로 사 람소리를 들었다. 소리가 나는 곳으로 가까이 가보니 라디오 소리였다. 나무 등걸에 그물침대를 매달아두고 한 젊은이가 잠이 들어 있었고 그 곁의 나뭇 가지에는 트랜지스터 라디오가 늘어진 자일에 매달려 있었다.

2시의 데이트인가의 에프엠프로에서 김기덕의 서두르는 듯한 쇳소리가 짜랑 짜랑 했다.

잠자는 젊은이의 곁을 지나니 물을 쫙쫙 쏟는 소리가 들렸다. 낮은 수풀에 가려진 샘물가에서 또 다른 젊은이가 발가벗은 채로 몸에 물을 끼얹고 있었 다. 그는 팬티 한 장 가린 게 없는 완전 나체였다. 목욕을 하고 있는 젊은이 가 등을 보이고 있는 터라 나를 발견하지 못했는지 그는 지극히 한가롭게 우 물의 물을 코펠로 퍼서 머리에서부터 내려붓고 있었다. 수풀 사이로 확연히 드러나는 목욕하는 이의 엉덩이가 다른 신체에 비해 유난히 희게 보였다. 그 들은 완전히 산에 동화되어 원시의 상태로 자연과 합일되어 있었다.

나는 물론 잠자는 사람을 깨우지도, 목욕하는 젊은이를 방해하지도 않고 그들 곁을 발소리를 죽이며 조용히 지나갔다.

그날 하산길을 수유리 아카데미 하우스쪽으로 잡았다. 사람들이 잘 다니 지 않는 숨은 계곡을 타고 산을 내려오면서 내가 늘상 편히 앉아 담배를 피우며 쉬어가던 바위를 찾았다.

하루종일 쉬지않고 걸은 탓에 매우 지쳐 있어 한시 바삐 바위에 도달하여 신발을 벗고 편안한 휴식의 즐거움을 맛보려했는데, 그 계획은 불가능해졌다. 내가 차지해야 할 바위는 이미 다른 사람이 점령하고 있었기 때문이었다. 얼른 보니 나이를 도무지 짐작해 볼 수 없는 한 사내가 바위 위에서 내가 쉬고 있던 자세와 동일하게 앉아 있었다. 머리카락은 온통 백발이었으나 얼굴은 마치 어린애같이 맑고 붉은 홍조를 띤 동안(童顔)이었으며, 주름살 하나 보이지 않아 동자 같기도 하고, 중년이나 혹은 노인처럼 보이기도 하는 남자였다.

나는 곤혹스런 표정으로 그를 올려다 보았는데, 그는 주위의 변화에 시선 하나 흐트리지 않고 앞쪽으로 향한 묵묵한 자세 그대로를 유지하고 있었다.

어린 도사인가. 아니면 백발의 노인이 산의 정기를 받고 어린아이로 환생했는가?

늦은 오후의 발 빠른 하산으로 인해 옷은 후줄그레 땀에 젖어 쉰내가 날 정도였으나, 나는 그 사내로 인해 옷을 훌훌 벗고 홀가분하게 쉬고 싶은 마음을 참아야 했다.

바위 아래편을 보니 계곡 옆의 평탄한 땅 위에 텐트 한동이 설치되어 있었다. 나이를 알 수 없는 사내가 머물고 있는 곳으로 짐작되었다. 지나치면서 텐트 속을 슬쩍 보니 일어판 문예춘추가 수북하게 쌓여 있었다. 책 표지가 새것과 낡은 것이 뒤섞여 있는 것으로 봐서 신간만 보는 게 아니라 묵은 잡지에서도 무엇인가를 읽어내고 있는 모양이었다. 텐트 옆 나뭇가지엔 석유등이 걸려 있었다.

나는 내려걷던 걸음을 멈추고 고개를 돌려 백발의 사내를 향했다.

"선생님이 기거하는 곳입니까?"

"그렇소만."

"뭘 하시는 분인데 이런 곳에 유하시고 계십니까?"

"보시다시피 이렇게 앉아 있소."

206

"도사가 되시는 겁니까?"

"세월을 사는 거지요."

"적적하지 않으세요?"

"혼자 끓여먹는 수제비 맛이 좋지요."

"언제부터 이곳에 계셨습니까?"

"한 세월 지났지요."

"밤에는 뭘 하고 지내십니까?"

"별을 찾지요. 세상의 어떤 사람도 일찍이 보지 못한 별을."

"천문학을 하시는 분이군요."

"땅의 이야기가 더 재미있지요."

그와 나는 완전히 선문답을 나누고 있는 꼴이었다.

나는 호기심이 생겨 더 머물고 싶어 그가 앉은 바위 곁으로 다가가서 담배한 개비를 끄집어냈다.

"한 대 태우세요."

"고맙소."

그가 손을 내밀어 담배갑에서 필터 부분이 빠져나와 있는 담배를 쥐었다. 나는 그때 보지 말아야 할 것을 보고만 듯한 충격으로 가슴이 철렁했다. 그의 손이 유별나게 희고 창백했다. 피부 안 속살의 내용물이 환히 들여다보일 듯 셀로판지처럼 투명한 손이었다.

등줄기에 오싹한 소름이 돋았다. 담배를 빼가는 손가락 끝의 손톱이 엄청나게 길다랗게 자라 있었다. 그 손톱 역시 희고 투명했다. 이 사람은 혹시 도깨비가 둔갑을 해서 이곳에 앉아 지나는 사람들을 홀리고 있는 게 아닌가. 나는 무서움 못지않게 사내와 텐트 속의 살림살이에 대해 궁금해 견딜 수가 없었다.

이 사람 옆에 며칠을 죽치고 앉아서 나도 한 세월을 살며 현인(賢人)인지 마귀인지 그를 파헤쳐나 볼까. 두렵지만 진짜 진인(眞人)을 만나는 행운을 잡을 지도 모르지.

"이런 곳에서 오래 계시려면 먹는 것을 해결하기가 쉽지 않겠습니다."

"세 끼를 다 먹는 사람들이야 불편하지만 우리네야 별 상관없어요."

"먹지 않고 사는 재주라도 있습니까?"

그는 내 마음 속의 간악한 호기심을 간파했는지 입을 다물어버렸다. 나는 침묵한 그를 물끄러미 바라보다가 자리에서 일어나고 말았다.

역시 도시에 사는 사람은 그들의 생활을 찾아 사람들 속으로 귀화하는 게 옳다. 산이 아무리 좋고 또한 그 사내가 인생의 난제들을 완전히 풀어줄 수 있는 진인(眞人)이라 하더라도 내가 지금 곧바로 산 아래 생활을 버릴 수는 없지 않은가.

그러기 위해서는 우선 직장에 사표를 내고, 예금통장을 정리하고 옷을 버리고 책을 불태우고 그리고 또…, 생각만 해도 머리가 어지럽다. 허튼 생각을 때려치우고 내려가기나 하자.

나는 작별 인사도 없이 그의 곁을 떠났다. 멀어지면서 약간은 경멸스런 표정을 지으며 오만한 걸음으로 징검다리를 건너뛰다가 한쪽 발이 미끄러졌다. 순간 몹시 부끄러운 생각이 들었고, 그가 나의 허둥거리는 꼴을 어떤 표정으로 바라보는지 궁금했으나 끝내 얼굴을 돌려세우지 않았다.

산에서는 그들대로 살아가는 방식을 터득하고 있는 것들만이 존재한다. 눈부시게 빛나는 원색의 꽃뱀도 발가벗고 목욕하는 젊은이도, 몇 해전의 낡은 문예춘추를 읽으며 혼자서 손톱을 기르고 있는 도사도, 모두 산과 교합을 이룬 자들이며 자연스럽게 어우러져 살고 있다.

나는 아직 열외다. 나는 황망히 도심의 거리를 향해 빠른 걸음으로 움직였다.

그 날 산을 내려오면서 기묘한 생각에 사로잡혔다. 나만이 소유할 수 있는 산 하나를 갖고 싶다고. 누구에게서도 침범당하지 않는 내 개인 소유의 산 하나를 가질 수 있다면, 나는 그곳에서 살고 그곳에 묻힐 것이다.

사바세계와의 연을 끊고 혼자 오두막 한 채 지어, 주변에 일용할 양식을 가꾸며 세상 끝에 온 기분으로 살아가고 싶다. 세상은 나로부터 저 멀리로 떨어져나가고 나는 이상한 원시인이 될 것이다.

　나 혼자만 소유하고 내 마음대로 할 수 있는 커다란 산 하나를 갖게 된다면, 나는 남아 있는 격정의 세월을 조용히 잠재울 수 있을 것 같았다.

11장

봄이 오고 있었다. 삼월이라고 하나 아직 해질녘의 기온은 목덜미를 서늘하게 만들어, 벗어놓은 두터운 외투를 껴입고서야 병원문을 나설 정도였다.

주말이 왔다. 우리는 토요일 오전까지 산행을 위한 어떤 여정도 잡아놓지 않고 있었다. 토요일 근무가 끝났을 때 늘상 그러했듯이 나는 배낭을 꾸리기 시작했다. 산조가 그런 나를 보고 물었다.

"어딜 가려고 벌써 서두르세요?"

"글쎄. 늘 하던 버릇이라서, 어딜 갔으면 좋겠어?"

"목적지도 정해두지 않고 짐부터 챙기고 있으니 어쩌겠다는 거요?"

"어딘가는 가야 할 게 아냐? 그래, 네 생각은 어때?"

"나야 언제나 형의 뒷자리 아니요? 형이 결정해야지요."

그때 나는 오대산의 가까운 대관령 쪽을 생각하고 있었다.

"여러 곳을 다녀봤으니 이번에는 오후 산행만으로 끝나는 곳으로 나서 보자."

산조와 나는 숙소에서 나와 고속도로를 탔다. 한 이십분 쯤 서울방향으로 진행하여 대관령휴게소 못미치는 지점에서 보광국민학교로 빠지는 우측길을 찾았다.

왼편에 노루묵이산을 끼고 산길을 계속 올라가니 국민학교가 보였다. 어린 학동들이 초봄에 개천가에서 바위를 뒤지며 동면하는 개구리를 잡아내고 있었다. 잡은 개구리는 도시로 팔려나가 정력을 키우고 싶은 사람들의 식탁에서 요긴하게 쓰여진다고 해서, 산골 아이들은 시퍼렇게 얼어붙은 손을 드러내놓고 추운 것도 잊은 채 개천을 뒤지고 있었다.

보광국민학교에서 보현사까지는 지루한 산길을 한 시간 삼십여 분을 열심히 걸어야 닿는다. 우리는 보현사에 도착하고 나서 어떻게 할 것인가를 결정하기로 했다.

오대산의 남쪽 줄기에 해당되는 선자령 고개를 넘어서 국사당을 거쳐 대관령 휴게소 쪽으로 하산할지, 아니면 보현사 절만 구경하고 되돌아나올지 그곳에서 시간을 맞추어보고 정하기로 했다.

보현사에 도착한 시간은 오후 3시경이었다. 절은 퇴락했으나 도시와 떨어져 있어 은밀한 정적과 깊이를 품고 있었다. 뒤뜰 쪽으로 돌아나오니 여러 개의 방들이 나란히 붙어 있는 낡은 집 한 채가 나타났다. 우리는 방에 딸려 있는 툇마루에 앉았다. 오래 묵은 나무판자에서는 곰팡이 냄새가 풍겼다.

어느 절에서나 엇비슷하게 이곳에서도 종루를 새로 건축하고 있었다. 어마어마하게 큰 종이 들어가 오대산의 한 자락을 소리쳐 깨울 것이다. 저렇게 큰 종이 왜 필요할까?

외형적인 치장에 얽매이다 보면 사람들의 내부 깊숙이 잠재되어 있는 신성(神性)을 일깨우기가 힘든다. 교회의 건물이 초대형이든 절의 종루가 크든 간에.

다만 종교란 공기같이 우리 몸속에 그냥 스며 있을 뿐인데, 현자들이 한 가지의 진리를 가지고 어렵고도 힘들게 여러 갈래로 풀어놓았을 뿐이다.

인가가 전혀 보이지 않는 이곳에 이렇게 커다란 종각을 만들다니, 사람들을 위한 역사가 아니라 산 속에 웅거하고 있는 뭇 생물들을 위한 일로 생각되었다. 종소리를 듣고 산짐승들이 때맞추어 먹이를 찾으러 가든지 잠자리에 들 시간을 가늠하게 될지도 모를 일이다.

우리는 아직 피로해 있지 않았다.

"산조, 어쩔래? 더 올라갈까? 아니면 여기서 절 구경이나 하고 내려갈까?"

"형 생각은 어떻소?"

"나야 상관없으니, 네 하고 싶은 대로 따르겠다."

"더 올라가보고 싶긴 한데, 어두워오는 시각이라 어떨지 모르겠네요. 지난번 대관령 하산길에서 겪은 고생처럼 완전히 사람 죽이는 꼴 나는 건 아닐 테죠."

"설마 그러기야 하려고. 다른 건 몰라도 랜턴만큼은 철저히 준비해왔으니 최악의 경우야 모면하겠지."

우리는 만약을 대비하여 다른 것은 두고라도 혹시 맞게될지도 모를 야등을 위해 랜턴만은 큰 것으로 두 개를 준비했고 건전지도 여분으로 몇 개를 더 갖고 있었다. 밤을 밝힐 불빛만 생각한다면 두 사람이 일 주일도 사용할 만큼의 준비를 갖춘 셈이다.

단지 먹을 게 부실했다. 모두 행동식을 준비했는데 산행거리가 길어봐야 대여섯 시간 이내에 완료될 것으로 생각했기 때문에 일체의 취사도구를 빼버렸다. 그것이 등산을 더욱 효과적으로 할 것으로 생각한 탓이다. 간편한 차림새로 나서는 것이 산을 오르는 마음의 부담을 덜어주는 게 사실이다. 뿐만 아니라 우리는 산천경개를 구경하고자 나선 것이지, 미봉의 험준한 산을 정복하고자 길을 떠난 것은 아니지 않는가.

선자령 고개에서 곤신봉까지 올랐다가 다시 내려오려고 한다면 지금 출발하는 시각은 너무 늦었다. 그럴 줄 알았으면 어떻게 하든 보현사까지는 차편을 이용하는 것이 좋았을 텐데, 오랜만에 시골의 평탄한 산길을 걸어보자고 산의 초입에서 내려버린 것이 잘못이라면 잘못이지만 이미 지나간 버스다. 덕분에 조용하고 착 가라앉은 듯한 한적한 시골길을 걸은 것은 수확이었다. 그 길은 노인봉을 넘어 진고개 산장에서 월정사로 빠져나오는 8킬로미터의 지루한 시골길보다는 훨씬 운치있었다.

집을 나서기 전에 산조와 나는 배낭을 꾸리면서 작은 다툼을 했다. 저녁을 산에서 해먹느냐 아니면 행동식으로 때우느냐의 문제 때문이었다.

　내가 작은 주머니 배낭 하나만 추스르고 있으니 산조가 한심하다는 듯 나를 쳐다봤다.

　"형, 짐은 고작 그것 하나만 달랑 들고 갈 거요?"

　"그러지 뭐. 오늘은 짐 잔뜩 둘러메고 곰처럼 끙끙거리며 산을 넘을 게 아니라 가볍게 한번 나서보자."

　"가볍게?"

　"그래, 새털처럼 가볍게."

　배낭이 줄어든다고 생각하니 갑자기 마음이 홀가분해졌다. 등허리를 휠 듯이 혹사시키는 짐에서 해방된다면 우리는 진정 새처럼 자유롭게 날 수 있을 것이다. 자유로운 등반은 짐으로부터 벗어날 때 비로소 가능해진다.

　옛날 나그네들처럼 괴나리 봇짐 하나 둘러메고 나설 수는 없는가? 그때의 사람들은 삼시 세끼를 다 찾아먹지 않아도 마음은 여유가 있었는데 지금은 너무 걸리적거리는 게 많다. 수목이 자라듯 햇볕과 물만으로 사람들이 살아갈 수 있다면 우리의 삶이 더 한층 자유로울 것이 분명하다.

　"형 따라 산에 다니면 굶는 게 다반사요. 그러지 말고 이번에는 어택색이라도 들고 갑시다. 형이 힘들면 대신 내가 메고 갈 테니."

　"뭘 넣어 갈 건데?"

　"고기랑 상추 넣어가서 '쐬'도 한 잔 합시다. 형 말대로 곰처럼 매일 걷기만 하면 뭘해요."

　"아서라. 고기 구워먹기 위해 산에 간다면 각자 따로따로 가자."

　"형은 산에 다니면 배도 고프지 않수?"

　"나도 사람인데 왜 안 고프겠니? 되도록 짐을 줄여서 갖고 가자는 것이지, 아예 굶자는 말은 아니다. 그러나 취사도구를 챙겨가는 것은 싫다."

　"참 별일이네. 다른 사람들은 다들 갖고가는데 왜 우리만 귀족처럼 굴어요?"

　"벨트색에 김밥 넣고 옥수수 빵이나 좀 넣어가면 될 게 아니냐. 산에 갈 때 온갖 음식 갖고 가서 볶아먹고 구워먹고 그리고 아무데나 쓰레기 버리는 행위는 이제 고칠 때도 됐다. 매년 우리나라 인구 사천만이 산을 오르내린다. 그들이 버린 쓰레기가 강산을 뒤덮고 있는 걸 너도 알고 있잖아."

"버린다는 것은 나쁜 일이지만 배부르게 먹을 수 있다는 것은 집 떠난 자들에게는 축복이잖아요."

"푸짐하고 많은 것만이 꼭 좋은 것은 아니다. 모자라고 비어 있어도 마음이 풍족해진다면 우리는 그것만으로도 충분히 포만해질 수가 있어. 몸의 배고픔은 마음 추스르기에 따라 그 정도가 달라질 수 있다고 생각해. 넉넉함보다 부족함을 더 사랑하기 위한 것이 산을 오르는 참뜻이 아니겠니?"

"그렇지만 등반자의 기본 가르침으로 산에 갈 때는 충분한 음식을 갖고 갈 것. 비상식량까지 준비하고 여벌의 옷이나 양말 등도 챙겨 넣으라고 아우성이잖아요."

"그대로 다 한다면 우리가 살고 있는 집을 들고 가지 그래. 산조, 우리는 이미 그 경계선을 넘어섰잖아. 먹자고 가는 게 아니라 신선이 되기 위해 오른다. 또한 산은 우리들만 사용할 게 아니라 자손 누대에 걸쳐 그 아름다움을 나누어 주어야 해. 나는 외국에서 부귀영화를 누리게 해줄 테니 오라고 해도 사양하겠다. 산과 산, 그 사이 굽이굽이 흐르는 강물과 그 변두리에 터를 잡고 사는 우리네 마을을 산 위에서 바라보아라. 이런 축복받은 대지가 세상 천지 어디에 있는가?"

"지당한 말이오."

산조는 짐짓 딴청을 부리는 듯하더니 느닷없이 내 윗호주머니를 들추어 담배와 라이터를 책상 위로 휙 내던졌다.

"산불로 죽어가는 조국의 산을 확실히 지키기 위해 모름지기 형은 산에 갈 때만은 이것도 두고 가요."

나는 불시에 난타당했다. 한 끼의 식사는 거를 수 있어도 담배가 없다면 산행은 거의 불가능하다.

"산조, 그것은 좀 곤란하다. 물론 불을 지필 어떤 것도 갖고 가지 않아야 하는 것은 옳은 일이지만, 그것만은 용납해다오."

"마찬가지잖아요. 내가 버너 갖고 가겠다는 거나 형이 라이터 넣고 가겠다는 거나 오십 보 백 보 아니오."

산조의 말은 전적으로 옳다. 실화의 원인은 대부분이 담배불과 취사불로 인한 것은 사실이다. 산이 신음하며 죽어가는 것은 쓰레기 못지않게 산불도 큰 이유가 되어 왔으니까.

숲은 한번 타버리면 그만이다. 무려 30년을 일궈내야 다시 제모습을 찾아 낸다. 최근 통계에 의하면 산불 발생은 연간 3백 건이 넘고 소실되는 면적이 1천6백헥타르나 된다니 엄청나다. 삼림의 고마움과 아름다움을 오랫동안 갖기 위해서는 개인의 작은 이기심은 버려야 한다.

"좋다. 네 말이 타당하다. 라이터를 포기하겠다."

나는 책상 위에 던져진 담배갑을 움켜쥐고 두 손으로 비틀어 라이터와 함께 휴지통 속으로 던졌다.

산 한번 오르겠다고 금연까지 단행하고서야 떠나게 되었다. 그러나 산이 놀이터가 아니라면 우리의 행위는 지극히 지당하다. 산을 오름이 극기라면 금식과 금연도 그것에 가늠하는 비슷한 마음가짐이다. 나도 산조도 반쯤 수긍하고 반쯤은 불만 섞인 기분으로 집을 떠났다.

보현사를 뒤로 하고 돌아서니 위로 오르는 산길이 나타났다. 겨우내 쌓인 눈이 완전히 녹지 않고 산죽 위에 희끗희끗 덮여 있었다. 왼편으로는 개울이 흐르고 있었는데 그곁에 드러난 오솔길을 따라 십여 분 오르고나니 앞이 잡목으로 뒤엉켜 도대체 길을 찾아낼 수가 없었다. 우리는 이쪽저쪽으로 비집고 다니며 길을 뚫어보려고 애를 썼지만 모든 노력은 무위로 끝나고 말았다.

"이쪽 말고 다른 곳을 진입하는 길이 있는 모양이야. 그렇지 않다면 왜 이 곳에서 길이 딱 끊어지고 말았겠어?"

"글쎄요, 이상도 하지. 길이 참 희안하게도 끊겨 있네. 막다른 골목에 선 기분이 드네요."

"산조, 절에 가서 스님한테 물어보자. 산에서는 언제고 늦다고 생각될 때가 가장 빠른 법이야. 빨리 되돌아가자."

"그럽시다."

우리가 다시 내려와서 절마당으로 들어섰지만 여전히 사람 그림자 하나 보이지 않는 건 마찬가지였다. 절은 깊은 침묵 속에 가라앉아 있었다. 이렇게 큰 절에 사람들이 다들 어디로 갔담. 절을 한 바퀴 돌아보니 방문앞에 신발 한짝이 놓여 있는 게 보였다.

"누구 계십니까? 길 좀 물어보겠습니다."

한참 지난 후에야 방문이 스르르 열렸다. 잠에서 방금 깨어난 듯한 부시시한 얼굴의 중늙은이 한 사람이 문밖으로 얼굴만 내밀고 내다봤다. 절에서 허드레 일을 도와주고 있는 사람인 모양이었다.

"저 산 위로 올라가려는 등산객인데 길을 몰라서 그럽니다. 혹시 산길로 들어서는 길을 알고 계신가요."

중늙은이가 귀찮다는 표정을 지으며 퉁명스레 쏘아붙였다.

"그곳에는 길이 없소."

"길이 없다니, 그럼 산으로는 어떻게 올라갑니까?"

"길이 아예 없을 뿐더러 그쪽으로는 사람들이 다니지 않소."

"무슨 말씀인가요? 이태 전에 제가 혼자서 산을 넘어 이곳으로 내려온 적이 있는데요."

"그때야 길이 있었는지 몰라도 지금은 없어졌소."

"있던 길이 없어지다니요? 혹시 그쪽으로 가본 적이 있어요?"

대답하기 싫어하는 기색이 역력한 그에게 내가 약간 언성을 높였다.

"아저씨는 가보지도 않고서 길을 묻는 사람에게 무작정 길이 없다고만 하면 어떡해요?"

중늙은이가 뜨악해진 표정으로 대답을 못하고 우물쩍거리고 있었다.

"혹시 이 절에 오래 계신 스님은 안 계신가요?"

"모두 강릉시내에 나갔소. 어두워야 돌아올 텐데, 그건 왜요? 스님한테 길을 물으려고?"

"그렇소."

"틀림없이 길이 없다고 못 가게 할 거요. 그러니 그냥 내려가는 게 좋겠소."

나는 갑자기 기분이 뒤틀려 이 중늙이한테 애를 좀 먹이고 싶었다.

"아저씨는 여기서 뭘 하는 사람이오?"

"절에서 일하는 사람인데 그건 왜 묻소?"

"그럼 주인이 타관에 나가고 없는 동안 집을 지켜야지 문 닫아 걸고 잠이나 자고 있으면 어떡해요? 스님들 안 계신다고 농땡이나 부리고, 앞마당에 한번 나가봐요. 녹지 않은 눈이고 쓰레기가 범벅이 되어 진창을 이루고 있습니다. 그런데 이렇게 한가하게 낮잠이나 자고 있어도 되는 거요?"

곁에 선 산조가 내 옆구리를 잡아당겼지만 나는 튀어나오는 말들을 멈추지 않았다. 씨알도 알지 못하는 늙은이가 있는 길을 없다고 우기니 울화통이 안 터지고 배길 수가 없었다.

"아니 이 양반들이? 어디서 온 사람들인지 모르지만 사람없는 집에 들이닥쳐 무슨 행패요, 행패가. 산에 길이 있든 없든 내 알 바 아니니 어서들 나가보시오."

나는 분이 덜 풀린 상태지만 절마당을 나올 수 밖에 없었다.

"저런 인간들이 절에 오래 붙어 있다가 나중에 땡땡이중이 되어 사기나 치고 다닌단 말이야."

고행하는 승려를 발견하고 선정의 경지에 이른 맑은 얼굴은 만나볼 수는 없을지라도 이건 너무 어처구니없는 푸대접이다.

내가 혼자 구시렁거리며 앞서가고 있는데 산조는 뒤에서 말 없이 따라오고 있었다. 빌어먹을 어떻게 하든 길을 찾아 이 산을 오르고 말 테다. 그것은 순전한 오기였다.

절에서 생긴 해프닝이라면 부산 근교 영취산에서 있었던 기골이 장대한 스님과의 싸움 한 판을 잊을 수가 없다. 십년 전쯤이었다. 여자 두 사람이 낀

다섯 명으로 이루어진 초겨울 산행에서였다. 부산에서 통도사까지는 고속버스를 이용했다.

통도사 경내를 구경하고 정범교를 지나서 극락암까지는 순조롭게 올랐다. 극락암에서 백운암까지 오르는 중간에서 혼자서 바위를 찾아 볼더링을 하면서 산행을 하는 기이한 한 젊은이를 만났다. 젊은이는 초크 주머니를 뒷춤에 차고 혼자서 노래를 흥얼거리며 천천히 때로는 다람쥐처럼 재빠르게 오르고 있었다. 우리와 엇비슷하게 오르게 되었는데 얼핏 보면 건달기가 얼굴에 묻어 있는 것 같기도 해서 같이 간 여자들이 경계를 했다.

그가 언덕 위에서 잠깐 쉬고 있을 때, 마침 뒤따라간 우리는 기막힌 그의 노래를 들었다. 노래의 곡명이 '선구자'였는데 대단한 열창이었으며 상당한 수준에 올라 있는 솜씨였다. 동행한 여자들이 담박에 마음을 풀고 배낭 속에 든 과일을 꺼내어 그에게 권했다. 그는 사과 한 개를 받아 손에 쥐고서 악 하는 기압소리를 한번 지르더니 굵은 사과 한 개를 산산조각으로 만들어버렸다. 우리는 순간 기가 질려버렸는데 그는 조각난 사과의 속살만을 골라먹고 껍질은 버렸다. 일행 중 누군가가 물었다.

"무슨 일을 하고 계시는데 그런 괴력이 있습니까?"

"보시다시피 산을 다닙니다."

"산 말고 다른 일을 하시는 게 없습니까?"

"여러가지 일을 하지요. 일일이 다 설명할 수는 없고. 혹시 점심 갖고 왔습니까? 남는 게 있다면 좀 나눠 먹었으면 고맙겠는데요."

"물론 있지요. 나중에 점심을 같이 합시다."

그래서 우리는 동행이 되었다.

백운암 아래에 샘터가 있다. 우리가 샘터에서 물을 마시며 쉬고 있을 동안 괴력의 사나이는 건너편의 낮은 암벽에서 혼자 볼더링을 시작했다. 우리는 그와의 약속도 있고 해서 길음을 멈추고 그의 바위타기를 구경했다. 그는 줄도 없이 그냥 바위를 오르내렸다.

초크를 양손에 묻히고 바위 틈새에 손가락 두 개를 끼워넣었다. 잠시 후

두 발이 공중에 떴다. 손가락 두 개가 몸 전체를 떠받치고 있는 꼴이다. 그가 오른발을 높이 치켜들어올려 머리 위의 테라스 위에 얹었다. 손가락 한 개가 빠지고 팔이 위쪽으로 뻗었다. 팔뚝의 근육이 팽팽하게 꿈틀거렸다. 그리고는 성큼 바위의 중간지점에 올라섰다. 그 다음이 문제였다. 너트 한 개를 끼워놓고 이쪽저쪽으로 이동하기를 여러 차례, 드디어 그는 미세한 홀드를 딛고 가뿐히 바위 위에 섰다. 그는 바위 끝에 서서 우리를 향해 손을 한번 저어주고는 노래를 불렀다. 노래는 '베사메무초'였다. 빼어난 테너라기보다는 조영남의 목소리에 가까웠다. 그는 다시 초크를 칠하고 바위 옆면을 타고 내려왔다.

우리의 사고는 절에서 일어났다. 절에 도착하니 위쪽의 작은 개울가에는 이미 사람들이 모여앉아 있어 비집고 들어갈 자리가 없었다. 그 위편으로는 물도 없다.

일행이 여럿이었고 여자들이 끼어 있었으므로 먹을 게 많았다. 대충 먹고 일어설 게 아니라 성찬이 될 점심이었으므로 넓고 편안한 자리가 필요했다.

우리는 절 안으로 들어갔다. 삼신각 뒤편에 마침 여러 사람이 둘러앉아 먹을 수 있는 평평하게 잘 다듬어놓은 자리가 보였다. 나는 혹시나 해서 양해를 구할 겸 사람을 찾았는데, 마침 마당을 가로질러 부엌으로 들어가는 보살 한 분을 만났다. 절에서 부엌일을 돕고 있는 아주머니였다.

"마땅한 자리가 없어서 그러는데 저 위 삼신각 뒷편에서 점심요기를 지어먹어도 될까요?"

"그러셔요. 밥 지어먹고 가는 거야 누구한테 물어볼 것도 없지요. 어서 지어 잡수세요."

"우리는 고기를 구워먹을 텐데, 냄새가 나면 어쩌지요? 스님들이 혹시 기분이나 상하시지 않을지 모르겠네요."

"괜찮아요. 다들 산에 와서 고기 구워먹고 하는데 어쩔라구요. 상관말고 드세요."

"스님한테 따로 말씀드리지 않아도 될까요?"

"내가 대신 이야기해 드릴 테니 걱정 말아요."

높은 곳에 위치한 절이긴 하나, 그래도, 이곳에서 연기를 피우며 고기 굽는 냄새를 풍긴다는 것은 몹시 마음에 걸렸다. 그러나 별달리 자리를 잡고 앉을 곳이 마땅찮았으므로 별 수 없이 짐을 풀었다. 물론 볼더링을 하는 젊은이도 합류했다.

한쪽에 밥을 얹고 한쪽에서는 양념해서 준비한 곱창을 구웠다. 소주 한 순배가 돌아가고 고기가 익어갈 무렵에 일이 벌어지고 말았다.

대갈일성 한 목소리가 뒤쪽에서 터졌다.

"웬 놈이 절간에서 고기를 굽고 아녀자와 희희덕거리고 있어?"

우리는 동시에 소리 나는 쪽을 향해 고개를 돌렸다. 험상궂기가 양산박의 노지심을 닮은 거구의 한 젊은 스님이 눈을 부라리며 우리를 노려보고 있었다. 간담이 서늘할 지경이었다. 일행 중 누군가가 일어나서 용서를 빌었다.

"스님 죄송합니다. 밥 지어먹을 자리가 적당한 곳이 없어 여기서 신세를 지게 되었습니다. 혹시 정진하시는데 방해가 되셨다면 용서해 주시기 바랍니다."

"당신들 밥 지어먹고 고기 구워 먹으라고 절을 세운 줄 알아? 도대체 사람들이 양심이 있어야지. 어디서들 왔어?"

노지심은 처음부터 계속 반말이었다. 나는 울화통이 치밀어 올라 왔으나 우리가 잘한 짓이라고는 조금도 없었기에 참고 있었다.

"부산서 왔습니다. 밥만 익으면 곧 치우겠으니 얼마간의 시간만 허락해 주십시오."

"못해. 엎어버리기 전에 당장 치워."

같이 왔던 여자들의 얼굴이 새파랗게 질렸다.

"부엌에 있는 보살님한테 사전에 양해를 구하고 이곳에 앉았습니다. 그분이 식사를 해도 좋다고 하길래 불을 지핀 것입니다."

"잔소리 할 것 없어. 여기가 어디라고 함부로 설치고 여자들과 노닥거리고 있어?"

여자들과 노닥거리다니? 이 땡땡이중은 틀림없이 여자 컴플렉스에 걸린 놈이구나. 아니면 고자거나 성불능자에 틀림없다. 나는 배알이 뒤틀려 자리에서 박차고 일어났다.

"말이 지나치지 않소? 이곳이 어디라니. 그래, 청와대라도 되는 곳이오? 중생을 제도하겠다고 도를 닦고 있는 중놈 주제에 등산객이 밥 한 끼 해먹고 가겠다는데 그게 그렇게 아니꼬와? 절이 싫으면 중이 떠나면 될 게 아냐. 우리는 사전에 허락을 받았다고."

젊은 중의 얼굴이 푸르락 붉으락 노기탱천했다. 시커먼 눈섶이 누에마냥 꿈틀꿈틀거리더니 험악한 인상으로 내앞에 다가섰다. 나는 이제 이놈의 중놈한테 맞아죽게 되었구나 하고 심장이 뛰어 팔랑개비가 바람에 돌아가듯 천방지축으로 뛰고 있었다.

그 순간에 기적이 일어났다. 묵묵히 자리에 앉아 있던 볼더링을 잘 하던 젊은이가 분연히 일어섰다. 그의 오른손에는 따지 않은 소주병이 들려 있었다. 내 앞으로 얼굴이 벌겋게 달아올라 가까이 오고 있는 중앞에 그가 섰다.

"대사님, 잘 보시오."

볼더링의 사나이는 소주병주둥이를 입속에 넣어 '악'소리를 질렀다. 병주둥이는 박살이 나고 날 선 유리조각들이 그의 입에서 튀어나왔다.

우리는 놀라서 그의 입술을 보았는데 피 한 방울 맺혀 있지 않았다.

술병이 깨지면서 술은 반쯤 엎질러졌다. 볼더링의 사나이는 남은 술을 노지심의 흰고무신 신은 발등에 줄줄 부어내렸다. 우리는 놀라움에 숨을 죽이고 그의 행위를 지켜봤다.

"땡땡이중이 도를 깨우치기에는 아직 일렀구먼. 나도 절밥 근 십 년을 먹어보았어. 허튼 수작말고 들어가서 공부나 더해."

그가 다 부어버린 깨진 술병을 내려놓자 덩치 큰 노지심은 말 한마디 못 건네고 그대로 돌아서 가는 것이었다.

우리는 끝내 그곳에서 식사를 마쳤다. 식사중에 부엌에서 만난 보살이 우리를 찾아왔다.

"저 스님은 공연히 여자들과 같이 온 사람들한테만 저렇게 심술을 부려요. 다른 사람들이 먹을 때는 아무 소리도 안하더니."

"절에서 고기를 구워먹은 우리가 잘못 했지요. 빨리 먹고 일어나도록 하겠습니다."

"그러실 것 없어요. 저도 이제 혼이 났을 테니 천천히 잡숫고 가세요."

식사가 끝나고 산을 더 올라 영취산의 갈림길에서 볼더링의 사나이는 시살등으로 갔고 우리는 정상 쪽으로 가느라고 헤어졌다.

세월이 지난 지금에도 그날 영취산 등지에서 일어난 사건을 생각하면 나는 미궁의 늪 속으로 빠져든다.

지금쯤 그날의 노지심은 어느 산만큼 득도의 길에 올라있을까? 또한 볼더링을 하던 그 젊은이는 지금은 어쩌면 손바닥 위에 수박을 얹어 놓고 깨고 있을지도 모를 괴력을 지니게 되었을 것 같은 불가사의한 추억을 남기고 있다.

다시 보현사를 나와서 처음과는 다르게 개울을 건너뛰었다.

역시 산죽 위에 눈이 희끗희끗 남아 있어 걷는 길이 미끄러웠다. 자세히 보니 산죽 사이로 희미하게 길이 나 있었다. 그 길을 찾아 올랐다.

계곡을 오른쪽에 끼고 돌아서보니 그곳 역시 종잡을 수 없었다. 가다 끊어지고 끊어졌다 이어지는 형국이 계속되었다. 길이 없어 주위를 두리번거리다 보면 개울의 저쪽 편에 희미한 오솔길이 나타나기도 했는데, 등산객들이 다니지 않은 탓에 리본 표시 하나 매달려 있지 않았다.

우리는 가까스로 선자령 고개마루에 설 수 있었다.

그곳에서부터는 능선길이 제대로 뚫려 있었다. 오른편으로 나서면 곤신봉을 경유해서 매봉, 노인봉까지 닿을 수 있었지만 오늘은 너무 늦었다. 선자령에 섰을 때 이미 랜턴을 사용하기 시작했다.

대관령 휴게소로 향한 하산길은 시멘트 돌기둥에 가시철망이 둘러쳐진 것이 낡은 채로 일부는 기울어져 있고 일부는 파손되어 방치되어 있었다. 아마 오래 전에 이곳에서 누군가 목축을 하기 위해 만들어 두었다가 지금은 사용하지 않아 못 쓰게 된 모양이다.

삼 월이었으나 능선에 서니 저녁 바람이 몹시 거세게 불어왔다. 길은 평탄하고 완만했으며 내리막길이라 힘도 그렇게 많이 들지 않았다. 걷기 좋은 산길을 편안한 마음으로 걸을 때면 우리가 딛고 있는 이 땅과, 바라볼 수 있는 수목과 하늘을 생각하게 된다.

우주는 언제부터 제 모습을 갖추었을까? 우주가 계속 팽창하고 있다는 사실이 알려지면서 대폭발에 의한 우주의 생성시기를 대략 일백 오십억 년 전으로 보고 있다. 아인슈타인에 의하면 지금도 우주는 계속 유합하고 동시에 붕괴되고 있다. 그리고 어느 땐가는 대붕괴가 있을 것이라고 했다. 지구의 종말이며 모든 존재의 마지막이다.

무(無)의 상태로 되돌아간다. 공간도 시간도 에너지도 물질도, 그 모든 것이 아무 것도 없는 상태니 인간의 영혼따위야 아예 생각해 볼 수도 없다. 제로의 지점에서 다시 새로운 우주가 탄생할 것이다. 오묘하고 불가사의한 시간의 진행에 대해 내 아둔한 머리로 미래를 예측해보기란 정녕 힘들고도 어렵다.

역시 나는 지금 살아 있고, 가쁜 숨을 쉬고 있으며 단단한 두 발로 산정을 향해 오르고 있는 지금이 더 중요하다. 이 시각에 행복을 놓치면 미래에도 행복은 없다. 행복하고자 노력해야 한다고 자신에게 하루에도 몇 번씩이나 다짐해야 한다. 이렇게 살아 별이 빛나는 산길을 걸을 수 있는 고마움을 진정으로 깨닫고 싶다.

대관령 휴게소에 도착하니 밤 8시가 조금 지난 시간이었다. 생각보다 빨리 끝난 산행이었다.

강릉시내서 이곳까지는 삼사십 분이면 족하다. 내려갈 차편이 마땅찮아 불을 지핀 난로가에서 커피를 마실동안 병원 차를 불렀다.

시내 도착후 내가 산조한테 물었다.

"산조, 어때? 하산주라도 한 잔 생각나면 흑진주에 들려 보는게."

"사양하지요. 형이나 한 잔 하고 와요."

"왜, 무슨 일이라도 있어?"

"별일은 아니지만, 미영씨가 기다린다고 했어요."

"뭐라고? 주말에 기다리는 사람을 두고 산에 따라 나서다니. 너는 도대체 알 수가 없구나."

"글쎄요. 나 스스로도 지금 갈팡질팡 중이오. 그녀와 계속 만나야 할지 그만둬야 할지."

"왜? 그동안 자주 산에도 함께 다녔잖아?"

"그게 문제요. 만날수록 나는 왠지 자신이 없어지는 걸요."

"아니, 네가 무엇 때문에 자신이 없다는 거지?"

"나도 모르겠어요. 산 다니고 나서 생각해보니 한 여자를 만나 평생 얽매여 가정생활을 꾸려 나간다는 것이 그렇게 끔찍하게 생각이 드네요."

"그녀도 산에 다니잖아. 너보다 더 오래, 더 깊이 산에 심취되어 있을 텐데."

"사실 그게 어려워요. 여자는 산보다 가정이 우선이거든요. 결혼하고 매일 배낭 둘러메고 둘이서 산이나 돌아다닐 수도 없고, 권금성 산장에다 신방을 차릴 형편도 아니잖아요."

"많은 사람들이 결혼하고도 산에 다닌다. 산 때문에 여자와 거리를 두겠다면 너는 결코 참다운 산을 만나지 못할 것이다. 산은 생활속에서 함께 숨쉴 때 진정한 참 가치를 발견하게 되. 그녀를 다시 만나봐."

"목욕이나 하면서 생각해보지요."

"생각해보다니? 미영씨가 낮부터 기다리고 있었을 것 아냐? 전화부터 먼저 해."

나의 다짐에 산조가 신경질을 내며 몽뚱그려 대답했다.

"알았소. 형은 자기 일도 처리 못하면서."

"임마. 원래가 사람 사는 일은 그런 것이다. 자기 일은 제대로 못하면서 남의 일은 소상하게 파악하고 쉽게 해결할 수 있을 듯이 나서는 것 말이다."

"쉬운 일들이 아니요. 그럼 나 먼저 시내에서 내릴 테니 형은 그대로 앉아 있어요. 그래 카추샤를 만나러 갈 참이요?"

"내, 염려는 말고 네 일이나 잘 해. 토요일 낮부터 기다리고 있는 여자를 두고 네가 지금 무슨 망나니 짓을 하고 있는 거니? 우리가 만약 등산계획에 차질이 생겨 오늘 밤새 야등을 했다면 기다리는 여자의 마음은 어떡하려고 나한테 말 한마디 안했는지 모를 일이군."

"그랬다면 어쩔 수 없지요."

"어쩔 수 없다니? 잔소리 말고 빨리 내리기나 해."

나는 산조를 시내복판에 내려주고 혼자 숙소로 들어왔다.

박산조와 문미영의 만남은 처음 시작은 그러하지 않았는데 지금와서 왜 저렇게 산조가 머뭇거리고 있는지 알 수가 없다.

언뜻언뜻 나타내는 그의 표정으로 봐서 짐작컨대 산조는 자기 스스로를 완전히 정리하지 못한 마음의 부담을 느끼고 있는 모양이다. 새로운 여자와의 만남은 그에게 갈등을 안겨주게 될 것임은 확실하다.

문미영에 대한 생각은 얼마나 사변적인가. 사랑은 추상적이 아니고 사실적이어야 한다.

그가 뻔뻔한 가식의 마음가짐으로 여자를 만나는 것이 아니라면, 그의 참담했던 과거를 새로운 여자를 만남으로써 단숨에 씻어내기는 불가능할 것이다. 세월이 꽤 흘렀다고는 해도 산조는 이중의 울을 두르고 사람을 사귈 수 있는 천성이 아니다.

올 오어 난 프린시플(All or Non Principle). 의학의 생리학 용어다. 어떤 상황이 전개되면 전부냐, 전무냐로 확실하게 구분지워야지 어중간한 자세로 양쪽을 기웃거리는 행위는 그가 취할 모양세는 결코 아니다.

그가 스산하고 칙칙한 어둠의 과거에서 벗어나 맑은 눈빛으로 떳떳하게 그녀 앞에 설 때 그는 피해가지 않을 것이다. 슬픔을 이겨내야만 비로소 사랑이 움틀 여지를 만들어 낼 수 있으므로.

문미영. 예지에 가득한 여자. 그녀의 예리함이 산조를 거북하게 만드는 하나의 제약이 될 수도 있다. 여자는 적당히 우둔해야 한다면 미영은 그런 범주에 속하는 부류가 아니다. 그녀는 자로 잰듯이 반듯하고 분명하다.

남녀관계는 알 수 없는 일이며 어느 누구도 장담해서 말할 수가 없는 노릇이다.

산조가 제도에 예속되어 냉소적인 아집에 젖어 있다면, 미영이는 보수성을 내포하면서도 현실적인 변화를 끝없이 추구하는 미래지향적이다. 그녀의 그림 역시 회화를 하나의 완결된 완성품으로 보지않고 그것을 만드는 과정과 행위 그 자체를 더 중요시 한다.

그들은 대칭된 극이다. 안주와 비약의 틈바구니를 조절할 수 있는 능력을 서로 보완하여야 한다. 그 일은 누구도 도울 수 없으므로 객관적인 입장의 나로서는 그들의 접근을 조심스럽게 바라보고 있을 뿐이다.

미영이를 만나고 온 저녁에 언젠가 산조가 내게 말한 적이 있었다.

"형, 그녀의 이름이 이상하다는 생각이 들지 않소?"

"이름이 이상하다니, 무슨 도깨비 같은 소리냐? 아름다울 미, 빼어날 영. 좋은 이름이잖아."

"형, 그 이름을 빨리빨리 불러봐요. 문미영 문미영 문미영……문명, 문명……이상하게 들리죠?"

"별 걸 다 가지고. 네가 이름 풀이라고 하는 사주관생쟁이냐? 이름이 어때서 그래?"

"문미영은 문명(文明)의 풀어쓴 이름 같이요."

"그렇게 들린다고 해서 사람이 달라질 게 뭐가 있어? 한글의 발음이 문제지 글자 자체에 무슨 뜻이 있는 것은 아니잖아."

"글쎄요. 문명은 이상하게 싫게 들리네요. 내가 형따라 산에 다니면서 반문명(反文明)적인 생활습성에 젖은 탓인지, 왠지 그림이라든지 화가라든지 하는 미각적인 것에는 나 자신도 모르게 반발이 생겨요."

"별 지랄 같은 소리를. 네가 어쩌다가 이름풀이 작명 철학가가 되었지? 임마, 아무리 반문명(反文明)적으로 산다고 해도 너는 지금 최신 의학으로 무장되어 있는 현대의 의사가 아니냐. 널 두고 또 달리 더 문명적인 것이 어디에 있어?"

나는 산조의 이야기를 들으며 그가 그녀와 만나고 오면서 그녀의 예리한 통찰력과 지적인 사고에 새삼 두려움을 느끼고 있을지도 모른다고 생각했다. 산조에게 어울리는 여자는 세련미보다는 포근함이 더 알맞다.

하기야, 우리가 세상을 살아가면서 가끔 부딪치는 일들중에 잘 가꾸고 정돈된 환경이 더 부자연스러울 때가 있음을 느낀다. 그것은 산에서도 마찬가지이다. 시골의 운치나는 건물을 모두 헐어내고 관광단지를 만들어버린 규격화된 공간에서 얼마나 생소함을 맛보았던가. 설악동에서, 무릉계곡에서, 팔공산 갓바위에서 혹은 지리산 어디에서도 누누이 보고 느낀다. 개발이란 이름으로 자행되는 싹 쓸이는 인간의 심성마저도 메마르게 만든다. 근사하고 깨끗한 적벽돌로 만든 식당에서보다 허름한 시골집의 대청마루에서 먹었던 산채 비빔밥이 훨씬 맛깔스럽다. 산은 더 이상 보탬이 없으면 좋겠다.

그런 면에서 미영은 잘 정리되어 있는 너무 완벽해져버린 여자다. 여자로부터 긴장과 고통을 느낀다는 것은 얼마나 부자유스러운가. 짐작하거니와 그들이 지금 만나 서로의 개성을 타인에게 맞추며 뜯어 고쳐버리기에는 그도 그녀도 나이가 너무 들었다. 서로를 인정하며 상호 보완하는 길이 최선이다. 그러함에도 나는 두 사람에 대해 희망을 갖고 있다. 그들이 서로를 원한다면 개성의 문제 따위는 쉽게 용해되어질 것이므로, 그러나 진행이 늦어지고 있으니 답답하다.

산조의 말대로 문미영을 거듭해서 빨리 읽으면 문명(文明)으로 들린다. 그렇다면 반문명(反文明)은 산 일진데 그녀는 묘하게도 이름과 상반되는 산을 다니는 삶을 살고 있다. 따지고 보면 만약에 문명이 부재한다면 우리가 사는 곳은 황량한 모래사막이나 다를 바가 없는데도 사람들은 자신의 영혼을 모래의 함정 속에 매몰시켜 문명에서 벗어나고 싶은 반작용을 갖는다.

이름에 연유해서 문미영에 대해 거부감을 느낀다는 것은 너무 지나치긴 하나 산조가 그렇게 생각한다면 그것은 엄연한 사실이다. 당나귀한테 물을 억지로 먹일 수는 없지 않은가.

문미영을 문명으로 대치시켜 본다면 그 개념은 지극히 매혹적이면서도, 한편 예리하고 때로는 번득이는 적의를 내포한다. 그것은 정이 있고 다습하며, 인간미 넘치는 풍경은 아니다. 그녀의 이름이 산조의 마음을 누르고 있다면 여자의 이름 석자는 어둠 속에 묻혀 있는 그에게는 현란한 햇살이다. 그들은 동병상련을 나눌 처지는 결단코 아닌 것은 확실하다.

산조는 전에도 후에도 그가 살아있는 동안은 죽은 그의 옛 아내만큼 좋아할 여자를 발견하지 못할 것이다. 아내의 외모나 분위기를 그는 어디에서도 발견하지 못했다.

그가 그의 가족들을 같은 차에 태우고 고속도로를 달리다가 그만 살아남고 모두가 죽었을 때, 그를 붙들고 있던 미래의 기대도, 의욕도, 삶의 즐거움마저 모두를 놓아버렸다. 그 무기력과 절망감이 아직도 그를 내면적으로 깊이 지배하고 있었고, 다른 여자를 만난다고 해서 특별히 나아질 것 같지도 않았다. 무너진 재난이 아직도 그를 사슬로 묶고 있는 것이다.

사람은 누구나 마찬가지다. 영향력을 끼칠 한 사람에 대하여 겉으로는 무관심한 척하나 내면으로는 집착되어 있다. 산조는 아내와 아이를 잃음으로써 타인에 대한 사랑마저 잃은 셈이다. 그러나 한 가정의 안녕이 무참하게 무너지고 있을 때도 대지를 밝히는 태양은 언제나 변함없이 떠오르고 그리고 진다. 기다려 보는 수밖에 없다. 운명의 끈이 그들을 서로 당기게 되면 그 끈은 함께 꼬여질 것이다.

그 모든 것이 사실이었다 하더라도 오늘의 산조는 유별나다. 토요일 전화를 기다리겠다는 그녀를 두고 홀쩍 산으로 도망가듯 떠나버린다는 것은 아무래도 그녀에 대한 경시가 지나치다. 마침 토요일 일일 등반이었기에 다행이었지 일박이일이라도 내가 가자고 했다면 그는 어떻게 했을까? 지금 생각하니 따라 나섰을 게 틀림없다. 그랬다면 미영은 토요일도 일요일도 종일 전화기 앞에서 시간을 보냈을 것이다. 나는 문득 가슴 한 구석이 무너져내리는 쓸쓸함을 맛보았다.

12장

산조를 시내에 내려주고 혼자 숙소로 돌아와 닫혀있는 방문을 여니 석간 신문 한 장이 외롭게 떨어져 발바닥에 밟혔다. 나는 신문을 주워들고 펴보지도 않고 쓰레기통 속으로 던졌다. 혼자 살면 가장 을씨년스러운 게 보지 않는 신문들이 제멋대로 방바닥에 쌓여가는 것이다. 찌든 타성이 쌓아놓은 찌꺼기에 감동할 가슴은 어디에도 없다. 혼자서는 신문도 텔레비전도 볼 재미가 없다. 잔소리 많은 마누라가 옆에서 수다를 풀어놓을지라도, 그래도 함께 누군가가 있을 때 신문도 읽어지며 텔레비전의 연속극도 볼 마음이 생긴다. 혼자서는 텔레비전을 한참동안 보고 있어도 무엇을 보고 있는지 머리가 온통 멍한 상태가 된다. 혼자의 삶은 그렇게 모든 것을 고립화시킨다.

외로운 가슴을 적셔주는 것은 술 이상의 것이 없으나 나는 참고 욕실로 들어가 더운 물을 틀었다. 샤워를 끝낸 후, 조금 이른 시간이었지만 그대로 잠자리에 들었다.

얼마를 잤을까? 꿈속 같기도 하고 잠에서 막 깨어난 미몽의 순간 같기도 했는데, 누군가 다급하게 문을 두드리는 소리가 들렸다. 나는 그제서야 완전히 눈을 뜨고 잠에서 깨어났다. 차임벨 소리가 계속해서 울리고 있는 걸 분명히 두 귀로 똑똑히 들을 수 있었다.

지금 시각이 언제쯤인가? 머리맡의 실내등 스위치를 울리고 시계를 잡아당겨보았다. 새벽 2시 무렵이었다. 이 시간에 누가 혼자 잠들어 있는 집을 찾아와서 한사코 벨을 누르고 있는지.

나는 자리에서 일어섰다. 거실을 걸어나오며 잠깐 거울에 비친 얼굴을 보니 목욕을 끝낸 그대로 잠자리에 든 탓인지 머리가 헝클어지고 제멋대로다. 현관문 앞에 섰다. 벨은 계속 울리고 있었다. 누군가 장난 친다고 벨 꼭지에 반창고를 붙여두고 도망이라도 친 것인가?

"누구세요?"

"저요, 문좀 열어줘요."

"누구라고?"

"재희예요."

"잠깐 기다려요."

나는 속옷만 입고 있는 몸에 운동복을 걸쳤다. 카추샤가 늦은 이 밤에 웬일인가. 문을 열었다. 재희는 앞으로 쓰러질 듯이 문안으로 들어섰다.

"무슨 일이지? 이렇게 밤 늦게."

그녀의 얼굴에 술기가 완연했다.

"우선 올라와요."

구두를 벗는 발놀림이 뒤엉켜 한쪽 구두는 문가장자리로 동댕이쳐졌다. 그녀는 간신히 거실 바닥으로 올라와 무방비 상태로 망연히 서 있는 내 곁으로 무너지듯이 주저앉았다.

"선생님 죄송해요. 늦은 밤에. 아니 벌써 새벽이 오고 있잖아요."

나는 도무지 그녀의 말과 행위를 종잡을 수 없었다.

"진정하고, 차근차근 이야기를 해봐요. 가게는 문을 닫았소? 그리고 전화도 없이 갑자기 무슨 일이요? 급박한 일이라도 일어난 모양이군."

"그래요 선생님. 무슨 일이 일어났어요. 오늘 밤 저를 좀 숨겨줘요."

"숨다니? 무슨 몹쓸 짓이라도 저지르고 왔소? 누구랑 싸우기라도 했는지 말을 해봐요."

그녀는 갸우뚱거리며 간신히 소파에 기대 앉았다. 숨을 쉴 때마다 그녀의 입에서는 양주 냄새가 났다. 그 냄새는 화장냄새와 뒤섞여 상당히 자극적이었지만, 지금 그럴 여유로운 생각에 잠겨 있을 경황이 없었다.

"손님이 뒤쫓아왔어요. 그 사람을 따돌리느라고 여기까지 오고말았어요."

"손님이라니? 그곳 가게의 손님 말이요?"

"그래요. 저의 집 손님이에요."

"아직 가게 문을 닫을 시간은 아닌 듯한데 어떻게 혼자 빠져나왔소?"

"어머 선생님도. 우리가 뭐 밤새워 장사하는 줄 아세요? 한시쯤 되면 대개 문을 닫아요. 문을 닫으려고 하는데 그 손님이 들이닥쳤어요."

"들이닥치다니? 몇 사람이라도 된다는 말이오?"

"혼자예요."

"대관절 뭘 하는 사람인데."

"채소 도매상을 하는 사람이에요."

알 만했다. 이곳에는 서울에서 트럭을 끌고와서 밭뙈기로 배추며 무, 홍당무 따위를 쓸어담아가는 중간상인들이 흔했다. 그들은 사시사철 드나들었다. 해발 8백미터 되는 고원에 넓은 터전을 가꾸고 고랭지 채소를 재배했다. 겨울철이 되면 낮은 곳의 비닐하우스에서 농작물을 길렀다. 채소는 한 철에만 나는 것이 아니므로 사철을 가리지 않고 공급했다.

소비자가 몰려 있는 서울을 향해 그들은 차 가득히 채소를 담아 싣고 새벽녘에 이 고장을 떠났다. 현금 거래를 하는 탓에 그들이 입고 있는 잠바의 안호주머니에는 언제나 돈이 두둑하게 들어 있었다.

처음에 그들은 카추샤가 경영하는 흑진주를 발견하지 못했다. 골목안에 들어 있을 뿐만 아니라 분위기 자체가 그들과 썩 어울리지 않는 곳이었다. 그런데 언제부터인가 한두 사람이 발걸음을 하더니 이제는 가장 크고 단단한 고객이 그들이 되었다. 그들의 내심이 어떠했는지 알 수 없으나, 장사꾼으로서 손들이 커 재희의 가게는 단기간에 많은 돈을 벌어들였다. 그들은 신분이라는 이름으로 예속되는 것을 거부하는 완전한 장사꾼이었다.

맥주 몇 병을 시켜놓고 몇 시간씩이나 노닥거리는 시내 토박이들에 비하여 그들 떠돌이 장사꾼들은 이윤이 높은 양주를 마셨다. 그것도 맥주잔에 부어 벌컥벌컥 마시기 일쑤였으므로 그들 상대로 돈 벌기란 가히 땅 짚고 헤엄

치기였다. 술집에서의 매너만 좋다면 나무랄 데 없는 훌륭한 손님들이었다.

그땐 그랬다. 고랭지 채소는 한 해 농사만 잘 지어서 값만 제대로 받는다면 무려 열 배를 남기는 장사라고 했다. 설득력 있는 말이었다. 성수기에 배추 한 포기 값이 비성수기에는 엄청나게 뛰어올랐다. 중간상인들에게 막대한 이윤이 떨어졌다. 그들은 아끼지 않고 돈을 뿌렸다.

밤새워 술을 팔 수 있었던 그 시절의 흑진주 카페는 대개 새벽 한 시, 늦어도 두 시경에는 문을 닫는다. 그러나 채소 중간상인들이 몰려오고 나서 성시를 이루면서 새벽 너댓 시까지 문을 닫지 못했다.

처음에는 괜찮은 수입에 만족했으나 오래지 않아 견디기 어려워진 카추샤는 서둘러 문을 닫으려고 했다. 돈을 버는 것도 좋지만 그녀는 우선 건강하게 살아가고 싶었다. 매일 밤, 손님앞에서 한두 잔 먹던 양주가 이제는 밤마다 한 병 정도로 늘어났다. 어떻게 그녀가 그 많은 술을 감당해낼 것인가.

나는 그녀에게 어떤 도움도 줄 수 없었다. 더군다나 가게를 넘기든지, 문을 닫든지 하라는 등의 이야기를 어떻게 감히 할 수 있단 말인가. 차라리 외면하고 싶었다. 겁쟁이며, 소심하기 짝이 없는 나로서는 그녀에게 책임을 요하는 어떤 말도 할 용기가 없었다. 그런 나를 생각할 때마다 나는 비겁한 자신이 부끄럽고 싫었다. 치사한 사람이라는 생각에 치가 떨렸지만 어쩔 도리가 없기는 마찬가지였다.

한 남자가 그녀에게 계속 추근거렸다. 삼십 대의 대구사람이었다. 그녀는 처음 동향사람을 만났다는 반가움으로 친절을 베풀었는데 남자는 엉뚱한 마음을 품고 있었다. 뜨내기 술집 여주인 하나쯤이야 하루 저녁 안주감 정도로 치부했다.

네가 고고하면 얼마나 고고할 것이며, 춘향 열녀가 아닐 바에야 정절이란 게 웃기는 소리다. 물장사 하는 사람치고 돈에 고개 꺾지 않는 여자 못보았다. 어디 두고보자 하는 식이었다. 그는 하룻밤 사이 모든 손님들이 이틀 걸려 마시고도 남을 매상을 혼자 팔아 주었다. 재회는 그런 그에게 기가 질렸다.

"주인 마담. 이름이 강재희라고 했던가? 재희씨 오늘밤은 그냥 일어나지 않겠소."

"사장님. 천천히 마시세요. 웬 술을 원수 만났다고 그렇게 큰 컵으로 마시세요?"

"나는 술 마시러 이곳에 다니는 게 아니라 마담 얼굴을 마시러 이곳에 오고 있소. 아직 그 사실도 몰랐소?"

"에게게 사장님도, 제가 뭐 마시는 물인가요? 절 마시게."

"그쯤 말하면 알아들을 만할텐데 그러시네."

재희는 그 남자로부터 몸을 도사리기 위해 다른 종업원을 그 자리에 대신 앉히고 그녀는 스탠드 주위에만 맴돌았다. 그곳은 여러 사람들을 상대해야 하니 아무래도 마음이 편해질 수가 있었다.

어느 누군가의 한 사람에 의해 여주인이 장악되면 술집은 다음날부터는 파장이다. 시골의 술집이나 다방은 다 그렇다. 얼굴 좀 알려질 만하면 종업원들은 다시 교체된다. 한 곳에 붙어 있으면 자연발생적으로 단골손님이 생기고, 그들의 외상값에 녹아나는 것은 종업원들의 월급이다. 뿐만 아니라 얼마만큼 안면이 있다고 턱없이 자기 수하 다루듯 행세하려드는 시골사람들은 남의 눈치볼 것 없이 제멋대로 군다. 그들이 자리를 장악하고 있는 한 새 손님이 들 공간은 아예 없다. 종업원이 오래 있으면 가게는 파리 신세다.

흑진주의 재희가 견디어 낼 수 있었던 것은 그녀의 깔끔한 매너와 시골스럽지 않은 카페의 분위기가 그런 대로 식자층의 손님들을 끌어들인 탓이다. 그런데 이제는 한 주먹씩의 돈다발이 조용히 흘러가는 시냇물에 전기를 풀어 놓은 것이나 다를 바가 없었다. 고기들은 흰 배를 드러내놓고 물 위에 둥둥 떠 오를 것이다. 알 만한 사람들은 이제 흑진주에서 발길을 끊었다.

언젠가 점심시간에 찾아온 재희와 점심을 같이 하려고 병원문을 나섰다. 얼굴이 몰라보게 여위고 핼쓱했다. 그녀에게서 가장 커다란 자산이었던 가난은 이제 그녀의 것이 아니었다. 그녀는 뒤에 앉아 쉬면서 가게를 꾸려가도 충분했다.

"그렇게 힘들어 하면서 돈을 모을 필요가 있소? 좀 쉬었다 하면 좋을 텐데, 얼굴이 말이 아니오."

"아직 그럴 수는 없어요. 막내 여동생이 대학을 다니고 있는데, 그 애한테 적잖은 돈이 들어가요."

"언니가 이렇게 힘들어 하면서 학비를 보내주고 있는데, 동생은 가만히 앉아서 공부만 하겠다는 건 말도 안되는 소리군."

"그럼 어쩌지요? 어린 동생은 지금 할 수 있는 일이 아무 것도 없는데."

"언니 일을 좀 도와주기라도 하면 무슨 큰 일이라도 난다고 모른 채 하고 있소?"

"저의 일을요? 말도 안되는 소리라구요. 제가 밤에 하는 장사는 동생들이 알고 있지도 못해요."

"그럼 무슨 일을 한다고 하지?"

"회사에라도 나가는 줄 알겠죠 뭐."

"동생들이 한번 찾아오지도 않았소?"

"오겠다는데 극구 말렸어요. 언제쯤 불시에 찾아올지도 몰라 늘 불안해요."

끝없이 자신의 몸을 혹사시킨 다음 결국 그녀는 완전히 병들게 될 것이다.

우리는 그날 그녀가 먹고 싶다는 조기매운탕집을 찾아 강릉시내 전부를 뒤적였으나, 끝내 조기매운탕 맛을 보는 데는 역시 실패했다. 아예 조기라는 생선은 반입되지도 않는 도시인가 보았다. 대신 삼수기탕을 먹었다. 그녀는 반쯤 먹다 수저를 놓았다. 식사 후 헤어지면서 내가 말했다.

"요즘 몸이 안좋은 것 같은데, 나따라 병원가서 검사라도 받아보지 않겠소?"

"싫어료. 무슨 병이라도 발견되면 어쩌게요."

"그 핑계로 좀 쉬면 되지 않소."

그녀는 끝내 묵묵부답으로 고개를 꺾고 떠났다.

그리고 오늘 새벽, 그녀는 가게에서 피신하여 새벽 두시에 잠자는 나를 깨우며 우리집까지 찾아온 것이다.

"종업원한테 맡겨두고 살짝 뒷문으로 나가면 될 게 아니었소?"

"몇번이나 그렇게 피하곤 했는데, 오늘밤에는 그 손님이 눈치를 챘어요."

"어떻게?"

"혼자 가게를 몰래 나와 집으로 가보니 술집에 앉아 있을 그가 먼저 집앞에서 기다리고 있었어요. 저는 차에서 내리지도 못하고 차를 돌렸고 그리고는 선생님댁으로 온 거예요."

하기사, 그녀가 손님들과의 만남에서 약간의 온기에서도 무너져내릴 정신이었다면 그녀는 아예 처음부터 카페같은 걸 운영해볼 생각은 갖지 않았을 것이다.

"자세한 이야기는 날이 밝으면 하기로 하고, 여기는 안심해도 좋은 곳이니 우선 마음부터 가라앉혀요."

"고마워요, 선생님."

늦은 시간, 막막한 이 공간에서 그녀와 함께 밤을 지낸다는 게 여간 마음에 걸리는 게 아니었지만 나를 찾아 피신해온 사람을 어찌할 방법이 없었다. 한번도 지레짐작 못한 일이 벌어졌으니 난감하기가 말할 수 없었다. 그렇다면 예행연습이나 해볼 걸. 그렇지만 그것 또한 말도 안 되는 이치다. 남녀관계가 무슨 기념식날 행사치르기라도 된다는 말인가.

"선생님, 집에 술 있으면 우리 조금 마셔요."

"지금도 꽤 취해 있는데, 술은 이제 그만 마시는 게 좋겠소. 대신 커피나 한 잔씩 합시다."

물이 끓고 있을 동안 나는 냉장고 문을 열어 보았다. 술이라고는 먹다 남은 소주 반 병이 전부였다. 그녀가 화장실에라도 가게 되면 저거라도 꺼내어 혼자 마셔야겠군.

우리가 커피의 첫 모금을 입술에 댔다가 찻잔을 탁자 위에 놓았을 때, 전화벨 소리가 울렸다. 한밤 정적의 분위기를 깨는 소리였다. 야밤에 울리는 전화소리는 항상 간담을 서늘하게 한다. 그녀가 흠씬 놀란 표정으로 나를 바라보았다.

"혹시 그가?"

"그라니? 아무리 대담한 사람이기로서니 그래, 이 늦은 밤에 남의 집에까지 전화를 걸어 여자를 찾겠소?"

"그 사람은 충분히 그럴 만큼 끈질겨요."

"지독한 사람한테 걸려들었군."

나는 전화기를 낚아챘다. 낯익은 교환 목소리가 나를 확인하고 다른 곳으로 연결시켰다. 전화는 병원 응급실로부터 걸려온 것이었다. 당직의사의 다급한 목소리가 웅성거리는 잡음과 함께 들려왔다.

오늘밤은 묘한 밤이군. 생각지도 못한 여자의 방문을 받지 않나, 뜸하던 응급환자까지 발생하다니. 모두가 잠들어 있을 침묵의 시간에도 깨어 있는 사람들은 그들대로의 역사를 만들어 나가는 모양이다. 술집에서, 거리에서, 병원에서,

전화가 끊어지고 얼마 후, 마신 커피의 잔이 채 식기도 전에 구급차의 경적소리가 들렸다.

자리에서 엉거주춤 일어섰다.

"선생님, 어딜 가시게요?"

"이번에는 내 차례요. 응급환자가 왔다니 병원엘 갔다와야겠소."

"저 혼자서 어쩌지요?"

"이곳은 빈 집이오. 걱정할 게 아무것도 없으니 목욕하고 편히 잠들고 있어요. 환자를 보는 대로 즉시 오겠소."

"저 때문에 불편해서 나가시는 거라면 제가 자리를 비켜드릴 께요."

"천만에. 병원에서 전화가 온 것을 알지 않소? 의사란 직업은 술집 주인만큼이나 힘드는 일이오."

"잠도 못 주무시고 어쩌지요?"

"산을 갔다 온 후 초저녁에 잠이 들었던 탓에 지금은 괜찮소. 내가 열쇠를 갖고 갈 테니 안에서 문 걸어두고 내가 와서 문을 딸 때까지는 누가 와서 두

드려도 열지 마시오."

"그러겠어요."

나는 문밖으로 나와 대기하고 있는 차에 몸을 실었다. 얼핏 올려다본 하늘에 하현달이 쓸쓸하게 떠 있었다.

응급실로 들어서니 어수선하기 짝이 없었다. 환자는 얼굴에 피범벅을 하고 혼수상태에 빠져 있었고, 근무간호사들이 이리 뛰고 저리 뛰며 분망했다.

플래시를 들고 환자의 동공을 비춰보니 양측 동공은 불빛에 약간의 반사만 보일 뿐, 환자는 죽음의 막다른 골목으로 치달아가고 있었다.

나는 갑자기 마음이 바빠졌다. 중환자를 치료해야 하는 긴장감은 느슨해지는 나를 받쳐주는 지렛대 역할을 했다. 컴퓨터 뇌사진을 체크하고 수술실에 연락하면서, 나는 날이 밝기 전에 재회가 잠들어 있는 곳으로 되돌아 간다는 게 불가능하다는 걸 알았다. 다행스러움이었는지 안타까움이었는지 모를 한숨이 나왔다.

내 머리속에 붉게 켠 신호등 하나가 깜빡거렸다. 우리는 아직 마주앉기에는 이른 것일까. 서로 반역하는 어떤 걸림돌이 가로놓여 있는 모양이다.

환자의 옷을 벗길 때 호주머니에서 두툼한 지갑이 튕겨져나왔다. 얼핏 보니 고액권 지폐와 수표가 가득했다. 그는 이 종이 부스러기를 모으기 위해 밤을 잊고 뛰어다니다가 이런 끔찍한 사고를 당했을 것이다. 뇌수술에서 깨어나지 못한다면, 그가 지상 최고의 목표로 생각했던 한 뭉치의 날렵한 지폐나 수표뭉치는 이제 아무 소용에도 닿지 않는다. 그의 생명을 단 하루라도 더 연장시키는 대가로 지금 수억금을 지불한다고 하더라도 어려울 것이다. 죽어가기 전 그가 가진 돈의 극히 일부분이라도 필요한 사람들에게 쓰여졌다면, 그의 죽음은 또다른 의미를 내포할지도 모른다.

그러나 시간은 지나갔고 모든 운명을 판가름 지을 순간이 지금 코앞에 닥쳐 와있다. 나는 무감동하게 환자의 소지품을 비닐주머니에 싸서 원무과로 넘겼다.

환자가 수술실로 올라가고 수술이 준비될 동안의 짧은 시간, 나는 어둑한 곳을 골라 의자에 앉았다.

어려운 환자를 수술할 때마다 드는 막막한 생각. 치명적인 환자를 수술할 때 느끼는 낯설음. 그것은 나자신마저 신빙할 수 없을 만큼 답답한 그 무엇이었다.

죽어가는 환자는 누구며, 그걸 살리겠다고 발버둥치고 있는 나는 무엇인가? 무엄하게도 신(神)의 대리자로 자처해도 되는 것인가? 알 수 없다. 목숨을 내려주고 거두어가는 것은 무엇이며 그 중간에서 저지시키는 역할을 담당하는 의사의 직분은 또 무엇인가? 신(神)의 섭리인가? 거역인가? 혼돈 속에 잠겨 있는 내 곁으로 누군가가 다가왔다.

"선생님, 커피드세요."

올려보니 간호사였다.

"조금전에 마시고 왔는데."

"네? 이 늦은 밤에 주무시지도 않고 혼자서 커피를 마셨단 말예요?"

"아니 그냥."

간호사가 고개를 갸우뚱거리며 멀어져갔다.

수술은 힘이 들었다. 밤에 하는 수술은 대개가 힘들고 진땀나는 일이다. 의사 역시 기계가 아닌 이상 밤의 작업은 아무래도 능률이 떨어지며 쉽게 포기하고 싶어진다.

그러나 그 날 밤 나는, 낮의 수술 때보다 더 오래 정성들여 수술을 끝마쳤다. 혼자 누워 있을 재회에 대한 망상에서 벗어나기 위해서, 그리고 그녀에게 달려갔을 때 환자의 결과가 불행해진다면, 그것에 대한 세밀한 내 스스로의 변명을 위해서.

수술이 끝나고 수술 후 오더를 내고 나니 이미 바깥은 완전히 밝은 새벽이었다.

길에 나서니 가로수의 앙상한 가지에 새벽 이슬이 반짝거렸다. 나는 천천히 걸어 집으로 돌아와 문을 열었다.

아직도 깊이 잠들고 있으리라 생각한 재희는 놀랍게도 깨어나 싱크대 앞에서 그릇을 부시고 있었다. 아, 아. 오랜만에 맡아보는 찌개냄새란. 집앞에 있는 식료품가게에서 반찬거리라도 준비해온 모양이다.

"어떻게 된 거요? 아직 자고 있는 줄 알았는데."

"선생님이야말로 왜 이렇게 늦었어요?"

"수술이 늦었소. 어려운 환자였고."

"어머나, 위독해요?"

"최선을 다했으니 기다려볼 수밖에."

그녀는 언제 일어났는지 어젯밤에 보았던 술기운이 묻어나던 얼굴이 전혀 아니었다. 아침 일찍 보는 화장기 없는 얼굴이 맑고 선하게 보였다.

"잠은 자지 않았소? 청소까지 다 해둔 것 같으니 말이오."

"잤어요. 아주 깊은 잠을 잔 탓인지 오랜 시간 자지 않았는데 머리가 아주 맑네요. 저는 선생님이 저 때문에 늦게 들어오시나 했어요."

"그럴 리야 있겠소. 시장한데 먹을 게 준비됐다면 아침부터 좀 먹도록 합시다."

"그러세요, 손 씻고 식탁에 앉아요. 맛있는 찌개를 대접할 테니."

그녀는 훌륭한 찌개와 밥을 만들어냈다. 우리는 마치 신혼부부처럼 아침밥을 먹었다. 나는 순간 너무 오랜만에 누려보는 행복감에 눈가에 작은 이슬 방울을 만들어내고 말았다.

수면시간은 부족했지만 머리는 맑고 기분은 산뜻했다. 창문을 통해 들어오는 3월의 햇살이 포근했다. 식후 나는 어젯밤 쓰레기통 속에 던져둔 신문을 꺼내어 읽었다. 사람이 곁에 있음으로 해서 비로소 일상적인 삶의 궤도가 정립되고, 생활이 제자리를 찾아가는 모양이다. 신문을 읽고 있을 동안 그녀가 커피를 끓였다.

혼자 사는 집에 식기나 찬그릇이 충분할 것도 없고, 집안에서 취사를 해결하지 않는 탓에 등산용 가스버너와 코펠이 대종을 이루며 우리의 어설픈 식탁은 꾸려졌다.

커피를 마시는 중에 그녀가 말했다.

"선생님, 우리 오늘 가까운 산에라도 올라요."

"산?"

"네, 그래요. 선생님이 자주 간다는 그 산에 말예요."

난감한 말이다. 여기서는 올라가봐야 공설운동장 위쪽 남산 정도다. 그리고 우리 두 사람 모두 어제 저녁에 돌발적인 일들을 치르지 않았는가.

"산은 다음에 가기로 하고, 오늘은 가까운 바닷가나 가보는 게 좋겠소."

"그래요. 삼월의 바다도 나쁘지는 않겠네요."

집밖에서 뒤로 돌아서면 바로 남대천 둑길이다. 남대천 둑길에 설 때면 생각나는 게 많다. 그 길에는 가끔 누런 티끌 속에 태고적 바람이 불었다. 그 위에 서면, 다만 적막하게 흘러가는 물빛에서 내 유배(流配)의 한스런 운명이 서장처럼 느껴졌다. 고행하는 싯달타처럼.

밤에 그곳에 우두커니 앉아 흘러가는 물을 바라보고 있노라면, 머리 위, 철교 위로는 불을 밝힌 남행열차가 떠나가곤 했다. 나는 불 밝은 열차의 창속을 들여다보며 다시는 서울로 되돌아갈 수 없는 열패감으로 가슴을 쓸어내렸다. 이제 서울은 나를 감동시킬 가슴도, 미련을 둘 땅도 없다. 어두운 밤에 둑 위에 홀로 앉아 깊고깊은 외로움과 번뇌의 뿌리를 떠올렸다.

숨기고 있던 나의 분노와 슬픔을 어디에다 풀어놓아야 할지 몰라 절망감만 추스려낼 뿐이었다. 나는 먼저 정신적으로 주저앉고 나서 결국은 육체마저도 죽음으로 마감하게 될 것이다.

아내와의 불화와 별거를 생각했다. 통절한 배반이라도 우리에게 있었던가. 단순한 이기심으로 서로를 고통스럽게 만든다는 것은 우리가 함께 보낸 15년간 애증의 세월이 아까울 따름이다. 분노와 증오는 용서와 그리움으로 환치되어 내 가슴을 파고들었다. 그리고 극단적인 불화를 풀고 매일밤 아내와의 화해를 꿈꾸었다.

둑길에는 자유로운 사람들이 터를 잡고 기거를 하고 있었다. 자유분방한 그들을 보노라면 올 곳도 갈 곳도 없는 형편이지만 사는 게 왜 그런지 한없이 부럽게 보이기도 했다. 구하고 버리는 일체의 욕망에 구애받지 않고 사는 무욕무애의 경지를 탐내서인가, 아니면 내 처지가 그들보다 한갓 나을 것도 없다는 자기비하 때문인가. 사람들은 음습한 지대에 버려진 비천한 목숨들이라고 냉대할지 모르나 그들 스스로는 흙탕물 속에서도 자생하는 연꽃으로 생각할지 모를 일이다.

대관령 굽이굽이 돌다가 합류한 물은 남대천을 이루고 다시 동해 바다로 빠진다.

둑길은 넓고 걷기가 편하여 나는 시간이 있을 때마다 환상적인 그 길을 걸었다.

해빙이 되면서 얼었던 물이 다시 본래의 모습으로 돌아와 천천히 대해로 흘러들어가고 있었다.

집 뒤쪽 둑에 올라서서 곧바로 동해바다가 나오는 곳까지는 4킬로미터. 남대천을 건너서 반대편 길을 걸으면 6킬로미터 정도의 거리다. 둑길은 넓어서 우리가 어깨를 맞대고 나란히 걸어가기에는 충분했다. 길을 얼마쯤 걷다가 나는 끝에 닿는 송정길을 버리고 반대편 포구로 나가고 싶었다. 상류 쪽에는 건너는 다리가 있었으나 하구 쪽에는 개천의 폭이 넓어 다리를 가설해 두지 않았다. 뿐만 아니라 인가가 드물어서 이용하는 사람도 있을 것 같지 않았다.

"개울을 건너 저쪽 반대편 언덕으로 올라가는 게 좋겠소."

"물이 깊지 않을까요?"

"물이야 얕은 곳을 찾아가면 될 테지만, 아직도 발이 꽤나 시릴 거요."

"선생님이 앞장 선다면 두려울 것 없으니 건너가보죠."

둑 아래로 내려가 물가의 모래톱에 섰다. 물은 깨끗하고 바닥에 깔린 돌과 모래가 선명하게 드러났다. 흐르는 물에 손을 담가 본 재희가 기겁을 했다.

"얼음장 같네요. 선생님 우리가 이 물을 건너다 두 사람 다 발이 동태가
될지도 모르겠어요."

"어차피 둑 아래로 내려왔으니 그냥 건너보지."

재희가 주춤거리고 있을 동안 나는 운동화와 양말을 벗었다. 무릎까지 바
지를 올리고 나서 물 속에 한 발을 딛고 서 보니 과연 얼음물같이 차서 살갗
을 도려내는 듯 아픈 통증이 왔다. 처음에는 힘들었으나 얼마쯤 지나니 견딜
만 했다.

"신발을 벗지 말고 그냥 내 등에 업혀요."

"어머, 저렇게 먼 곳까지 혼자 건너기도 힘들텐데 사람을 업고서 갈 수 있
겠어요?"

"산에서는 여자보다 더 무거운 배낭을 메고 몇 십리를 걸어다녔소. 저 정
도야 충분히 건너겠지."

재희가 얼마만큼의 호기심과 두려움으로 망설이고 있는 사이 나는 양말을
운동화 속에 구겨넣고 그걸 그녀에게 건네준 다음 등을 내밀었다.

재희가 업혔다. 두 팔에 운동화를 쥐고 어깨 너머로 팔을 뻗었다. 그녀의
부드러운 가슴이 내 등에 수줍게 밀착되었다. 물을 반쯤 건너다 미끄러운 돌
을 밟고 몸이 기우뚱했다. 등에 업힌 재희가 얕은 신음소리를 냈다.

"아, 선생님 조심해요."

"두 사람이 함께 물 속에 빠진다면 보기 흉한 생쥐꼴이 되겠군. 뒤에서 흔
들지 말고 가만히 있어요."

가운데 쪽으로 가까이 갈수록 물살은 세고 깊었다. 등 뒤로 깍지 낀 손목
에 힘까지 빠져, 주위를 둘러보았지만 낮은 곳까지 찾아나서기에는 지나온
거리가 너무 멀었다. 뒤돌아 설수도 없는 지점에서 어쩔 수 없이 깊은 곳으
로 바로 직진했다. 물은 무릎 위에까지 차올라 걷어올린 바지의 아랫부분을
흥건히 적셔놓았다.

간신히 물을 건너고 나서 두 사람은 모래톱 위에 쓰러졌다. 먼저 일어난
재희가 소리내어 웃었다.

"선생님은 산에서는 장사가 될지 몰라도 물에선는 영 잼병이네요. 바지를 적셔서 어쩌지요?"

"말려보도록 하지."

검불과 마른 삭정이를 주워모아 자갈밭에 불을 지폈다. 불은 활활 타올라 그 곁에 앉은 재희의 얼굴에 홍조를 띠게 만들었다. 나는 불가에 서서 젖은 바지를 대충 말렸다.

둑으로 다시 올라섰을 때 오후로 접어든 햇살이 넉넉했다. 우리는 쉬엄쉬엄 쉬어가며 쭉 뻗은 둑길을 걸어내려갔다.

지난 겨울이 아무리 혹독하게 추워도 봄의 여정은 어김없이 진행된다. 녹아가는 얼음물에서, 새 순을 틔우는 버들잎에서 계절의 바뀜을 여실하게 확인할 수가 있다.

둑 위에 선 나무들은 아직도 발가벗은 가지에서 어린싹들을 조심스럽게 키우고 있었다.

새순이 트는 소리를 들을 수 있다면.

옛 선비들의 시사(詩社) 모임의 은근한 격조가 생각났다. 이조시대 선비들이 서대문밖 서지(西池)에 모여 여명무렵 연못에 배를 띄우고 연꽃이 봉우리를 터뜨리는 소리를 들었다고 했다. 정약용이 중심이라고 했지. 그 소리는 잠자리 날개짓만큼이나 여린 소리였지만 그걸 듣기위한 한 순간을 잡기위해 일체의 동작을 멈추고 숨을 죽여야 했다. 밝아오는 새벽에 꽃망울 터지는 소리를 들을 수가 있다면 오묘한 자연의 조화가 얼마나 가슴을 순간적으로 뜨겁게 달구어 냈을까.

재희가 갖고온 핸드백은 만물상자처럼 온갖 게 나왔다. 껌이 나오고 초컬릿이 나오고 사탕이 나왔다. 우리는 만물상자를 열고 군것질을 했다.

저만큼 동해바다가 보이는 곳까지 왔을 때 곁에 선 재희가 갑자기 주저앉았다. 나는 무심코 앞서 걸어갔는데 한참 지나도 그녀가 따라오는 기척이 없어 뒤돌아가보니 그녀는 얼굴을 감싸고 앉아 있었다.

"무슨 일이 있소? 어디 넘어지기라도 했나?"

"아뇨, 코피가 나서 그래요."

"코피라니?"

그녀의 주위에 크리넥스 휴지뭉치가 붉게 물든 채 여러장 놓여있는 게 보였다. 흰 종이에 묻은 피의 색깔은 유난히 붉고 선명했다. 나는 직감했다. 그녀의 몸이 나락으로 떨어져내리듯 무참하게 병들어가고 있음을, 이미 회복 불가능 상태로 진행되어 있을지도 모를 일이다. 그 이유가 술이든 피곤한 생활이든 간에 그녀를 갉아먹고 있는 환경으로부터 벗어나는 것이 지금에사 피할 수 없는 외길이 되었다.

"평소에도 자주 코피를 쏟았소?"

"가끔요."

"너무 힘들게 먼 길을 걸어온 탓은 아니오?"

"아뇨, 이 정도 거리야 얼마나 된다고."

그녀는 오늘 아침 왜 산을 가자고 했을까? 한번도 같이 가보지 않은 나와의 처음이자 마지막이 될 산행을 위해? 그렇다면 그녀의 청을 들어주는 것이 옳은 일이 아니었을까. 나는 문득 그녀와 나를 온통 지배하는 고통스러운 한 순간을 떠올렸다. 재희는 이대로 쓰러져 죽어가지는 않을까?

"우선 저곳까지만 가봅시다. 그곳에 민가가 보이니 마땅한 쉴 곳이 있겠지."

우리가 동해바다에 닿았을 때 포구에는 몇 사람들이 고기를 잡고 있었다. 낚시를 사용하여 고기를 잡는 것이 아니고 그물을 던져 모래가장자리에 떼지어 다니는 학꽁치를 걷어내고 있었다. 천변에서 하는 투망과 동일했다. 은어를 잡기위해 섬진강 쪽에서 그물을 사용한다던데 바다에서 저렇게 고기를 잡다니. 그러나 놀랍게도 그물을 건져올려 모래사장에 풀어놓을 때마다 은빛비늘을 번뜩이며 학꽁치가 수십마리씩 그물에서 떨어져 내렸다. 잡은 고기들은 모래를 파서 웅덩이를 만들어 그 속에 모아 두었다.

고기를 잡던 한 무리의 장정들이 고기가 모인 웅덩이 옆에서 대병짜리 소주를 양재기에 부어 마시고 있었다. 우리가 곁으로 갔을 때 장정 한 사람이 우릴 불렀다.

"생각 있으면 한 잔 하고 가시오."

내가 재회의 팔을 붙들고 그 곁으로 가니 그들은 은빛나는 학꽁치의 배를 연필깎는 칼로 째서 내용물을 쏟아내고 머리는 손톱으로 싹둑 잘라서 초고추장에 찍어먹고 있었다. 싱싱한 회가 즉석에서 요리되고 있으니 군맛나는 정경이었다.

한 사람이 고기 한 점을 초고추장에 찍어 내 앞으로 밀었다. 받아먹어보니 담백한 맛이 일품이었다.

우리는 그들 곁에 쭈그리고 앉아 쉴새없이 그물로 건져올리는 은빛 찬란한 고기를 날로 먹었다.

몇 잔의 막소주를 얻어마시고 나니 가슴이 후끈 달아오르며 전신이 뜨근뜨근 했다. 가슴의 바다를 끓게하는 뜨거운 술이었다.

바람 불어오는 삼 월 동해바닷가에서 으르렁거리는 파도소리를 들으며 푸르게 날 선 비수 같은 소주를 학꽁치를 안주해서 마시는 기분을 뭐라고 설명하는 게 좋을까? 하늘에는 황막한 동해바람소리가 들렸다. 다른 사람이 재회한테도 권했다.

"여자분도 한 점 들어봐요."

재회는 미간을 찌푸리며 고기 한 점을 씹어먹고 소주를 반쯤 마셨다.

"맛이 어떻소?"

"좋아요. 아주 고소하고 정갈한 게 맛있네요."

바닷바람이 차가워서인지 고기를 씹는 그녀의 입술이 파랗게 변색되어 있었다. 나는 술기로 열이 난 탓도 있었지만 재회를 위하여 내가 입고 있던 윈드자켓을 그녀의 어깨 위에 감싸주었다. 내 자켓을 입은 그녀는 치수가 맞지 않은 저고리를 걸친 허수아비 같았는데, 추워서인지 지퍼를 채우고도 후드까지 꺼내어 머리를 감쌌다.

바닷가의 일몰은 빨랐다. 장정들이 잡은 고기를 망태에 주섬주섬 담고 있을 때 우리는 일어서서 도시로 나오는 버스를 탔다. 종점에서 출발한 버스는 우리들 이외 승객은 아무도 없었다. 버스의 제일 뒷편에 있는 긴의자 가장자리에 편하게 앉았다. 재희는 내 손을 꼭 잡고 내 어깨에 그녀의 상반신을 완전히 기댄 채 잠들어 있었다. 그날 저녁 시내 음식점에서 그녀와 저녁을 먹었다.

"가게를 며칠 쉬었으면 해요. 대구집에도 한번 다녀올 겸."

"그렇게 하는 것이 좋겠소. 건강도 상당히 좋지 않은 듯한데 고향가면 병원에 가서 검진이라도 한번 받아보도록 해요."

재희는 병원 이야기에 끝내 말문을 닫았다.

나는 그날 그녀를 위해 강릉에서 가장 맛이 있다는 이름난 음식점을 찾아갔건만 그녀의 식욕은 보잘 것 없었다.

"오늘밤은 가게를 쉴래요."

"잘 생각했어요. 쉬겠다면 우리 집으로 같이 가는 게 어떻겠소?"

"아뇨. 그냥 집에서 푹 잠들고 싶어요."

다음 날, 재희는 터미널에서 전화를 했다.

"곧 대구로 출발해요."

"언제 올 예정이오?"

"그쪽에 가서 사정보고 전화드릴게요."

"가게는 누구한테 부탁해두었소?"

"네. 종업원도 있고 옆집 언니가 계산을 봐주기로 했어요."

"걱정 안 해도 되겠군. 그럼 잘 다녀와요."

그녀와의 만남이 길지 않은 짧은 순간이었지만, 문득 그녀와 함께 세상 미련 죄다 떨쳐버리고 사람들이 없는 오지의 외딴 곳으로 찾아들어가 그냥 숨죽여 남은 생애를 마치고 싶었다.

3일 후 대구에서 전화가 왔다.

"선생님, 저에요. 재희"

음성이 많이 윤택해져 있었다.

"몸은 어떻소?"

"괜찮은 편이에요."

조기매운탕을 먹고 싶어했는데, 그녀는 집에서 조기를 구해 마침내 그걸 끓여먹었을까? 나즉나즉 여러 말을 나눌 사정이 아니었다.

"장거리 전환데 이제 그만 끊지."

"동전 얼마면 되는데 왜 끊어요? 싫어요. 선생님도 전화기 내려놓지 말아요."

"먹고 싶은 것 먹었소?"

"뭘 먹어요?"

"조기 매운탕."

먼 전화의 저쪽 대구땅에서 까르르 웃는 웃음소리가 오랫동안 이어졌다.

"원. 선생님도, 누가 그걸 못 먹어서 환장이나 했나요?"

"먹었으면 다행이고. 여기서는 어떤 음식점도 찾을 수가 없었잖았소."

"술 많이 드시지 말고. 안녕히 계세요. 또 전화드릴께요."

"언제쯤 올라오지?"

"생각해보고 다시 연락하죠."

전화가 끊기고, 나는 문득 이제 그녀를 다시 만나볼 수 없을 것 같은 조바심에 희한스러운 지난날을 떠올렸다.

가련한 카추샤. 막막한 이야기를 이제는 거두어 들어줄 사람마저 놓쳐버리고, 모든 진실을 묻어버린 채 훌훌히 떠나야하는 안타까움 같은 것. 그럴 줄 알았으면 좀더 다감하게 잘 해줄 걸.

매몰되기만 하는 나의 시간을 그녀로 인해 다시 일으켜 세우고 싶었는지도 모른다. 그건 어쩌면 겨자씨만큼이나 작은 희망 한가닥이었는지도 모른다. 나는 그것을 붙잡을 수 있을 듯했는데. 지금 그녀를 어디에서 다시 볼 수 있단 말인가. 가슴에 가득한 뉘우침이 몸을 무겁게 눌렀다.

13장

　겨우내 얼어붙었던 땅은 녹았으나 아직도 불어오는 바람이 차가운 4월에 서울에서 손님이 왔다.

　내가 서울을 떠나기 전 산에 다니는 후배한테 히말라야에라도 가는 기회가 생기면 팀 닥터로 끼워달라는 이야기를 한 적이 있었다. 그 말이 아직도 유효하다는 생각에서인지 그들은 서울에서 나의 참여를 기정사실화시켜 두고, 대부분의 대원이 결정된 후 나에게 통보형식으로 찾아왔던 것이다.

　방문객은 두 사람이었는데 등반대장과 이 지방에 살고 있는 대원 한 사람이 함께 왔다.

　대장은 아주 인상적이었다. 야전잠바를 검게 물들여 입은 그는 키가 작고 퍽 왜소한 느낌을 주었다. 좀처럼 먼저 말을 꺼내지 않는 꽉 다문 그의 입을 쳐다보노라면 오랫동안 비바람에 닳은 작은 바위를 연상하게 했다. 팔목에 차고 있는 시계도 시선을 끌었다. 탐험자들이 흔히 차고 다니는 야광판이 뚜렷한 굵고 두꺼운 테를 두른 검은 시계가 그의 가느다란 손목에 매달려 있었는데 그것은 참으로 기이하게 보였다. 야전잠바의 소매 끝부분을 두 겹으로 접어입고 있었다.

　우리는 매운 아구찜을 사이에 두고 식탁에 마주앉았다. 나는 산조를 대동시켰다.

　대원으로 함께 온 사람은 털보였다. 아직 앳된 얼굴인데도 수염을 텁수룩하게 기르고 있는 걸 보니 상당히 희극적인 느낌이 들게 했다. 그는 키가 매우 컸다. 나중에 알고 보니 주문진 외곽에서 사슴목장을 하고 있는 지극히 선량한 시골사람이었다.

"어떻게 나를 기억했지요?"

"광조한테 들었습니다. 히말라야를 꼭 같이 갈사람이라고."

"그랬어요. 서울을 떠나기 전 어느 모임에선가 옆에 앉은 광조한테 서울 생활에 발광이 나서 미칠 지경이니 제발 나를 히말라야의 오지로 좀 데려다 달라고 간청했던 말이 기억납니다."

"팀 닥터로 선생님이 선정된 것이 우리로서는 대만족입니다. 이번 팀의 멤버들은 대단한 산 경력을 가진 뛰어난 사람들입니다. 우리는 꼭 성공할 수 있습니다."

"물론 그래야 되겠지요. 면면을 훑어보니 역시 훌륭한 대원들이더군요. 내가 그들에 끼여서 함께 호흡을 맞출 수 있을지 두려운 의문이 듭니다."

"대원들은 선생님을 잘 알고 있습니다. 다들 전해들어서 알고 있는 이야 기지요. 꾸준히 등산을 그것도 힘든 코스만을 집요하게 하고 있다는 소식도 들었습니다."

"생각만큼 나는 단단하지 못해요. 술자리에서 해외원정 등반팀 닥터를 지 원한 적은 있었지만 막상 제의를 받고 보니 매우 두렵습니다."

"선생님이 크게 신경 쓸 것은 없습니다. 베이스 캠프를 지키면 되니까요."

"하하하……, 혹시 내가 다른 대원들보다 더 높이 오르고 싶으면 어쩌지 요?"

"상관없습니다. 선생님이 에베레스트 정상에 서도 아무도 불평하지 않습 니다. 그런 불상사가 발생한다면 우리로서도 더 없는 영광이고요."

"불상사라."

우리는 소리내어 웃었다.

본대의 출발이 유월이고 팀 닥터는 사정에 따라서 약간 늦게 합류해도 좋 다고 했다.

나는 그들의 대화에 어정어정 끌려가면서 간다 안 간다 딱 잘라 말도 못 끝내보고 그들과 헤어졌다.

산조와 둘만이 남았을 때 그가 물었다.

"형 정말로 히말라야에 갈 생각이오?"

"지금은 모르겠다. 아직 시간이 있으니 천천히 생각해보자."

"그들은 형이 참가할 것으로 확신하고 일을 추진하고 있는 것 같았는데 나중에 딴소리하면 어쩌려고 그래요?"

"그 자리에서 차마 거절할 분위기가 아니었다. 서울에 있을 때 후배한테 히말라야를 갈 수 있는 길을 부탁한 것은 사실이었으니, 모든 계획을 수립하고 온 그들한테 이제 와서 나는 못 가겠소 하고 말할 형편이 아니었어."

"형은 갈 생각이 많은 모양이군요."

"못 갈 것도 없지만."

"그러면 됐어요. 나는 형이 혹시 마음속으로 망설이며 혼자서 갈등을 겪고 있지나 않은지 염려스러웠거든요."

"갈등이 왜 없겠니? 너도 곁에 있었지만 그런 분위기라면 출발 전부터 실망을 안겨줄 말을 꺼낼 계제가 아니었잖아."

"그렇긴 했소만."

"출발 예정시간이 많이 남아 있으니 며칠 차분히 생각해 보도록 하지. 하기사 팀 닥터 한 사람의 거취 문제 따위로 에베레스트 등정 계획에 차질이 올 리도 없겠지만."

나는 그날 이후 완전히 혼란 속에 빠졌다.

서울을 떠날 때와 지금은 상황이 많이 달라져 있다. 내 스스로의 생각도 그러하지만, 내 주위의 여건도 쉽게 한국을 떠나게 해줄 사정이 아니었다.

나는 무엇보다도 서울 집과의 헝클어진 관계가 마음에 걸렸다. 가정을 어정쩡하게 팽개쳐두고 뭐가 신이 나서 고산(高山)을 향해 매일 걸어갈 것인가? 도무지 실감이 들지 않는 노릇이었다. 고행을 위해, 번뇌를 씻기 위해 구도의 자세로 오지의 산을 향해 출발하는 것은 아니지 않은가.

대원들 모두가 에베레스트 등정이라는 초미의 목표에 촉각을 곤두세우고 있을 때 나 혼자 동떨어져 세속의 잡다한 사념에서 벗어나지 못하고 허둥거리고 있다면, 나는 대원 모두에게 죄스럽다.

인연의 고리를 명약관화하게 절단시키지도 못할 바에야 차라리 나는 이 시궁창에서 뒹구는 게 마땅하다. 모든 것이 정리되지 않은 상태로 히말라야로 떠난다는 것은 자포자기의 심정을 불러일으켜 뒤죽박죽으로 만들 가능성이 농후하다.

굴종과 도피의 시간.

나를 버린 지난 3년 여의 헐벗은 공간을 무엇으로 채울 수 있단 말인가? 히말라야로 떠남으로써 지나간 세월의 짓무른 기억들을 깡그리 지울 수가 있다면, 그러나 그것은 가능하기나 할까? 또다른 도피를 위한 변명이 아닐는지.

지금을 지배하고 있는 과거의 행적을 생각할 때마다 나는 왜 부끄러움으로 얼굴을 제대로 들 수조차 없는가? 혼자 목욕탕에서, 화장실에서, 산 속에서 지난 세월을 반추해 볼 때마다 나는 부끄러움으로 실성한 것처럼 혼자 말하고 미친놈처럼 소리내어 웃어제낀다. 비웃음소리에 내가 놀라 나는 외로운 눈물 한 방울을 찔끔거린다.

만약, 만약에 말이다. 히말라야의 오지에서 차가운 눈바람을 맞고 내 몸이 주검으로 돌아올 때 김포공항에서 적막한 내 시신을 인수할 가족이라도 지금 누가 있는가? 아내는 외면하든지 모르는 사람이라고 말할지 모른다. 산(山)사람은 죽어 자유가 되어 히말라야의 고봉을 떠돌고 있을지 몰라도, 아무도 슬퍼하지 않을 나의 시체를 수습하기 위해 번잡스럽고 불유쾌한 장례 절차를 그녀가 쉬 떠맡겠다고 나서지는 않을 것이다.

단 한 번이라도 타인을 위해 목숨을 걸 듯 사랑해보지 못한 비정한 생애를 살아간 나를 위해 누가 내 무덤을 파줄 것인가?

유서를 쓸까? 만약 내가 네팔의 고원에서 죽게 되면 그냥 그곳에 묻어달라고. 다른 대원들한테 그걸 설명한다는 것 또한 버거운 일이다.

며칠을 보냈음에도 나는 어떤 결정을 내려야 할 것인지를 몰라 갈팡질팡

하고 있었다.

　주문진 쪽에서 사슴 목장을 하고 있는 털보가 원정등반 서류 준비 때문에
서울을 가면서 병원에 들렀다. 내 서류를 그가 대신 절차를 밟아주겠다고 몇
가지 기재할 사항을 알려주기 위해서였다.
　"서울 갔다오면 목장에 초대를 하지요. 놀러 오십시오."
　"그럽시다."
　주말에 털보로부터 전화가 왔다.
　"일요일날 특별한 일이 없다면 한번 다녀가시지요. 서울 갔다 온 이야기
도 할 게 있으니."
　"몇 시쯤이면 좋겠소?"
　"어느 때라도 상관없습니다. 사슴뿔을 베야 하니까 종일 목장에 머물고
있을 테니 그쪽으로 오세요."
　털보는 그려놓은 약도를 들여다보듯 자상하게 목장의 위치를 설명했다.
　일요일 아침 산조의 동행을 요청했다.
　"오늘 간다면서 아침에야 같이 가자고 이야기하면 나는 어떡해요?"
　"왜 무슨 일이라도 있어? 넌 요즘 별로 일이 없는 듯했는데."
　"일이 없다뇨? 나라고 해서 떨거지로 취급해 완전 물로 보는 모양인데 미
안하지만 오늘은 약속이 있소."
　"약속이라니? 어디 산이라도 가기로 했어?"
　"그럴지도 모르지요. 미영씨를 만나기로 했으니까."
　"그거 잘 됐구먼. 어느 산으로 가기로 했는데?"
　"잘 모르겠어요. 일단 터미널다방에서 만나기로 했으니 만나서 목적지를
결정하면 되겠지요."
　"남녀가 만나면서 약속이 어떻게 그렇게 미지근해? 좀 분명하지가 않고
서."
　우리는 같이 집을 나왔다. 산조는 미영씨를 만나기 위해, 나는 목장을 찾

아 털보를 만나기 위해.

"미영씨 만나서 갈 곳이 별로 없다면 나와 함께 목장에라도 놀러가자고 해봐. 혹 그녀가 사슴을 그리고 싶을지도 모르니까. 시외버스주차장에서 기다리고 있겠다."

산조가 고개를 뒤로 돌렸다가 곧 다방의 층계를 뛰어올라갔다.

산조와 미영이가 올지도 모른다는 생각에서 나는 주문진으로 가는 차를 몇 대나 보내고도 그대로 나무의자에 앉아 있었다. 나 혼자 가는 쓸쓸함도 싫었지만 왠지 그들을 동행시켜 꼭 데리고 가고 싶었다.

30여 분이 지난 후, 그들이 대합실 입구 쪽으로 걸어오는 걸 발견할 수 있었다. 산조가 한 손을 번쩍 들며 다가왔다.

"기다릴 줄 알았소. 미영씨도 사슴뿔 자르는 걸 구경하고 싶대요. 같이 가도 좋죠?"

"물론이지."

우리는 주문진행 버스에 올랐다. 목장을 찾기란 어렵지 않았다. 마을이 끝나는 산등성이에 철망을 두른 공지가 나타났다. 철망 속에는 열댓 마리의 사슴들이 있었는데 그놈들은 하나같이 힘을 잃고 축 처져 있었다. 뛰어놀 초원을 잃어버린 허탈감에서 맥이 빠져 저러고들 있나싶었다.

움막 같은 곳에서 털보가 나왔다. 그는 밝게 웃으며 우리를 맞았다. 바닷바람이 아직도 매운 4월에 반팔셔츠를 입고 있었다. 팔뚝의 근육이 선량해보이는 그의 얼굴 모습과는 달리 우람했다.

털보가 대학에 다니고 있을 때 그는 그 또래의 많은 젊은이들한테 우상적인 인기를 누렸다는 이야기를 들었다. 그가 산악부장이었을 때 그 대학의 산악활동이 가장 활성화됐다고 했던가. 그럴 것 같았다. 큰 키에 아주 착한 얼굴을 하고 있는 그를 바라보고 있노라면 천진무구한 동심과 환상의 세계로 사람을 끌고 들어가는 듯한 신비스런 느낌이 들게 한다. 그는 사람들의 마음을 흡입하는 마술을 배웠는지 모르겠으나, 아무튼 곁에 있는 사람을 더없이 편하게 만들어 주었다.

"조금 있다가 뿔을 자를 테니 구경하시죠."

사슴의 뿔은 잔인하게 잘려나갔다. 웬만큼 떨어진 거리에서 총을 쏘듯 마취주사를 사슴의 잔등을 향해 날렸다. 주사바늘이 꽂힌 얼마후 커다란 엘크사슴은 고목이 무너지듯 그 자리에 쓰러졌다. 톱으로 뿔을 베어내기란 단숨이었다. 뿔이 잘려나간 자리에서는 선혈이 줄줄 흘러내렸다. 그것을 별도로 유리컵에 받았다.

오래 살고 싶고, 잠자리에서 여자와 더 오래 머물기 위해 혈안이 된 자들에게 사슴의 피는 비싸게 팔려나간다고 했다. 문명이 앞선 어느 나라에서도 사슴의 뿔이 이곳처럼 극성을 부리며 사람들을 매료시키는 상품으로 취급되는 곳이 있었던가?

어떤 의사가 미국에서 공부를 끝내고 귀국하여 사슴뿔 몇 개를 구했다. 미국에서 그를 가르친 교수에게 동양의 신비한 강장제라는 소개와 함께 선물로 보냈다. 얼마 후 사슴의 뿔이 되돌아 왔다. 미국의 교수가 쓴 메모가 첨부되어 있었다.

"귀하가 보낸 물건을 화학분석해 본 결과 특별한 약효를 발견할 수가 없었음."

한국 사람만큼 전래되는 관습을 신앙처럼 믿기를 좋아하는 국민도 드물다. 덕분에 뱀이 자취를 감추고 지렁이가 죽어간다.

사회주의를 꿈꾸는 어떤 젊은 혁명가는 자라를 잡아먹으며 가장 자본주의적 습생으로 자기 몸의 보신을 꾀하고, 졸부들은 살모사를 먹기 위해 동남아로 우루루 몰려갔다.

자연의 순리와는 영 딴판으로 살기를 갈구하는 이 땅의 남자들은 그들이 키운 배덕의 땅에서 죽어 흙으로 되돌아갈 때 그들이 남길 무게는 얼마나 될까? 한 줌? 한 되?

한 줌의 재로 모든 것이 끝나버린다면 기를 쓰고 키운 정력과, 긁어모은 탐욕의 덩어리를 손아귀에 움켜쥐고 갈 것인가? 썩어질 것들.

털보가 자른 사슴뿔을 추스리고 나서 우리에게로 다가와 씩 웃었다.

"내가 히말라야로 떠나고 나면 연로하신 아버지가 이 일을 맡아서 해야할 텐데 걱정이 되네요."

"이 많은 사슴을 혼자 돌본다구요."

"그래서 걱정입니다. 모두 팔아서 처분하고 떠나는 게 좋을까 하고, 그러나저러나 이곳까지 왔으니 바닷가로 나갑시다. 싱싱한 횟감들이 들어올 시간이니."

털보와 내가 앞장서고 산조와 미영이는 훨씬 뒤에 떨어져 따라왔다.

횟집의 수족관에는 펄떡펄떡 뛰고 있는 생선들이 가득했다. 이곳에서 유별나게 맛있게 먹을 수 있는 것이 한치회다.

우리는 바다가 보이는 횟집의 창가에 자리를 잡았다.

"참 서울 갔다온 이야기부터 하지요. 그곳에서는 대원들이 모여 도봉동에다 합숙소를 차려두고 훈련을 하고 있었습니다. 새벽에는 의정부까지 로드 웍을 하고 주말에는 인수봉을 오른다고 했어요. 나더러도 빨리 올라오라고 하던데 저 놈 사슴들 때문에 꼼짝할 수가 있어야지요."

"언제쯤 합류할 작정이오?"

"뿔도 잘라내고 했으니 이제 집에서 상의하여 처분할 것은 처분하고 올라가야지요."

"집에서는 에베레스트 등반을 반대하지 않소?"

"포기한 셈이지요. 제가 마음먹고 가족들 앞에서 가겠다고 한번 이야기 했으면 절대로 물러서지 않을 것으로 판단하고서 가족들이 체념했지요."

"부인도 찬성해요?"

"대학 산악부에서 만나 결혼했는데, 아내가 반대할 리는 없지요."

"좋은 부인을 만났군요. 부럽습니다."

곁에 앉은 미영이는 미끄러운 한치를 젓가락으로 집었다 놓았다 하며 우리들의 이야기를 열심히 듣고 있었다. 그녀가 문득 대화에 끼어들었다.

"여자는 갈 수 없나요?"

"이번 원정대는 여자대원이 없습니다. 물론 갈 수야 있겠죠."

우리는 잠시 침묵하고 그녀의 젓가락질을 무심하게 바라보았다. 털보가 생각난 듯 다그쳤다.

"지난번에 맡기고 간 서류작성은 다 됐겠지요? 서류 넣을 때 일괄해서 처리한다고 선생님것도 빨리 마무리해서 올리라고 하던데, 다음주에 갈 때 갖고 갈 수 있게 준비해 두세요 ."

나는 대답하지 않았다. 아직도 나는 갈까말까 망설이고 있는 중이다. 아무래도 원정등반을 떠난다는 게 자신이 없었다.

산꾼으로서의 내 능력은 히말라야에 올라설 수 없음이 이미 정신적으로 결판이 나버린 셈인데, 못 가겠다고 잘라 말하지 못하는 이 욕심은 또 무엇인가? 하기야 팀 닥터로 간다면 길어봐야 2개월 정도면 임무가 끝나겠지만, 나는 뒤죽박죽이 된 이곳의 상황을 방치해둔 채 자리를 털고 쉽게 여정의 날개를 펼 수가 없다.

낮술에 취해 얼굴이 붉게 물들어 자리에서 일어섰다.

우리는 주문진 삼거리에서 헤어졌다. 나는 강릉으로 되돌아오고 산조와 미영이는 양양으로 막국수를 먹으러 간다며 속초행 버스를 탔다.

산조와 미영이는 창밖으로 줄곧 바다를 쳐다보고 가다가 양양 못 미쳐 하조대에서 내렸다.

해수욕장은 썰렁했다. 아직 해변의 차가운 모래사장을 걷고 있는 그들의 뺨을 얼얼하게 만들었다.

"김선생님은 히말라야로 떠나게 될까요?"

"형의 속마음은 모르겠지만 아마 가게 되겠지. 대원들 모두가 그렇게 알고들 있으니."

"그런데 횟집에서 보니까 그쪽 이야기에 별로 마음을 두지 않는 것같이 보이던데요."

"여러가지 복잡한 일들이 실타래처럼 엉켜서 정신이 없는 탓이겠지. 쉽게 결정을 내리기는 힘들 거요."

"히말라야라는 곳은 등정에 상관없이 그 자체만으로도 아주 훌륭한 곳이라는 생각이 들어요. 그곳은 원시적이고 태고의 숨결이 남아 있을 테니까 여기와는 비교가 안 되겠죠?"

"그곳에 가고 싶소?"

"네, 기회가 닿는다면 꼭 가고 싶어요. 높은 산은 오르지 못하더라도 그곳에서 몇 폭의 그림만은 꼭 그려보고 싶어요."

"어떤 그림을? 오염되지 않은 별들을 그리려고?"

"별뿐만은 아니죠. 그곳의 수목도 바위도, 영원히 녹아 흐르지 않는 천년의 눈도 화폭에 담아보고 싶어요."

"소망이 간절하다면 어느 땐가는 그것을 이룰 기회가 올 테지."

"우리가 함께 떠나면 안 될까요?"

"우리가?"

산조는 다음말을 잇지 못했다. 그가 지금 그녀에게 무슨 말로서 확답을 줄 수 있단 말인가.

미영은 밀려오는 파도에 쌓인 모래톱을 발끝으로 튕겨내며 대답 없는 산조를 앞질러 해변을 걸어나갔다. 산조는 멀어져가는 그녀를 내버려두고 혼자 백사장에 주저앉았다.

문미영, 미안하고 미안할 뿐이다. 우리의 미래에 대해 무엇 하나 제대로 말할 자신이 없구나. 무엇을 어떻게 해야 좋은가? 당신과 결혼해서 새로운 삶을 살아가봐? 아이을 낳고 기르며, 서울 변두리의 작은 건물을 얻어서 의원을 차리고 그리고 돈 벌고 쓰고, 적당히 자족하며 주말에는 근교 산에라도 오르겠지. 가끔씩 행복감을 확인해보겠지만, 그러나 더 많은 외로움을 가슴에 묻어두고 사는 세월이 될 테지. 한번 결혼을 해본 남자야 그렇게 허망하게 남은 생을 마감짓는다 쳐도, 젊고 아름다운 그녀의 미래까지를 어떻게 담보잡을 수 있겠는가.

사람들은 독선적인 편견이라고 몰아붙일지 몰라도 적어도 지금의 심정은 배타적인 불안을 떨쳐버릴 수가 없다. 미영의 이상은 너무 순수하고 산조의

마음은 아직도 새것으로 채워넣기에는 덜 비워진 상태다. 이상하게도 여자
는 충분히 낙관적일 수도 있는 미래를 두고 어둠 속을 기웃거린다. 살다보면
그 어둠이 그녀에게 가장 적합한 환경이 될지는 모르지만.

언젠가 미영이가 말한 적이 있었다.

"여자가 잘난 척 해봐야 무얼 혼자 하겠어요. 꽃은 개화되면 시들고 결실
을 맺는 것이 순리 아녜요? 결혼하여 한 남자의 생애를 떠받쳐주는 게 여자
의 기본 역할임은 분명해요."

그때 산조가 물었다.

"가장 당당했던 여자가 왜 그런 생각을 갖게 되었소?"

"선생님에게로 향한 창이 열린 다음부터요. 자존심 상하는 노릇이지만 어
쩔 수가 없잖아요."

"미영씨는 그 솔직성마저도 우월해, 조금도 열등 컴플렉스가 없소. 나를
선택하기에는 가당찮아. 더 좋은 사람, 더 근사한 미래를 보장받을 수 있는
사람을 만날 수도 있는데, 나같이 닳아버린 사람에게는 도무지 어울리지가
않소."

"선생님은 자격지심이 심하고 공연히 심술 부리기를 좋아해요. 선생님 이
외 어느 누구도 선생님을 격 낮추어 보지 않아요. 설사 그렇다고 하더라도
자기 몸에 가장 잘 맞는 옷이 가장 아름답게 보이듯 자기가 사랑하는 사람만
이 최선의 선택이에요. 그 사람이 객관적으로 비하되어 있건 말건."

"나도 그렇게 생각하고 싶소. 그러나 결혼은 순간의 열정이 아니라 지구
력을 요구하는 길고 긴 마라톤이오."

"선생님은 그냥 그대로 있고, 살아 왔던 대로 사세요. 우리가 한지붕 아래
살더라도 전혀 불편하지 않게 해드릴 수 있어요."

"사랑이란 얼마나 가변적인 줄 알기나 하오? 그것은 잠깐 사이에 지나가
는 영화 속의 화면과 동일해요. 아름다운 장면에서 현혹되다가도 다른 화면
으로 전환되면 지나간 장면은 곧 잊어버리고 새로운 화면에 정신을 팔게 되
지요. 사랑도 그런 거요. 사람들은 자기마음이 변한 것이 아니라 주위 환경

이 바뀐 이유라고 강변하지요."

"다른 대상이 나타나면 다시 사랑을 하게 된다는 말씀인가요?"

"내 이야기는 모두가 그렇다는 것은 아니고, 변절되기 쉬운 것이 사랑이라는 개념의 설명이오 나야 변하고 자시고 할 염치도 없지만 미영씨한테 그럴 수 있는 개연성이 있으니 조금 더 기다려 봅시다."

"말도 안 돼요. 어떻게 한 남자를 선택하여 결혼까지 한 여자가 다른 남자를 꿈 꿔요?"

"그렇게 말할 수 있지. 하나도 갖지 않는 것과 전부를 갖는다는 것은 가장 판이한 상태지만 비슷한 느낌으로 간주될 수가 있소. 결국은 체험하고 살아본 자만이 확실하게 알 수 있는 법이오. 젊은 미영씨의 생각은 충분히 바뀔 수가 있소."

"그것은 사랑 이전에 도덕적인 문제잖아요. 그럴 순 없어요."

그들은 그 날 막국수 먹기를 포기하고 강릉으로 일찍 돌아왔다. 미영이와 헤어져 혼자가 되었을 때 산조는 슈퍼마켓에서 작은 양주 한 병을 사서 뒷호주머니에 찔러넣었다. 그리고 남대천 둑길을 걸으며 혼자 찔끔찔끔 술을 마셨다. 술병이 바닥을 보였을 때 그는 상당한 취기를 느꼈으며, 집 부근에 와 있었다.

박산조는 전화를 걸어 잠들어 있는 나를 깨워 일으켰다.

"형 나요. 오늘 밤 형한테 할 말이 있소. 곧 들어갈 테니 잠들지 말고 기다려요."

문을 밀고 들어서는 산조의 상기된 얼굴을 바라보고 내가 물었다.

"막국수 먹고도 취하는 사람이 있나 보군. 미영씨와는 언제 헤어졌지?"

"우리는 오늘 막국수따위는 먹지 않았소. 그녀와는 조금전에 헤어지긴 했지만."

"국수 먹으러 간다는 사람들이 웬 일들이야? 그래 그동안 어디에서 뭘하고 보냈어?"

"혼자 둑길을 걸었소."

"혼자라고?"

"그래요."

"별스런 고민이 많은 게로군."

"형, 히말라야는 가긴 갈 거요?"

"갑자기 그게 무슨 뚱딴지 같은 소리냐?"

"나는 군더더기 많은 사설은 싫어요. 잘라서 말하지요. 형이 정히 갈 마음이 없다면 대신 나를 가게 해주시오."

"산조, 네가 히말라야를 가겠다고?"

"그렇소."

"별일이다. 그 생각을 하느라고 혼자 술 마시며 둑길을 걸은 모양이군. 왜 갑자기 그런 결심을 하게 되었지?"

"설명이 길어요. 그걸 전부 이해시킬 수도 없고, 형의 대답부터 들읍시다."

"야 임마. 말을 꺼내놓기는 네가 먼저였잖아. 그리고 이 자리에서 간다 안 간다고 분명하게 대답할 수 있는 간단한 문제는 아니잖아. 그러지 말고 어디 천천히 이야기를 해봐."

"오늘 하조대에서 미영씨가 히말라야로 가고 싶다고 말했어요."

"그래서."

"그녀는 나와 결혼하기를 원해요. 나는 쉽게 동의해줄 수가 없어요. 그녀는 이상과 꿈에 차 있는 미래를 상상하고 있지만, 사람이 살아가는 추한 꼴을 밑바닥까지 들여다본 나로서는 우리의 결혼은 불행해질 수도 있다는 가설에서 벗어날 수가 없어요."

"지나친 비약이야. 결혼을 하게 되면 누구나 행복할 수도 불행해질 수도 있는 가능성은 지니고 있지. 그것은 두 사람의 노력 결과에 따라서 달라지는 것이 사람과의 관계아니니?"

"당연한 논리지요. 그 사실을 그대로 받아들일 수가 없는 게 지금 나의 문제지요. 지난하고 불확실한 미래에 대해 우선 겁부터 나요. 결혼하고 이웃을

만들고, 사람들에게 끝없이 우리는 설명해주며 부대끼면서 살아가야 할 앞
날이."

"너를 설명할 것이 뭐가 있니? 네게는 딸려 있는 자식도 없는데."

"친구들이, 친척들이 나를 모르고 있나요? 형은 내가 처음하는 결혼이라
고 생떼를 부리란 말이오?"

"짜식, 결벽증 하곤. 새 여자를 만나 결혼하고 잘 살겠다는데 도대체 그런
과거가 무슨 소용이니?"

"이상하게 볼 주위의 시선이 싫어요. 그래서 나는 히말라야로 떠날까 하
오."

"그곳에는 미영씨와 같이 가는 것이 아니라 혼자서 에베레스트 등정 팀에
끼어 가는 것이잖아?"

"알고 있어요. 물론 이번에는 나만 가지요. 등반 도중에 생각을 정리하겠
소. 미영씨와 결혼하겠다는 마음을 굳히면 등반이 끝난 후 나는 그곳에 머물
작정이오"

"혼자 남아 어쩌려고?"

"미영씨를 한국에서 불러들이겠소. 우리는 그곳에서 생활의 터를 잡고 우
선 여관업을 하든지, 세월이 지나 등반가이드나 의사 생활이 가능한지를 연
구해 보겠소."

"원대한 계획이 놀랄 만한데. 그 생각은 확고해?"

"그래요, 만약 우리 팀이 에베레스트를 성공적으로 오르게 되면 여한없이
오지에 묻혀 한 여자와의 새 생활을 시작할 것이오. 그곳에서 미영씨는 산
그림을 그리고, 나는 문명의 혜택을 받아보지 못한 오지의 사람들에게 의료
를 베풀 수 있다면 더없이 좋을 것 같아요."

"동양의 슈바이처가 탄생되겠군. 그러나저러나 미영씨가 동의할까?"

"내가 어떤 결론을 내린다하더라도 우리의 결혼이 전제가 된다면 그녀는
그 결정을 따를 거요. 그녀 자신 그곳으로 가고 싶어했고, 우리는 이곳과 격
리된 네팔에서 우리들만의 세계를 가꾸며 살아가겠소."

"농담은 아닐 테지. 만약 그렇게만 된다면 가히 환상적인 설계군."

"8천미터급의 신비스런 설산에 기대어 산다면 마음이 지극히 잔잔해져 인간이 갖는 원초적인 행복에 닿을 수 있을 것 같아요. 허기지고 닳아 빠진 나 자신의 영혼을 그곳에서 정명하게 헹구어낸다면 지금까지의 어둠 속 생활에서 다시 깨어날 것 같기도 하구요."

"그래 너의 부활을 위해 내가 물러서지."

미욱한 산조. 그는 지금 세속의 허욕을 버리려고 한다. 땅덩어리와 지폐와 시멘트 건물이 최고의 가치로 치부하는, 이상하게 들떠 있는 세상으로부터 홀연히 떠나려 한다. 애초에 예정 지워진 삶의 여정은 있을 수 없다. 인생은 살면서 부단히 선택되고 포기하는 일을 반복한다. 그 궤적들이 모여 지나고 나면 당연한 결과로 자리를 굳혀갈 뿐이다.

산조와 히말라야의 운명적인 조우는 그의 자유의지에 의한 선택이었지만 그것은 결국 필연적이었을지도 모를 일이다. 그는 오랫동안 이 계획에 대해 혼자 생각하고 궁리했을 것이다. 그가 히말라야의 산자락에 기대어 살면서 구원을 받을 수만 있다면 내가 그를 위해 무엇을 아낄 것인가?

"그녀에게도 이 사실을 이야기했어?"

"아뇨. 내가 히말라야로 떠나게 되면 간다는 사실은 이야기하겠지만, 훗날의 예상되는 생활에 대해서는 말하지 않을 참이오. 내 생각이 어떻게 정리될지도 모르고 또한 등반이 끝날 때까지 내가 꼭 살아 있으리란 보장도 없으니 공연히 그녀를 기대속에 들뜨게 만들고 싶지는 않아요."

"그녀가 기다리고 있을까?"

"형도, 참 왜 이래요? 등반은 고작 2,3개월이면 끝나요. 그 기간을 못 기다린다면 아예 우리가 결혼 안 하는 게 더 행운이지요."

"그건 그렇지. 좋다. 내 대신 네가 떠나라. 사실 나는 갈 마음이 아니었다. 네가 히말라야에서 제자리로 돌아설 수 있다면 나는 어떻게 되어도 상관없다. 내일 등반대장한테 전화를 할 테니 가는 것에 대해서는 염려 마."

나는 히말라야에 갈 자격이 없다. 진짜 산꾼은 산 자체로부터 초월해 있지 않으면 산을 오르는 행위는 가치 없는 일이다. 결과보다는 과정이 중요한 것이 등반이다. 고봉을 오르겠다는 욕심만 갖는다면, 욕심이 갖는 정열이 얼마나 허망한 도취인가를 체험해 보지 않은 사람은 그걸 모른다. 에베레스트에 사람을 올려놓은 것은 욕심이 아니라 용기와 인내가 그것을 가능하게 해줄 뿐이다. 내게는 진실로 그것이 결여되어 있다.

나는 창가의 액자에 걸린 에베레스트사진을 물끄러미 보았다. 올라가보지 못할 산을 흑백사진으로나마 창연한 마음으로 바라보았다.

"산조 이걸 가져라."

나는 뭉기적거리며 미루고 있던 책상 위에 던져둔 서류뭉치를 산조의 무릎앞으로 던졌다.

"부디 너만이라도 제대로의 길을 찾아 나서라."

"형, 고맙소."

고개를 든 산조의 두 눈에 이슬방울이 반짝했다.

그는 나 대신 히말라야로 떠난다. 원정등반으로 인해 산으로 이어지는 유랑은 출발이 될지, 아니면 영원한 마침으로 종결될지 지금으로서는 가늠하기가 정히 어렵다.

14장

봄 학회가 부산서 개최되었다.

병원에는 학회 가겠다는 핑계를 대고 2박 3일의 유예시간을 얻어냈다.

해운대의 특급호텔에서 학회가 열리는 첫날 등록만 마치고 나는 그곳을 떠났다.

서울에 있을 때부터 마음 속에 계획해둔 지리산 등반을 위해 진주를 향한 차를 탔다.

지난 세월, 지리산을 혼자 뒷동산 오르듯 자주 드나들었던 시절에 이루어 놓았던 산과의 은밀한 교감을 떠올리며 홀로 떠남의 홀가분함을 안고 출발했다.

유평계곡이 있는 대원사를 기점으로 치밭목 산장을 경유해 중봉을 거쳐 천왕봉에 닿은 다음 장터목, 세석으로 해서 쌍계사로 내려 올 작정을 했다. 시간이 빠듯하여 다 이루어낼 수 있을지 의문이 들긴 했으나 나는 괘념치 않기로 했다. 하루쯤 늦어질지도 모른다고 병원을 떠날 때 언질을 주었을 뿐만 아니라, 아무리 장거리 코스의 산행 계획을 세워두었다고 하더라도 막상 출발하고 보면 무리를 해서라도 내가 마음에 두었던 지점들을 경유하고 말았던 전력으로 보아서 나의 등반계획이 중단될 것으로는 생각하지 않았기 때문이다.

진주에 도착하니 해거름녘이었다. 이 도시에 들어설 때마다 느끼는 푸근한 느낌, 도시를 감싸고 있는 산자락 탓인가, 진주는 언제와도 변함없이 떠나고 잊어버린 옛 고향 마을을 생각하게 해준다.

극장 뒷편에 있는 비빔밥집을 찾아 식사를 마치니 시간이 빠듯했다.

대원사행 막차를 간신히 탔다. 출발은 했으니 어차피 등반은 이루어지고 말겠지, 벌써 마음은 지리산 넓은 산자락에 안기듯 넉넉해진 감정으로 울렁거렸다. 더군다나 이번에는 혼자의 자유로운 등반이며 야등이 아닌가.

버스는 출발하고 한 시간 삼십여 분이 지나 종점에 닿았다. 유평계곡을 타고 흐르는 계곡의 물소리가 청아했다. 등산로의 초입에 늘어선 가게에서 간단한 간식들을 챙겨 넣었다. 욕 잘하는 할머니가 있다는 것을 최화수 씨의 글에서 읽었는데 그 할머니가 어느 가게에 있는지 찾을 도리가 없었다. 할일 없이 산자락에 눌러 앉아 푹 삶아 놓은 백숙을 앞에 두고 술잔을 기울일 한가한 신세가 아닌 탓에 서둘러 가게에서 일어났다.

밖은 이미 어둑해져 있었다. 어두운 시각에 산행을 시작할 땐 등산로의 기점을 제대로 찾아 들어가는 것이 가장 중요하다. 잘못 들어서면 엉뚱한 곳을 헤매며 밤새워 고생하기 십상이다. 나올 듯 나올 듯하는 봉우리는 나오지 않고 무인지대를 그냥 뚫고 다니다가 지쳐 날이 샐 때 보면 생각했던 방향과는 전혀 다른 봉우리에 서 있을 때가 있다.

나는 등산로가 시작되는 마지막 갈림길에서 확인하고 확인했다. 그러고도 안심을 못해 방 안에 들어있는 사람들을 불러 물었다.

"이쪽 방향이 산장으로 가는 길이 맞습니까?"

"그렇소."

"길을 갈만 합니까?"

"등산로를 벗어나지 않는다면 별 어려움은 없을 것이오."

무재치기 폭포까지는 대략 세 시간. 밤이라서 폭포를 보기는 틀렸지만 물떨어지는 소리라도 들을 수 있겠지. 밤에 산길을 걸을 때 들리는, 수런수런거리는 저 숲의 소리들. 숲은 밤에도 잠들지 않고 그들끼리 은밀한 대화를 나누고 있는 모양이다.

나는 혼자서 계곡을 건너뛰고 비탈진 언덕을 오르내리면서 이마 위로 흐르는 땀을 손바닥으로 훔쳐내며 열심히 걸었다.

밤에 산길을 혼자 걸을 때만은 모든 번뇌의 고리에서 풀려난다. 진정한 해방을 맛보는 순간이다.

한때 밤마다 북한산을 오르내린 적이 있었다. 사람들이 의아하게 물었다.

"혹시 신들린 사람이 아니오?"

"차라리 그랬으면 좋겠습니다. 하나의 신에게 지배를 받는 인생이라면 그것보다 더 행복해지는 길이 따로 있겠소?"

"그렇다면 왜 매일 밤 산을 오르내리십니까?"

"나대로의 길을 찾기 위해서요. 그 길에서 산을 만나든, 벼락을 만나든 결과에 대해서는 상관할 생각은 없소. 지금 나는 산 이외 다른 선택할 방법이 없기 때문에 밤에 산을 찾아 나서는 것 뿐이오."

오늘밤 지리산 등반에서의 마음은 그 시절 북한산을 오를 때만큼 다급하지는 않았다.

랜턴 불을 밝히고 산길을 갈 때 가장 답답한 것은 주위의 경관을 바라볼 수 없는 것이다. 발바닥 앞에 보이는 부분만 열심히 쳐다보며 걸을 뿐이다. 한 번씩 곁으로 시선을 돌리면 어두운 적막 속에 줄지어선 수목의 장벽뿐 어디에도 눈 줄 곳이 없다.

무재치기 폭포가 있는 야영장에 도착하여 언덕 위로 올라섰다. 한낮에 이곳에 올라서면 폭포의 절경이 기막히게 잘 보이는 곳이다.

건전지를 아끼기 위해 쉬면서 랜턴의 불을 껐다. 칠흑 같은 어둠의 장막이 눈앞을 가렸다. 불현듯 무서운 생각이 들었다. 한 번 무섭기 시작하면 공포는 고대한 공룡으로 돌변하여 몸을 휘감기 시작한다. 혼자 야등할 때는 아예 처음부터 두려운 생각을 염두에 두지 않아야지, 무서울지도 모른다는 생각을 가지게 되면 그때부터는 걷잡을 수가 없어진다. 아무렇지도 않게 생각했던 바위조차도 왈칵 달려드는 산짐승으로 보이고, 풀잎이 살랑거리는 소리마저 괴수의 숨소리로 착각된다. 모든 생각이 각자의 마음에 있듯 한번 공포의 생각으로 접어들면 마음을 다시 돌이켜 세우기란 여간 힘들지가 않다.

나는 꺼버린 랜턴 불을 다시 켰다. 주위가 밝아오면서 사물이 드러났다. 바위는 바위대로, 숲은 숲대로, 벗어 놓은 배낭은 배낭대로.

담배를 피웠다. 공포에 대한 대응이다. 라이터 불을 수 없이 켰다 껐다했다. 산짐승이 달려 온다고 해도 불을 보면 달아나겠지. 멸종했다는 호랑이라도 덮쳐 온다면 나는 이곳에서 속절없이 몇 개의 부서진 뼈다귀로 남을 것이다. 번갯불이 쏟아질 듯한 눈망울을 아래 위로 굴리며 호랑이가 내 등을 덥석 물어버릴 듯한 조바심에 후딱 자리에서 일어났다. 뛰자. 가슴이 할딱거리도록 뛰고나면 무서움으로부터 벗어나겠지.

무재치기 폭포에서 치밭목 산장까지는 상당히 힘든 비탈 오름길이다. 입에서는 단내가 풀풀 풍겼다. 산장의 불빛을 발견했을 때, 온 몸의 땀구멍에서 땀이 치솟았다. 가까스로 산장이 있는 언덕 위로 올라섰다.

산장문을 밀었다. 산장을 지키는 젊은이가 카운터에 앉아 램프불 아래서 책을 읽고 있다가 나를 발견하고 놀란 눈을 떴다. 숙박객은 아무도 없었다. 그럴 것이다. 4월의 끝, 평일 날에 하필이면 좋은 등산로를 두고 한적한 이런 곳을 찾아올 등산객이 있으리라고는 상상할 수도 없는 노릇이기도 하다. 젊은이가 내 배낭을 받았다.

"혼자 오세요?"

"그렇습니다."

나는 땀에 젖은 옷을 벗어내리고 수건으로 몸부터 닦기 시작했다.

"어디서 오는 길입니까?"

"강릉에서, 아니 부산, 진주. 어디라고 말함이 옳을지 모르겠소."

"차 드시겠어요?"

"한 잔 마실 수 있다면 고맙지요."

나는 커피를 기대했는데 끓여온 차는 설록차였다. 차 맛은 썼지만 뒷맛이 개운했다.

"좋은 차를 준비하고 있군요."

"이 차는 특별 손님에게만 드리는 겁니다."

"이런 야밤에 들이닥친 내가 특별한가 보죠."

"속인은 이런 날에 야간등반을 할 생각을 않거든요."

"마침 시간을 낼 수 있었던 기회가 생겼던 탓이지요."

나는 오늘 장터목까지 강행하려고 생각하고 있었다. 장터목 산장에서 일박을 해야 내일의 산행이 한결 여유를 갖게 될 것이며 낮의 한가함을 즐길 수 있게 된다.

시계를 보니 10시 가까운 시각이었다. 늦어도 새벽 2시까지는 닿게 되겠지.

"건전지가 있으면 몇 개 주십시오."

"건전지는 있습니다만 이제 등반이 끝이 났는데 어디에 사용하시려구요?"

"아직 끝나지 않았습니다. 오늘밤에 장터목까지 갈 생각입니다."

"새벽에 떠나면 천왕봉에서 일출을 볼 수 있어 좋을 텐데, 웬만하면 이곳에서 일박 하시지요."

"천왕봉 일출이야 몇 차례 봤는데 또 보면 뭘 합니까? 와서 올랐다는 게 보람이지 본다는 것은 별 감흥이 없어요."

"꼭 가시겠다면 라면이라도 끓여드릴 테니 잠깐만 기다리세요."

"공연한 수고를 끼쳐드려 송구스럽습니다."

"괘넘치 마시고 드세요."

나는 입천장 껍질이 벗겨지는 줄도 모르고 라면 국물을 훌훌 마셨다.

그는 설록차 값을 받지 않으려 했다. 완강히 거절했지만 나 또한 고집스레 차값을 지불했다. 떠날 때 약간 많이 준비해온 쌀자루를 넘겨줬다. 나는 내가 먹기 위해 많은 쌀을 준비해오지는 않았다. 산장에 있는 사람에게 넘겨주기 위해 무거운 줄 알면서도 배낭 속에 챙겨넣었던 것이다. 산장에 머물고 있던 젊은이는 쌀주머니를 받으면서 굉장한 고마움을 표했다.

"고맙게 생각할 거 없어요. 나도 예전에 산에 있어본 경험이 있어 잘 알아요. 쌀만큼 귀한 게 없다는 걸."

어느 핸가, 지리산 종주길에서였다. 선비샘 부근에서 쌀을 구걸하는 등산객을 만난 적이 있었다. 그는 쌀 약간을 얻기 위해 울 듯이 사정했지만 어느 누구도 그에게 동정을 베풀지 않았다. 그가 푸념했다. 올라오는 길에 배낭이 무거워서 지고온 쌀을 다 버렸다고. 그는 굶어도 마땅했다. 산에서 무겁다는 이유로 쌀을 버린 사람들이라면 음식물을 주워서 먹는 짐승 같은 굴종을 맛보아야 한다. 땀을 흘린 자에게만 먹을 자격이 있다.

또한 등불을 밝히고 밤의 산길을 밝혀준 산장지기에게도 충분히 먹을 자격이 있다. 그런 은혜는 산을 사랑하는 등산객들이라면 응당 베풀어야 할 의무이다. 산장의 물건을 팔아주든지, 먹을 것을 산 아래서 지고 날라주든지, 가끔 산장을 대신 지켜주든지 하면서 외로운 밤에 홀로 어두운 고원을 지키는 그들을 도와야 한다. 적막한 산 속에 홀로 떨어져 등불 하나 밝히고 문명에 등을 돌린 채 살아가고 있는 그들은 누구인가? 그들에게는 산은 정녕 그리움인가, 외로움인가. 혹시 모르지. 구하고 버리는 일에 도통해 버린 정신적 해탈과 자유를 누릴 경지에 도달한 사람이 이 외로운 곳을 지킨다면 그는 스스로 체득한 무애로 살아질 것이다. 그러나 그런 사람이 이 세상에 몇 사람이나 될 것인가?

중봉을 거쳐 천왕봉에 선 것이 자정을 조금 넘긴 시각이었다. 천왕봉이라고 써둔 비석을 기대고 앉았다. 온 세상이 죽음 같은 암흑 속에 묻혀 모든 것이 정지되어 있는 야밤에 남쪽 내륙 제일 높은 꼭지점에서 홀로 두 눈을 부릅뜨고 가쁜 숨을 몰아쉬고 있으려니 기묘한 생각이 들었다.

더 이상 높은 곳이 없는 정상에서 나는 어두운 허공을 향해 손을 뻗어 어둠 한자락을 잡아냈다. 내 손바닥 안에 내가 그토록 목말라 기원했던 자유가 과연 묻어났을까? 알 수 없는 일이다.

등이 시려올 즈음 나는 자리에서 일어나 능선길로 들어섰다. 통천문을 걸어 내려올 때는 다리가 후들후들 떨렸다. 제석봉의 고사목지대를 지날 즈음은 발바닥이 완전히 감각을 잃었다.

패잔병처럼 축 처져 장터목산장에 닿았다. 산장의 문을 밀치고 들어가니 몇 사람이 먼저 잠들어 있었다. 나는 신발을 벗을 기력도 없이 마루바닥까지 간신히 기어가듯이 걸어가 그대로 쓰러져 잠이 들었다. 깜박했는가 했는데 주위의 수선거리는 소리에 눈을 떴다.

산장의 새벽은 언제나 분잡스럽다. 떠나는 이들의 부산스러움이 늦게 도착하여 겨우 잠든 사람의 수면을 방해하기 일쑤다.

대개 이곳에서 숙박을 한 사람들은 천왕봉 일출을 보기 위한 목적을 갖고 왔으니 그들은 동트기 전에 일찍 일어나야 한다.

온전하게 잠을 잔 시간이 두 시간 정도나 되었을까, 눈을 뜨고 일어나 자리에 앉으니 앞쪽 마루에는 젊은이 대여섯 명이 랜턴을 밝혀놓고 무엇인가를 열심히 먹고 있었다. 그들은 단순히 배가 고파서라기보다 오늘 치러야 할 길고 긴 도정을 준비하기 위하여 영양분을 억지로 섭취하고 있는 듯했다. 먹는 걸 보니 소시지를 대충 잘라서 비스킷과 함께 먹고 있는데, 가히 억지로 입속으로 밀어넣는 것 같아서 곁에서 보는 이들까지 목이 콱 막혀오는 기분이 들었다.

젊은이들이 배낭을 꾸리고 밖으로 나간 후에 나도 자리에서 일어났다. 더 누워 있어봐야 잠이 올 것 같지도 않았고, 새벽이 되면서 기온이 급냉하여 마루바닥 위에 오래 누워 있을 수가 없었다.

밖으로 나오니 4월의 새벽 산바람이 거세게 불어왔고 계절이 실감나지 않는 추위가 유별했다. 역시 지리산에는 사계절이 공존한다는 사실을 실감했다. 하늘에는 별이 총총히 빛났으며 하현달이 기울고 있었다. 하늘의 빛들이 산의 내부 깊은 곳까지 부서지듯 파고 들어간 느낌이 들었다.

세석으로 이어진 능선을 바라보았다. 침묵 속에 잠들어 있던 지리산이 기지개를 켜며 새벽을 맞고 있었다. 이곳에서 6킬로미터. 시간 반이면 닿는다.

나는 목덜미를 움츠리며 배낭을 추스렸다. 능선길에는 곳곳에 야영 텐트가 설치되어 있었고 텐트 바깥에는 신발들이 어지럽게 나둥그러져 있었다. 구겨지고 찢어진 흰 운동화 한 켤레가 패잔병이 떨구고 달아난 유실품처럼 한쪽에 팽개쳐져 있었다.

새벽은 아직 완전히 밝아오지 않았으나 마지막 빛을 뿜고 있는 별과 달빛이 가득한 고원의 길은 걸을 만했다.

산길을 걸을 때 혼자 달을 보면 가슴이 아려온다. 눈물처럼 맑은 달빛 아래 내 몸 하나를 내던지고 싶어진다.

나는 삿갓을 쓰고 있지 않은 이 시대의 김삿갓인가? 그 시대 김삿갓이 역적 조부의 굴레를 벗어나기 위해 외톨이가 되어 산봉우리를 넘나들며, 깊은 계곡을 찾아 그의 울적한 심사를 정화시킨 영원한 이방인으로 살기를 원했다면 지금의 나는 나 스스로 함정을 파 놓고 그것을 피하기 위해 산을 오르고 있다. 그 시대의 김삿갓은 빼어난 명시를 후세에 남겼지만 이 시대를 살고 있는 나는 무엇을 남길 것인가? 이름 없는 고목에 내 이름 석 자나 파두고 떠날까?

장터목 기점 2킬로미터, 연하봉을 지나면 내리막길의 평탄한 안부가 나타난다. 마치 푹신한 말 잔등 같은 그곳에 도착하면 좌우로 시야가 확 트이며 바위 투성이의 길에서 벗어나 오랜만에 융단 같은 길을 만나게 된다. 지리산 종주코스에서 나는 이곳을 더없이 좋아한다. 이 길을 걸을 때면 능선에 퍼질러 누워 잠들고 싶은 갈망을 느낀다.

어느 초여름 나는 이 길위를 걷다가 연초록 잔디 위에 사지를 뻗고 누워 잠이 든 적이 있었다. 잠 들기 전 내 심장은 대지에 곧바로 닿아 땅이 숨쉬고, 지각의 깊은 곳으로부터 고동치는 맥박소리를 듣는 기분이 들었다.

모성의 커다란 품, 대지의 한 자락에 내 조그만 몸뚱아리가 흡입되어 갔다. 어디에선가 붕붕거리며 벌이 날개짓을 하는 소리가 자장가처럼 들려 나는 스르르 잠이 들었다. 웅성거리는 사람들 소리에 깜빡 졸다 일어나니 사람들이 몰려오고 몰려가는 한가운데 누워 있는 나를 발견하고 마치 딴 세상이라도 온 듯한 경이로운 풍경을 접한 적이 있었다. 땅은 우리를 태어나게 하고 잠 재우고 그리고 살아가게 하는 생명의 근원임이 분명하다.

나는 오늘도 이곳을 지나며 드러눕고 싶은 참을 수 없는 욕구를 느꼈다.

그러나 새벽 공기가 너무 차가울 뿐만아니라 희끗하게 남은 잔설이 바람에
실려 얼굴에 감겨오는 통에 그대로 직진했다.

왼편으로 꺾인 언덕을 오르니 날이 희뿌염하게 밝아오고 있었다. 간간히
오고가는 등산객을 마주쳤다. 대개가 혼자였다. 새벽 산길을 부지런히 걷는
사람들은 무리를 지어 한결 느긋하게 행보를 취하는 사람들과는 약간 구별
된다. 그들은 대개 1박 2일에 지리산 60킬로미터를 단숨에 달리며 종주를 끝
낸다. 거의 불면상태다. 끝없이 걷고 걸을 뿐이다. 낮밤을 가리지 않는다. 지
치면 아무 곳에서나 엎드려 졸고 잠에서 깨어나면 다시 걷는다. 기운이 나면
뛰고 힘들면 서행한다. 누구에게도 구애받지 않고 어떤 조건에서도 길이 있
는 곳을 찾아 그들은 나설 뿐이다. 그들은 대개가 빠듯한 직장인들이다. 한
가하게 흘러가는 구름을 구경하고 새들이 지저귐소리를 경청할 여유가 없
다. 오로지 지리산 하나를 동서로 꿰뚫었다는 족적을 남기기 위해 그들은 두
발만을 도구로 해서 그 버거운 일을 이룩해 낼 뿐이다.

세석. 잔 돌이 많다는 넓은 평전을 바라볼 수 있는 촛대봉에 선 것이 아침
7시경. 세석은 안개 속에서 고즈넉하게 잠겨 있는 듯이 보였다. 내려가니 야
영장 부근이 부산스러웠고 산장에 도착해 보니 이른 시각이었음에도 이미
그곳은 텅 비어 있었다.

지리산 산장의 아침은 대개 서너 시에 깨어나 여섯 시쯤이면 밀물처럼 등
산객들이 빠져나가 파장이 된다.

나는 배낭을 던지고 텅빈 마루바닥에 길게 드러누웠다. 잠깐 동안 깊고 곤
한 잠을 잤다. 잠에서 깨어 일어나 아침을 먹었다. 아침의 메뉴는 초라하기
짝이 없었다. 커피 한 잔과 에이스 크래커 한 통이 전부였다. 먹고 나니 배가
고파 견딜수가 없어 컵 라면을 하나 더 먹었다.

이곳에서 하산 길은 여러 갈래다. 뒷편으로 언덕을 넘으면 한신계곡, 백무
동쪽으로 가는 길이 열린다.

앞쪽으로는 곧장 내려서 거림이나 대성골 혹은 청학동으로 가는 길 중에

서 한 곳을 선택할 수가 있다. 나는 처음 마음 먹은 대로 대성골을 택했다.

기력이 쇠잔해진 탓도 있었지만 하산길에 접어든 탓이라 마음을 넓게 잡고 천천히 걸었다.

이쪽 길은 곳곳에 골을 이루고 있어 여러 벌의 병풍을 늘어놓은 듯이 넉넉한 자락이 펼쳐진다. 가면서 피로하면 땅바닥에 그냥 주저앉아 쉬었다. 두 시간이 지나도록 사람 그림자 하나 구경하지 못했다.

계곡의 중간지점에 이르렀을 때 나는 너무 지쳐 앞으로 고꾸라지듯이 넘어지고 말았다. 무엇인가 예리하게 눈을 찔렀다. 순간 등줄기가 서늘해지고 이마에서 진땀이 솟구쳤다. 찔린 오른쪽 눈에 찐득한 통증이 느껴졌다. 나는 드러누운 채 차마 눈을 뜰 수가 없었다. 아픈 눈을 손바닥으로 가리고 등을 돌려 반듯하게 돌아 누웠다. 전신이 부들부들 떨려왔다.

가장 먼저 스쳐오는 게 내가 만약 눈 하나를 잃게 된다면 다시 산을 찾게될까 하는 생각이었고 그 다음으로 의사 일은 가능할까, 나를 알고 있는 사람들한테는 뭐라고 이야기해야 하는지 등의 수십 가지 생각들이 순서없이 섬광처럼 뇌리를 파고들었다. 마침내 나는 눈 하나를 내가 그토록 좋아했던 산에서 잃게 되는구나. 이것은 너무 무리한 강행군으로 일어난 실수였다. 나는 아픈 눈을 가리고 있던 손바닥을 조금씩 옆으로 밀어내면서 꼭 감고 있던 눈을 살며시 떠보았다. 나무와 햇빛과 잎새들이 섞여 형형색색의 모자이크를 만들어 눈앞으로 어른거리며 다가왔다. 그리고는 곧 평정해졌다.

아픔은 극심했으나 다친 눈으로 빛이 들어옴을 확인했다. 그것은 작은 전율을 몰고 오는 환희였다. 그 환희의 끝에 실망 하나가 묻어왔다. 내가 어쩜 눈 하나를 잃음으로써 얻게 될 동정으로부터도 벗어나는구나.

다친 눈으로 사물을 볼 수 있다는 확신이 섰을 때에야 극심한 통증은 사라졌다. 나는 여전히 누운 상태로 내 눈을 찌른 것이 무엇인가를 찾았다. 그것은 이제 갓 물기를 먹고 팽팽하게 피어나고 있는 철쭉나무 가지였다. 가지는 꺾어진 채 봉오리 몇 개가 대롱대롱 달려 고개를 아래로 처박고 있었다. 나는 지극히 다행스러운 감사에 젖어 한동안 누워 있는 상태로 있었는데, 아래쪽에서 웅성거리는 사람들의 소리가 들렸다. 중년의 등산객 몇 사람들이 올라오고 있었다. 그들은 비지땀을 흘리고 있었는데 대개 몸통이 두리뭉실한 비대한 체격들이었다.

나를 발견한 그들은 '히야, 오늘 처음 사람 구경하네.'

어쩌구 하며 내 주위에 둘러앉아 땀을 식혔다. 누군가 물었다.

"어디에서 오십니까?"

산에서 묻고 답하는 이 숱한 한마디. 글쎄 나는 어디에서 왔다고 말함이 가장 정확한 대답이 될까? 서울에서? 강릉에서? 대원사에서? 천왕봉에서? 차라리 지구에서 왔다함이 옳을 것이다. 그러나 묻는 사람들은 단답을 원한다.

"세석에서 아침에 출발했습니다."

"이곳에서 세석까지는 아직 먼가요?"

산에서 나는 누가 허덕이며 목적지가 얼마나 남았느냐고 물을 때는 어디에서나 동일한 대답을 한다.

"얼마 안 가면 닿습니다. 조금만 더 가세요."

이 대답은 중산리에서 출발한 사람들이 천왕봉을 오르기 위해 법계사에서 물을 때나 천왕샘에서 물을 때나 동일하다. 그 거리는 엄청나게 차이가 나는데도 불구하고, 묻는 사람들이 희망을 갖기를 갈구하는 한 모름지기 희망을 주고 싶은 마음으로 동일한 대답을 한다. 내가 틀리게 대답했다고 해서 그들이 조난을 당할 것도 아니라면 한 순간만이라도 안도할 수 있는 기분이 들게끔 해주는 것 또한 산에서의 자비가 아니던가.

사람들이 먼저 일어섰다. 헉헉거리고 걷는 그들을 보니 한손에 커다란 카세트를 들고 끙끙거리며 가고 있는 사람도 있었다. 사서 고생하는군. 물 흐르고 새 지저귀며 수목이 속삭이는 자연의 소리가 이리도 생생한데 또 무엇을 듣기 위해 산을 오르면서 저리도 무거운 기계를 들고온담.

두어 시간의 하산 길을 그들은 쇳덩이를 들고 대여섯 시간도 더 걸려 올라갈 것이다. 아니면 중간에서 포기하고 고기나 구워먹고 카세트나 요란하게 틀고 있을지도 모르지.

눈을 다친 후부터는 주머니에 두 손을 찌르고 걷는 습성부터 고쳤다. 넘어지면 속절없이 안면부를 다치게 되는 건 경험 이전의 기본자세인데도 불구하고 나는 산길을 걸을 때는 버릇처럼 두 손을 호주머니에 넣고 다닌다. 앞으로는 그 버릇부터 고쳐야지.

대성계곡이 여러 지류로 갈라지는 곳에서 나는 오른쪽 능선길을 잡고 의신마을로 향했다. 우선 너무 허기가 져서 인가에 들러 무엇인가를 챙겨 먹고 싶은 생각이 간절했다.

아래쪽으로 내려올수록 봄 기운이 완연했다. 높은 곳에 경작해놓은 논밭을 발견했을 때는 나는 이번의 길고 긴 여정의 종착에 가까스로 닿아가고 있음을 알았다.

수로를 따라서 한참 내려오니 대나무밭이 나오고 마을의 낮은 지붕들이 나타났다.

마을로 들어섰을 때 나는 농염한 꽃내음을 맡았다. 그 냄새는 지극히 강렬해 한동안 어지럼증이 날 정도였다.

마을에는 곳곳에 꽃들이 산재해 있었다. 벗꽃이며 복숭아 꽃이 질펀하게 피어나 마을은 희고 붉은 꽃송이로 온통 뒤덮여 눈이 부셨다.

밤을 새워 산길을 걷고 걸어 마침내 도착한 마을에서 경이롭게 맞이한 이 찬란한 꽃의 축제는 한동안 나를 별세계에 데려다 놓은 것 같은 기분이 들게 했다.

어정어정 마을 속으로 들어가 가게를 찾았다. 버스 차부가 있는 곳에 맞붙은 가게는 건물을 개축하느라 공사가 한창 진행 중이었다.

마침 점심시간이었는지 인부들이 평상 위에 놓은 밥상 주위에 몰려 앉아 있었다. 식탁에 올려진 밥과 반찬을 보니 먹고 싶어 견딜 수가 없었다. 염치 불구하고 달려가 손으로 퍼먹고 싶었다. 나는 그 주위를 어슬렁거리다가 침을 꼴깍거리며 앉아 있는 사람들에게 간신히 물었다.

"혹시 이 마을에 음식을 팔고 있는 식당이 있습니까?"

"음식점은 따로 없어요. 몹시 시장하신가 본데 괜찮으시다면 우리와 함께 요기를 합시다."

나는 염치를 생각할 겨를이 없었다. 사양이고 뭐고 다 집어던지고 대답부터 했다.

"고맙습니다."

그들이 조금씩 엉덩이를 비켜 앉아 자리 한 개를 내주었을 때 나는 밥그릇을 잡았다. 두루치기한 돼지고기와 상추쌈은 내가 지금껏 먹어본 최고의 성찬이었다. 단숨에 먹어치우기에도 시원찮을 밥과 반찬을 나는 부끄러워 천천히 먹으려고 애를 썼으나 힘들었다.

식사가 끝나고 빈 그릇이 우물가에 모였을 때 나는 팔을 걷고 그릇을 씻었다. 주인 아주머니가 말렸다.

"그냥 둬요. 우리가 씻을 텐데."

"아뇨, 한 끼의 식사로 이제 살아난 것 같아 일을 돕고 싶어서 그럽니다."

"굶기를 얼마나 했는데 그래요?"

"세 끼를 제대로 먹지 못하고 산길 120리를 걸었습니다."

말하고 있는 나는 갑자기 쓸쓸해져 눈물이 주루룩 흐를 듯했다. 마침 불어오는 바람에 흰 꽃잎이 눈송이처럼 떨어져 받아놓은 물 위에 분분히 내려 앉았다.

나는 그곳에서 배낭을 모두 비웠다. 방부제가 들어가 입속에 넣기만 해도 신트림이 솟던 빵과, 이가 시리도록 단맛이 나는 초컬릿, 사탕 등을 그 집 마루 위에 풀어놓고 밥값은 별도로 지불했다.

"이런 곳에서 밥값은 무슨 밥값을 받아요?"

한사코 돈 받기를 마다하는 아주머니가 걸친 앞치마 호주머니 속에 나는 설렁탕 두 그릇 값의 돈을 찔러넣어 주었다.

차부에는 한 쪽 다리를 절고 있는 사내가 표를 팔고 있었는데, 그는 내가 밥을 얻어먹은 집의 주인 아저씨였다.

그의 표정은 밝고, 쾌활한 몸짓을 하고 있어 다리가 불구라는 사실을, 일어서 걷기 전에는 도통 짐작할 수가 없었다. 전표를 들고 가게 밖을 나오든지 혹은 잡다한 과자류가 놓인 선반 쪽으로 걸음을 옮길 때만 절뚝거리며 걷는 것이 눈에 들어왔는데, 불구는 상당히 심한 편이었다.

보조기구인 크라치를 사용하고 있었는데 많이 낡은 것으로 보아 오래 전에 다친 것으로 생각되었다. 그의 나이를 짐작해서 혹시 월남전 부상병이 아닌가 싶어 물어보았다.

"월남에 참전하셨습니까?"

"그곳에는 갔소만 이 다리는 그때 다친 것이 아닙니다."

그가 싱긋 웃으며 잡고 있던 목발로 다리를 가리켰다.

"월남전에 가셨다면 어디에서 근무했습니까?"

"나트랑 백마부대였습니다만, 선생도 그곳에 가신 모양이죠."

"네. 저는 맹호 지원부대인 퀴논 후송병원에 있었습니다. 안케 전투가 굉장했지요."

"나도 귀국 후에 그곳 전투 이야기를 들었습니다. 전우를 만나게 되어 반갑습니다."

"저도 동감입니다. 점심 식사를 하도 잘 얻어 먹어서…"

"내가 자랑할 것은 없지만, 여편네 하나 만큼은 오지랖이 넓어 많은 사람들과 사귀며 지내지요. 이런 외딴 곳에 있으면 사람 알고 지내는 재미없으면 못 살아요."

"꽃이 만발하고 개울물도 깨끗한데 이런 좋은 마을을 찾기란 한국 어디에서도 어렵겠습니다."

"좋은 곳이지요. 생각있는 사람들이라면 이런 마을에서 평생을 살아도 후회 없을거요."

"혹시 제가 이곳으로 들어온다면 무슨 일이라도 할 게 있겠습니까?"

"일이야 천지에 널려 있지요. 도시로 떠난 사람들이 많아, 놀고 있는 논밭이 지천으로 있는데 어찌 일이 없겠소."

"이런 곳에서 농사를 짓고 평생을 조용히 살았으면 좋겠습니다."

"선생은 사회에서 뭘 하시고 있습니까?"

나는 이상하게 내가 의사의 직업을 갖고 있다고 말하기가 망설여졌다. 이 사람들의 삶이 너무 순박해서 의사라는 직업이 외경심을 불러일으킬지 아니면 그들에게 턱없는 한때의 치기로 보일지도 모른다는 곤혹스러움 때문이었다.

"회사에 나가지요. 일상적인 일입니다."

"책상에만 앉아 있다가 이런 촌구석에서 농사 일을 감당할까?"

"그야 마음먹기 나름 아니겠어요?"

나는 이 마을이 이상하게 마음에 들었다. 마치 내가 찾고 찾아 헤매던 이 지구상의 이상향 같았다.

마을 곳곳에 널려 있는 꽃나무와 그것으로부터 뿜어나오는 향기. 향기로운 꽃잎과 꽃잎 사이, 이웃간의 도타운 인정에서 티없이 맑고 넉넉한 기쁨이 잔잔히 흐르는 곳. 맨발로 걸어도 좋을 부드러운 흙. 후한 인심. 다리를 절면서도 조금도 찡그리지 않고 사는 편안한 얼굴을 가진 중년의 사내.

나는 순간 재희를 떠 올렸다.

그녀의 병들고 지친 심신이 이런 공기좋고 맑은 산골에서 정양받게 된다면 얼마나 좋을까. 나는 그녀 곁에 머물며 논밭을 갈고, 그녀는 집주위에서 산나물을 뜯어 산채 식탁을 꾸밀 것이다. 사람들로부터 떨어져 그녀와 함께 꽃과 물과 향기로운 바람과 더불어 지리산의 일부가 되어 천 년을 살고 싶어졌다.

강릉을 떠난 재희는 대구에서 그녀의 망가진 몸을 추스리며 요양중이다. 그녀가 떠나버린 카페 흑진주는 분위기마저 달라져 그녀가 지키고 있을 때의 그 고급스럽고 단정했던 격조는 어디에서도 찾아볼 수가 없었다. 마치 전락해버린 창녀처럼 카페 전체에 덕지덕지 지분이 묻고 천박하게 구겨진 흔적이 역력했다. 창궐하는 벌레가 썩은 고기를 파먹어 들어가듯이 카페는 그렇게 시장바닥으로 굴러 떨어졌다.

지난달에 온 재희의 편지.

'선생님,

강릉에도 바람이 불고 있나요? 오늘은 바람이 몹시 거셉니다. 봄이라고 하지만 대구의 날씨는 아직도 싸늘해요.

몸은 여전히 전과 달라 때로는 불덩이처럼 달아올라 밤새 뒤척이며, 잠을 못 이룰 때가 많아요. 선생님이 수술을 끝내고 돌아오던 새벽, 가게로 뛰어가 아침 찬거리를 사며 선생님을 위한 식단을 생각하던 그때가 제가 느낀 최초의 가장 풍성한 행복이었나봐요. 언제 우리는 그렇게 다시 마주 앉을 수 있을까요?

참, 카페는 처분했어요. 이제 저는 더 이상 그 일들을 감당하지 못할 것 같아서요.

안녕히 계셔요.

재희 드림'

나는 이 등반의 마무리로 대구를 경유해서 가려고 마음먹고 있었다. 그녀는 찾아간 나를 발견하고 기쁨으로 한동안 울지도 모른다. 단지 등산으로 땀에 절은 추레한 몰골로 나타나는 것이 마음에 걸리긴 했지만, 그녀는 결코 그런 걸 상관하지 않을 것이다.

의신 마을을 출발하는 차는 하루에 네 번. 나는 차 시간을 기다리며 마을 곁을 흐르는 개울가에 누웠다. 공사를 하느라 이곳저곳에 스티로폴이 널려 있어 몇 개를 주워 깔판을 만들었더니 훌륭한 침대가 되었다.

편안하게 누워 하늘을 보았다. 흘러가는 구름이 한가롭고 개울에서 흐르는 물소리가 돌돌돌 정겨웠다. 가끔 꽃잎이 떨어져 얼굴에 닿았다. 이마 위에서 살랑거리던 훈풍, 사람들의 맑은 웃음소리들.

나는 떨어지는 꽃잎 하나를 입에 물고 까무룩히 잠이 들었다. 꿈이었다. 하늘에는 새털구름이 붉게 물들어가고 있었고 바람은 미풍이었다. 어슴푸레

먼 곳으로 산의 연맥들이 보였다. 여자와 둘이었다.

우리는 밭을 가꾸다 일어나 서쪽으로 지고 있는 해를 바라보고 있었다. 낙조의 산을 바라보고 있는 그녀의 눈에 괜시리 눈물이 고이는 듯했다. 그녀의 머리 위에는 수건이 덮여져 있었다. 밭일을 끝낸 충족감이 뿌듯이 가슴으로 밀려왔다. 어디에선가 본 듯한 그림과 흡사했다. 밀레의 만종인가.

"참 곱지요. 지는 해가."

여자가 돌아봤다. 여자의 얼굴은 햇볕에 건강하게 탄 재희의 얼굴이었다. 카추샤. 우리는 멀고 먼 여정을 돌고 돌아 마침내 이곳에 안식할 터전을 잡고 닻을 내렸구나.

행복한 기억이 꿈 속에 아련히 남아 있는 채로 윙윙거리는 쇠파리 소리에 눈을 떴다. 나에게서 행복이란 단어의 뜻풀이일 뿐 완벽하게 차단되어진 실체인가.

버스가 종점에 와 닿아 있었다. 화개 삼거리에서 내렸다. 대구를 가는 가장 빠른 길을 물색했으나 어느 쪽으로든 어려웠다.

구례를 거쳐 남원에서 88고속도로를 타기에도 빠듯했고, 진주로 되돌아 나오기에도 거리는 너무 멀었다. 하동에서 다시 차편을 알아 볼 요량으로 그곳까지 우선 차표를 끊었다.

차는 섬진강변을 따라 기세좋게 달렸다. 하동에 내리고보니 더욱 막막했다. 대구란 도시는 지도상에서 보면 멀지 않은 거리인데도, 찾아가기란 가히 외국만큼이나 힘들게 느껴졌다.

어쩔 수 없이 마산까지 가기로 했다. 그곳에서 구마 고속도로를 택한다면 쉬 갈 수 있으리라 생각했다. 그러나 그것도 착오였다. 마산에 도착하니 날은 이미 어두워져 있었고 차편 역시 쉽지가 않았다.

터미널에서 재희한테 전화를 했다. 그녀가 깜짝 놀라며 전화를 받았다.

"어머, 선생님. 그곳이 어디세요?"

"지리산을 갔다왔소. 지금 마산에 있는데 대구를 들러 갔으면 했는데 어려울 것 같구먼."

"여기까지 왔는데 왜 못와요?"

"내일이면 병원에 출근을 해야 하오. 대구를 가게 되면 내일 일이 안될 것 같아서 그래요."

"선생님 가능하면 꼭 오세요. 제가 더운 물을 준비해 두고 기다릴께요."

전화를 끊고나니 나는 마음이 착잡했다. 대구를 가면 내일 하루는 완전히 버릴 것이다. 그일은 그렇다 하더라도 그녀와의 재회를 이렇게 만들어서는 안된다.

우리는 고귀하고 좀더 아름다운 장소에서 다시 만나야 한다. 가슴 태우는 해우에 대한 목마름을 아끼며, 나는 그녀한테 다시 전화를 거는 대신 지급 전보를 쳤다.

"미안하오.

만나고 싶다는 생각을 품고 떠나는 내 마음은 매우 행복하오. 건강한 몸으로 쉬 만날 수 있기를 바라겠소.

명후."

나는 밤새 차를 번갈아 타며 동해안의 작은 도시로 향하는 머나먼 귀가길에 올랐다.

15장

오월이 되자 도시는 단연 활기를 띠기 시작했다. 이 도시의 가장 큰 행사인 강릉 단오제가 열리는 것이다.

중순을 지난 후, 남대천의 고수부지에 대형천막이 쳐지고 서커스단이 들어왔다. 그 주위에 가건물이 세워지고 간이 수도가 설치되었으며, 그런 며칠이 후딱 지나는 사이에 남대천 양켠의 빈터에는 거대한 새로운 마을이 형성되었다.

난장이 벌어지고 전국 각지에서 뜨내기 사람들이 몰려들었다. 별의별 장사꾼들이 다 모였다. 다리 병신, 앉은 뱅이, 소경, 곰배팔이 등이 리어커를 밀고 장사를 했으며 몸통으로 수레를 끌며 마이크로 노래를 불렀다.

할머니들은 도시락을 싸들고 굿판에서 하루해를 넘겼으며 조무래기들은 그들대로 골목길을 누비고 다녔다.

전국에서 소매치기들이 모여 들었고 야바위꾼들은 그들끼리 으르렁거리며 싸움질을 했다. 속임수 도박판이 벌어지고 박수장기가 사람들을 후렸으며, 보기드문 울릉도 호박엿을 물고 아이들은 침을 줄줄 흘리고 다녔다.

밤이 되면 남대천의 물 위에 어둠이 부드러운 비로드천처럼 덮여왔고 곳곳에서 밝힌 등불 때문에 수면 위는 너울거리는 불그림자로 출렁거렸다.

그 즈음, 산조는 히말라야 등반을 위해 술을 끊고 새벽마다 경포해변을 달리는 로드웍에 열중해 있었다. 그는 마치 금욕한 수도승처럼 굴었다.

"산조, 힘들텐데 오늘은 하루 휴식하고 저녁이나 같이 먹으로 가지."

"고맙소만 그냥 집에서 쉬고 싶어요."

그는 말하는 것조차 지극히 절제하며 모든 것을 해외등반에 걸기라도 하듯 엄숙하기까지 했다.

나 또한 재회가 없는 카페를 찾아갈 마음도 없었고, 술집 순례를 하는 것도 지겨워 출입을 되도록 삼가고 있었다.

음력 5월 5일 단오날. 여자들은 창포물에 머리를 감아 윤기를 내고 남자들은 제기차며 씨름을 하고 놀았다는 세시풍속은 현대의 산업화에 밀려 대부분 잊어버렸든지, 변절된 향토축제로 남아 있었지만 그런 대로 축제는 풍성했다.

단오제가 파장이 될 무렵, 나는 혼자 서커스 구경을 가서 공중그네 뛰기를 쓸쓸하게 혼자 보았다. 곡예사들이 부리는 재주는 왠지 서글프고 삭막하게 보였다.

가마니를 깐 모래사장에서는 먹고 버린 술병들이 뒹굴고 있었는데, 나는 그것들을 발길로 걷어차며 외롭게 파장의 난장을 구경했다.

젊은 남녀들은 휘장안의 붉은 백열등 아래서 서로의 손을 어루만지며 밀애를 나누는 걸 자주 보았으나 나는 그 곁을 무감동하게 스쳐 지나갔다. 그렇게 강릉의 오월은 지나가 버렸다. 유월이 오고 산조와 나는 동시에 병원에 사표를 냈다.

"나는 원정등반 때문이지만 형은 왜 병원을 떠나려고 해요?"

"무슨 낙으로 이곳에 더 머물고 있겠어? 나도 이제 떠나야지."

"어디로 갈 생각이세요?"

"갈 곳이야 생기겠지."

"이참에 아예 고향으로 가는 게 어떻겠어요?"

"이런 형편으로 고향을 찾아가기란 싫어. 금의환향도 아니고 그렇다고 패가망신한 신세도 아닌 어정쩡한 모양으로 고향 찾아들어가 사람들을 만나면 뭐라고 이야기 하겠어?"

"그럼 어쩔 셈이요?"

"혹시 지리산 의신마을이란 곳을 알고 있어?"

"그곳이 어딘데요?"

"내가 생각하는 이상향이야."

낮술을 마시고 노란 배추꽃이 질펀하게 피어 있는 한낮의 밭두렁에 퍼질고 앉아 허무해서 그냥 목 놓아 울고 싶은 그런 날 산조는 네팔로 떠났다.

김포공항에서였다. 산조가 내 팔을 잡았다.

"형, 이제 떠납니다. 다시 만날 때까지 건강하세요."

"흰눈의 세계로 잘가. 부디 몸조심하고."

미영이가 고개를 꺾고 산조에게 나직하게 말했다.

"저도 함께 가고 싶어요."

"미영씨를 그곳으로 부를 수 있게 되었으면 좋겠어."

"선생님의 마음이 평정되시기를, 그리고 등반이 꼭 성공하시기를 기도 드리고 있겠어요."

말없이 산조는 등을 돌려 개찰구 속으로 빠져 들어갔다.

히말라야로 떠난 산조는 영원히 돌아오지 않을지도 모른다. 여자는 그를 한없이 기다리고 있다가 죽음의 소식으로 그를 최후로 받아들일지 알 수가 없다.

산조가 히말라야로 떠나고 나는 미루고 있던 아내와의 일을 마무리 지었다. 그녀는 마침내 내게 마지막 편지를 보내왔다.

「더 이상 말하고 싶지 않아요. 일 주일내 이혼서류에 도장을 찍어 주지 않는다면 정식 재판을 청구하겠어요. 당신이 원하든 원치 않든 우리는 이제 남이에요.」

유월의 한낮.

후덥지근한 오후에 우리가 들어선 가정법원은 소란하고 어수선했다. 대기실에서 남녀가 싸우는 소리가 요란했다. 지금까지 같이 살면서 싸워온 것도 부족하여 이혼을 결정하고 나서도 다투고 있는가. 멱살을 쥐고 죽일놈 어쩌고 엉겨붙어 뒹구는 꼴들을 아내와 나는 처연한 얼굴로 동시에 구경했다. 마치 외계에서 벌어지고 있는 일인 것처럼.

판결은 수 초도 소요되지 않았다. 판사는 이 서류에 이의 없느냐고 물었고 우리는 동시에 고개를 끄덕거렸다. 그리고 끝이었다.

사랑의 첫 떨림의 시작은 열아홉 살 어린 나이였던가. 그리고 지금 내 주위엔 어떤 여자의 손길도 단절된 채 혼자가 되었다. 이혼이었다.

우리의 15년간 결혼생활의 종점은 마침내 이혼을 도출해 내고 아내와 나는 타인이 되었다.

우리는 이혼 법정을 나와 등을 돌리고 동문과 서문을 향해 각각 혼자서 빠져 나왔다.

아. 아. 사랑하는 딸 해림아. 아버지가 떠나버린 너는 앞으로 어떻게 될 것인가?

험난한 운명의 여정을 걸어 장님이 되어버린 '오이디푸스' 왕을 끝까지 애정으로 돌본 딸 '안티고네'의 마음가짐처럼 너의 내부에 사랑이 흐르는 사람으로 성장하라고 말하고 싶지만 그러기엔 내가 너무 부끄럽구나.

법정 밖으로 나와 나는 덕수궁 담벽에 기대어 완전히 넋이 빠져버린 사람마냥 맥을 놓고 기대어 서 있었다. 뒤에서 계속 울리는 차량 경적소리를 듣고서야 몸을 돌이켜 덕수궁 안으로 들어갔다.

옛 임금이 뭇 신하들을 거느리고 위풍당당하게 오르던 돌계단에 주저앉아 시골에 있는 가형께 상처투성이로 전락해 버린 내 영혼의 숨길 수 없는 고해를 담아 편지를 썼다. 그리고 또 한 통은 동생한테 집에 있는 내 물건을 챙겨서 당분간 보관해 두라는 부탁 편지를 썼다.

치욕과 미움의 서울에서 인연의 모든 줄을 끊어버리고 이제 떠나려고 작정했을 때, 내 몸은 바람에 하늘거리는 말라버린 코스모스의 대궁마냥 힘이라고는 하나도 없었다.

그날 밤 나는 서울 거리를 혼자 정처없이 배회하다가 강남의 어느 술집에서 술을 마시고 여관에서 혼자 잠이 들었다. 밤새 잠을 못 이루고 뒤척이다 일어난 다음날 아침, 나는 남행하는 열차를 탔다.

내 차림은 청바지와 흰 운동화뿐 손에 든 것이라고는 아무 것도 없었다.

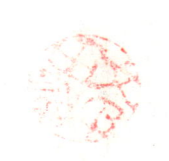

田溶文

마산고등학교, 부산대학교 의과대학 졸업
1988년 조선일보 신춘문예 소설
〈바람, 저편〉 당선
현재 일신병원 신경외과 과장

에세이집 「새벽에 찾아온 손님」
창작집 「후송병원의 개」

바람으로 남은 사람들

지은이 · 전용문
펴낸이 · 이수용
펴낸곳 · 秀文出版社

1992년 6월 5일 초판인쇄
1992년 6월 10일 초판발행

출판등록 1988. 2. 15 제 7-35호
132-033 서울 도봉구 쌍문3동 103-1
전화) 904-4774, 994-2626 팩시) 906-0707

ⓒ 전용문 1992

*
파본은 바꾸어드립니다.
ISBN 89-7301-031-X